Schicksalsjäger

Ich bin deine Bestimmung

Bisher von Stefanie Hasse im Loewe Verlag erschienen:

Schicksalsbringer – Ich bin deine Bestimmung
Schicksalsjäger – Ich bin deine Bestimmung

Stefanie Hasse

Schicksalsjäger

Ich bin deine Bestimmung

Loewe

Infos zu Papego am
Ende des Buches

FSC
www.fsc.org
MIX
Papier aus verantwortungsvollen Quellen
FSC® C014496

ISBN 978-3-7855-8570-2
1. Auflage 2018

Umschlagfoto: © lenaer/Shutterstock.com
Umschlaggestaltung: Ramona Karl
Printed in Germany

www.loewe-verlag.de

Für alle,
die Kiera und Phoenix
in ihr Herz geschlossen haben.

Fortunae plango vulnera

Fortunae plango vulnera
stillantibus ocellis,
quod sua mihi munera
subtrahit rebellis.
Verum est, quod legitur
fronte capillata,
sed plerumque sequitur
occasio calvata.
In Fortuna solio
sederam elatus
prosperitatis vario
flore coronatus;
Quidquid enim florui
felix et beatus,
nunc a summo corrui
gloria privatus.
Fortuna rota volvitur:
Descendo minoratus;
Alter in altum tollitur;
nimis exaltatus

(aus den *Carmina Burana*)

Prolog

Götter hatten einst die Menschen erschaffen. Sie formten sie aus Lehm, schnitzten sie aus Holz oder einer Rippe – je nachdem, welchem Glauben man folgte.

All diese Mythen hatten jedoch eines gemeinsam: Menschen wurden erschaffen. Die Götter standen über ihnen und bestimmten über die Wesen, die sie schufen.

Doch die Stärke der Götter war nicht in Stein gemeißelt. Mit der Erschaffung der Menschen hatten sie etwas ins Rollen gebracht, das sie nicht mehr kontrollieren konnten. Die Menschen wurden eigenständig, sie wandten sich in Situationen der Not nicht mehr an die Götter, sondern an ihresgleichen. Der Glauben an die Götter schwand mehr und mehr – und ohne den Glauben der Menschen schwand die Macht der Götter zusehends. Um nicht eines Tages zu vergehen, beschloss der Götterrat, sich aus der Welt der Sterblichen zurückzuziehen.

Fortuna, die das Schicksal der Menschen in den Händen hielt, war zu jener Zeit zur mächtigsten Göttin geworden, denn der Glaube an das Schicksal war nach wie vor ungebrochen. Doch auch sie musste sich dem Willen der versammelten Götter beugen – und die Welten von Göttern und Menschen durch einen Schleier voneinander trennen. Sie tat dies jedoch nicht, ohne sich selbst ein Tor zur Menschenwelt offen zu halten, um eines Tages erneut zurückkehren zu können.

Und so zog sie drei junge Männer aus ihrem Füllhorn. Einem von ihnen gab sie die Lösung an die Hand, wie er jenen Schleier eines Tages zerstören und die Schicksalswege von Menschen und Göttern wieder vereinen konnte – mit unabsehbaren Folgen für die Menschheit.

Kapitel 1

Schweiß rann mir die Schläfen hinunter, mein Herzschlag glich einem schnellen Stakkato.

In den letzten drei Wochen hatte ich mehr Sport getrieben als in meinem ganzen bisherigen Leben. Hätte ich geahnt, dass Hayden dabei unbarmherziger und fordernder sein konnte als jeder Personal Trainer eines Models oder Filmstars, hätte ich mich vielleicht nicht darauf eingelassen. Aber auch wenn ich ihm das nie direkt ins Gesicht gesagt hätte: Es tat so gut. Zwischen all dem Training kam ich kaum dazu, über die vergangenen Wochen nachzudenken. Denn sobald ich das tat, fühlte ich mich, wie von einem Eimer eiskalten Wassers überschüttet – wach gerüttelt –, und musste mich wieder mit dem chaotischen Scherbenhaufen auseinandersetzen, zu dem mein Leben geworden war.

Dass sich Fortunas Rad unablässig drehte und eins zum anderen führte, hatte ich vor knapp einem Monat am eigenen Leib erfahren, als das Schicksal plötzlich höchstpersönlich vor mir stand. Noch immer fühlte es sich absolut unwirklich an, dass mein Vater in Wahrheit einer der drei jungen Männer war, die Fortuna damals aus ihrem Füllhorn gezaubert hatte, ehe sie den Schleier zwischen Götter- und Menschenwelt gezogen und somit beide Welten getrennt hatte.

Ich hatte immer an Zufälle geglaubt – viel mehr als an Schicksal oder Bestimmung. Ich musste fast lachen, wenn ich daran dachte, wie zweideutig diese Begriffe mittlerweile für mich waren, jetzt wo ich offiziell dic Tochter des Zufalls war, mein eigener Vater plötzlich den Namen Kairos trug und mir sein Problem vererbt hatte, Entscheidungen zu treffen. Was irgendwie ungünstig war angesichts der Tatsache, dass ich gleichzeitig die sogenannte »Münze des Schicksals« gefunden hatte, die es mir für vier Wochen zur Aufgabe machte, den Lauf der Welt zu bestimmen. Nicht gerade das, wovon ich schon immer geträumt hatte!

Der Zufall – mein Vater – war das mächtigste der drei Wesen, die Fortuna erschaffen hatte. Hayden, in göttlichen Kreisen bekannt als Eftychios oder das gute Schicksal, korrigierte mich immer noch vehement, wenn ich wieder einmal von den ›Söhnen Fortunas‹ sprach.

»Wir wurden erschaffen, nicht geboren«, warf er dann meistens ein. Was die drei weder zu Söhnen noch zu richtigen Geschwistern machte.

Zum Glück. Denn es wäre doch ganz schön schräg und zudem ein perfektes mythologisches Klischee, wenn ich mich in meinen eigenen Onkel verliebt hätte, oder?

In Phoenix alias Zoferos oder das schlechte Schicksal, der sich in mein Leben geschlichen hatte. Ihm hatte ich zu verdanken, dass alles, was ich mit der Münze des Schicksals hatte beeinflussen wollen, schiefgegangen war und sich zum Negativen entwickelt hatte. Und dennoch hatte ich mich in ihn verliebt.

Aber auch das war Teil des jahrhundertelang ausgetüftelten Planes meines Vaters Kairos gewesen, um die Götterwelt wieder mit der Menschenwelt zu vereinen und Fortuna die

Macht über einfach alles zu geben – und meinem Vater vermutlich eine sehr gute Position in ihrem engeren Kreis zuzuteilen. Denn durch meine Liebe zu Phoenix hatte ich ihm vampirmäßig einen Teil seiner Unsterblichkeit abgesaugt, mit jeder Berührung und mit jedem Kuss ein wenig mehr. Und genau darauf hatte mein Dad jahrelang gewartet: Die Zeit für die Rückkehr der Götter war gekommen, wenn das gute und das schlechte Schicksal besiegt waren. Also hatte er still und heimlich zugesehen, wie ich mich in Phoenix verliebt und ihn damit verletzbar gemacht hatte.

Was er aber nicht bedacht hatte, war die Tatsache, dass ich als seine Tochter etwas konnte, wozu keiner von ihnen in der Lage war: Ich konnte das Schicksal rückwirkend verändern. Und so hatte ich rückgängig gemacht, dass ich mich in Phoenix verliebt hatte, und alle weiteren Ereignisse, die damit zusammenhingen: der geplante Tod von Phoenix und Hayden, der Tod meines besten Freundes Cody, etliche tote Zuschauer bei unserem großen Auftritt auf dem *Battle of the Bands*-Contest. All dies hatte ich zum Glück wieder geradebiegen können. Aber das Schlimme war, dass ich keinem Menschen von diesen Erlebnissen erzählen konnte, denn niemand konnte sich mehr daran erinnern, was geschehen war, seit ich die Münze Fortunas vor einem Monat gefunden hatte.

Oder besser gesagt: Kein Mensch konnte sich daran erinnern. Denn leider wurden Hayden und ich ständig darauf gestoßen, wie hoch der Preis für den Eingriff in das Schicksal so vieler Menschen war. Ich hatte das, was ich kitschigerweise ›die erste Liebe meines Lebens‹ nannte, verloren, bevor sich daraus überhaupt etwas wirklich Großes hatte entwickeln können. Und ich kam kaum damit klar, denn meine Gefühle für Phoenix waren nach wie vor ungebrochen. Sie zerstörten mich Stück für Stück. Und sie waren der Grund für Haydens Ablenkungsversuche.

Beim Joggen funktionierte das jedoch nicht ganz so gut, weshalb ich sehr froh war, als Hayden plötzlich mitten im Lauf stoppte. Ich rannte zunächst noch ein paar Meter weiter, weil ich annahm, dass sich vielleicht bloß sein Schnürsenkel gelöst hatte. Erst als ich in sein irritiertes Gesicht blickte, wurde mir klar, dass etwas nicht stimmte.

Und da hörte ich es auch schon: ein markerschütterndes Kreischen, das mir das Blut in den Adern gefrieren ließ und die schlimmsten Bilder meines Lebens wieder in mein Bewusstsein holte. Diese Schreie würde ich mein Leben lang nicht vergessen können. Ich sah noch einmal vor mir, wie die Harpyien durch die Dachkonstruktion des *Bricks* gestürzt waren und etliche Besucher unter den herabstürzenden Trümmern begraben wurden, ehe mein Vater sich als Kairos geoutet und mich für seinen miesen Plan hatte benutzen wollen. Sofort konzentrierte ich mich auf alles, was mir Hayden beigebracht hatte. Ich schärfte meine Sinne und durchdrang den Schleier, der Menschen- und übernatürliche Welt voneinander trennte. Gerade noch rechtzeitig, denn eines der hässlichen Biester stürzte sich auch schon auf mich hinab. Hayden stieß mich zur Seite und ich rollte mich ab, wie wir das im Training zum Glück hundertmal geübt hatten. Binnen Sekunden kam ich wieder auf die Beine – genau rechtzeitig, um mitzuerleben, wie das Biest sich erhob und einen neuen Angriff startete. Den Göttern sei Dank verging auf dieser Seite des Schleiers die Zeit anders und der gesamte Kampf würde von der Menschenwelt aus gemessen nur wenige Augenblicke dauern. So mussten Hayden und ich immerhin nicht befürchten, dabei entdeckt zu werden, wie wir kurz hinter den Schleier traten, um uns einem der Monster entgegenzustellen, die aller Wahrscheinlichkeit nach mein Vater auf uns hetzte.

Die Luft um Hayden herum knisterte, ich sah die blauen Blitze bereits über seine linke Handfläche zucken, während er mit der Rechten den Dolch gegen die Harpyie richtete. Ich suchte den Himmel ab, um nach ihren Schwestern Ausschau zu halten. Denn wie ich mittlerweile von Hayden wusste, traten Harpyien immer im Trio auf.

»Wo sind die anderen?«, fragte ich skeptisch, bekam jedoch nur einen erstickten Laut zur Antwort. Warum musste Hayden auch mitten im Sprung antworten, während er gerade seinen Dolch über die Brust der über ihm schwebenden Harpyie zog? Die kreischende Harpyie stieß nach oben, wendete und stürzte nun auf mich zu. Das aus ihrer Sicht vermutlich einfachere Opfer. Doch sie hatte offensichtlich nicht mitbekommen, wie gut mich Hayden trainiert hatte. Denn noch während ich mich von ihrem spitzen Schnabel mit den scharfen Zähnen wegdrehte, stieß mein Dolch in ihre rechte Flanke. Ihr lauter Schrei sorgte für einen Schwall derart Übelkeit erregender Luft, dass ich mich konzentrieren musste, um nicht zu würgen.

»Sie flieht«, kommentierte Hayden, während ich noch immer gegen den Drang kämpfte, mich zu übergeben. Als ich schließlich den Geruch der taufeuchten Wiesen um uns herum wieder wahrnehmen konnte, wendete ich mich stolz an meinen Trainer. Doch der stand nur mit zerfurchter Stirn da und starrte in Richtung der abgezogenen Harpyie.

»Ich habe sie in die Flucht geschlagen«, versuchte ich ihm ein Lob zu entlocken. Endlich wandte er sich mir zu und schüttelte langsam den Kopf.

»Sie war nicht aufs Töten aus. Sonst wären sie zu dritt gekommen. Sie muss einen anderen Plan verfolgt haben. Lass uns schnell nach Hause laufen.« Und schon joggte er weiter.

Ich schnaubte. Wie konnte der Typ, der das positive Schicksal verkörperte, nur so miesepetrig und negativ eingestellt sein? Stirnrunzelnd steckte ich meinen Dolch zurück in die Scheide, wo er für Menschen unsichtbar an meinem Oberschenkel verblieb. Hayden hatte mir etliche Details dazu erzählt, aber irgendwann hatte mein Kopf dabei abgeschaltet. Fakt war, dass der Dolch samt Scheide aus irgendeiner magischen Materie bestand, die Menschen nicht sehen konnten – und dass ich den Dolch immer bei mir tragen musste. Denn auch wenn ich Hayden und Phoenix sehr ähnlich war, hatte ich nicht wie die beiden ein cooles Angeber-Tattoo, auf dessen Berührung hin sich aus dem Nichts eine Waffe materialisierte. Ich hatte keine Ahnung, wo Hayden diesen scheinbar magischen Dolch für mich aufgetrieben hatte, der ebenso schwarz wie die Klinge meines Vaters war, doch ich war schon mehr als einmal froh darüber gewesen. Froh wäre ich allerdings auch über ein Wort des Lobes gewesen, was den Fortschritt meines Trainings anging.

Allein der Gedanke daran war so absurd. Vor vier Wochen war ich eine normale Schülerin der Abschlussklasse gewesen, nun übte ich mit Dolchen und manchmal sogar uralten Schwertern, einem Gegner tödliche Verletzungen zuzufügen oder die geistige Kontrolle über jemanden zu übernehmen. Obwohl ich Letzteres nur mit Widerwillen tat, legte Hayden gerade darauf sehr viel Wert. Denn die potenziellen Gegner waren reich an der Zahl. Auch wenn ich alles hatte rückgängig machen können, tat sich etwas, das spürte ich ebenso wie Hayden. Immer wieder traten die grausamsten mythologischen Monster im Schleier auf uns zu, was vor meinem Eingriff kaum vorgekommen war, wie Hayden mir immer wieder versicherte. Die faltige Harpyie von eben war uns nicht das erste Mal untergekommen – oder eine ihrer Schwestern. Mir taten noch immer die Augen weh, wenn ich an den Angriff der Gorgonin dachte. Wir waren zwar nicht zu Stein geworden, wie es die Mythen berichteten, aber ihr Anblick hatte so in den Augen geschmerzt, dass wir nichts mehr hatten sehen können – was in einem Kampf natürlich suboptimal war. Noch mühsamer war der Kampf gegen den Wendigo gewesen. Dieses indianische Pendant zum Werwolf hatte uns bei unserem Schwerttraining im Wald angegriffen. Wir mussten das versiffte Ding mit unseren Blitzen kurz lahmlegen, bevor wir es endgültig erledigten, und es danach verbrennen, weil es sonst immer wieder auferstanden wäre. Danach hatte ich von Hayden eine der vielen Lektionen über die ganzen Götter, magischen Wesen und Monster bekommen. Er hatte mir erklärt, dass es Wesen wie den Wendigo überall auf der Welt gab, er jedoch unterschiedlich bezeichnet wurde, ähnlich der Götter der griechischen und später römischen Mythologie. Fantastisch – Hunderte von Namen, die man sich eh nicht merken konnte, für nur eine Sorte Monster. Das Problem blieb immer dasselbe: Sie traten aus dem Schleier und standen plötzlich mitten vor uns, zischten, kreischten, heulten, und wir mussten sie vernichten, ehe wir gefressen wurden.

Dieser Schleier war die Grenze zwischen Götter- und Menschenwelt, die Fortuna vor Tausenden von Jahren gezogen hatte. In ihm lebte alles, was man sich nicht einmal mit der blumigsten Fantasie vorstellen konnte. Aus irgendeinem Grund versagte er in seiner Funktion als Grenze immer mehr und ständig gab es im Internet neue »Sichtungen« von seltsamen Wesen. Im Moment wurden sie noch als Fake News abgetan, aber wie lange noch? Ich wusste schließlich, dass diese Meldungen, die durchs Netz geisterten, der Wahrheit entsprachen. Und ich machte mir Vorwürfe, dass ich durch meinen Eingriff in die Vergangenheit den Schleier irgendwie durchlässiger gemacht hatte. Damit wäre ich schuld daran, dass schon mehrere Menschen verletzt worden waren. Doch mir blieb nichts anderes übrig, als weiterzumachen und zu versuchen, noch Schlimmeres zu verhindern.

Ich lernte immer besser, hinter den Schleier zu sehen und zu kämpfen, aber ohne Hayden hätte mich schon längst das eine oder andere Monster erwischt. Er war sich zwar sicher, dass sie mich nicht töten würden – schließlich hatte mein Vater mich extra ›erschaffen‹, um Fortuna zurückzuholen. Aber von schweren Verletzungen oder dem ein oder anderen Biss war nie die Rede, weshalb ich mich gern dem Training widmete – vor allem an einem Freitagnachmittag wie heute.

Schließlich hatte ich außerhalb der Schule sonst nicht mehr viel zu tun. Durch meine Veränderung des Schicksals hatte ich nebenbei dafür gesorgt, dass der größte Traum meines besten Freundes Cody in Erfüllung gegangen war. Er hatte es geschafft. Der Auftritt an jenem schicksalhaften Abend hatte dafür gesorgt, dass er von einem Talentscout entdeckt worden war – und zwar wirklich nur er. Damit waren unsere Band *Excellence* und auch die gemeinsamen Bandproben Geschichte, während Cody nun nahezu jeden Abend mit seinem neuen Agenten zusammensaß oder sich in einem Tonstudio in Downtown Seattle befand.

Ich freute mich wirklich, dass er endlich das machen konnte, wovon er immer geträumt hatte, und wenigstens einmal in seinem Leben alles gut für ihn lief. Er hatte es mehr als nur verdient. Aber der egoistische Teil von mir konnte sich nicht freuen, weil es sich anfühlte, als hätte ich ihn verloren. Außerhalb der Schule bekam ich ihn kaum mehr zu sehen. Ja, ich hatte sogar den Eindruck, er würde mir aus dem Weg gehen, als wüsste er, dass ich ihn quasi getötet hatte. Vielleicht lag es aber auch an dem Kuss an jenem Abend. Er hatte mich aus dem Nichts heraus geküsst, als wäre es schon lange überfällig. Doch es hatte sich einfach nur falsch angefühlt – ich war mir sicher, für ihn genauso wie für mich. Vermutlich redeten wir deshalb nicht darüber.

Andererseits ... Was hätte ich ihm sagen sollen? Er hatte vergessen, was geschehen war, wusste nicht einmal mehr, dass wir ihm die Wahrheit über Hayden und Phoenix erzählt hatten. Ich konnte also froh darüber sein, dass er so viel beschäftigt war und ich Zeit hatte, ausgiebig zu trainieren. Körperlich sowie mental. Hayden und ich hatten beschlossen, dass ich die magische Kraft der Münze, in Schicksale einzugreifen, nicht mehr nutzen sollte, da ich als Tochter des Zufalls vermutlich nie die gewünschte Wirkung erzielen würde. Da ich nicht wie all die anderen Münzträger zuvor auf das Niederschreiben in das Buch des Schicksals angewiesen war, musste ich außerdem aufpassen, nicht versehentlich auf das Gewebe zu sehen, in dem die Schicksalsfäden aller Menschen zusammenliefen, und dadurch einen meiner Mitmenschen zu lenken. Daher hielt ich mich, so gut es ging, von ihnen fern. Es war einfach zu gefährlich. Meine letzte Beeinflussung eines Schicksals hatte zu unzähligen Todesopfern geführt. Und anders als zuerst angenommen, drängte die Münze den Träger glücklicherweise nicht dazu einzugreifen.

»Deine Zeit war auch schon besser«, stichelte Hayden,

ohne auch nur ein kleines bisschen außer Atem zu sein. Kurz vor den ersten Häusern am Stadtrand wurde er langsamer und zwang so auch mich in ein schnelles Gehen. Ich warf ihm nur einen finsteren Blick zu, denn jegliche bissige Antwort wäre durch mein Keuchen unverständlich gewesen. Am liebsten wäre ich hier an Ort und Stelle, knapp zweihundert Meter von zu Hause entfernt, zu Boden gesunken und nie mehr aufgestanden.

»Verdammt!«, zischte er da und sofort war ich in Alarmbereitschaft und die Erschöpfung verflogen. Hayden war der Gute, er fluchte so gut wie nie, hatte ich in den letzten drei Wochen feststellen können.

Adrenalin flutete meinen Körper und sorgte für ein wenig mehr Sauerstoff. Ich tastete erneut nach der vor Menschen verborgenen Waffe an meinem Oberschenkel, während Hayden seinen silbernen Dolch hervorzauberte. Nur diese besonderen magischen Waffen konnten die übernatürlichen Wesen töten, die uns ständig angriffen. Früher, hatte Hayden erzählt, war ihm nur alle paar Jahre eines der Monster untergekommen. Nun beehrten sie uns beinahe täglich. Welch ein Glück! So sparte ich mir Horrorfilme. Die kamen nämlich nicht annähernd an die widerlichen Kreaturen heran, die wir ständig zu Gesicht bekamen.

Nun spürte auch ich eine Präsenz, ein Ziehen im Gewebe des Schicksals.

Hayden atmete zischend ein und knurrte ein »Was willst du hier?«.

Mein Herz tat einen Satz, während mich gleichzeitig eine lähmende Angst überkam und ich nicht in der Lage war, mich umzudrehen wie Hayden. Mit einem Monster sprach er da nämlich garantiert nicht.

Als er schließlich durch den Schleier trat, übermannten mich all die verdrängten und sorgfältig weggepackten Gefühle. Ich schloss die Augen und mein Körper wandte sich ihm wie von selbst zu, während eine Brise seinen unverwechselbaren Duft nach Natur und Freiheit zu mir wehte. Ich bohrte meine Fingernägel in die Handflächen, um mich von dem Schmerz in meiner Brust abzulenken.

»Ich habe etwas herausgefunden«, sagte Phoenix und ich öffnete die Augen.

Phoenix hielt meinem Blick nicht stand und senkte die Lider. Wie geschwächt er aussah! Seine Lippen glichen einem schmalen Strich. Sein bleiches Gesicht wirkte um Jahre gealtert und ausgezehrt. Tiefe Schatten lagen unter seinen dunkelbraunen Augen. Die dunklen Haare waren in den drei Wochen länger geworden und hingen ihm ins Gesicht. Wie gerne hätte ich ihm die Strähnen hinters Ohr gestrichen, wäre ihm nahe gewesen, hätte ihn berührt. Das Schlimmste jedoch war der Ausdruck in seinen Augen, als er mich endlich ansah. Als wären sie ein Spiegel dessen, was ich so sehr zu verdrängen versuchte.

Wie ferngesteuert trugen mich meine Beine auf ihn zu. Seine Hand streckte sich mir entgegen. Drei Wochen, seit ich die Folgen unserer Beziehung rückgängig gemacht hatte. Drei Wochen, in denen es nicht eine Sekunde gab, in der er nicht in meinem Kopf herumspukte, ich mich an seine Berührung oder seine Küsse erinnerte. Drei Wochen voller Träume, in denen wir uns nahe sein konnten, ohne dass ich ihn damit indirekt tötete. Diese drei Wochen angestauter Gefühle kochten über, als er seine Lider hob und der Schmerz darin mich beinahe zusammenbrechen ließ. Es gab nichts, was ich mir in jenem Moment mehr wünschte, als bei ihm zu sein. Es war ein magischer Moment – bis Hayden mich nach hinten riss und hinter sich zog.

»Verschwinde!«, zischte er Phoenix zu, der einen knurrenden Laut ausstieß. Wenn er so aussah, war er mir immer etwas unheimlich. Nicht ohne Grund. Phoenix war all die Jahre der Mächtigere der beiden gewesen, auch wenn – oder gerade weil – er oft mit miesen Tricks gearbeitet hatte. Auch war er durch den Glauben an das schlechte Schicksal, den die Menschen ihm bei jeder Gelegenheit bestätigten, immer mächtiger geworden, stärker.

»Wie kannst du es riskieren, bei Tag herzukommen?«, legte Hayden nach und brachte die Rädchen in meinem Kopf damit zum Laufen. Hatte Hayden in den letzten Wochen Kontakt zu Phoenix gehabt? Mir hatte er erzählt, dass Phoenix untergetaucht war.

»Ich ... Ich dachte, du wärst von der Bildfläche verschwunden«, stammelte ich und sofort holte Phoenix bebend Luft und ballte seine Hand zur Faust. Den blauen Schimmer darin konnte er jedoch nicht verbergen.

»Du hast ihr nie etwas ausgerichtet?«, presste er hervor. Die blauen Blitze breiteten sich über seine Handrücken aus.

»Sollte sie etwa noch mehr leiden? Ich habe alles dafür getan, dass sie vergisst. Es ist das Beste für euch beide.« Hayden verschränkte die Arme vor der Brust. »Für uns alle.«

»Ich bin hier, verdammt!«, ging ich dazwischen. Das hatte sich also nicht verändert. Noch immer redeten sie über mich, als wäre ich gar nicht da. Ich schnaubte.

Als Phoenix zu mir sah, veränderte sich sein Gesichtsausdruck und mein Herz krampfte sich zusammen. Wie konnte es sein, dass ich ihn direkt vor mir sah und ihn dennoch nicht berühren durfte? Er war so nah, dass ich ihn sogar riechen konnte! Das Sehnen zog in meinem Inneren, nichts wollte ich mehr, als sanft seine Wangen zu berühren oder meine Finger mit seinen zu verflechten.

Doch Hayden hatte recht. Es war besser, Phoenix zu vergessen – ehe noch der letzte Brocken von dem, was einmal mein Herz gewesen war, zerfallen würde.

»Bitte geh«, flüsterte ich gegen alle Sehnsucht und ehe ich meine egoistische Seite nicht länger zurückhalten konnte. Wenn ich unsere Liebe über das Wohl aller anderen stellte, würde ich ihn letztendlich damit vernichten – ihn *und* Hayden. Der Zufall würde das darauffolgende Chaos regieren: mein Vater. Ich konnte ihn nicht gewinnen lassen, konnte nicht riskieren, dass Cody erneut etwas zustieß oder mein Vater es wirklich schaffte, den Schleier zu zerstören und die Götter- wieder mit der Menschenwelt zu verbinden.

Phoenix presste die Lippen fest zusammen und nickte langsam, ehe er hinter den Schleier trat. Tränen brannten in meinen Augen, als ich mich umdrehte und Hayden stehen ließ.

Kapitel 2

Mit schnellen Schritten nahm ich die letzten Meter nach Hause, zwängte mich durch die Hecken, die den hinteren Teil des Gartens vor neugierigen Blicken schützten, und ging zum Hintereingang, den ich nie abschloss, um keinen Schlüssel mitnehmen zu müssen.

Ich fürchtete keine Einbrecher mehr. Menschen konnten mir nicht länger etwas anhaben. Mom würde zwar die Krise bekommen, wenn sie wüsste, dass das Haus so einladend offen stand, aber zum Glück war sie wieder einmal nicht da.

Erst seit wir bei meinem Dad ausgezogen waren, hatte ich bemerkt, wie viel meine Mutter tatsächlich arbeitete. Sie war eigentlich nie anwesend, hatte ständig Seminare oder Termine mit Hausbesitzern, die ihre Dienste als Maklerin in Anspruch nehmen wollten.

In der Küche angekommen, widerstand ich dem Drang, mir ein Glas Wasser einzuschenken und es in einem Zug zu leeren. Seit sich mein göttliches Blut durch den Schnitt an der Münze des Schicksals aktiviert hatte, vertrug ich Nahrung nicht mehr sehr gut – und brauchte sie zum Glück auch nicht mehr. Besonders auf meinen geliebten Kaffee musste ich verzichten, wenn ich mich nicht sofort danach übergeben wollte. Stattdessen krallte ich mich an der kleinen Küchentheke fest. Irgendeinen Halt brauchte ich.

Mit mehrmaligem Blinzeln drängte ich die Tränen zurück, die mir noch immer sofort in die Augen traten, sobald ich allein war. Für wie dämlich ich diese weinerlichen Mädchen in meinen Lieblingsbüchern immer gehalten hatte, die sich nur wegen eines Kerls die Augen ausheulten. Doch nun konnte ich ihre Gefühle allzu gut nachempfinden.

Da mich sonst niemand tröstete, redete ich mir eben selbst ein, dass Phoenix und ich auch wirklich allen Grund zum Heulen hatten. Er war nicht der böse Schurke, der er eigentlich sein sollte, und er hatte mir das Herz mit den besten Vorsätzen gebrochen. Nämlich, indem er versucht hatte, mich von ihm fernzuhalten. Das hatte nur einfach nicht geklappt, weil ein Teil von mir genau diese distanzierte und arrogante Seite an ihm auf schockierende Weise faszinierend fand und danach drängte, Löcher in seinem Panzer zu finden. Mehr von dem zu sehen, was Phoenix unter der rauen Schale verbarg. Hin und wieder hatte ich sein wahres Ich erahnen können und wollte augenblicklich mehr von diesem sanften, liebevollen Phoenix erfahren, der mich mit seiner Art zum Lachen brachte, mich frech herausforderte oder auch mal zur Weißglut trieb.

Ein Geräusch schreckte mich auf und ich erkannte im Augenwinkel, dass Hayden das Haus ebenfalls betreten hatte. Er musste absichtlich draußen gewartet haben, um mir meinen Freiraum zu lassen. Schniefend wischte ich mir mit dem Handrücken mehrmals über das Gesicht. Er sollte mich nicht für noch schwächer halten, als ich sowieso schon war.

»Wir sind mit dem Training noch nicht fertig«, sagte er ruhig und ich war kurz davor, dass mein Ärger über seine Lüge zu Wut wurde. In meiner Hand spürte ich das Kribbeln der Magie, die nur darauf wartete, meine angestauten

Gefühle in einem Funkenschlag loszuwerden. Aber ich riss mich zusammen und starrte Hayden stattdessen vorwurfsvoll an. Der wich meinem Blick aus, kratzte sich nervös im Nacken und trat schließlich wortlos wieder nach draußen. Die Terrassentür ließ er auffordernd offen stehen.

War das sein Ernst? Fassungslos sah ich zur Tür, durch die er verschwunden war. Wie konnte er jetzt an Training denken? Wut kochte in mir hoch und ich folgte ihm mit schnellen Schritten in den Garten, wo er bereits auf der kahlen Fläche inmitten des verwilderten Rasens stand, auf dem wir immer trainierten.

»Du hast mich belogen«, sagte ich, während ich zu ihm trat. Meine angestaute Wut konnte ich wenigstens sehr gut für einen Angriff nutzen. Hayden ging gerade noch in Verteidigungshaltung, doch es war zu spät. Ich hatte ihm bereits einen der kleinen Funkenbälle entgegengeschleudert, die ich – Ichor im Blut sei Dank – seit ein paar Tagen hervorzaubern konnte. Er schien überrascht und sackte auf die Knie. Der Ärger machte es mir leicht, weitere Funken über meine Handfläche zu schicken.

»Du hast ihn ständig gesehen und mir nichts davon gesagt.« Meine Stimme klang so jämmerlich, dass sein Gesichtsausdruck weich wurde, während er sich aufrappelte. Dann wich er schnell meinem Blick aus und nickte.

»Ich dachte, es wäre das Beste für dich. Ich hatte gehofft, du würdest ihn vergessen.« Ich zielte erneut mit Funken auf Hayden und wollte einen Faustschlag hinterhersetzen, doch diesmal war er zu schnell. Er stieß seine Hand nach vorne und hielt mein Handgelenk fest. Blitzschnell drehte ich meinen Arm, entglitt seinem Griff und packte ihn anschließend auf dieselbe Weise – genauso, wie er es mich gelehrt hatte. Mittlerweile waren mir die Bewegungen tatsächlich in Fleisch und Blut übergegangen.

»Konntest *du* sie denn vergessen?« Mein Ton wurde herausfordernd. Alles, was mir derzeit passierte, war auf ähnliche Weise schon einmal geschehen, als mein Dad versucht hatte, seine Brüder zu schwächen und sterblich zu machen. Hayden hatte sich vor vielen Jahren ebenfalls in eine Trägerin der Schicksalsmünze verliebt: Chenoa. Sie hatte ihm einen Teil seiner Unsterblichkeit genommen, hatte mir mein Vater mehr oder weniger detailliert erklärt – nicht genug jedoch, um es Kairos zu ermöglichen, Hayden zu töten. Aus Zorn hatte mein Vater Chenoas Lebensfaden gekappt und Hayden damit seine große Liebe genommen. Woraufhin er sich lange Zeit zurückgezogen und Phoenix die Suche und Beeinflussung der Münzträger überlassen hatte. Das Ergebnis dieser Zeit kann noch heute in den Geschichtsbüchern nachgelesen werden – unter dem Begriff »dunkles Mittelalter«.

Ich ließ Hayden nicht aus den Augen. Erst der Schmerz, der sein Gesicht zu einer Maske verzerrte, brachte mich dazu, wegzusehen und meinen Griff an seinem Handgelenk zu lösen. Er wehrte sich sowieso nicht ernsthaft. Meine Worte hatten ihn geschlagen.

»Es tut mir leid«, sagte ich schnell. Was war ich nur für ein Miststück geworden? Hayden war ein durch und durch guter Kerl. Er war das positive Schicksal. Auch ihm hatte mein Dad übel mitgespielt. Die Geschichte mit Chenoa war zwar Jahrhunderte her, doch für ihn musste das bloß ein Wimpernschlag sein, oder?

»Nein, schon in Ordnung, du hast ja recht. Ich konnte Chenoa nie vergessen.« Er senkte seinen Kopf, doch ich hatte die Verzweiflung und Sehnsucht in seinen Augen gesehen. Eine Sehnsucht, die für immer unerfüllt bleiben würde. »Selbst heute, nach all den Jahrhunderten, denke ich noch jeden Tag an sie. Es tut mir leid, dass ich dir nicht zugetraut habe, dass deine Gefühle für Phoenix genauso stark sind.« Er schluckte und sein Blick ruckte zur Seite, um mir weiterhin auszuweichen. Seine Augen glänzten und er blinzelte vergeblich gegen die Tränen an.

»Wie geht es ihm?«, fragte ich. Nicht nur aus egoistischen Gründen, sondern auch, um Hayden abzulenken. »Er sah schrecklich aus.« Auch Hayden war im Moment nicht das blühende Leben, sah aber lange nicht so ausgezehrt aus wie Phoenix.

»Phoenix ist es nicht gewohnt, nicht das zu bekommen, was er will«, seufzte Hayden. »Er war immer der Stärkere von uns beiden, weil Menschen Schicksalsschläge nun mal viel bewusster wahrnehmen als positive Wendungen. Auch wenn ich es nicht gern zugebe.« Er lachte freudlos auf. »Für mich ist es immer noch seltsam, dass er mich nicht jeden Moment angreifen wird, um zu versuchen, mich auszuschalten.«

Ich verzog meinen Mund zu einem halben Lächeln. Immerhin konnte Hayden schon wieder scherzen, denn sich gegenseitig umzubringen, würden die beiden nicht riskieren. Schließlich waren sie durch Kairos' Intrigen über all die Jahrtausende hinweg zu einem Gleichgewicht geworden. Wurde einer getötet, verging auch der andere – das hatte Kairos äußerst geschickt arrangiert. Oder vielleicht auch Fortuna. Wer außer meinem Vater wusste das schon.

»Vielleicht schalte ich dich stattdessen aus?« Ich täuschte einen Satz nach vorn an, bog mich jedoch im Ausfallschritt unter Haydens Gegenschlag hindurch und knuffte ihn fest in die Seite. Sein Aufkeuchen war wie ein Ritterschlag. Es kam leider viel zu selten vor, dass ich ihn tatsächlich überrumpeln konnte.

»Phoenix hat nach Kairos gesucht«, erklärte Hayden, nachdem er den Schmerz auf die Oberschenkel gestützt weggeatmet hatte. »Er hat so ziemlich alle Menschen gecheckt, deren Lebensfaden auch nur entfernt mit deinem in Berührung kommen könnte. Doch in den letzten drei Wochen ist keine bemerkenswerte Veränderung aufgetreten. Wir müssen also davon ausgehen, dass er verschwunden ist.«

»Sicher nicht auf Dauer«, warf ich mit skeptischem Blick ein.

Hayden schüttelte den Kopf. »Nein, das ganz sicher nicht. Er wird seine Pläne überdenken und dann zurückkehren. Wenn es so weit ist, müssen wir bereit sein.«

Ich nickte. Bereit sein. Wer konnte schon für die Rückkehr der Götter – oder was auch immer Dad wirklich plante – bereit sein? Mein Handy in der Tasche vibrierte und ich zog es heraus.

»Wir sind spät dran. Mein Termin bei Dr. Phyllis ist bald.« Ich war schon im Begriff, zurück ins Haus zu gehen, als Hayden die Lippen zusammenpresste und mich flehend ansah. Das hatte er definitiv mit Phoenix gemeinsam. Ich seufzte.

»Ich kann dich nicht davon abbringen, oder?« Er bedachte mich mit einem Dackelblick, der tausend Frauenherzen auf einmal zum Schmelzen gebracht hätte. Ich jedoch schüttelte den Kopf.

»Diese Termine sind neben der Schule die einzige Konstante in meinem Leben. Und ich bin dort sicher – auch ohne dich.«

Als Phoenix noch an meiner Seite gewesen war, war diese eine Stunde, die ich auf Wunsch meiner Mutter bei der Therapie verbrachte, seine persönliche Hölle gewesen. Ihm war es nicht möglich, das Gebäude zu betreten. Genauso wenig wie Hayden. Seit meine Fähigkeit oder mein übermenschliches Blut erwacht war, spürte ich diese magische Barriere an der Tür des Gebäudes in der 16th Avenue Southwest ebenfalls, aber lange nicht so stark wie die beiden.

Hayden schnaubte. »Es tut sich was. Du spürst es doch auch, oder?«

Ich presste die Kiefer fest zusammen und nickte langsam. Dann wandte ich mich um und ging die Treppe nach oben, um den Staub und den Schweiß des Trainings wegzuduschen. Dabei dachte ich unentwegt darüber nach, was genau ich denn spürte. Vielleicht könnte uns das den entscheidenden Vorteil verschaffen.

Kapitel 3

Wer, wie ich neuerdings, einen Blick auf das Gewebe des Schicksals werfen konnte, stellte fest, dass es von weiter weg wie ein komplexes Bild – oder besser noch viele einzelne Bilder und Szenen in einem – aussah. Erst beim Näherzoomen erkannte man die Milliarden einzelner Fäden, aus denen das Bild gewoben war. Und jeder dieser zahlreichen Fäden stand für einen Menschen. Er tangierte die anderen Fäden, verknotete sich zu Familien oder Freundschaften, ging getrennte Wege, ehe er irgendwann endete …

All das konnte ich seit etwas mehr als drei Wochen sehen und ich wurde immer geschickter darin, mich auf einzelne Teile zu konzentrieren. So ließ sich auch das, was die Menschen für Schicksal oder Zufall hielten, besser erklären. Denn der Lebensweg eines einzelnen Menschen war klar und deutlich abzusehen. Erst wenn jemand gezielt eingriff, gab es Krümmungen, wo keine sein sollten.

Solche Krümmungen waren der Verdienst von Kairos, Phoenix oder Hayden. Vor drei Wochen hatte das Gewebe eine große Delle erhalten, einer dicken Narbe gleich, als ich mit einem Schlag alle Konsequenzen meiner damaligen Entscheidung für Phoenix rückgängig gemacht, ihn aus meinem Leben gelöscht hatte, wenngleich meine Gefühle für ihn nach wie vor dieselben waren. Denn jeder Faden berührte automatisch etliche weitere, alles hing zusammen. Eins bedingte das andere – der berühmte Domino- oder auch Schmetterlingseffekt.

Daher wusste ich auch, was Hayden mit »es tut sich was« gemeint hatte. Ich spürte ein Kribbeln, das über das Gewebe fuhr wie kleine Stromstöße. Es würde etwas passieren, neue Verknüpfungen standen unmittelbar bevor. Ich hatte es damals zwar nicht richtig einschätzen können, aber genau dasselbe Kribbeln hatte ich gespürt, bevor bei unserem vermeintlich großen Auftritt im Club so viele Menschen ihr Leben lassen mussten.

Doch was genau stand uns nun bevor? Kehrte mein Vater zurück? Das Gewebe war zum Zerreißen gedehnt, voller Erwartung angespannt – und ich mit ihm.

Ich stieg aus der Dusche, zog mich an und trocknete mir in Windeseile die Haare. Als ich nach unten kam, stand Hayden mit erhobenen Händen da, als hätte er eben noch wild gestikuliert, und sah nun langsam zu mir. Das Gefühl, in ein Gespräch über mich selbst hineingeplatzt zu sein, überkam mich und es war einfach nur peinlich. In diesem Fall aber auch peinlich für Hayden, dessen Gesprächspartner verschwunden war.

Die Luft in der Küche war dennoch erfüllt von seinem Geruch nach Natur, Abenteuer, Freiheit und Geborgenheit zugleich. Mein Herz verkrampfte wie der Rest meiner Eingeweide. Die Sehnsucht nach Phoenix zerrte erneut an mir und boxte mir anschließend in den Magen – anders konnte ich den Schmerz in meinem Inneren nicht beschreiben. Verdammt, anstatt leichter zu werden, wurde es immer schlimmer und all die Ablenkung brachte rein gar nichts.

»Was wollte er?«, fragte ich irgendwann mit krächzender

Stimme, ehe ich mich mehrmals räusperte, um den Kloß in der Kehle loszuwerden.

»Ich erzähle es dir unterwegs. Oder willst du den Termin doch absagen?« Hayden sah mich erwartungsvoll an, bis ich den Kopf schüttelte und in den Flur ging, um meine Schuhe anzuziehen.

»Ich habe es befürchtet«, murmelte er hinter mir.

Während wir losgingen, schwieg Hayden unentwegt, bis ich ihn endlich auffordernd ansah.

Er verzog den Mund. »Indianer.«

»Was?« Ich blieb stehen, weil ich dachte, ich hätte völlig in Gedanken versunken einen Teil seines Satzes verpasst.

»Hier überall«, er zog mit seinem Finger einen Kreis über seinem Kopf, »gab es früher Indianerstämme und zahlreiche Kultstätten.«

Was genau er mir damit sagen wollte, konnte ich immer noch nicht erkennen. Genau das musste er mir angesehen haben, denn Hayden verdrehte die Augen und wechselte in einen Tonfall, in dem man Kleinkindern die Welt erklärte.

»Das Gebäude in der Sechzehnten, in dem sich die Praxis deiner Therapeutin befindet, wurde auf einer solchen Kultstätte erbaut. Phoenix vermutet, dass wir deshalb nicht hineingehen können. Die Schamanen der Indianer haben ihre eigenen Wege, Übernatürliches auszuschließen.«

»Was? Mitten in der Stadt?« Ich war fassungslos. Natürlich wuchs hier jedes Kind mit dem Wissen um die alten Indianerstämme auf, die in der Gegend gelebt hatten. Aber dass sich jemals etwas davon aktiv auf mein Leben auswirken würde, hätte ich nie vermutet. Ich erschauderte, als sich meine Gedanken verselbstständigten, und murmelte ein »Friedhof der Kuscheltiere?«, während mir gruselige Bilder von ehemals toten Tieren vor dem inneren Auge vorbeizogen.

»Wie?« Nun war es an Hayden, mich verständnislos anzustarren. Ha! Codys und meine Filmsucht hatte doch einen Vorteil. Zumindest gegenüber einem jahrtausendealten Wesen, das eher auf Musik als auf Filme stand.

»Ist dort denn schon einmal etwas Übernatürliches aufgetreten?«, fragte ich nach einer kurzen Pause. Anfangs hatte ich es toll gefunden, dass Phoenix mir nicht zu Dr. Yates folgen konnte. Seit ich mich jedoch selbst dort so unruhig und nervös fühlte, wäre es mir sehr recht gewesen, wenn Dr. Yates auch den Kindern Fortunas Zutritt zur Praxis gewährt hätte. Geheimnisse gab es sowieso keine mehr. Meine Sicherheit war mir wichtiger. Aber ich konnte ja kaum meine Therapeutin wechseln, weil mir die Lage ihrer Praxis nicht gefiel – diese Auseinandersetzung mit Mom würde ich mir gerne ersparen. Ich seufzte, als wir auf dem Platz vor dem Gebäude ankamen.

»Soll ich deine Mutter überreden ...«, setzte Hayden an, der anscheinend genau wusste, was ich gerade dachte, doch ich brachte ihn mit einem schnellen Winken zum Verstummen. Er wusste, wie sehr ich gegen die Beeinflussung von Menschen war – und doch versuchte er immer wieder, mich davon zu überzeugen. Auch bestand er darauf, dass ich es selbst in unseren Trainingsstunden regelmäßig übte.

»Es sind nur sechzig Minuten, Hayden. Mir wird nichts passieren, außer dass ich mich danach fühle wie nach einer Stunde Achterbahnfahren.« Immerhin hieß die Aussperrung des Schicksals aus dem Gebäude doch auch, dass mir nichts geschehen konnte, oder?

Wie bereits die letzten beiden Male versuchte Hayden,

durch die von mir aufgehaltene Glastür zu treten. Und wie bei den letzten Malen prallte er an einer unsichtbaren Wand ab, ehe er grummelnd zurücktrat und mich nicht aus den Augen ließ, bis sich die Fahrstuhltür schloss. Ich drückte die Hände auf meinen Bauch, um die aufkommende Übelkeit unter Kontrolle zu halten. Wieder einmal war ich froh, dass ich nicht mehr in der Lage war, etwas zu essen oder zu trinken – was sich nicht in meinem Magen befand, konnte schließlich auch nicht rückwärts wieder hochkommen.

Doch heute war da noch etwas anderes. Die Münze des Schicksals, die noch immer an einem Lederband um meinen Hals hing, brannte beinahe schmerzhaft auf dem Stoff meines Shirts, und als ich einen Blick in den Spiegel an der Kabinenwand warf, erschrak ich. Die Münze flimmerte und verschwand immer wieder wie alte Fernsehübertragungen bei schlechtem Signal. Lag es an der Barriere? Oder hing es mit der Spannung im Gewebe zusammen? Ich stopfte die Kette samt Münze unter mein Oberteil, wo sie sich prompt in die Haut zu brennen schien, sodass ich keuchend die Luft einsog.

Ich biss die Zähne zusammen und ignorierte den Schmerz, während die Aufzugtür zur Seite glitt.

Dr. Yates stand wie immer bereits an der Rezeption und schenkte mir ein Lächeln. Es war jedoch kein warmer Empfang wie all die vergangenen Male, sondern eher eine billige Kopie davon. Wie immer bedeutete sie mir, ins Sprechzimmer zu gehen, doch auch hierbei wirkte sie heute anders, irgendwie nervös und fahrig.

Sie setzte sich langsam, wobei mir auffiel, wie kreidebleich sie war, und ich machte mir unwillkürlich Sorgen.

»Geht es Ihnen nicht gut?« Die Worte waren schneller draußen, als ich denken konnte.

Dr. Yates schüttelte langsam den Kopf. Ich sah, wie sie mehrmals schluckte. So fest, dass sich ihre heute sehr eng anliegende Kette mit dem türkisfarbenen Stein rührte und das einfallende Licht reflektierte. Dann bewegte sie ihren Kopf noch einmal langsam hin und her, was das Funkeln nur verstärkte, ehe sie aufsprang und mit einem Satz zur Tür hinausstürmte. Den Geräuschen nach zu urteilen schaffte sie es gerade noch zur Toilette.

Es gab Sachen, die musste ich nicht gehört haben. Wie sich die eigene Therapeutin die Seele aus dem Leib kotzte, zum Beispiel. Also sah ich schnell zum Fenster hinaus und versuchte, die Würgegeräusche zu ignorieren, von denen mir selbst ebenfalls übel wurde.

»Kiera, ich fürchte, wir müssen unseren Termin verschieben. Vermutlich habe ich etwas Falsches gegessen«, keuchte Dr. Yates. Sie lehnte kreidebleich am Türrahmen. »Ich melde mich bei dir, okay?«

Nickend und noch immer heftig gegen die aufkommende Übelkeit anschluckend schob ich mich an ihr vorbei und verließ das Sprechzimmer. Ohne auch nur einmal Luft zu holen, passierte ich die Rezeption, wartete anschließend ungeduldig auf den Fahrstuhl und fuhr nach unten. Auch ich war froh, heute schneller als sonst aus dem Gebäude zu kommen, meine Münze brannte mir immer noch auf der Haut und dieses Etwas, das in der Luft lag, sorgte dafür, dass sich mein Magen verkrampfte. Vielleicht war es aber auch die Erinnerung an das grünliche Gesicht von Dr. Yates, ehe sie aus dem Raum gestürmt war. Ich schluckte.

Draußen auf dem Vorplatz holte ich mehrmals tief Luft und genoss das befreiende Gefühl, ehe ich nach Hayden suchte, der natürlich nicht da war. Er rechnete ja erst in einer Stunde mit mir, warum hätte er sich also hier die Beine in den Bauch stehen sollen?«

Die dumpfen Schreie jedoch, die ich ganz entfernt vernahm, und die ich im ersten Moment für Kindergeschrei gehalten hatte, ließen mir das Blut in den Adern gefrieren.

Kapitel 4

Schnell konzentrierte ich mich auf das Geräusch und ließ meinen Blick durch den Schleier dringen, suchte instinktiv den Himmel nach der Harpyie vom Morgen ab. Doch die flatterte gerade mit ihren löchrigen Schwingen davon. Hayden hatte recht behalten. Sie hatte nicht geplant, uns etwas zu tun, sondern nur das auf mich gehetzt, was nun jenseits des Schleiers auf mich zukam: Die Wesen gingen auf zwei Beinen und waren so wunderschön, dass jeder Mensch auf dem Planeten vor Entzückung geseufzt hätte. Deshalb wusste ich sofort, mit wem oder besser gesagt, was ich es zu tun hatte. Hayden hatte mir von ihnen berichtet und seine Beschreibung kam mir wieder in den Sinn.

»Es gibt nichts Anziehenderes als Lamien«, hatte er behauptet und nun wusste ich, wie wahr die Worte waren, die ich damals noch belächelt hatte. Selbst Hayden und Phoenix, die schon wirklich unverschämt gut aussahen, weil sie ihr Äußeres den Wünschen und Vorstellungen des potenziellen Trägers anpassten und von einer Aura umgeben waren, die automatisch alle Blicke auf sich zog, konnten nicht annähernd mit diesen Dämonen mithalten, die die mythologische Vorlage für die Vampire bildeten. Mit ihrem Aussehen verzauberten sie ihre Opfer und tranken anschließend genüsslich ihr Blut. Hayden hatte erzählt, dass die Opfer danach wie betrunken waren, was mich trotz des Ernstes der Lage hatte kichern lassen. Die Vorstellung war schon seltsam. Die Kreaturen beißen dich und du wirst high? Irgendwie unfair.

Meine Hand griff wieder zu meinem Oberschenkel, an dem die Scheide für meinen Dolch angebracht war. Es dauerte, bis ich die Waffe gezogen hatte. Zu lange.

Nach ein paar übernatürlich schnellen Schritten war die erste Lamia nur noch knapp zwei Meter entfernt. Es waren drei Frauen, eine brünett, eine blond und eine mit rot wallendem Haar. Sie waren so unbeschreiblich schön, dass ich den männlichen Wesen auf dem Planeten sofort hätte abschwören können. Es tat beinahe weh, sie anzusehen. Doch ich musste mich konzentrieren, schließlich wusste ich, was Menschen blühte, die einer Lamie verfielen: Sie endeten als Snack.

Dann war das erste Miststück bei mir und versuchte, mich mit seinem Blick zu bannen, indem es mir mit bezauberndem Lächeln starr in die Augen sah.

»Pech gehabt, Mädchen. Bei mir funktioniert dein Trick nicht.« Ich hatte schon immer etwas in der Art sagen wollen und es tat so gut. Doch mein vorlautes Verhalten wurde sofort bestraft. Die blonde Lamia knurrte und fauchte und war mit einem großen Satz bei mir. Im letzten Moment bog sie sich nach hinten, um nicht direkt in meinen Dolch zu springen. Schade aber auch. Sie tänzelte ein paar kleine Schritte zurück und stand nun wieder zwischen ihren Freundinnen.

Die Aktion hatte ihre Wut jedoch so richtig angeheizt. Jetzt, wo sie wusste, dass sie mich nicht friedlich würde aussaugen können, entglitt ihr das hübsche Gesicht und wurde zu einer bleichen verzerrten Fratze mit vergilbten Zähnen und mehr Falten, als eine Hundertjährige sie hatte. Das war nun wirklich widerlich.

Ich machte einen Sprung zur Seite, konzentrierte mich auf den Übertritt und bewegte mich ab diesem Moment wie sie innerhalb des diffusen Lichts des Schleiers. Kein Mensch würde Zeuge dessen werden, was nun passierte. Da die Zeit hinter dem Schleier unendlich viel langsamer verging, konnte ich einen kompletten Kampf durchstehen und wieder in die Menschenwelt übertreten, ohne dass ich für diejenigen dort wirklich weggewesen war. Daher hatte ich immer gedacht, Phoenix oder auch Hayden würden sich beamen. Mit etwas Übung war es aber gar nicht so schwer.

Auf dieser Seite des Schleiers hatte ich endlich genug Zeit, mich auf die Angriffstaktiken zu konzentrieren, die Hayden mir in den letzten Wochen beigebracht hatte.

Ich musste sie zu mir kommen lassen. Die Lamien besaßen keine Selbstbeherrschung, wurden rasend, wenn sie Nahrung witterten. Das war die beste Chance, sie zu einer unklugen Tat zu verleiten, hatte Hayden behauptet und ich versuchte, seinen Tipp umzusetzen, indem ich den Dolch nahm und mir in einer schnellen Bewegung in den Handballen ritzte. Sofort quoll dunkelrotes Blut zäh aus der Wunde und die drei Lamien heulten auf. Ihre Augen leuchteten plötzlich in grellem Rot. Sie rasten vor Hunger. Blondie stieß ihre Freundinnen zur Seite und sprang mit gebleckten Lippen auf mich zu. Sie sah nicht auf meinen Dolch, nicht auf mich, sondern hatte nur Augen für das dunkelrote Blut an meiner demonstrativ nach oben gerichteten Handfläche.

Hayden hatte mir gesagt, dass mein Blut für sie fast genauso reizvoll sein musste wie das von ihm oder Phoenix. Wer nahm nicht gerne einen Drink mit einem Schuss Götterblut darin?

Blondie musste ein regelrechter Junkie sein, ignorierte

jegliche Gefahr und rannte direkt in meinen nach vorne gerichteten Dolch. Für einen kurzen Moment wurden ihre Augen klar. Sie sah nach unten, registrierte die Waffe in ihrem Bauch. Angst huschte über ihr Gesicht, ehe es sich erneut verzerrte und sie sich mit voller Kraft gegen meinen Arm presste – wobei der Dolch immer weiter in ihren Körper eindrang. Ich wollte die Hand erheben, die Magie anzapfen, die mir schon im Kampf gegen die Gorgonin den Hintern gerettet hatte. Ich konnte nämlich blaue Energieblitze aus meinem Körper ziehen und damit meinen Gegnern einen kräftigen Schlag verpassen, der sie kurz lähmte, um sie danach mit dem Dolch zu töten. Leider laugte das Blitzen ziemlich aus, wenn man genug Energie aufwenden wollte, um jemanden komplett lahmzulegen, daher trainierte Hayden mit mir lieber die altmodische Verteidigung mit der Waffe.

Die Lamia schien jedoch über meine Magie Bescheid zu wissen. Sie riss die Hände nach oben und packte mich an den Oberarmen. Ihr Griff war eisern, meine Arme nun fixiert, sodass ich meine freie Hand nicht gegen sie richten und ihr einen elektrischen Schlag verpassen konnte. Ich versuchte, mich zu bewegen, den Dolch aus ihrem Bauch zu ziehen, um ihr den entscheidenden tödlichen Stoß in die Brust zuzufügen, doch ich hatte keine Chance.

Und in wenigen Sekunden auch kein Leben mehr. Die Brünette und Rotlöckchen kamen mit breitem Lächeln und rot leuchtenden Augen langsam auf mich zu. Sie waren wesentlich beherrschter als Blondie und legten ihre Köpfe schief, als würden sie ihre aufgespießte Freundin bedauern, sich aber gleichzeitig freuen, dass sie die Waffe unter Kontrolle bekommen hatte.

Erneut stemmte ich mich mit aller Kraft nach hinten und

versuchte, Blondies Krallen zu entkommen. Ihre langen Finger bohrten sich tiefer in meine Arme, ehe sie mich zu sich zog, sodass sich der Griff des Dolches bereits in meinen Bauch bohrte. Dabei wurde meine Hand mit dem Dolch, die zwischen uns beiden eingequetscht war, immer weiter in Blondies Innereien gepresst und dabei so schmerzhaft verdreht, dass ich meine Waffe loslassen musste, um mir nicht das Handgelenk zu brechen. Blondie leckte sich die Lippen, ehe ihr Kopf nach vorne schoss und sie nach meinem Hals schnappte. Igitt!

Der Ekel mobilisierte neue Kräfte in meinem Körper und ich schlug mit voller Wucht den Kopf gegen die Nase der Lamia. Sie kreischte auf und wich zurück, ließ mich jedoch nicht komplett los. Hastig tastete ich nach dem schleimigen Griff meines Dolchs, umfasste ihn widerwillig und riss ihn nicht vor oder zurück, sondern mit aller mir zur Verfügung stehenden Kraft nach oben. Hätte mir vor ein paar Wochen jemand gesagt, dass ich eiskalt ein anderes Wesen abstechen würde, hätte ich mir wohl nur lachend an die Stirn getippt und meine Gedanken über denjenigen besser für mich behalten. Aber wenn es um das eigene Leben ging, war man doch zu mehr bereit, als man sich vorher vorstellen konnte. So wie jetzt, als Blondie aufheulte und endlich meine Oberarme losließ, ich ihr meine linke Hand an die Brust legte und die Energie darin bündelte. Funken stoben auf, ein feines blau leuchtendes Netz breitete sich von meiner Hand über die Lamia aus und brachte sie zum Zittern, ehe meine Waffe endlich ihr Herz erreichte. Sie zerfiel zu Staub und ich stand mit meiner blutgetränkten Waffe da wie ein irrer Psychokiller.

Für einen winzigen Moment schienen die beiden übrigen zu überlegen, ob ihnen dasselbe blühen könnte wie ihrer

Jagdgefährtin. Dann jedoch verständigten sie sich wortlos und rasten zeitgleich auf mich zu.

So viel zum Thema blutgierig und total planlos. Ich verfluchte Hayden in dem Augenblick, in dem mich die beiden auf den Rücken warfen.

Kapitel 5

Im letzten Moment vor dem Aufprall stützte ich meinen Kopf mit der linken Hand ab, dankte Hayden in Gedanken für das anfangs von mir verhasste Falltraining, ohne das ich jetzt vermutlich vor Schmerzen nicht mehr hätte denken können. Meine Rechte mit dem Dolch wurde sofort seitlich eingeklemmt, vermutlich von Rotlöckchen. So von Nahem wirkten die roten Augen verstörend, das vorher noch so glänzende Haar der Brünetten fiel mir fahl ins Gesicht. Ich versuchte, die Hände nach oben zu bekommen, um ihren gierigen Mund von mir wegzuschieben, doch ich schaffte es nicht. Ihr Atem ließ mich würgen, bis mich ein stechender Schmerz in meinem rechten Arm davon ablenkte. Das andere Biest hatte mich gebissen!

Ich versuchte, alles außer den immer länger werdenden Zähnen vor mir auszublenden, als das Gewicht plötzlich von meiner Seite genommen wurde und ich meine Waffe wieder frei hatte. Ganz kurz ließ mich die widerliche Vorstellung, ein mythologisches Monster direkt über mir zu töten, zögern, aber wirklich nur ganz kurz. Es hieß entweder sie oder ich. Ich wappnete mich auf das Bad in Lamienblut, riss die Hand mit dem Dolch nach oben und ließ sie anschließend nach unten sausen.

Mit geschlossenen Augen hielt ich die Luft an, als sie zu

Asche zerfiel und auf mich niederregnete. Doch es blieb keine Zeit für Ekel.

Ich sprang auf, wie Hayden es mir zig Male gezeigt hatte, und sah an die Stelle, an der bis gerade eben noch Rotlöckchen auf meinem Arm gesessen und mich gebissen hatte. Sie war weg. Und ich wusste auch, warum. An der Stelle stand Phoenix mit funkelnden dunklen Augen und starrte mich nahezu gierig an.

Sein Brustkorb hob und senkte sich schnell unter dem eng anliegenden dunklen T-Shirt. Aus einer Wunde an seinem Arm lief schwarzes Blut. Die Lamia hatte ihn noch gebissen, ehe er sie getötet hatte. Reglos stand er inmitten der Asche und scannte mich mit seinem Blick von oben bis unten, bis ich den Drang verspürte, mich zu bedecken.

»Du blutest«, flüsterte ich kaum hörbar über meinen polternden Herzschlag hinweg.

»Du auch.« Er schluckte. Sein Mund war fest zusammengepresst. Selbst mit all der Asche und dem Blut im Gesicht sah er immer noch schöner aus als jeder Sterbliche, dem ich bisher begegnet war.

»Danke.« Ich wusste nicht, was ich sagen sollte, widerstand mit aller verbliebenen Kraft dem Drang, auf ihn zuzuspringen und mich an seine Brust zu werfen. Der Schmerz, der nun direkt aus meinem Inneren kam, war größer als der vom Biss der Lamia.

Er zuckte vor, verharrte.

Bitte bleib, wo du bist, schrie ich in Gedanken, weil ich wusste, dass ich mich nicht würde beherrschen können. Haydens Warnung, Phoenix nie wieder zu berühren, war nur noch ein schwaches Echo in meinem Kopf. Ein dümmliches Grinsen schlich sich in mein Gesicht.

Phoenix kniff misstrauisch die Augen zusammen. Er sah so sexy aus, wenn er das tat. Die Umgebung verschwamm immer weiter zu einem fast farblosen Rauschen, während ich ein paar Schritte auf ihn zuging.

Erst wich er instinktiv zurück, dann jedoch glitt die Anspannung aus seinem Körper und er lächelte das strahlendste Lächeln, das ich je gesehen hatte. Ich konnte nicht mehr sagen, wer von uns den ersten Schritt machte, aber plötzlich waren wir uns so nah, dass nicht einmal mehr Luft zwischen uns passte.

Ich lachte, völlig benebelt vor Glück, während Phoenix mich an sich drückte und seinen Mund auf meine schmutzige Stirn presste. Die Berührung war elektrisierend, berauschend, mein Puls raste auf und davon.

Seine Hände umgriffen mein Gesicht. Zärtlich, aber bestimmt. Ich wehrte mich nicht, als Phoenix meinen Kopf nach hinten bog, sah nur noch in seine dunklen Augen, in denen Begierde und so viel mehr stand. All das, was ich fühlte und versucht hatte zu verdrängen. Warum nur?

Mir entfuhr ein glückliches Seufzen, Phoenix lächelte, so warm, wie ich es nie zuvor an ihm gesehen hatte. Ich wollte nur noch, dass diese Lippen mich küssten, und schloss voller Vorfreude die Augen.

Sein Atem glitt über mein Gesicht, streifte meine Schläfe, dann die Wange, als er nur Millimeter entfernt daran entlangfuhr. Meine Haut prickelte. Seine Lippen kamen den meinen immer näher, mein Atem stockte und ich hielt die Luft an, um keine Sekunde dieses kostbaren Moments zu verpassen.

Mein Innerstes explodierte, als Phoenix' Lippen meine berührten, gefolgt von einem animalischen Brummen, das tief aus seiner Kehle stieg.

»Was zur Hölle tut ihr da?«, durchschnitt da eine Stimme mein Glücksgefühl. Dann verschwand mein Halt abrupt und ich riss taumelnd die Augen auf. Blaue Augen funkelten mich aufgebracht an, ehe Haydens Aufmerksamkeit wieder Phoenix galt, in dessen Hand bereits blaue Funken aufstoben.

»Verschwinde!«, zischte Phoenix, doch Hayden schüttelte nur stumm den Kopf. Er setzte zu etwas an, das vermutlich eine längere Schimpftirade werden sollte, und mein Blick fiel in sein Gesicht. Wie ein Fisch auf dem Trockenen öffnete und schloss er den Mund, ohne dass ein Wort herauskam. Er sah so lustig aus! Sein strenger Blick machte das Ganze nicht besser, und ein Glucksen stieg in mir hoch. Zuerst versuchte ich noch, es zu unterdrücken, doch schnell gab ich auf und lachte aus vollem Hals. Phoenix sah mich zunächst stirnrunzelnd, dann amüsiert an, und stimmte schließlich in mein Lachen ein. War das nicht alles einfach unglaublich witzig?

Hayden blickte entgeistert von mir zu Phoenix und wieder zurück. Dann schlug er sich gegen die Stirn, kam mit schnellen Schritten zu mir und rieb mir die Asche der Lamia vom Hals und anschließend den Händen.

»Sie hat dich gebissen«, stellte er fest.

»Japp«, nickte ich so eifrig, dass mir schwindelig wurde. Ich grinste breit die zwei Haydens vor mir an und überlegte, welcher wohl der echte war. Dazu kniff ich abwechselnd ein Auge zu und machte mir einen Spaß daraus, wie Hayden hin und her sprang. Es war zum Brüllen!

»Verdammt, Kiera. Hör auf mit dem Mist.« Haydens Stimme klang so todernst, dass ich die Lippen fest zusammenpresste und ihn aus großen Augen ansah. Vor Anstrengung, nicht zu kichern, traten mir Lachtränen in die Augen.

Hinter Hayden prustete Phoenix weiter. Hayden sah zu seinem Bruder.

»Hat sie dich auch erwischt?«

Phoenix' Lachanfall war ihm wohl Antwort genug. Er schnappte mich, hob mich hoch und warf mich wie einen großen Sack Kartoffeln über die Schultern.

Ich strampelte, wollte zurück zu Phoenix, trat um mich, doch Hayden blieb ein Spielverderber. Ich heulte auf, Phoenix jagte hinterher, doch Hayden schoss ihm einen blauen Energieball entgegen, der ihn auf den Hintern schleuderte, weil er beim Ausweichen nicht ganz so schnell war wie sonst. All das beobachtete ich mit dem Kopf nach unten über Haydens Schulter hängend.

Phoenix saß da wie ein kleines Kind, dem man das Spielzeug weggenommen hatte – doch dann begann er sich vor Lachen zu schütteln und hörte nicht mehr damit auf, bis wir außer Sicht waren. Ich schloss die Augen und genoss das Schaukeln und das Karussellfahren in meinem Kopf, das breite Lächeln wie ins Gesicht getackert. Irgendwo ganz tief in meinem Unterbewusstsein gellte ein Alarmton.

Kapitel 6

Ich hatte noch nie im Leben solche Kopfschmerzen gehabt. Bereits ehe ich komplett aufgewacht war, dröhnte es an meinen Schläfen und das Pochen hallte gefühlt bis zu meinen Zehen. Ich stöhnte auf und versuchte, die Augen zu öffnen.

»Wird auch Zeit«, brummte eine Stimme alles andere als freundlich neben mir so laut, dass ich am liebsten aufgeschrien hätte.

Ich verzog das Gesicht und setzte all meine Willenskraft dafür ein, die Lider zu heben, das gleißende Licht, das durch das geöffnete Fenster drang, zu ignorieren und dem Drang nicht nachzugeben, mich sofort wieder unter der Bettdecke zu verkriechen. Konnte es sein, dass mein Kissen noch immer nach Phoenix roch? Ich sog tief die Luft ein und vergaß für einen klitzekleinen Moment die Kopfschmerzen.

»Erzähl mir, was passiert ist«, forderte Hayden und prompt kehrten sie zurück. Durch ein halb geöffnetes Auge beobachtete ich, wie er die Arme vor der Brust verschränkte. Dann kam langsam aber sicher die Erinnerung wieder – und der wahre Grund, warum ich Phoenix' Geruch in der Nase hatte.

Oh mein Gott!

Sofort schoss mir Hitze in die Wangen, als ich daran dachte, wie ich mich benommen hatte. Hayden hatte mich –

und auch Phoenix – gerettet. Wer konnte schon ahnen, was passiert wäre, wenn er mich nicht ›entführt‹ hätte. Ich schluckte und murmelte ein »Tut mir leid«.

»Es ist nicht deine Schuld«, sagte Hayden, nun etwas besänftigter.

Ich richtete mich langsam in meinem Bett auf – trotz des Hämmerns in meinem Schädel. Die Welt drehte sich noch immer leicht, mein Schreibtisch blieb nur ruhig stehen, wenn ich ihn hoch konzentriert ansah. Mir war übel und ich hatte auch Mühe, mein Gegenüber zu fixieren. Endlich gelang es mir und ich erkannte Haydens blaues Auge.

»Was ...«, setzte ich an, doch die Erinnerung kam prompt. Ich hatte mich vehement gewehrt, als er mich ins Bett gebracht hatte. Anscheinend so erfolgreich, dass noch nicht einmal seine Superkräfte es geschafft hatten, ihn komplett zu heilen. Schnell sah ich weg.

»Es ist sicher kein Zufall, dass man uns nun schon Lamien auf den Hals hetzt. Ihr Biss wirkt auf uns ... und dich ... stärker als auf Menschen. Die sind nur entzückt und benebelt – wie leicht angetrunken –, du warst wirklich ...«

»Schrecklich peinlich«, vollendete ich seinen Satz jammernd und verbarg mein Gesicht in den Händen.

»Anstrengend«, erwiderte er. »Zum Glück konnte Phoenix in dem Zustand nicht wirklich gegen mich kämpfen. Ich will nicht wissen, was passiert wäre, wenn ihr noch mehr Zeit für euch gehabt hättet.«

Auf der Peinlichkeitsskala hatte ich damit wohl einen neuen Höhepunkt erreicht.

»Es waren drei«, murmelte ich. »Die erste Lamia konnte ich besiegen, dann hat Phoenix mir geholfen ...« Moment! Da fiel mir doch etwas ein. »Wo warst du eigentlich?«

»Ich nutze die Zeit während deiner Therapie immer, um nach weiteren Hinweisen zu suchen. Dort bist du in Sicherheit – dachte ich zumindest.«

Er konnte ja nichts dafür, dass Dr. Yates die Therapiestunde vorzeitig beendet hatte. Ich stöhnte erneut, kniff die Augen zusammen und sah zur Wand. Die Uhr zeigte zehn und es war strahlend hell draußen. Hatte ich etwa den gesamten restlichen Freitag und die Nacht durchgeschlafen? Ich riss die Augen auf und drehte mich – viel zu schnell – wieder zu Hayden um. Schmerz fuhr wie ein Blitz in meinen Kopf und ich verzog das Gesicht.

»Soll ich versuchen, dich zu heilen? Ich habe aber keine Ahnung, ob es bei einem Lamien-Kater auch funktioniert.« Ich registrierte, wie seine Mundwinkel zuckten, und warf ihm einen bitterbösen Blick zu, nickte dann jedoch. Ganz langsam, um keine weitere Attacke der hämmernden Wesen in meinem Schädel zu riskieren. Hayden stand auf, kam näher und setzte sich auf den Rand des Bettes.

Vielleicht hätte es mir irgendwie unangenehm sein müssen, aber Hayden war Hayden. Er lag wohl gleichauf mit Cody, meinem besten Freund, und auch wenn Hayden sehr gut aussah, kribbelte da nichts und mein Herz tat keinen Sprung wie bei seinem Bruder. Nein, es gähnte eher müde und wandte sich desinteressiert ab.

Hayden hob beide Hände und legte sie seitlich an meinen Kopf. Diese Berührung fühlte sich schon etwas entspannend an. Ich kniff die Augen zusammen und wappnete mich für den Schmerz der Heilung – im ersten Moment wurde es nämlich immer schlimmer –, doch er kam nicht. Langsam lugte ich unter den Lidern hervor und sah direkt in Haydens vor Anstrengung verkrampftes Gesicht.

»Vielleicht funktioniert es bei Lamienbissen wirklich nicht?«, versuchte ich mich an einer Erklärung. »Du hast selbst gesagt, dass es wie ein Kater ist. Der Biss an sich ist ja schon verheilt.« Zur Sicherheit sah ich auf meine Hand hinab.

Hayden ließ seufzend die Hände sinken. »Vermutlich hast du recht. Tut mir leid, dass ich dir nicht helfen kann.«

»Dann sollte ich es wohl mit einer Dusche und Aspirin versuchen«, lachte ich, was eine saublöde Idee war. Der Schmerz drehte mir den Magen um.

»Ich besorg dir Menschenmedizin. Die Übelkeit danach wird schon wieder vergehen. Stell du dich in der Zeit unter die Dusche.« Er verschwand hinter den Schleier. Davor jedoch hatte ich die Besorgnis in seinen Augen sehen können. Etwas stimmte nicht. Ich teilte dieses Gefühl. Ich spürte es, die Veränderung lag in der Luft. Oder auf dem Gewebe, das konnte ich nicht so genau sagen.

Ganz langsam, um keine erneute Kopfschmerzattacke zu riskieren, erhob ich mich und suchte nach Kleidung, ehe ich im Schneckentempo zum Badezimmer schlich. Dort lag mein Handy, der Akku war fast leer. Ich las jedoch noch die Nachrichten, die Cody mir geschickt hatte, ehe der Bildschirm endgültig schwarz wurde:

Können wir uns heute oder morgen treffen?
Wir müssen dringend reden.

Ich bin noch kurz im Studio in Northeast, es wird aber nicht lange dauern. Wenn du mir Bescheid gibst, mache ich mich auf den Weg. Wegen der Vollsperrung der Interstate 5 bin ich heute mit dem Zug gefahren.

Ich steckte das Handy ans Ladegerät und nahm mir vor, ihm nachher zu antworten. Warum redete er nicht in der Schule mit mir, sondern wartete bis zum Wochenende damit? Kopfschüttelnd – von einem Hämmern in meinem Schädel begleitet – stieg ich in die Dusche.

Das Wasser belebte mich tatsächlich etwas und drängte die Kopfschmerzen so weit zurück, dass nur noch ein dumpfes Pochen übrig blieb. Unangenehm, aber zu ertragen.

Erleichtert stieg ich aus der Dusche und wickelte mich in mein Handtuch. Wie immer fuhr ich auf Augenhöhe kurz über den Spiegel über dem Waschbecken, um mehr als nur Nebel zu sehen, und blickte in mein verkatertes Gesicht.

Dicke Tropfen liefen mir von den Strähnen meines Haares über den Hals und das Dekolleté hinab. Was ich dort sah, sorgte dafür, dass ich mit einem Mal hellwach war. Der Schmerz war wie weggeblasen und mein Herz schlug schneller als bei jedem Training mit Hayden.

Ich ging näher zum Spiegel, schaute anschließend zu meiner Brust hinab, tastete schnell meinen Nacken entlang. Doch egal wie sehr ich nach ihr suchte, das Lederband um meinen Hals war leer. Die Münze des Schicksals war verschwunden.

Kapitel 7

»Das erklärt, warum ich dich nicht heilen konnte«, sagte Hayden in so ruhigem Ton, als hätte er so etwas schon geahnt. Misstrauisch sah ich ihn an.

In Windeseile hatte ich mich nach dem Duschen angezogen und in meinem Zimmer auf ihn gewartet, während ich Cody im Chat gefragt hatte, über was er mit mir reden wollte. Die Antwort ließ noch immer auf sich warten – vermutlich hatte er wie immer im Studio das Handy aus.

Kaum war Hayden aufgetaucht, hatte ich ihm von der neuesten Entwicklung berichtet.

»Wir können nur den Träger heilen, schon vergessen?«

Wie könnte ich? Ich biss die Zähne zusammen. Phoenix hatte versucht, Cody zu heilen, nachdem er wegen mir einen Unfall hatte – die Folge waren innere Blutungen, die mein bester Freund konsequent ignorierte, um seinen großen Traum von einer Musikkarriere zu erfüllen. All das waren Folgen einer einzigen Entscheidung meinerseits gewesen: mich auf Phoenix einzulassen. Beim Gedanken daran presste ich die Lippen zusammen. Zum Glück hatte ich es noch rechtzeitig erkannt und konnte Codys Tod somit rückgängig machen.

Hayden grummelte irgendwas und lenkte so meine Aufmerksamkeit wieder auf sich. Fragend sah ich ihn an und er wiederholte das Gesagte:

»Auch wenn ich es mir schon heute Morgen hätte denken können ...« Er ruderte so wild mit den Händen in der Luft, dass der kalte Hauch mich erschaudern ließ. »Ich habe den Zug der Münze gespürt, aber nicht wirklich beachtet, weil ich nicht gedacht hätte, dass Kairos sie noch immer weitergibt. Was hätte er davon? Er hat es doch auf dich abgesehen, du bist der Schlüssel ...«

»Kairos hat die Münze dem nächsten Träger gegeben«, sagte seine rauchige Stimme, noch ehe ich ihn sehen konnte. Als mich sein intensiver Blick einfing, überrollte mich die Erinnerung an den Vortag und Blut schoss in meine Wangen. Phoenix schmunzelte nur. In seinen Augen blitzte jedoch etwas auf, das bei mir für das Gefühl sorgte, völlig nackt vor ihm zu stehen. Na, danke, genau das, was ich in diesem Moment brauchte. Ich biss mir auf die Lippen und versuchte wegzusehen. Natürlich vergeblich. Mein Blick fiel auf die Spitze seines Tattoos, das von der Brust bis zum Schlüsselbein hinaufreichte und nun an seinem Ausschnitt hervorblitzte. Hatte er mit Absicht so viele Knöpfe des kurzärmligen Hemdes offen stehen lassen?

»Was tust du hier?« Hayden klang eher genervt als anklagend. »Halb nackt«, fügte er hinzu. Vermutlich gab er es langsam auf, uns wirklich trennen zu wollen. Insbesondere nach der Vermutung, dass der Lamien-Angriff kein Zufall war.

Phoenix ignorierte Haydens ersten Teil der Frage und sah kurz auf seine Brust hinab.

»Nachdem mir gestern das Shirt mit einem Energieball versengt wurde ...« Er warf mir einen verschwörerischen Blick zu, der mich dahinschmelzen ließ, ehe er sich räusperte und wieder an Hayden wandte. »Weißt du, wo die Münze ist? Ich kann sie weder spüren noch finde ich auch nur den Hauch eines Echos auf dem Gewebe.« Er sah zu Hayden und sofort hörte das Prickeln auf meiner Haut auf. Zurück blieb ein leeres Gefühl.

»Ich wusste bis eben nicht, dass sie nicht mehr bei Kiera ist. Ich bin gerade erst zurückgekommen.« Hayden schloss sofort die Augen und an den zuckenden Fingerspitzen erkannte ich, dass er das Schicksalsgewebe durchsuchte.

»Du hast sie schon wieder allein gelassen?« Phoenix' Stimme klang aufgebracht und er ballte seine Hände zu Fäusten. Sein Zucken verriet, dass er im Begriff war, auf ihn loszugehen, wie er es all die Jahrtausende gewohnt gewesen war, wenn sie aufeinandergetroffen waren. Alte Gewohnheiten legte man nicht so schnell ab. Er beherrschte sich jedoch und presste lediglich den Kiefer so fest zusammen, dass seine Muskulatur hervortrat und sein Gesicht noch kantiger wirkte als ohnehin schon. Gefährlich und äußerst anziehend.

»Ich habe das hier geholt«, rechtfertigte sich Hayden, nachdem er seine Augen wieder geöffnet hatte, und hob eine Tablettenschachtel hoch. Sein Gesichtsausdruck machte deutlich, dass er die Münze ebenfalls nicht spüren konnte. Mit einem Kopfschütteln in Phoenix' Richtung bestätigte er meinen Gedanken. »Ich konnte ihr die Nachwirkungen des Lamien-Bisses nicht nehmen, daher wollten wir es mit Menschenmedizin versuchen. Jetzt weiß ich aber, warum ich sie nicht heilen konnte.« Hayden war anzusehen, dass er sich ärgerte, nicht darauf gekommen zu sein, dass es an der fehlenden Münze lag. Dann sah er plötzlich zu mir und schlug meinen Arm nach unten.

»Was soll das?«, sagte ich verärgert, ehe ich registrierte, dass ich im Begriff gewesen war, Phoenix zu berühren. Ich hatte gar nicht bemerkt, wie ich ihm immer näher gekommen war. Schnell machte ich einen Satz nach hinten, prallte gegen mein Bett und stolperte gegen den Stuhl.

»Du musst verschwinden. Sie scheint nicht widerstehen zu können.«

»Ich stehe direkt neben euch. Ihr müsst nicht so reden, als wäre ich nicht hier«, grummelte ich. Ich wusste, dass er recht hatte und diese Tatsache erschreckte mich selbst. Wir waren auf einer viel tieferen Ebene miteinander verbunden als normale Menschen und strebten zueinander wie zwei Magnete.

»Deshalb hat mein Vater die Münze weggenommen«, flüsterte ich und erntete fragende Blicke von Phoenix und Hayden. »Er wusste, dass ihr danach suchen würdet. Entweder würdet ihr mich allein lassen oder wir würden gemeinsam danach suchen, oder? Und beides bringt ihn seinem Ziel näher.« Ich verknotete meine Hände ineinander, damit sie beschäftigt waren und sich nicht wieder in Richtung Phoenix selbstständig machten. »Er ist uns immer noch einen Schritt voraus.«

Hayden brummte etwas Zustimmendes, während Phoenix nur abfällig schnaubte. Zuzugeben, dass jemand anderes ihm etwas voraushatte, war für ihn noch immer unmöglich.

Sticheln konnte er jedoch wie eh und je. »Kiera muss dich gut erwischt haben, wenn du noch immer nicht geheilt bist.« Er deutete auf Haydens blaues Auge, doch der ignorierte ihn. Für mich war es dennoch auf verkorkste Weise schön zu sehen, dass sich manche Dinge nie änderten. Der Stolz, der in Phoenix' Augen stand, als er daraufhin zu mir sah, ließ mich gleich ein paar Zentimeter größer werden, während ich laut nachdachte.

»Was genau plant er? Solange wir uns nicht berühren,

wird Phoenix nicht sterblich und ihr beide seid nach wie vor da.« Die Rädchen in meinem Hirn drehten sich unentwegt und ich bekam schon wieder Kopfweh, weil sich mir die Lösung trotzdem noch verschloss.

»Wenn wir wüssten, welche Anweisungen er von Fortuna bekommen hat … Wenn wir wenigstens einen Anhaltspunkt hätten, wonach wir suchen müssen.« Hayden fuhr sich mit beiden Händen durch die Haare. Er warf einen Blick zu Phoenix hinüber, der völlig in Gedanken versunken schien. Seine Augen waren trüb, als betrachte er etwas weit Entferntes.

Dann veränderte sich seine Mimik und Erkenntnis lag darin. »Kairos hat die Münze weitergegeben, damit wir sie suchen müssen«, sagte er so laut, dass Hayden zusammenzuckte. »Kairos will uns vielleicht von diesem Ort weglocken – oder von dir.« Er sah mich durchdringend an.

»Wie kommst du darauf?«, warf ich ein.

»Die Münze bleibt nie in der unmittelbaren Nähe des vorherigen Trägers.« Phoenix schüttelte den Kopf, während Hayden zustimmend nickte.

»Wir haben dir doch erklärt …« Phoenix schluckte und sein Blick ging mir bis ins Mark.

Er musste nicht weiterreden. Auch ohne die Wiederholung seiner damaligen Erklärung verkrampfte sich mein Magen. Wenn die Münze im Bekanntenkreis des vorherigen Münzträgers auftauchte, wurde der neue Träger meist stinksauer, dass der ehemalige Träger nicht für dessen gutes Schicksal gesorgt hatte, selbst wenn man ihm Gutes getan hatte. Das Leben des vorherigen Trägers war von diesem Moment an alles andere als leicht, obwohl dieser – außer mir, göttlichem Blut sei Dank – nicht einmal mehr davon wusste, dass er einst das Schicksal an seiner Seite hatte. Neid und Rache waren die Folge und ich wusste plötzlich mit absoluter Gewissheit, dass wir nicht lange nach der Münze würden suchen müssen. Das Schicksal würde mich aufsuchen. Denn die Münze würde in der Nähe sein, da war auch ich mir nun absolut sicher.

Die Härchen auf meinem Unterarm stellten sich auf. Entweder war es unsere neue Erkenntnis, die das Rad Fortunas angeschubst hatte, oder wirklich Zufall, die Kraft meines Vaters, aber das Gewebe begann sich zu spannen und zerrte an dem göttlichen Teil tief in mir. Mit einem Schlag war mir bewusst, dass es bereits begonnen hatte.

Im Erdgeschoss klingelte das Telefon und schreckte mich auf. Durch den Schleier sprang ich die Treppen hinab und hatte noch vor dem nächsten Klingelton das Mobilteil des Telefons gefunden und abgenommen.

Erst hörte ich nur ein Rauschen, dann räusperte sich jemand.

»Miss Mallory?«

»Ja?« Ein Schaudern durchfuhr mich, ich spürte einen Zug am Gewebe.

»Hier ist das UW Medical Center …«

Den genauen Namen verstand ich schon nicht mehr. Mit einem Schlag war es im Raum eiskalt und ich erstarrte. Alle Gedanken an die Münze, die nicht mehr an meinem Hals baumelte, waren vergessen.

Kapitel 8

Die Hand, die das Telefon hielt, zitterte. Ich stand hier in der Küche und mir wurde schwindelig. Ohne die Worte am anderen Ende der Leitung weiterzuverfolgen, stützte ich mich am Tresen ab. Das Blut rauschte in meinen Ohren. Der Name meiner Mutter hallte in mir wider, gemeinsam mit dem Wort ›Unfall‹ und irgendwas von ›angefahren worden‹.

Hayden trat neben mich und seine Hand begann sanft zu leuchten, ehe er mich berührte. Ich registrierte noch, wie er das Gesicht verzog, weil seine ›Heilung‹ nicht funktionierte.

»... wäre es gut, wenn Sie schnellstmöglich zu uns kommen könnten.«

Ich hörte mich ein »Ja, ich komme sofort« flüstern und sah, wie meine Finger das Gespräch beendeten und das Telefon auf den Tresen legten.

»Kiera?« Phoenix kam näher und hob die Hand, um mich zu beruhigen. Hayden trat dazwischen und schüttelte den Kopf. Mitleid und Bedauern standen in seinen Augen. Etwas unbeholfen versuchte er mir das zu geben, was Phoenix verweigert blieb: eine Berührung, ein Zeichen des Mitgefühls und der Unterstützung. Etwas so Einfaches, das dennoch so viel beinhaltete und gleichzeitig deutlich machte, wie groß der Einfluss meines Vaters auf uns noch immer war. Tränen liefen mir über die Wangen.

Die Angst um meine Mutter, die Letzte, die mir von meiner Familie noch geblieben war, lähmte mich. Nur langsam drang Phoenix' Stimme zu mir durch. Dass wir losmussten, er alles gemeinsam mit mir durchstehen würde. Doch verbunden mit der Berührung eines anderen, der bedeutungslosen Umarmung von Hayden, waren die Worte kaum etwas wert.

Mit aller Kraft schob ich das benommene Gefühl von mir. Nur ein Gedanke zählte: Ich musste zu meiner Mutter, so schnell wie möglich. Auf wackeligen Beinen löste ich mich von Hayden und trat in den Flur. Erst an der Haustür, als ich hastig in meine Schuhe schlüpfte, fiel mir ein, dass ich nicht genau mitbekommen hatte, wohin ich musste.

Phoenix schien meinen Gedanken erraten zu haben – oder ihn aus meinem kreidebleichen Gesicht gelesen zu haben.

»Ich weiß, wo wir hin müssen«, sagte er ruhig. Ich konnte in seinem Gesicht lesen, dass diese Ruhe nur Show war, doch jetzt war nichts wichtig außer Mom. Ich fuhr mir übers Gesicht, spürte die Feuchtigkeit, die meine Wangen benetzte.

Dann verschwand Phoenix, dicht gefolgt von Hayden. Bis ich mit meiner mangelnden Konzentrationsfähigkeit durch den Schleier getreten war, war Phoenix bereits nicht mehr zu sehen. Enttäuscht sah ich Hayden an, neue Tränen rannen aus meinen Augen.

»Wir treffen uns beim UW Medical Center. Phoenix ließ sich nicht davon abbringen.«

Mit zusammengepressten Lippen nickte ich. An einem Samstag würden wir dank des Verkehrs sicher eine Stunde brauchen, um zur Northeast Pacific Street zu kommen. Dann fiel mir Codys Nachricht wieder ein. Durch die Sperrung der Interstate 5 war das Verkehrschaos vorprogrammiert und die Fahrt würde garantiert mindestens doppelt so lange dauern. Oder sollten wir den ganzen Weg zu Fuß gehen? Hier hinter dem Schleier würden wir es vermutlich innerhalb einer Stunde menschlicher Zeit auf die andere Seite von Seattle schaffen, da war ich mir sicher. Aber es würde anstrengend werden. Mir würde die Strecke wie Stunden vorkommen und mein Magen verkrampfte sich schon beim Gedanken daran, wie viele Sorgen ich mir während des langen Marsches machen würde. Dann blieb wirklich nur der Zug, wie Cody ihn heute genommen hatte, auch wenn ich beim Gedanken an die vielen zusammengepressten Menschen in den öffentlichen Verkehrsmitteln erschauderte.

»Komm zu mir«, sagte Hayden, schloss die Haustür wieder und bugsierte mich durchs Wohnzimmer auf die Terrasse ins Freie.

Fragend sah ich ihn an, als er kurz vor unserer Trainingsfläche zum Stehen kam.

»Du willst nicht wirklich trainieren?« Wie konnte er jetzt nur daran denken? Noch ehe ich ausdrücken konnte, was ich davon hielt, schüttelte er hastig den Kopf und zog aus seiner Hosentasche mehrere Gegenstände hervor. Etwas klimperte.

»Es gibt eine Möglichkeit, wie wir größere Distanzen schnell überwinden können«, begann er.

Ich wusste immer noch nicht, was Hayden hier tat, und sah ihn skeptisch an.

Mit einer Handbewegung brachte er mich zum Verstummen, bevor ich Einwände erheben konnte. Dann kniete er sich auf den Boden, legte eine grau-weiße Feder auf einem Stein ab und fasste mit der Hand unter sein T-Shirt.

Der Dolch erschien sofort in seiner Hand und mit schnellen Bewegungen ritzte Hayden sich in den Handballen, bis dickflüssiges schwarzes Ichor hervortrat. Er verzog keine Miene, obwohl er dabei Schmerz empfinden musste.

»Was machst du da?«, fragte ich. Es war die reine Ungeduld, die aus mir sprach.

»Das wirst du gleich sehen.« Zufrieden betrachtete er sein Werk, ehe er die Feder wieder aufnahm und sie mit seinem Blut benetzte.

Die Feder sah für einen kurzen Moment aus wie mit schwarzer Farbe bemalt, ehe blaue Flammen zu züngeln begannen und Haydens Blut … verbrannte? Ohne die Feder auch nur zu versengen!

»So können wir die Träger zu allen bringen, deren Schicksal sie zu verändern wünschen«, sagte Hayden und erhob sich. Anschließend ließ er den Dolch verschwinden, prüfte, ob die Wunde verheilt war, und sah zum Himmel hinauf, wo sich die noch tiefstehende Sonne soeben verdunkelte. Es war jedoch keine Wolke, die ihren Schatten auf uns warf.

Mit einem lauten Kreischen schoss ein geflügeltes Wesen jenseits des Schleiers auf uns herab und ich warf mich mit einem lauten Schrei zur Seite.

Kapitel 9

Hayden reagierte schnell und fing mich auf, ehe ich wirklich fallen konnte. Sein Griff war eisern und der Ruck, der durch meine Schulter ging, schmerzte.

Mein Schimpfen blieb mir in der Kehle stecken, als das gigantische Wesen mit den Flügeln schlug und die Kieselsteine des verwahrlosten Weges zwischen den Blumenrabatten und der Rasenfläche in dem kräftigen Wind umherpeitschten.

Mit einem Rums landete das … Tier und zerquetschte dabei mit seinen Hinterbeinen, die überdimensionierten Tatzen ähnelten, einen kleinen Busch, an dem bereits die ersten grünen Blättchen zu sehen gewesen waren.

Mein Blick glitt die von hellem Fell überzogenen Hinterbeine entlang nach oben. Auf Höhe meiner Schultern begann der Rumpf des Tieres, aus dem am Rücken gigantische Schwingen wuchsen. Die grau-weißen Federn passten perfekt zum riesengroßen Adlerkopf des Tieres und den Vorderbeinen, deren Vogelkrallen soeben tiefe Furchen in den Kiesweg zogen.

In unserem Garten stand ein Greif.

Ich hätte losgeschrien, doch meine Kehle war wie zugeschnürt. Das Wesen stand da und musterte mich mit stechendem Blick aus den Raubvogelaugen. Es wirkte wie aus einem Buch für Mythologie gefallen. Es *war* aus einem

Buch für Mythologie gefallen! Das Vieh war sicher nicht das Transportmittel, das ich erwartet hatte, und angesichts des stechenden Geruchs rümpfte ich die Nase.

»Stell dich nicht so an«, sagte Hayden und ich konnte sein breites Grinsen in seiner Stimme hören, während ich den Greif anstarrte. »Verzauberte Kürbiskutschen waren gerade nicht verfügbar und der Pegasus ist in der Werkstatt.«

Ich prustete spöttisch, sodass der Adlerkopf zu mir herumruckte, woraufhin ich sofort mehrere Zentimeter kleiner wurde.

Als weder Hayden noch ich uns rührten, kreischte der Greif auf und schlug noch einmal mit den Flügeln. Er wirkte dabei, als wolle er uns mit wilden Gesten zu einer Reaktion drängen.

Hayden senkte daraufhin zur Begrüßung demütig den Kopf. Ich tat es ihm nach, weil ich nicht wusste, was ich sonst tun sollte und ob Anstarren das Wesen vielleicht reizen würde. Mit seinen großen Krallen könnte es mich im Nu von oben bis unten aufschlitzen.

Auch der Greif nickte zur Begrüßung und sah Hayden erwartungsvoll an.

Dieser erwiderte den Blick, ohne mit der Wimper zu zucken. Ich bekam schon Gänsehaut, wenn ich an diese stechenden Augen auch nur dachte. Dann hörte ich ein Klimpern neben mir und sah hinab zu Haydens Hand. Darin lagen zwei funkelnde Goldmünzen. War das echtes Gold? Woher kam das denn jetzt?

Fragend sah ich ihm ins Gesicht. Er warf mir jedoch nur einen eindeutigen Blick zu: Er würde im Moment nichts erklären. Anschließend ging er langsam auf den Greif zu, die Goldmünzen in der flachen Hand ausgestreckt vor sich. Er war beinahe bei dem Monster angekommen, als der Greif aufkreischte und sein Kopf nach unten schoss.

Mir entfuhr fast derselbe Laut und instinktiv riss ich an Hayden, um ihn vor dem Wesen zu retten. Er geriet ins Straucheln und eine der Münzen fiel auf den Boden. Der Greif stieß einen weiteren Schrei aus und wich mit peitschenden Flügelschlägen zurück. Kies rasselte auf das Pflaster, prallte wie kleine Geschosse gegen meine Beine.

»Er will seine Bezahlung«, zischte Hayden mir zu. »Sonst bringt er uns nirgendwo hin. Es reicht nicht, ihn mit seiner Feder zu rufen.« Ich schwieg und grübelte, ob ich mit einer solchen Feder auch ein stinkendes Monster herbeirufen konnte.

Ohne den Greif aus den Augen zu lassen, ging Hayden in die Hocke und ertastete die zweite Münze. Nachdem er sie wieder auf seine Handfläche gelegt hatte, erhob er sich langsam. Der Adlerkopf war zur Seite geneigt. Ich war mir ziemlich sicher, dass sich in seinen Augen Misstrauen spiegelte. Dieses Mal hielt ich den Atem an und versuchte, mich nicht zu bewegen.

Hayden nickte dem Wesen noch einmal wie bei der Begrüßung zu und streckte seine Hand weiter nach vorne. Als der Greif dieses Mal nach den Münzen schnappte, bemühte ich mich, ruhig zu bleiben. Vergeblich. Der Greif bemerkte mein Zucken und sein Kopf wandte sich in meine Richtung, nachdem er die Münzen in den Schnabel genommen hatte.

»Er kennt dich nicht«, flüsterte Hayden zur Erklärung. »Greife sind äußerst scheue Tiere. Es gibt nur noch sehr wenige von ihnen und an eine Feder zu kommen, ist schwierig. Beinahe so schwierig wie an die des letzten Pegasus'.« Er sah mich so todernst an, dass ich ihm beinahe geglaubt hätte – hätte er sich nicht durch das Zucken in seiner Wange verraten. Ich schnaubte in seine Richtung und der Greif zischte. Was? War er plötzlich Haydens BFF?

Ehe ich etwas dazu sagen konnte, senkte der Greif seinen massigen Körper zu Boden. Sein Schwanz mit einer Quaste am Ende schlug ungeduldig hin und her.

»Komm«, sagte Hayden und griff nach meiner Hand. Er zog mich zu dem Greif und hob mich hoch. Meine Beine schob er vor die Flügel in Position, während ich vergeblich gegen den strengen Geruch anatmete. Anschließend sprang er hinter mir auf den Rücken des Tieres. Ich versuchte mich an den Mythos des Greifs zu erinnern und war mir ziemlich sicher, dass der Körper der eines Löwen war.

Hayden griff mit beiden Armen um mich und umfasste eine dicke Eisenkette, die am Übergang von Löwenkörper zu Adlerkopf um den Hals des Greifs lag. Kaum hatte er die Kette in den Händen, stand das Tier auf und mir brach kalter Schweiß aus.

Ich konnte schon nichts mit Pferden anfangen und nun sollte ich wirklich auf diesem Tier reiten? Ohne Sattel, ohne wirklichen Halt – in der Luft! Meine Handflächen wurden feucht. Meine Angst wurde zu Panik. Was, wenn ich mich nicht würde festhalten können?

Hayden spürte meine Sorge und rückte noch näher. Sein Körper schmiegte sich nun an meinen, was mich irritierte. Irgendein Teil meines Gehirns merkte spitzfindig an, dass er der falsche war. Als würde ich das nicht wissen!

Mein Inneres zog sich schmerzhaft zusammen. Nach dem Lamienbiss war die Sehnsucht nach Phoenix in meinem Inneren, all die Gefühle, die ich so sorgsam weggeschlossen hatte, wieder aufgeplatzt wie eine eitrige Wunde. Wie konnte die Trennung das Richtige sein, wenn sie sich so falsch anfühlte?

Sämtliche Gedanken lösten sich jedoch augenblicklich in Luft auf, als der Greif seine Schwingen ausbreitete und mit dem ersten kräftigen Schlag abhob.

Mein Schrei blieb mir in der Kehle stecken. Ich krallte mich an Haydens Armen fest, während wir höher und höher stiegen. Der kalte Wind sorgte dafür, dass meine Augen tränten und ich unter mir rein gar nichts mehr sah. Um meinen Magen zu beruhigen, schloss ich die Augen und versuchte mich mit Tagträumen von Phoenix abzulenken.

Als ich gerade bei unserem letzten flüchtigen Kuss angekommen war, der nur wenige Stunden zurücklag, stupste mich Hayden an. Schuldbewusst riss ich die Augen auf und konnte nicht anders, als den unglaublichen Ausblick zu bewundern. Nach dem holprigen Start mit den zahlreichen ... Turbulenzen glitten wir nun sanft dahin. Das Bild unter mir war so magisch, dass ich meinen zickigen Magen ignorierte. Durch weiße Schäfchenwolken konnte ich verschwommen die Cafés und Kneipen des Stadtteils Georgetown entdecken. Klein wie Spielzeugfiguren liefen Menschen über die Straßen und gingen ahnungslos von dem, was jenseits des Schleiers geschah, ihren Geschäften nach. Als wir weiter nach Norden flogen, sah ich unter mir die Interstate, auf der sich wie erwartet Auto an Auto reihte. Links davon befand sich der Industrial District, ich konnte das *Bricks* jedoch nirgendwo ausmachen. Etliche Gebäude huschten unter uns vorbei, ehe wir den Lake Union überquerten und der Greif direkt danach so abrupt nach rechts schwenkte, dass ich noch immer laut schrie, als er die extreme Schräglage wieder korrigiert hatte. Haydens Arme mussten von zahlreichen Fingernagelabdrücken übersät sein. Ich würde mich später dafür entschuldigen müssen. Sofern ich es überlebte.

Mein nächster Schrei blieb zusammen mit meinem Magen mehrere Meter über uns in der Luft hängen, während wir senkrecht nach unten auf ein großes Rechteck zustürzten. Das war der Moment, indem ich entschied, dass nichts zu sehen ein Segen sein konnte, und die Augen wieder schloss, bis ich spürte, dass die Enge von Haydens Armen um mich herum plötzlich weg war.

Wir bewegten uns nicht mehr. Misstrauisch öffnete ich die Augen einen Spaltbreit. Wir waren auf einem flachen Dach gelandet und über die etlichen Gebäudekomplexe hinweg, die Northeast Seattle ausmachten, erkannte ich den UW Tower.

»Wir sind da«, sagte Hayden in mein Ohr, das vom kalten Wind während des Fluges regelrecht brannte. Die Wärme hinter mir verschwand. Hayden stand nun neben mir und reichte mir die Hand. Mit tauben Gliedern ließ ich mich vom Löwenrücken gleiten und stand endlich wieder auf meinen eigenen wackeligen Beinen. Mein Magen hatte dies jedoch anscheinend noch nicht mitbekommen, ich hatte immer noch das Gefühl, mich jeden Moment übergeben zu müssen. So langsam wurde Übelkeit zu meinem Dauerbegleiter. Hayden war ebenfalls ungewöhnlich bleich. Vielleicht ging es ihm ähnlich, obwohl er schon seit wer-weiß-wie-vielen Jahren solche Flüge mitmachte?

Von Hayden gestützt, ging ich auf den kleinen fahrstuhlgroßen Bau in der Mitte des Flachdachs zu. Hayden griff zur Tür und nachdem ein paar Funken von seiner Hand auf das Metall des Knaufs übergesprungen waren, öffnete sie sich.

»Das hier ist das Krankenhaus, in das deine Mutter eingeliefert wurde. Wir werden diesen Fluchtweg bis nach unten gehen und erst dort auf die andere Seite des Schleiers treten.«

»Woher weißt du, dass es ein Fluchtweg ist? Kennst du das Gebäude?«

Er zuckte nur mit den Schultern. »Öffentliche Gebäude sind alle gleich. Kennt man eines, kennt man alle. Die letzten Türen sind alle alarmgesichert, wenn wir sie öffnen, werden wir ziemliche Aufmerksamkeit erregen. Dennoch sollten wir das außerhalb des Schleiers tun, denn sonst könnte Panik ausbrechen, weil es für die Menschen aussieht, als würde sich die Tür von Geisterhand öffnen. Falls man uns erwischt, kann ich die wenigen Zeugen beeinflussen.«

Ohne die Beeinflussung wäre ich zufrieden gewesen. Mir widerstrebte der Gedanke, auch wenn ich wusste, dass diese Fähigkeit absolut notwendig war, um diese geheime Welt, von der ich nun wusste und zu der ich gehörte, zu verbergen. Mit einem Seufzen nickte ich. Es ging um meine Mutter. Mir blieb keine andere Wahl.

Schnell liefen wir die Treppen hinab und wechselten direkt hinter der alarmgesicherten Tür auf die andere Seite des Schleiers. Ich holte noch ein letztes Mal tief Luft, ehe Hayden den Türgriff hinabdrückte und der Alarm losschrillte.

Schnell zog er die Tür auf und wir traten ins Foyer des Krankenhauses. In dem sich jedoch so gut wie niemand um den Alarm scherte.

Kapitel 10

Im Krankenhaus herrschte Chaos. Überall standen Leute herum, die meisten davon nicht offensichtlich verletzt, jedoch sehr aufgebracht. Ihre Mienen wirkten allesamt gestresst oder vielleicht sogar verängstigt. Kinder quengelten auf den Armen ihrer Mütter.

Ein älterer Mann sah in unsere Richtung, hob kurz eine graue Augenbraue und wandte sich anschließend wieder ab. Nicht einmal die Krankenschwester, die durch den Raum eilte, beachtete uns oder den Alarm, der kurz darauf auch schon verstummte.

Hayden kniff misstrauisch die Augen zusammen, seine Stirn legte sich in Falten.

»Was ist denn hier passiert?«, fragte er eine weitere Schwester, die sich durch die Wartenden schob und dabei nach jemandem Ausschau hielt.

»Die Stadt dreht durch. So viele Verkehrsunfälle hatten wir noch nie. Und rein zufällig scheinen wir für alle zuständig zu sein.« Sie verzog das Gesicht und zuckte mit den Schultern, ehe sie mit schnellen Schritten weiterging.

Ich sah nur zu Hayden hinüber und wusste, dass er dasselbe dachte wie ich:

Zufälle gab es nicht.

Gänsehaut kroch meine Arme hinauf und sorgte für ein

Schaudern. Hayden griff nach meiner Hand und zog mich mit sich. Als er sich am Informationstresen an der Schlange der Wartenden vorbeischob, erntete er zahlreiche böse Blicke und wütende Beschimpfungen über die Unverschämtheit, sich vorzudrängeln. Bereits eine Sekunde später waren die Menschen jedoch besänftigt und blickten aus getrübten Augen vor sich hin.

Wie ich es hasste, wenn er oder Phoenix den Menschen ihren Willen nahmen. Doch ich wollte nur zu meiner Mutter, daher presste ich den Kiefer zusammen und ließ ihn machen. Ich wusste, dass es egoistisch war, aber Mom war jetzt das Wichtigste.

Tränen brannten in meinen Augen, als ich registrierte, dass Hayden bereits mit der total überforderten Dame an der Rezeption sprach.

»Suchen sie noch einmal«, forderte er auf. Sein Tonfall ließ mich zusammenzucken.

»Die Computersysteme sind zeitweise ausgefallen«, sagte die Frau. »Der Stromausfall im Bezirk hat so ziemlich alles lahmgelegt und es wird noch ein paar Stunden dauern, bis wir das aufgearbeitet haben.

Wenn Ihre Mutter nicht hier auf der Liste ist, dann hat noch keiner die Zeit gefunden, die Daten einzupflegen.« Sie wirkte so müde, dass sie mir sofort leidtat. Sie konnte schließlich nichts für die Situation. »Bitte bleiben Sie in der Nähe, damit ich die Akte vervollständigen kann, sobald ich sie habe.« Sie deutete auf den Pulk von Menschen, die nicht in der Schlange standen. Noch mehr Wartende wie mich.

Ich gab ihr meinen Namen und meine Handynummer und sie notierte ihn gemeinsam mit dem Namen meiner Mutter auf einer weiteren Liste.

»Vielen Dank für Ihre Hilfe«, sagte ich und zerrte Hayden mit mir. An ihn gewandt fuhr ich fort: »Wir müssen sie auf anderem Wege suchen. Du kannst sie doch sicher über das Gewebe aufspüren, oder?«

Hayden brummte vor sich hin. Er und Phoenix hielten es für so selbstverständlich, dass jeder einzelne Mensch alles für sie tun würde. Wenn das ausnahmsweise – so wie jetzt – einmal nicht geschah, waren die beiden zutiefst in ihrer Ehre gekränkt.

Damit würde ich wohl nie zurechtkommen.

Wir stellten uns an die Seite, etwas abseits des Tumults, und Hayden schloss die Augen. Ich sah, wie sein Blick unter den Lidern hin- und herruckte, seine Finger zuckten immer wieder. Als er dann die Augen öffnete, strahlten die Iriden in einem übernatürlichen Blau. Nur selten sah ich ihn so, er musste eine Menge seiner göttlichen Kraft aufgebracht haben. Nicht einmal beim Ruf des Greifs hatte er so unmenschlich gewirkt. Schweißperlen glänzten auf seiner bleichen Stirn. Er blinzelte mehrmals und das Blau verblasste zu seiner normalen Augenfarbe. Er wirkte alles andere als zufrieden.

»Hast du sie gefunden?« Ich kaute auf meiner Wange, hatte Angst, dass er verneinte. Nach einer viel zu langen Pause antwortete er mit einem Nicken.

»Das Gewebe ist ein riesiger Klumpen, es war schwer, einzelne Fäden auseinanderzuhalten. Sie alle winden sich umeinander, als hätten sie tatsächlich eine Verbindung.« Er fuhr sich durch die Haare und deutete mit der Hand zu einem Gang am anderen Ende des Raumes. »Wir müssen zur Intensivstation.«

Ich ging voran, er folgte mir. Als wir das Foyer hinter uns gelassen hatten, trat er an meine Seite. »Es ist nicht normal, dass scheinbar alle miteinander verknüpft sind. Die meisten Lebensfäden tangieren sich nur. Hier hat jemand eingegriffen.«

»Der Münzträger?« Instinktiv griff ich an mein Dekolleté, an die Stelle, an der sich bis gestern die Münze befunden hatte.

Während wir mehrere Treppenabsätze hochstiegen und durch die langen Flure eilten, erklärte Hayden mir, dass er solche Verbindungen nur aus Kriegen kannte. Ein sehr beunruhigender Vergleich.

»Jeder dieser Menschen da unten ist direkt mit dem anderen verbunden. Wenn ich es nicht besser wüsste, würde ich wetten, dass Phoenix hier seine Finger im Spiel hat.« Er wirkte so ernst, dass ich perplex stehen blieb.

»Das ist nicht dein Ernst, oder?«

Er zuckte missmutig mit den Schultern. »Du kennst ihn nicht so wie ich, Kiera. Ich habe so etwas wie da unten schon viel zu oft erlebt. All das Leid, das er verursacht hat. All die Leben, die er mit seinem schlechten Einfluss auf die Münze zerstört hat. Ich weiß nicht, was ich denken soll.«

»Er ist nicht der Böse hier«, sagte ich mit fester Stimme. Ich wusste, dass es so war, und er wusste es sicher irgendwo tief in sich auch. Aber anscheinend war es schwer, das zu akzeptieren.

»Er ist wütend, weil er nicht bekommt, was er will, Kiera. Vielleicht ...«

»Nein!«, schrie ich ihn an, senkte dann jedoch schnell meine Stimme, weil uns sämtliche Anwesenden in dem langen Gang misstrauisch musterten. »Er ist ein Opfer, genau wie du. Wie kannst du ihm unterstellen, dass er hiermit etwas zu tun haben könnte?«

Er holte tief Luft, seine Gesichtszüge entspannten sich, ehe er den Kopf schüttelte. »Es tut mir leid. Ich weiß, dass er sich verändert hat. Wenn ich sehe, wie er dich anschaut ...« Hayden ballte die Hände zu Fäusten. »Er ist ein anderer, wenn du in der Nähe bist. Er hat mir gesagt ...« Hayden unterbrach sich und dachte über die weiteren Worte genau nach. »Er sagte mir, dass er sich nicht sicher ist, ob du ihn nicht ebenfalls verändert hast. In deiner Nähe ist er sich seiner Gefühle und seiner Taten bewusst. Aber ist er es auch, wenn du nicht in Sichtweite bist?«

Ich wollte schon zu einer Antwort ansetzen, doch seine Worte brachten mich durcheinander. Ich schloss den Mund wieder, fühlte in meinem Inneren nach der Gewissheit, dass ich recht hatte, und konnte nun umso überzeugter sein: »Ja, das ist er. Und ich glaube, dass jemand absichtlich dafür sorgt, dass du daran zweifelst.«

Hayden dachte einen Moment darüber nach, dann nickte er. »Ich hoffe es, Kiera.« Er ging wieder los und ich sprang ihm hinterher. »Aber alles hier wirkt wie ein Déjà-vu. All die Jahrtausende war Kairos derjenige, der mir näher war, mit dem ich meine Gedanken teilen konnte ...«

»Und der dafür gesorgt hat, dass wir genau an diesem Punkt ankommen. Wie kannst du Phoenix etwas unterstellen, wenn du weißt, dass es mein Vater ist, der all das verursacht?«

»Kairos war immer so unschuldig, völlig überfordert. Er war jemand, den man beschützen wollte.«

»Tja, dann war er ein sehr guter Schauspieler.«

Mit zerknirschtem Gesicht nickte Hayden. Vor einer der zahlreichen Türen blieb er stehen. »Hier.«

Mein Herz klopfte, als ich meine Hand zur Türklinke hob.

Ich hatte Angst, was genau mich erwarten würde. Mein Magen war ein einziger Knoten aus Sorge und Übelkeit.

Die Tür schwang nach innen auf und beißender Geruch nach Desinfektionsmittel schlug mir entgegen. Gemeinsam mit dem Piepen und Surren etlicher Maschinen, die über Kabel und Schläuche mit meiner Mutter verbunden waren.

Kapitel 11

Ich hatte gehofft, mir von ganzem Herzen gewünscht, dass die Schwester mir nur aus Zeitmangel, Datenschutz oder anderen unwichtigen Gründen am Telefon nichts zum Zustand meiner Mutter gesagt hatte. Ich hatte mir ausgemalt, dass Moms Handy leer und die Telefone hier ausgefallen sein mussten. Das war es gewesen, was mich geschützt hatte. Der Gedanke hatte eine Mauer um meine Gefühle herum aufgebaut, die nun in sich zusammenstürzte.

Langsam ging ich zu meiner Mutter, die kreidebleich in ihrem Bett lag. Ein breites Pflaster zierte ihre Wange, unter ihren Augen zeichneten sich dunkle Schatten ab.

Hayden schob einen der Stühle an der Seite des kleinen Raumes zum Krankenbett und ich ließ mich kraftlos darauf fallen. Mit zitternden Händen griff ich nach der kühlen Hand meiner Mutter.

Ein tiefes Schluchzen bahnte sich den Weg nach oben. Sie war meine Mutter, der einzige Elternteil, der mir geblieben war! Und bloß weil Kairos seine Spielchen trieb, seit er von Fortuna erschaffen worden war, lag sie hier. Nur einer von so vielen Dominosteinen, die hatten umkippen müssen, um mich zu erschaffen. Mom lag wegen mir hier, vielleicht als Strafe dafür, dass ich nicht dem gefolgt war, was mein Dad geplant hatte. Mein Magen verkrampfte sich.

Gemeinsam mit dem Schaudern, das durch meinen Körper ging, entfuhr mir ein kurzer Aufschrei. Wer würde als Nächstes betroffen sein? Meine Großeltern, die Eltern meiner Mom, die wir nur ab und an besuchen konnten?

Oder wieder Cody? Er war schon immer so dicht mit mir verbunden gewesen, dass er bereits vor drei Wochen gestorben wäre. Ich hatte seinen leblosen Körper gesehen, ehe mein Vater mich aus der einstürzenden Halle gebracht hatte. Er war nur noch am Leben, weil ich mit meiner speziellen Fähigkeit all das Schlechte, das um mich herum geschehen war, rückgängig gemacht hatte.

Ich legte meinen Kopf auf die Matratze direkt neben die Hand meiner Mutter, die ich nicht wagte, loszulassen. Mir kam es vor, als könnte ich sie so am Leben halten und ungeschehen machen, was ihr widerfahren war. Die Schuldgefühle übermannten mich und ich wünschte, Fortuna hätte meinen Vater niemals erschaffen.

Der Gedanke war mächtig, hätte vielleicht das Potenzial gehabt, etwas zu bewirken, solange ich noch im Besitz der Münze gewesen war. Doch da war noch eine andere Stimme, die mir zuflüsterte: Wäre Kairos nicht erschaffen worden, wären es Phoenix und Hayden ebenso wenig.

Und das war für mich mittlerweile schlicht und ergreifend unvorstellbar. So egoistisch es vielleicht war, ich konnte mir einfach nicht mehr vorstellen, nicht zu wissen, dass Phoenix irgendwo dort draußen war. Selbst wenn es schmerzte, ihn nicht bei mir zu haben, ihn nicht berühren zu können – er war da. Er existierte. Und ich hatte mir selbst versprochen, dass wir eine Zukunft haben würden. Dieses Versprechen beabsichtigte ich zu halten.

Es schenkte mir Kraft. Kraft, den Kopf zu heben, meiner

Mutter ein letztes Mal die Hand zu drücken und zuzuflüstern, dass ich sie retten würde, ehe ich aufstand und mich zu Hayden umwandte, der noch immer neben der Tür stand. Er glich einem Wachposten, einem Beschützer. Er war der Hüter der Schicksalsmünze, und nie zuvor hatte ich das so deutlich erkennen können. Ohne ihn wäre die Welt ein schlechterer Ort.

Ich rieb mir übers Gesicht, um die Tränen fortzuwischen, und nickte ihm wortlos zu. Er erwiderte die stumme Geste, öffnete die Tür für mich und folgte mir anschließend nach draußen. Erst als er die Tür geschlossen hatte und der Flur kurz menschenleer war, trat er hinter den Schleier und ich tat es ihm nach.

»Ich wollte drin nichts sagen«, begann Hayden und auf mein Stirnrunzeln hin erklärte er, dass er sich sicher war, dass meine Mutter alles hören konnte. Er wollte ihren Genesungsprozess nicht stören, indem er ihr Sorgen bereitete. »Hast du gespürt, wie stark sie beeinflusst wurde? Sie war nicht sie selbst, als geschehen ist, weswegen sie hier gelandet ist.«

Ich hatte rein gar nichts gespürt, war nur mit meinen eigenen Gefühlen beschäftigt gewesen. Daher sah ich ihn an und wartete auf weitere Erklärungen.

»Was auch immer ihr zugestoßen ist, war keine Folge im Gefüge des Gewebes, sondern ihr Lebensfaden macht einen deutlichen Knick. Sie wurde bewusst gelenkt, jemand hat den Unfall herbeigeführt.« Seine Stirn lag in Falten, er dachte ebenso angestrengt nach wie ich. Meine Gedanken wirbelten, um das Gehörte zu verarbeiten.

»Dann war es nicht der neue Münzträger, der die Zustände in der Stadt verursacht hat?« Ich wusste nicht, welche Antwort mir lieber gewesen wäre. Eine direkte Beeinflussung würde bedeuten ... »Ist Dad in der Nähe? Hat er das getan?«

Ich schluckte. Ein kleiner Teil von mir klammerte sich trotz allem daran, dass er mein Vater war, dass er Mom einmal geliebt haben musste. Selbst das Wissen, dass er alles seit Jahrtausenden geplant hatte, änderte nichts an den schönen Erinnerungen, die ich von ihm hatte. Vor drei Wochen, als er zu der eingestürzten Halle des Clubs gekommen war, um Hayden und Phoenix endgültig zu töten, waren solche Gedanken absurd gewesen. Nun jedoch schoben sich immer wieder auch die guten Erinnerungen durch das Dickicht meines Kopfes. Dad war eine lange Zeit ein guter Vater gewesen. Trotz allem konnte ich das nicht vergessen.

»Nicht nur Kairos kann beeinflussen«, sagte Hayden und sah mich mit eindringlichem Blick an.

»Du meinst Phoenix hat das getan?« Meine Stimme überschlug sich und ich ärgerte mich über Hayden, der es anscheinend nicht lassen konnte, Phoenix schlechtzumachen.

Hayden hob sofort beschwichtigend die Hände. »Nein, ihn meinte ich nicht.« Kurz runzelte er die Stirn, als wunderte er sich darüber, dass er nicht schon vorher auf den Gedanken gekommen war. »Ich spreche von den Lamien.«

»Ich dachte, wenn sie es durch den Schleier schaffen, trinken sie das Blut von Menschen. Sie sind Vampire.« So hatte es Hayden mir zumindest in unserer Theoriestunde erzählt, dabei den Fokus aber eher auf die Tatsache gelegt, dass der Schleier ab und an instabil und damit durchlässig für die verschiedensten Wesen war. Ein Festmahl für die Blutsauger.

»Du hast ihre Macht bereits zu spüren bekommen. Auch wenn der Biss auf dich und Phoenix eine ... eher komische

Wirkung hatte«, sein Mundwinkel zuckte und ich kniff zur Antwort die Augen zusammen. Wirklich sehr ›komisch‹.

»Um überhaupt die Gelegenheit zu bekommen, einen Menschen zu beißen, bannt eine Lamia ihr Opfer und macht es mit geistiger Beeinflussung willenlos.«

Ich lachte auf, ein grelles Lachen, das in dem langen Flur widerhallte. Hayden sah mich an, als wäre ich verrückt geworden.

»Wenn ich es nicht besser wüsste, würde ich meinen, du hast all das aus Vampirromanen.« Ich schüttelte den Kopf.

»Ist es nicht eher andersherum? Dass all diese Geschichten einen wahren Kern haben? Irgendwer bekommt immer mit, was wirklich passiert. In alten Zeiten gab es noch viele Menschen, die mittels Trance hinter den Schleier sehen konnten, und auch heute versuchen einige Völker auf diese Art, Kontakt zu ihren Göttern zu halten. Insbesondere die Schamanen der amerikanischen Ureinwohner. Aber auch all die Mythen über Riesen, Greife, Lamien, ja sogar Einhörner – könnte sich das alles wirklich nur jemand ausgedacht haben?«

Ich schluckte. Auch wenn ich nun Teil dieser seltsamen Welt war, war es mir unbegreiflich, was mir bisher verborgen geblieben war. Ich schob das Bild von Einhörnern und Meerjungfrauen beiseite, das sich in meinem Kopf breitmachte, und konzentrierte mich wieder auf meine Mutter.

»Du meinst also, Mom wurde von einem Vampir dazu gebracht, sich vor ein Auto zu werfen?« Ich wusste nicht mehr als das, was die Frau am Telefon gesagt hatte. Irgendetwas mit ›angefahren worden‹.

»Ich weiß es nicht mit Sicherheit, aber die Vermutung liegt nahe. Wenn Kairos uns ständig Lamien auf den Hals hetzt – was ich mir seit deiner ersten Begegnung mit ihnen denke –, dann haben sie sich vielleicht mit ihm verbündet und tun, was er sagt. Wer kann schon wissen, was er ihnen versprochen hat?«

»Und was ist mit den anderen hier im Krankenhaus?«

Sein Blick war Antwort genug. Es gab sehr viele Lamien, in allen Ecken der Welt.

»Wie konnten sie alle durch den Schleier kommen?«

»Das ist die Jackpot-Frage. Bislang kann ich nur vermuten, dass der Schleier durch deinen großen Eingriff tatsächlich durchlässiger wurde.«

Sofort meldeten sich Schuldgefühle. Er hatte meinen wunden Punkt getroffen und endlich das ausgesprochen, was ich mir seit Wochen dachte. Meine Tat musste Konsequenzen gehabt haben, so funktionierte das ganze Gewebeding: Nichts geschah ohne Folgen. Weil ich dachte, mich schützen zu müssen, hatte ich Cody getötet. Und um meinen besten Freund zu retten, hatte ich meine Mutter ins Krankenhaus gebracht.

Hayden tätschelte mir die Schulter und forderte mich mit einem Kopfnicken zum Gehen auf. Wir folgten dem Flur in Richtung Treppenhaus. Ich warf noch einen letzten traurigen Blick zu Moms Krankenzimmer, flüsterte im Kopf die Worte ›Alles wird gut‹ und eilte ihm mit schnellen Schritten hinterher.

Kapitel 12

Hayden machte keine Anstalten, die Treppe hinunterzugehen, die uns ins Foyer bringen würde, sondern steuerte den Notausgang an.

»Wir können nicht gehen«, hielt ich ihn zurück. »Die Frau an der Rezeption hat gesagt, ich würde noch etwas ausfüllen müssen.«

Hayden blickte mich einen langen Moment an. Ich sah, wie er mit sich rang. Er wollte herausfinden, warum die Lamien – sollte es wirklich so sein – so zahlreich durch den Schleier kommen konnten. Das wollte ich auch. Aber ich würde nicht riskieren, dass meine Mom nicht behandelt werden würde, nur weil irgendwelche Angaben fehlten. Ihr Überleben setzte ich garantiert nicht aufs Spiel.

Nach einem Zögern, das mir wie eine Ewigkeit vorkam, stimmte Hayden zu. Wir gingen zurück ins Foyer, und als ich in dem noch immer herrschenden Chaos endlich alle Angaben gemacht hatte, traten wir von dort aus nach draußen. Ich hoffte, dass die frische Luft mir beim Denken helfen würde.

Das Medical Center befand sich nur eine halbe Meile von der Portage Bay entfernt. Mit der Schule hatten wir dort einmal den kleinen Hafen besucht und ich erinnerte mich an ein Café, in dem wir in Ruhe überlegen und reden konnten.

Doch so weit kamen wir nicht. Wir waren gerade von der Pacific Street in die 15th eingebogen und befanden uns vor einem weißen Gebäude mit einladenden griechischen Säulen, die zu beiden Seiten der Glastür emporragten, als mein Nacken kribbelte. Sofort spannte sich jeder Muskel meines Körpers an. Die Welt jenseits des Schleiers schärfte sich durch das Adrenalin, das durch meine Adern rauschte, und ich sah nicht länger wie durch dichten Nebel.

»Ich spüre es auch«, zischte Hayden, sah sich hastig um und riss mich hinter den Schleier.

Ich tat es ihm nach, konnte jedoch nirgendwo Gefahr erkennen. Keine Lamien, die kreischend auf uns zustürmten, kein Wesen weit und breit außer uns.

Das Kribbeln hörte trotzdem nicht auf.

»Es ist das Gebäude«, flüsterte Hayden und deutete auf die griechischen Säulen. Ich kniff die Augen zusammen und versuchte die verschnörkelte Schrift zu entziffern: *Rosenberg Beauty – die natürlichste Art der Schönheit.*

Das Augenverdrehen konnte ich mir nicht verkneifen. Natürlich war dieses wundervolle Gebäude einer der Beauty Tempel von Amys Mutter. Ich hatte schon Werbeplakate gesehen, auch wenn ich mich nicht erinnern konnte, dass die Schönheitssalons so prächtig aussahen. Das Geschäft schien gut zu laufen, ich sah einen Menschen nach dem anderen in Zeitlupe durch die Tür gehen. Schönheit boomte. Aber etwas daran störte mich dennoch und schnell erkannte ich den Grund.

»Amy«, flüsterte ich und Haydens Kopf ruckte in meine Richtung. »Sie hat die Münze.«

»Das hat Phoenix schon einmal geglaubt und lag falsch, also warum jetzt?«

»Ich weiß es nicht ... Dieser Salon gehört ihrer Mutter und er löst das Kribbeln aus, also muss es einfach stimmen. Vielleicht hat Amy sich vom Schicksal ja Erfolg für ihre Mutter gewünscht?« Es hörte sich blöd und total albern an, das wusste ich selbst, aber ich konnte das Gefühl einfach nicht in Worte fassen.

»Andererseits ... Der Erfolg wäre nicht sicher gekommen, solange ich sie nicht als Münzträgerin markiert habe.« Hayden dachte eine Weile nach, ehe er mich mit erhobener Augenbraue ansah. »So vieles ist anders geworden. Ehe du mir vom Verschwinden der Münze erzählt hast, habe ich kurz das typische Ziehen gespürt, so etwas wie Fernweh, aber es war nicht annähernd so stark wie sonst. Und nun können weder Phoenix noch ich die Münze auf dem Schicksalsgewebe sehen. Vielleicht muss auch der Träger nicht mehr markiert werden.« Es klang eher nach einer Frage als nach einer Erklärung.

»Dann wäre ihre Beeinflussung des Schicksals rein zufällig.« Nun hob ich die Augenbraue und reckte siegesgewiss das Kinn nach oben.

»Kairos kann sie nicht markieren.«

»Aber wenn Kairos verhindert, dass einer von euch eingreift, dann ...«

»... regiert der Zufall.«

Ich nickte.

»Was hätte er davon? Er muss einen Nutzen daraus ziehen. Kairos entscheidet sich nie zu etwas, das ihn nicht in seinem großen Plan weiterbringt.«

Diese Diskussion hatte ich bereits einmal geführt. So etwas wie Zufall gab es nicht. Zufall war immer ein Eingreifen meines Vater. Ob es zur glücklichen Fügung wurde oder zu einem Schicksalsschlag, wurde von seiner aktiven Entscheidung beeinflusst, sollte er sich denn zu einer durchringen. Das Problem, Entscheidungen zu fällen, das die heutigen Psychologen Kairophobie nannten, hatte er quasi erfunden – und leider auch an mich vererbt. Nichtsdestotrotz war jedes Eingreifen definitiv zu seinen Gunsten. Hayden hatte mir etliche Beispiele genannt und mich so immer mehr überzeugt. Sollte jemand tatsächlich im Lotto gewinnen, ohne im Einflussbereich der Münze zu sein, hatte Kairos garantiert etwas davon. Er hatte mehr Weitsicht als seine Brüder, wie Hayden voller Neid anerkannt hatte.

Aber was brachte ihm ein florierender Schönheitssalon? Ich ließ meinen Blick in die Ferne schweifen, um meinen Gedanken mehr Raum zu geben. Daher bemerkte ich den in einen unauffälligen Mantel gekleideten Mann erst spät, der in Geschwindigkeit der normalen Welt auf mich zukam.

Schnell trat ich zur Seite, um ihm auszuweichen. Sein Blick folgte mir. Er hätte mich hinter dem Schleier gar nicht sehen dürfen, doch seine Augen waren unverwandt auf mich gerichtet.

Gänsehaut bildete sich auf meinen Armen, als ich erkannte, dass sie trüb aussahen. So trüb, wie die Augen von Menschen immer waren, wenn sie unter dem Einfluss eines göttlichen Wesens standen. Wie meine Mathelehrerin Mrs Brewer, als Phoenix vor rund vier Wochen in meinen Kurs geplatzt war. Schnell verdrängte ich sein herausforderndes Grinsen an jenem Tag und konzentrierte mich wieder auf den Mann.

»Er kann uns sehen«, flüsterte ich, ohne mich von ihm abzuwenden.

In der nächsten Sekunde stand Hayden neben mir. Anhand des Kribbelns auf meinem Arm spürte ich, wie er den Dolch materialisierte.

»Warum kann er das?« Ich konnte meinen Blick nicht von den trüben Augen nehmen, die mich durch den Schleier anstarrten.

»Er hat das zweite Gesicht«, sagte Hayden. »Wie ich dir vorhin im Krankenhaus erzählt habe, haben manche diese Gabe, aber heutzutage ist sie sehr selten.« Er hob den Dolch und richtete ihn auf den Mann, der noch immer stur geradeaus auf uns zuging – in Zeitlupe. »Mir macht eher Sorgen, dass er unter fremdem Einfluss zu stehen scheint.«

Was als Nächstes passierte, ging zu schnell, als dass ich es direkt mitbekommen hätte. Erst im Nachhinein konnte ich sortieren, warum der Mann plötzlich zusammenbrach und Blut aus einer Wunde in seiner Brust trat.

Ich taumelte zurück, meinen Blick auf Phoenix gerichtet, der seinen Dolch in der Hand hielt. Blut benetzte die silberglänzende Klinge. Ich erinnerte mich wieder an das, was Hayden gesagt hatte. *Er ist anders, wenn er in deiner Nähe ist.*

Aber warum? Lag es wirklich daran, dass ich ihn mit meinen Taten beeinflusst hatte?

»Was zur Hölle hast du getan?«, herrschte Hayden seinen Bruder an, der sofort nach dem tödlichen Hieb auf unsere Seite des Schleiers getreten war.

»Ich habe dafür gesorgt, dass er nicht die Lamien ruft.« Phoenix' Stimme war eiskalt, aber ich sah das Zittern seines Brustkorbs. Er war nicht der Mensch – das Wesen –, das einfach so Menschen tötete. Sich gegen Lamien oder andere Angreifer zu verteidigen, war ein anderes Kaliber, als einen Menschen zu erstechen, der offensichtlich nichts getan hatte, außer den Weg einer Lamia gekreuzt zu haben.

»Warum musstest du ihn töten?«, fragte Hayden.

»Sieh ihn dir genau an«, sagte Phoenix zu Hayden. »Wir sind ihm bereits einmal begegnet.«

Hayden holte geräuschvoll Luft. Ich sah von einem Bruder zum anderen.

»Er müsste tot sein«, sagte Hayden ungläubig.

Phoenix nickte.

»Er ist schon der zweite, der mir heute begegnet ist.«

»Der zweite wer?«, ging ich ungeduldig dazwischen.

»Der zweite Soldat aus Atlantis.«

Kapitel 13

Hayden wechselte auf die andere Seite des Schleiers und ließ sich auf die Knie fallen. Ich hörte die lang gezogenen Schreie der Menschen, die den zusammengebrochenen und blutenden Mann bemerkt hatten. Hayden handelte schnell. Er schob den rechten Ärmel des Mannes nach oben und ein dunkler breiter Armreif kam zum Vorschein. Erst als ich mich stark darauf konzentrierte, erkannte ich, dass es sich nicht um Schmuck handelte: Es war eine Tätowierung, die alle Symbole der Schicksalsmünze integrierte.

Phoenix wechselte gerade wieder auf unsere Seite des Schleiers, als ein Symbol nach dem anderen in hellem Blau zu leuchten begann, dann immer greller und weißer wurde. Ich wusste selbst nicht, was ich erwartete, eine Explosion oder vielleicht, dass der Mann wie die Lamien zu Asche und Staub zerfiel. Umso ungläubiger sah ich zu, wie das Licht wieder bläulich wurde, dann nur noch schimmerte und anschließend erlosch. Ich zählte drei meiner Herzschläge, ehe der Mann die Augen aufschlug, sein Brustkorb sich weit hob und er anschließend mit einem Satz – viel zu schnell für die menschliche Seite, auf der er sich befand – auf den Beinen war. Er warf Phoenix, Hayden und mir noch einen von Zorn und Wut triefenden Blick zu, ehe er sich umdrehte und durch die sich ansammelnde Menge Schaulustiger davonmachte.

Ich war unfähig, mich zu rühren, starrte noch immer auf die Stelle, an der ich ihn aus den Augen verloren hatte. Die Menschen begannen sich wieder zu zerstreuen, gingen davon, als wäre hier nicht gerade ein Mensch tödlich verwundet worden. Vielleicht hielten sie es für eine Show. Was passierte nur mit der Welt?

Phoenix trat dichter zu mir und griff nach meiner Hand. Plötzlich waren all meine Sinne geschärft. Es war, als wäre die Umgebung mit einem Mal farbiger, ich glaubte sogar, über die Abgase der Autos hinweg das Wasser der Portage Bay zu riechen. Rasch wollte ich Phoenix meine Hand entziehen, war mir mehr als nur bewusst, was jede unserer Berührungen anrichten würde, doch er hielt mich zu fest. Schnell wandte ich mich ihm zu.

»Bitte!«, flehte ich. Er würde es mir nur noch schwerer machen. Mit jeder Sekunde, in der die knisternden Funken zwischen unseren verschränkten Finger hin und her sprangen, würde das Danach umso schlimmer werden. Ich würde ihn nicht mehr loslassen wollen, mein Herz würde über den Verstand siegen und die Stimme der Vernunft zum Schweigen bringen.

»Ich brauche das. Brauche die Gewissheit.« Er drückte meine Hand fester, während ich mir Gedanken machte, was seine Worte zu bedeuten hatten.

»Was …« Weiter kam ich nicht. Er zog mich an sich und presste seine Lippen auf meine. So schnell, wie der Kuss gekommen war, war er auch vorüber. Phoenix presste mich an seine Brust und flüsterte an meinem Ohr: »Ich habe nie zuvor so empfunden, Kiera. Es zerreißt mich, nicht in deiner Nähe zu sein, dich nicht berühren zu können. Der Gedanke, dich irgendwann zu verlieren, tötet mich. Nicht deine Gegenwart.«

»Phoenix, lass sie los«, unterbrach ihn Hayden. Seine Stimme war nicht wirklich fordernd, dennoch kniff Phoenix die Augen zusammen und warf ihm einen missbilligenden Blick zu.

»Die Toten von Atlantis kehren zurück. Was also wird passieren, wenn wir verletzt werden?«, erwiderte Phoenix, erhielt jedoch keine Antwort. Konnte es sein, dass auch die beiden vom Tod zurückkehren würden? Für Phoenix schien der Gedanke nicht unmöglich. Während Hayden ebenfalls darüber nachdachte, zuckten die Muskeln um seinen Mund immer wieder, als würde er etwas sagen wollen, es aber stets verwerfen. Nach einer ganzen Weile brachte er es doch hervor: »Weißt du noch, was Evangelos damals geschworen hat, als seine Stadt unterging?«

Ich hob die Augenbrauen, sah von Hayden zu Phoenix, die ein stummes Duell ausfochten. Es dauerte, bis Hayden mir erläuterte, was er damit meinte.

»Evangelos war damals der vom Volk von Atlantis gewählte Sprecher der Stadt. Er war einer der wenigen, die sich nie für eine Seite entscheiden konnten. Während der Rest der Bevölkerung einen Krieg gegeneinander führte, sich auf die Seite von Phoenix oder mir stellte, hat er versucht zu schlichten, wollte nicht, dass das Leben auf der Insel endete.«

»Wie Kairos?«

Haydens Kiefer spannte sich an, er sah mir einen langen Moment in die Augen, ehe er nickte.

»Als Atlantis auseinanderzubrechen begann, schwor er, sich niemals seinem Schicksal zu unterwerfen. Er wolle alles dafür tun, die Zeit rückgängig zu machen, den Traum von Atlantis am Leben zu erhalten.«

Ich war skeptisch. »Angesichts des eigenen Untergangs

würde doch fast jeder epische Schwüre leisten. Das heißt doch noch lange nicht, dass man sie auch einhalten muss, oder?«

»Was aber, wenn Kairos einen Weg gefunden hat, die Krieger von Atlantis zurückzuholen?«, fragte Hayden.

»Wie soll er das denn anstellen?« Phoenix' arrogante Seite gewann wieder einmal die Oberhand. »Die Lebensfäden sind durchtrennt, die Seelen von Atlantis weilen schon eine halbe Ewigkeit in Hades' Reich. Und wozu das Ganze?«

»Und wie erklärst du dir dann, dass mindestens zwei von ihnen zurückgekehrt sind – einer von ihnen sogar direkt vor unseren Augen ein weiteres Mal?«, fragte Hayden herausfordernd und traf damit genau ins Ziel. »Ganz egal, was er vorhat, Kairos kann es scheinbar nicht allein durchziehen und hat es geschafft, seine treuesten Soldaten wiederzuerwecken.«

Ich spürte, wie sich Phoenix neben mir anspannte. Er mochte es überhaupt nicht, keine Antwort zu haben.

Eine Weile schwiegen wir alle drei ratlos, doch dann riss Phoenix plötzlich die Augen auf und sah mich an. »Ich bin eigentlich gar nicht aus diesem Grund gekommen.« Er deutete vage an die Stelle, an der der Atlantier gelegen hatte. Ich sah ihn fragend an.

»Komm.« Er drückte meine Hand und mein Herzschlag beschleunigte sich. Wie konnte dieses wundervoll berauschende Gefühl, dieses Gefühl des puren Lebendigseins, für ihn auf Dauer tödlich sein?

Phoenix führte mich auf unserer Seite des Schleiers die Straße entlang Richtung Bay. Hayden folgte uns schimpfend und drohte nur halb im Scherz, dass er gleich tot umfallen würde. Phoenix schien es nicht zu stören, aber mein schlechtes Gewissen wurde immer größer. Immerhin hatte er recht. Mit jeder Berührung zwischen Phoenix und mir schwächte ich sie beide, denn einer konnte ohne den anderen nicht existieren. Immer wieder war ich ganz knapp davor, Phoenix meine Hand zu entreißen. Er hielt sie jedoch so fest, dass ich es nur mit Gewalt geschafft hätte. Und diese aufzubringen, dazu war ich nicht in der Lage.

In meinem Kopf wirbelten die Gedanken umher, sprangen zu dem toten und wiederauferstandenen Atlantier, dann zu dem überfüllten Krankenhaus, zu meiner Mutter. Mein Herz wurde wieder schwer.

»Hey«, stupste mich Phoenix am Kinn an und zwang mich stehen zu bleiben. »Wir ziehen das durch. Ganz gleich, was es kostet. Ich werde dich retten.«

Die Worte kamen so voller Inbrunst, dass ich es irgendwie schaffte, ihm zu glauben und zu verdrängen, wie hoch der Preis vielleicht sein mochte. Er zog mich an seine Brust und drückte mich fest an sich, während ich einfach nur seinen Duft einsog, als würde ich nach so langer Zeit endlich wieder richtig atmen können. Ich spürte das schnelle Pochen seines Herzens, das Echo zu meinem. Nichts wünschte ich mir in diesem Moment sehnlicher, als dass ich die Zeit ganz anhalten könnte.

Doch Hayden zerstörte meinen Traum. Er räusperte sich und riss uns damit aus unsere Blase der Zweisamkeit.

»Hier ist jemand für dich«, sagte Phoenix daraufhin nur, wechselte mit mir auf die andere Seite des Schleiers und schob mich auf das *Vista Café* zu, vor dem wir angehalten hatten.

Fragend sah ich ihn an.

Phoenix drückte die Tür auf und schob mich dem Duft

nach frisch gemahlenem Kaffee und Kuchen entgegen. Mein Magen zog sich zusammen. Seit mein göttliches Erbe aktiviert war, war es nicht mehr der himmlische Duft von früher. Schade um den Kaffee, ihn vermisste ich wirklich.

Ich wehrte mich über die aufsteigende Magensäure hinweg gegen Phoenix' Geschubse, bis ich registrierte, auf wen er mich zuschob.

Hayden brummte nur: »Was hast du getan?«

Kapitel 14

»Hatten wir uns nicht geeinigt, dass wir ihn nicht mehr mit reinziehen?«, feuerte Hayden weiter, Phoenix jedoch zuckte lediglich mit den Schultern. All das registrierte ich nur noch beiläufig, während ich mit großen Schritten auf den kleinen Tisch an der Fensterfront des Cafés zusteuerte, an dem Cody saß und auf die Portage Bay starrte.

Als er mich wahrnahm, sprang er auf, sodass ich mich direkt in seine Arme werfen konnte. Er presste mich an sich und strich mir über die Haare. »Phoenix hat mir alles erzählt. Es tut mir so leid, was mit deiner Mom passiert ist.«

In Gegenwart meines besten Freundes konnte ich mich nicht mehr zurückhalten. Die Tränen sammelten sich in meinen Augen und ich schniefte, noch bevor er mich von sich schob und fragte, ob er irgendetwas für mich tun könne.

Durch den Tränenschleier warf ich einen Blick zu Phoenix und sah, wie angespannt er war. Es musste ihn einiges an Überwindung gekostet haben, zu Cody zu gehen. Umso mehr bedeutete mir diese Geste. Ich warf ein lautloses »Danke« in seine Richtung und er lächelte zufrieden.

Phoenix hatte sich in den drei Wochen, in denen wir uns nicht gesehen hatten, wirklich verändert. Er sah noch immer atemberaubend aus – wenn auch etwas bleich und geschafft wie Hayden –, doch die Arroganz, die er sonst an den Tag gelegt und die mich so oft zur Weißglut gebracht hatte, war größtenteils verschwunden. Er war ernster geworden, nachdenklicher – und das stand ihm sehr gut. Auch wenn mir irgendetwas sagte, dass da noch mehr war, das ich herausfinden musste.

»Hey, hey, du weißt, dass ich es nicht mit ansehen kann, wenn du weinst«, tadelte Cody und drückte mich erneut an sich. Seine halblangen Haare kitzelten mich im Gesicht. »Ich hätte da sein sollen, als du die Nachricht bekommen hast, nicht Haydens Bruder.« Er nickte in Richtung Phoenix und ich dachte schon, Cody wäre trotz der Veränderung der Vergangenheit plötzlich wieder so schlecht auf Phoenix zu sprechen wie vor meinem Eingriff. Doch die Worte »Haydens Bruder« sagten mir, dass er nach wie vor keine Erinnerung an die andere Vergangenheit hatte, daran, wie sie sich ständig an die Kehle gesprungen waren oder an seinen eigenen Tod. Und das war gut so.

»Es ist in Ordnung, Cody. Danke, dass du hier bist.« Ich drückte mich noch fester an ihn und sonnte mich in dem Gefühl, dass sich nicht alles verändert hatte. Cody war immer noch da – eine Konstante in meinem Leben, die selbst meine Korrektur des Gewebes nicht hatte ändern können. Es fühlte sich einfach nur gut an. Phoenix hatte mir genau das gegeben, was ich brauchte.

»Ich würde sagen, du hast meine Freundin nun lange genug umarmt.« Phoenix' Stimme war kalt. Als ich aufblickte, sah ich jedoch ein warmes Funkeln in seinen Augen. Er war froh, dass sein Plan gelungen war, aber zugegeben hätte er es natürlich niemals.

Wir setzten uns an Codys Tisch und ich ließ mich von seiner Begeisterung ablenken, mit der er von den Studioaufnahmen erzählte – auch wenn ich natürlich wusste, dass er mich nur auf andere Gedanken bringen wollte. Die Worte selbst drangen kaum zu mir durch, dennoch belebte mich Codys Gegenwart wie schon in unserer Kindheit. Wieder einmal bereute ich es, wie weit uns die letzten drei Wochen voneinander entfernt hatten.

»Ich finde, wir sollten ihn einweihen«, sagte Phoenix irgendwann und zog damit alle Blicke auf sich. »Sein Faden ist immer noch so dicht mit Kieras verbunden – er wird die Harpyien, Lamien und alle anderen anziehen wie ein Magnet.«

Ich schob die Bilder von Codys Tod weit von mir. Er war so tief in die ganze Schicksalssache verstrickt gewesen, dass er wie meine Mom ein Opfer von Kairos' Plänen geworden war. Die Frage war, ob erst sein Wissen um die geheimen Mächte des Schicksals dazu geführt hatte oder ob Cody auch so in Kairos' Fokus gerückt wäre. Immerhin wusste mein Dad, dass Cody und ich von klein auf unzertrennlich waren – auch wenn die ganzen Ereignisse einen düsteren Schatten auf unsere Freundschaft geworfen hatten. Weil er alles vergessen hatte, was geschehen war, entschuldigte sich Cody in der Schule ständig dafür, dass er so wenig Zeit für mich hatte, seit er den Vertrag mit dem Agenten hatte. Ich freute mich für ihn und hatte bei jeder Entschuldigung ein schlechtes Gewissen, weil eigentlich ich schuld daran war, dass wir uns entzweit hatten. Na ja, Phoenix war auch nicht unschuldig daran. Und ausgerechnet er wollte Cody einweihen und ihm erzählen, dass er bereits tot sein sollte? Der Gedanke ließ mich kreidebleich werden.

»Ich glaube nicht, dass es eine gute Idee wäre. Es ist zu gefährlich.« Hayden verschränkte entschlossen die Arme vor der Brust. Er hatte Cody so lange beschützt, war mit ihm auf besondere Art verbunden, weil er gedacht hatte, er trage die Münze des Schicksals.

»Würdet ihr bitte nicht über mich reden, als wäre ich nicht da?« Cody verzog den Mund und wirkte übertrieben eingeschnappt. Das brachte mich zum Lächeln. Nur allzu gut konnte ich verstehen, wie er sich gerade fühlte. In Gegenwart der Söhne Fortunas konnte man sich schon mal vorkommen wie ein kleines Kind unter Erwachsenen.

»Es war schräg genug, dass Phoenix auf einmal vor dem Studio stand, als mein Tontechniker Mac urplötzlich eine dringende familiäre Angelegenheit zu regeln hatte.«

Ich warf Phoenix einen Blick zu, den dieser stur erwiderte, ehe er mit den Schultern zuckte und ein übertriebenes Grinsen aufsetzte, das mich doch tatsächlich kurz zum Lachen brachte.

Hayden seufzte ergeben und lehnte sich auf seinem Stuhl zurück. Irgendwann nickte er resigniert.

Also begann Phoenix mit seiner Geschichte. Mit dem Verlust der Macht der Götter, der mit dem Unglauben der Menschen gekommen war. Er erzählte Cody, der mit skeptischem Blick der Geschichtsstunde lauschte, wie die Götter beschlossen hatten, dem völligen Machtverlust entgegenzuwirken und eine Grenze zwischen ihrer und unserer Welt zu errichten – und wer die einzige Göttin war, die dies hatte bewerkstelligen können.

Er berichtete, wie Fortuna direkt vor der Trennung der Welten ihn und seine beiden Brüder geschaffen hatte, und erklärte, wer mein Vater wirklich war und was in den letzten vier Wochen alles geschehen war.

Ich beobachtete meinen besten Freund aufmerksam, verfolgte jede Regung in seinem Gesicht, während er versuchte, all das Gehörte mit seiner bisherigen Realität zusammenzubringen. Ich konnte mich noch daran erinnern, wie überwältigt ich mich gefühlt hatte, als Phoenix mir die ersten Brocken Übernatürliches vorgeworfen hatte. Auch wenn ich aus heutiger Sicht lieber sofort die ganze Wahrheit erfahren hätte. Beispielsweise, dass er in dem alten Spiel nicht der Gute gewesen war, sondern alles, was unter seinem Einfluss gelenkt wurde, zu einem schlechten Schicksal führte.

Irgendwie hatte ich immer gewusst, dass er etwas vor mir verbarg, etwas, das ihn belastete. Er hatte gedacht, ich würde mich von ihm abwenden, sollte ich es je erfahren. Irgendwann war es zu spät gewesen und er hatte es mir sagen müssen.

»Das erklärt einiges«, sagte Cody plötzlich in die Stille hinein und schreckte mich aus den Erinnerungen auf.

Wir drei sahen ihn auffordernd an.

»Nicht nur, dass ich das Gefühl hatte, dass mir etwas fehlt …« Er sah erst mir, dann den anderen fest in die Augen. »Seit ein paar Wochen sehe ich Gespenster.«

Kapitel 15

Seine Worte hingen zwischen uns und ich brauchte eine Weile, bis ich sie wirklich begreifen konnte.

»Du siehst was?«

»Gespenst ist vielleicht das falsche Wort.« Cody fischte mit weit ausholenden Gesten nach der richtigen Beschreibung und wedelte dabei den intensiven Geruch frisch gemahlenem Kaffees zu mir. »Sie wirkt ganz real, taucht aber wie aus dem Nichts auf, steht einfach nur da und sieht mich dabei seltsam an, ehe sie im nächsten Moment verschwunden ist. Ich habe an meinem Verstand gezweifelt, es auf den Stress von Schule und Plattenvertrag geschoben und einfach gehofft, dass es jetzt besser wird, wo ich mit den Aufnahmen durch bin.« Er fuhr sich erst mit beiden Händen übers Gesicht und strich dann die blonden Haare nach hinten.

»Wieso hast du nichts davon gesagt?«, fragte ich. »Wir haben uns immer alles erzählt.« Die Worte waren raus, ehe ich den Mund schließen konnte. Ich hatte ihm genauso wenig erzählt. Genau das sagte der Blick aus, den er mir nun zuwarf. Ich sah ertappt auf die Tischplatte hinab, dann zum Panoramafenster hinaus.

»Was hättest du denn von mir gedacht, wenn ich in eine leere Ecke gedeutet und behauptet hätte, dass da eben noch ein hübsches Mädchen gestanden und mich angestarrt hat.«

Bei diesen Worten wandte ich mich ihm wieder zu und sah sein ehrliches Lächeln.

»Ich hätte Hayden um Hilfe gebeten. Oder Phoenix«, antwortete ich voller Überzeugung.

»Ich habe lange gezögert, aber genau deshalb wollte ich mit dir reden.«

Phoenix neben mir brummelte etwas Unverständliches und drückte sanft meine Hand. Er hatte sie nicht mehr losgelassen, seit ich mich von Cody gelöst und wir uns gesetzt hatten. Ich sah auf die perfekt ineinanderpassenden Hände und erneut rückte mir die Konsequenz dieser so wundervollen Geste ins Gedächtnis. Ich saugte ihm damit die Unsterblichkeit ab, verdammt. Wieso konnte ich ihn nicht loslassen?

Cody folgte meinem Blick.

»Sie hat mir gesagt, dass eure Verbindung okay ist.«

»Was?«, fragten Phoenix, Hayden und ich im selben Moment.

Cody nickte. »Ich wusste, dass da jemand ist, Kiera, auch wenn du mir nichts von ihm erzählt hast. Ich habe diesen Geist für eine Erscheinung meines Unterbewusstseins gehalten. Du weißt, dass du wie eine kleine Schwester für mich bist. Ich muss dich einfach beschützen. Also dachte ich, dieses Mädchen will mir klarmachen, dass ich dich loslassen soll.« Er warf Phoenix einen Blick zu, schüttelte dann jedoch gedankenverloren den Kopf. »Aber egal. Bisher hat es auf jeden Fall keinen wirklichen Sinn ergeben. Jetzt, wo ich die ganze Geschichte kenne, sieht das anders aus. Das Mädchen ist der Meinung, dass ihr zusammengehört.«

»Na, wenn das so ist«, sagte Phoenix sarkastisch, drehte mein Gesicht zu sich und drückte mir einen schnellen Kuss auf den Mund. Überraschend und völlig besitzergreifend, trotzdem jagten Glückshormone durch meinen Körper, der nach seiner Berührung lechzte. »Das macht sie doch gleich sympathisch«, fügte er mit stockendem Atem hinzu.

Hayden zog Phoenix zurück und kassierte einen tödlichen Blick.

»Das ist kein Scherz«, sagte er mit ernstem Gesicht. »Irgendetwas geht hier vor und wir sollten in Erfahrung bringen, was es ist, denkt ihr nicht?«

»Können wir nicht bei Cody warten, bis das Geistermädchen wieder auftaucht und wir Kontakt aufnehmen können?«

Hayden dachte eine ganze Weile angestrengt nach. Genau wie Phoenix.

»Geister sind keine Wesen der Götter. Sie könnten sich im Schleier aufhalten, bis sie endgültig in das Leben danach weiterziehen, aber ich habe in all der Zeit noch keinen zu Gesicht bekommen.« Phoenix war alles andere als begeistert über die Tatsache, dass Cody ihm etwas voraushatte. Das war seinem missmutig verzogenen Mund deutlich anzusehen.

»Ich auch nicht«, bestätigte Hayden. »Aber selbst Kairos hat mir mehrmals versichert, dass es dort draußen Dinge gibt, die ich mir nicht einmal vorstellen kann.« Er wählte die Worte sorgfältig und schien sie eher auszutesten, als davon überzeugt zu sein.

Bei der Erwähnung meines Vaters hatte er jedoch die volle Aufmerksamkeit. Ich musterte ihn genau und irgendetwas stimmte nicht. Er wirkte unruhig, sah immer wieder zur Seite. Glaubte er, dort könnte jeden Moment ein Geist auftauchen?

»Das heißt, es könnte tatsächlich so etwas wie Geister geben, die sich auf besondere Weise tarnen können? Die ganzen Spukgeschichten könnten wahr sein?« Phoenix rümpfte die Nase, was ungewöhnlich und so dämlich aussah, dass ich lächelte. Hatte er Hayden nicht so genau beobachtet oder dachte er sich nur nichts bei dessen seltsamen Verhalten?

Hayden zuckte mit den Schultern. »Vielleicht.«

Phoenix' Grübeln verursachte tiefe Furchen auf seiner Stirn. »Dieser eine Typ aus Atlantis«, begann er nach einer Weile. »Er ist urplötzlich vor mir aufgetaucht. Ich hatte schon gedacht, ich wäre unaufmerksam gewesen, aber wenn sich dieses Mädchen in Luft auflösen kann, kann er das vielleicht auch? Wir müssen in Erfahrung bringen, was sie für Wesen sind. Aber noch wichtiger: Was wollen sie von dir, Blondie?«

Und da war er wieder, Phoenix' Spitzname für Cody. Dieser ignorierte ihn stur.

»Wenn sie zur selben Gattung wie die Atlantier gehören, dann ist ihre ›Entwarnung‹ definitiv nicht ernst zu nehmen«, hörte ich mich sagen und schaffte es nun wirklich, meine Hand aus der von Phoenix zu nehmen. Mit sämtlicher Willenskraft, die ich aufbringen konnte, platzierte ich sie auf meinem Oberschenkel. »Eher im Gegenteil. Wenn die uns empfehlen, zusammen zu sein, dann sollten wir es unbedingt lassen.« Schon beim Gedanken daran verkrampfte sich in mir alles.

Phoenix reagierte mit einem Schnauben. »Das ist mir egal. Ich brauche dich.« Demonstrativ legte er seine Hand zurück auf meine.

»Es ist immer wieder toll zu sehen, wie sehr du um mein Wohlbefinden besorgt bist«, warf Hayden mit vor Sarkasmus triefender Stimme ein. Aber er unternahm keine weiteren Anstalten, seinen Bruder von mir zu zerren.

Cody sah auf die Uhr und zuckte zusammen. »Verdammt, ich sollte schon wieder im Studio sein. Letzte Besprechung mit dem Boss.« Er warf ein paar Dollarnoten auf den Tisch und stellte seine Tasse darauf. Dann jedoch hielt er inne und bedachte mich mit einem zweifelnden Blick.

»Geh«, sagte ich. Er sollte sein normales Leben weiterleben und den Erfolg genießen. »Wenn du wieder einen Geist siehst, ruf mich sofort an.«

Mein bester Freund nickte. Ich sah ihm an, wie hin- und hergerissen er war, als er von mir zu Hayden und Phoenix schaute. Wir standen ebenfalls auf und ich dirigierte ihn Richtung Eingang.

»Geh. Es ist dein Traum, Cody. Lebe ihn.«

Er kaute noch kurz auf der Unterlippe, dann nickte er. »Haltet mich auf dem Laufenden. Bitte.«

Ich lächelte ihn aufmunternd an und Hayden hielt uns die Tür auf. Sobald er außer Sicht war, fiel mein Lächeln in sich zusammen.

»Danke, dass du ihn nicht noch mehr beunruhigt hast«, sagte ich an Hayden gewandt, der mir nur ein müdes Grinsen schenkte. Ich hatte inzwischen verstanden, was an ihm nicht gestimmt hatte. Phoenix' Kopf ruckte herum.

»Ich musste ihn beruhigen«, sagte Hayden und hob entschuldigend die Hände. »Ich habe nämlich absolut keine Ahnung, warum plötzlich Untote oder Geistermädchen in dieser Welt auftauchen.«

»Und dann belügst du ihn?« Phoenix schien wenig überzeugt.

»Wenn du ihn nicht eingeweiht hättest, hätte ich ihn nicht belügen müssen«, zischte Hayden.

»Wenn er es nicht getan hätte, wüssten wir immer noch

nichts von dem Geistermädchen«, warf ich ein. »Es war wohl Schicksal.« Beim letzten Wort verzog ich den Mund, dann erstarrte ich. »Warum hast du ihn eigentlich eingeweiht?«

Die Frage schien Phoenix mehr zu irritieren als die Existenz von Geistern. Er zog die Augenbrauen zusammen, starrte lange auf die vorbeifahrenden Autos, ohne auch nur einmal zu blinzeln, öffnete dabei den Mund und schloss ihn wieder. Dann sagte er kopfschüttelnd und von sich selbst erschüttert: »Ich bin mir nicht sicher.«

»Das ist nicht gut«, flüsterte ich, den Blick starr nach vorne gerichtet.

»Nein, absolut nicht«, antwortete Phoenix zeitgleich mit Haydens »Nein«.

Kapitel 16

Gemeinsam gingen wir die Boat Street entlang und mein Blick schweifte über die kleinen Boote, die in der Portage Bay herumtuckerten. Keiner von uns sprach ein Wort, während wir auf menschlichem Wege die Straße entlanggingen. Meine Gedanken kreisten nicht mehr länger um die Geister, sondern klebten förmlich daran, eine Erklärung zu finden, warum Phoenix Cody eingeweiht hatte.

Wir kamen am Sakuma Viewpoint an und ließen uns dort auf einer steinernen Bank nieder.

»Ich glaube, ich wollte, dass du nicht mit der Sorge um deine Mutter allein bist«, begann Phoenix irgendwann.

Ich sah ihn an. »Du bist da, Hayden ist da.«

»Ich weiß«, antwortete Phoenix und verzog das Gesicht. »Doch dieser Gedanke war da und es war mir unmöglich, ihn zu ignorieren. Wie ein … Befehl.«

»Aber wer hätte die Kraft, dich zu beeinflussen? Außer mir natürlich«, fügte ich mit einem aufgesetzten Grinsen hinzu, das Phoenix die Augen verdrehen ließ.

»Kairos?«, vermutete er, doch Hayden verneinte sofort. »Wenn er das könnte, säßen wir jetzt nicht hier.«

»Vielleicht kann er es jetzt?«, konterte Phoenix und man sah ihm an, dass er mit dem neuen Verlauf der Dinge nicht einverstanden war. »Alles hat sich verändert.«

Ich schüttelte den Kopf. Es wäre eine einfache Erklärung gewesen, naheliegend. Aber sie fühlte sich falsch an.

Erneut dachte ich darüber nach, wie sehr er sich in den letzten drei Wochen verändert hatte. Ich war mir plötzlich nicht mehr so sicher, ob es eine Veränderung zum Positiven war. Die Kälte und das Misstrauen, die anfangs stets auf seinen Zügen gelegen hatten, schlichen sich immer öfter zurück. Er wirkte nachdenklich, grüblerisch. Er war eindeutig zu oft allein. Und ich konnte nichts dagegen tun, wenn ich die beiden Brüder nicht durch meine Nähe zu ihm töten wollte.

»Wir sollen es nur denken«, sagte ich, nachdem ich die Überlegungen von mir geschoben hatte. »Da steckt weit mehr dahinter. Wir brauchen einen dieser Geister.«

»Klar, rufen wir die Ghostbusters.« Fast war ich erleichtert, dass Phoenix seinen arroganten Tonfall noch immer draufhatte – allerdings nur fast. Als er dann auch noch begann, die Titelmelodie von Ghostbusters zu summen, sah ich ihn finster an. Ein Lächeln zuckte um seine Mundwinkel.

»Was denn?«, fragte er nur. »Wisst ihr, wie sich das alles anhört? Als hätten wir nicht den Hauch einer Ahnung über die Welt, auf der wir seit Tausenden von Jahren leben.« Er fuhr sich aufgebracht durch die Haare.

Hayden hob beschwichtigend die Hand. »Ich weiß, wie du dich fühlst, mir geht es genauso. Aber was bringt es, sich vor dem allen zu verschließen. Es ist nun einmal, wie es ist, und wir müssen einen Weg finden, damit umzugehen.«

»Und nicht alles ist schlecht.« Phoenix sah mich an und drückte meine Hand. Ein schmerzhafter Ausdruck glitt über sein Gesicht und er ließ meine Hand los, als hätte er sich daran verbrannt.

»Was ist?«, fragte ich besorgt.

»Nichts«, sagte er nur. Hatte ich wirklich eine Antwort erwartet?

»Warum tauchen sie heute auf?«, fragte Hayden gedankenverloren und ich wusste sofort, dass er mit ›sie‹ die Toten von Atlantis meinte. In diesem Moment wurde mir klar: »Weil ich seit heute die Vergangenheit nicht mehr verändern kann.« Was auch immer zu diesem Punkt geführt hatte – ohne Fortunas Münze würde ich ihn nicht mehr verändern können, das musste ich nicht erst testen. Im Gegensatz zu Phoenix oder Hayden kam meine Magie von der Münze. Ich war nicht länger in der Lage, ein vergangenes Schicksal zu lenken. Und all die anderen Träger hatten es nie gekonnt und würden es vermutlich auch zukünftig nicht können. Genauso wenig wie Hayden oder Phoenix – selbst als sie noch aktiv hatten eingreifen können – vor den Ereignissen in Atlantis. »Mein Vater hat gewartet, bis es so weit ist«, sprach ich den nächsten Gedanken laut aus.

»Nicht bei Cody«, sagte Hayden. »Er hat die ganze Zeit Geister gesehen.«

»Aber bis heute hat ihn etwas davon abgehalten, es mir zu erzählen. Seine SMS kam heute Morgen.«

Es half alles nichts. Unsere Gedanken drehten sich im Kreis. Um ein Zentrum, das in dichtem Nebel lag und selbst für das Schicksal unentdeckt blieb. Wir konnten nichts anderes tun, als blind in unsere Zukunft zu rennen wie jeder normale Mensch.

»Wenn wir die Münze zurückholen …«, setzte ich an.

»Dann wird Kairos sie wieder jemand anderem geben«, beendete Hayden meinen Satz.

»Wir müssen sie ihm ja nicht geben«, erwiderte ich.

»Glaub mir, ich habe es versucht«, sagte Phoenix und sah mich dabei nicht an, sondern richtete den Blick auf das andere Ufer. Er sprach seine dunkle Vergangenheit nicht gerne offen vor mir an.

»Ich habe einem von Haydens Schützlingen einmal die Münze abgenommen.« Haydens Schnauben unterbrach ihn kurz. Phoenix warf seinem Bruder einen vernichtenden Blick zu, sah dann endlich direkt zu mir. »Der von mir gesteuerte Mensch konnte kaum etwas beeinflussen und schon hat sich die Münze in Luft aufgelöst. Schätzungsweise hielt Kairos sie im nächsten Moment in der Hand.« Seine Mimik ließ keine Zweifel daran, wie sehr ihm das gegen den Strich ging. Ich konnte mein Schmunzeln kaum zurückhalten.

Mein Handy brummte in meiner Tasche und unterband weitere Nachfragen. Schnell zog ich es heraus, hoffte auf Neuigkeiten von meiner Mutter. Irritiert sah ich aufs Display und nahm den Anruf dann entgegen. »Dr. Yates?«

»Hallo Kiera, wie gut, dass du gleich rangehst. Wie geht es dir?« Dr. Yates sprach so schnell, dass ich Mühe hatte, sie zu verstehen.

»Kiera? Bist du noch dran?«

Ich nickte, was sie natürlich nicht sehen konnte, und legte dann ein »Ja, ich bin noch dran« nach.

»Ich habe von deiner Mutter gehört. Wir sollten dringend miteinander sprechen. Kannst du vorbeikommen?«

»Woher …«

»Deine Mutter hat verfügt, dass ich bei einem Unglücksfall benachrichtigt werde. Das Krankenhaus hat mich verständigt.«

Mein Magen zog sich zusammen. Warum hatte Mom verfügt, dass auch meine Therapeutin verständigt wurde? Und vor allem: Wann hatte sie das getan? Bis vor vier Wochen hatte Dad noch bei uns gewohnt und wäre die erste Kontaktperson bei einem Unfall gewesen. Hatte Mom damit gerechnet, dass er aus unserem Leben verschwinden würde?

»Kiera?«

»Ja?« Ich konnte das miese Gefühl im Bauch nur schwer beiseiteschieben und mich auf Dr. Yates konzentrieren.

»Kommst du gleich vorbei?«

»Ich bin im University District«, sagte ich schnell und hoffte, dass keine weiteren Nachfragen wegen der verstopften Straßen kamen. »Im Krankenhaus wurde mir gesagt, dass ich noch in der Nähe bleiben soll, um Papierkram zu erledigen, sobald er bereit ist.«

»Verstehe«, murmelte es auf der anderen Seite der Leitung. »Bist du allein?«

»Cody ist bei mir«, log ich. Ich wusste nicht, ob es zu ihrem Job gehörte, mir vielleicht in einer solchen Lage beiseitezustehen und hinterherzufahren. Eine Therapeutin, die an mir klebte, konnte ich gerade nicht gebrauchen.

»Das ist sehr gut, Kiera. Du solltest nicht auf dich gestellt sein.«

Ich sah von Phoenix zu Hayden, die mit ihren Super-Ohren mithörten und mich dabei skeptisch anschauten, und murmelte ein »Mhmh«.

»Gut. Dann ruf mich einfach an, sobald du auf dem Weg nach Hause bist. Ich sorge dafür, dass du keine Probleme bekommst.«

»Warum sollte ich …«

»Du bist minderjährig, Kiera. Du kannst nicht allein wohnen. Für die Zeit, in der deine Mutter im Krankenhaus ist, solltest du bei mir bleiben. Deine Mutter hat es so verfügt.«

Kapitel 17

Es dauerte mehrere Augenblicke, in denen ich das Gesagte verarbeitete, auf das sanft wogende Wasser der Portage Bay hinausstarrte und das Knirschen der Boote an dem Steg links von uns immer lauter zu werden schien. Phoenix und Hayden hatten synchron die Stirn gerunzelt. Ihr Misstrauen gegen Dr. Yates war schon immer sehr groß gewesen, jetzt wuchs es im Zeitraffer.

»Warum?«, stammelte ich, um Zeit zu schinden, ehe ich mehr sagen konnte. »Meine Mom ist im Krankenhaus, nicht … tot.« Das letzte Wort flüsterte ich kaum hörbar, vermutlich kam es nicht bei Dr. Yates an.

»Sie liegt im Koma, Kiera. Wir wissen nicht, wie es weitergeht. Bisher war ihr das Schicksal nicht gerade zugetan.« Sofort schnellte mein Kopf zum Schicksal – zu beiden Seiten davon. Nach wie vor war einer misstrauischer als der andere, Hayden nickte jedoch auffordernd.

»Ich melde mich bei Ihnen, sobald ich zurück bin.« Anders würde ich sie nicht loswerden, da hatte Hayden wohl recht.

»In Ordnung. Ich versuche, die Bürokratie im Krankenhaus etwas zu beschleunigen. Bis später.«

Sie klang wieder so neutral wie in unseren Therapiegesprächen und als hätte sie mir nicht gerade offenbart, dass ich bei ihr wohnen sollte. War das üblich? Ich hatte noch nie von so etwas gehört. Andererseits sprach sowieso niemand über seine Therapie.

»Was jetzt?«, fragte ich die Jungs.

»Das gefällt mir nicht«, brummte Phoenix, sprang von der Bank auf und stand nach ein paar großen Schritten direkt am Wasser. Schwungvoll kickte er einen Stein hinein. »Und auch wenn ich mich wiederhole: Hier stimmt etwas nicht.«

Ich hatte diese sehr seltsame Wendung meines Lebens noch nicht ganz verarbeitet, als das Handy erneut losbrummte. Ich nahm mit lautem Herzklopfen ab.

»Miss Mallory?«

»Ja.«

»Hier ist das UW Medical Center. Die Unterlagen Ihrer Mutter sind nun da.«

»Ich komme sofort.«

Die Frau hatte aufgelegt, ehe ich irgendeine Abschiedsfloskel sagen konnte. Als ich von der Bank aufstehen wollte, war Phoenix direkt vor mir und drückte mich wieder nach unten.

»Findest du es nicht auch seltsam, dass die Unterlagen nur wenige Minuten nach dem Telefonat mit dieser Psycho-Tante auftauchen?«

»Sie hat halt … gute Connections. Sie ist … auch Ärztin, nur eben eine andere Fachrichtung.« Sogar in meinem eigenen Ohren hörten sich die bemühten Ausreden, die ich mir aus den letzten Winkeln meines Gehirns zusammengesucht hatte, wenig überzeugend an.

Phoenix antwortete nicht, sondern sah mich nur mit hochgezogener Augenbraue an.

»So ein Zufall, nicht wahr?« Haydens Stimme drückte dasselbe Misstrauen aus wie Phoenix' Gesicht, dessen Kiefermuskulatur nun deutlich hervortrat. Die beiden Jungs hatten ihre Probleme damit, nicht in jeder Kleinigkeit einen Eingriff meines Vaters zu sehen. »Genau wie die Verfügung über deinen Wohnort.«

»Ich weiß doch auch nicht. Jetzt lasst uns erst mal zum Krankenhaus gehen. Meine Mom soll schließlich nicht unnötig lange auf ihre Behandlung warten müssen.« Ich schluckte, als die Bilder von ihr wieder in mein Bewusstsein glitten. In meiner Erinnerung sah sie bereits aus wie tot. Aber das durfte nicht passieren. Niemals.

Dieses Mal ließ Phoenix mich aufstehen und folgte mir sofort den Fußweg zwischen den Bäumen entlang, die den Sakuma Viewpoint vom Rest des University Districts abschotteten. Kaum waren wir auf der Boat Street angekommen, dröhnte der Verkehr wieder in meinen Ohren. Selbst die Luft besaß hier kaum mehr den typischen, etwas abgestandenen Geruch des Wassers.

Ich hatte nicht einmal ein schlechtes Gewissen, als ich Phoenix' Hand nahm und die Sicherheit genoss, die mich sofort durchströmte und die den gesamten Weg zum Krankenhaus auf mich einwirkte. Ich stand vor so vielen Problemen und Veränderungen, dass ich ohne ihn vermutlich den Verstand verlieren würde. Er war mein einziger, mein verlässlichster Halt – daher schob ich die Konsequenzen unserer Berührung weit in den Hinterkopf, auch wenn ich wusste, dass ich es später bereuen würde.

Im Foyer des Krankenhauses sorgte Phoenix dafür, dass uns jeder der Wartenden mit einem freundlichen Lächeln und trüben Augen vorbeiließ, bis nur noch eine Person vor uns an der Rezeption stand. Ich hatte meine Prinzipien irgendwo unterwegs verloren, denn ich war sogar froh darüber, dass er die Menschen manipuliert hatte und wir nicht noch länger warten mussten.

Kaum trat der Mann vor uns beiseite, erkannte mich die Dame am Empfang und reichte mir ein Klemmbrett mit mehreren Zetteln. Sofort hatte ich das Bedürfnis, laut aufzustöhnen.

»Keine Sorge. Sie müssen nur noch unterschreiben. Ihr gesetzlicher Vormund hat uns alle nötigen Informationen bereits gegeben.«

Ich sog scharf die Luft ein, Phoenix neben mir versteifte sich. »Wie bitte?« Dad war hier gewesen? Kairos?

»Dr. Yates hat uns kontaktiert und uns die entsprechenden Dokumente zukommen lassen. Sie haben Glück, dass Ihre Mutter so weitsichtig war, einen Vormund zu bestimmen, sollte ihr etwas zustoßen. Andernfalls hätten wir das Jugendamt einschalten müssen. Hier müssen Sie unterschreiben. Sobald Ihre Mutter transportfähig ist, werden wir sie in ein näher gelegenes Krankenhaus verlegen lassen.« Sie blätterte bis zum letzten Blatt und deutete auf eine gestrichelte Linie.

Ich presste die Lippen zusammen und nickte geistesabwesend. Die Punkte wurden unscharf und ich hatte Mühe, die Seite zu fixieren. Nach mehrmaligem Blinzeln unterschrieb ich schnell.

Es war der Fragebogen eines Krankenhauses. Warum fühlte es sich an, als hätte ich gerade einen Vertrag mit dem Teufel über meine Seele unterzeichnet?

Die Frau nahm mir geschäftig das Klemmbrett ab und schenkte ihre Aufmerksamkeit bereits dem Nächsten in der Warteschlange.

Das seltsame Gefühl ließ auch nicht von mir ab, als Phoenix mich zwischen den Menschengruppen durchschob und auf den Notausgang zusteuerte. Die Flure und das Treppenhaus zogen jenseits des Schleiers an mir vorüber, während ich einfach nur einen Fuß vor den anderen setzte.

Phoenix und ich warteten auf dem Dach des Krankenhauses, bis Hayden die Greifenfeder erneut mit Ichor benetzt hatte, das daraufhin wieder in Flammen aufging. Er erklärte mir dabei, warum der Greif spürte, wenn man versuchte, seine Feder in Brand zu stecken, aber ich hörte nur mit halbem Ohr zu.

Bis das stinkende Monster ankam, türmten sich in meinem Kopf die Fragen immer weiter auf.

Phoenix warf dem Greifen drei Goldmünzen zu, und nachdem wir uns zu dritt auf den Rücken des Tieres gequetscht hatten – ich ganz vorne, hinter mir Phoenix, dann Hayden – hob das Wesen mit starken Flügelschlägen ab.

Ich ließ mich tief in die gestohlene Umarmung von Phoenix sinken und schloss die Augen. Sein Geruch umfing mich, übertönte den Gestank des Greifs, brachte mein Herz zum Beben und jeder seiner Atemzüge so dicht an meinem Ohr verstärkte den Wunsch danach, dass wir einfach nur zwei normale verliebte Menschen waren. Ich verfluchte meinen Vater, meine Großmutter Fortuna und all die perfiden Pläne, die dazu geführt hatten, dass meine Mom im Krankenhaus gelandet war.

Eine Turbulenz des Greifs brachte mich zurück ins Hier und Jetzt. Sofort sprangen meine Gedanken um die letzten Ereignisse wieder an. War Dr. Yates etwa viel enger mit meiner Mom befreundet, als ich bisher gesehen hatte? Was hatte meine Mom zu einer solchen Entscheidung gebracht? Sie gab für meinen Geschmack viel zu viel auf die Meinung meiner Therapeutin.

Ganz gleich, wie sehr ich mich bemühte: Ich fand keine logische Erklärung. Denn egal, in welche Richtung meine Überlegungen führten, ein Gefühl blieb immer: Ich spürte zum ersten Mal das aktive Eingreifen eines anderen in mein Leben. Das Schicksal saß mit mir auf dem geflügelten Wesen, also konnte nur der Zufall dafür verantwortlich sein. Doch was hatte mein Vater davon?

Kapitel 18

Der Greif setzte uns im Garten hinter unserem Haus ab – natürlich nicht, ohne erneut einen weiteren frisch knospenden Strauch plattzustampfen. Ehe er wieder abhob, neigte er den Adlerkopf und sah mich aus so klaren Augen an, als könne er direkt in meine Seele, die Zukunft und weiß-Gott-was-noch schauen. Sein durchdringender Blick verschaffte mir eine Gänsehaut.

Auch Phoenix und Hayden neigten respektvoll die Köpfe, daher ahmte ich sie nach, bemüht, nicht durch die Nase zu atmen. Doch der Gestank des Tieres hing an mir, was ich bemerkte, nachdem der Greif mit einem lauten Kreischen außer Sicht geflogen war. Ich rümpfte die Nase und hoffte, dass der Geruch schnell nachlassen würde.

Wortlos gingen wir in die Küche und ich setzte mich an die Theke. Das ganze Haus fühlte sich so entsetzlich leer an. Auch wenn Mom in den letzten Wochen vor lauter Arbeit nur selten anwesend gewesen war, war das Wissen, dass sie nicht so schnell zurückkommen und das Haus mit Leben füllen würde, bedrückend. Es machte mir ein Gefühl bewusst, das ich mir bisher nicht eingestanden hatte: die Angst, allein zu sein.

Phoenix stand dicht bei mir, sodass sich die Luft zwischen uns statisch auflud und für ein Prickeln auf der Haut sorgte.

Während ich mein Gesicht in den Händen vergrub, strich er liebevoll über meinen Rücken und die Angst mehrte sich. »Nicht!« Schnell wandte ich mich um, sah seinen enttäuschten Blick und versuchte, meine Gefühle in Worte zu fassen: »Ich kann dich nicht auch noch verlieren.«

Nur mit Mühe schluckte ich den Kloß in meiner Kehle hinab.

Phoenix streckte noch einmal die Hand nach mir aus, aber ich registrierte, wie Hayden ihn mit einem Kopfschütteln zurückhielt. Ausnahmsweise hörte er auf seinen Bruder.

Nachdem ich eine Weile vor mich hin gestarrt hatte, zog ich das Handy aus der Tasche.

»Wen willst du anrufen?«, wollte Phoenix wissen.

»Dr. Yates.«

»Denkst du nicht, sie wäre sehr irritiert darüber, wenn du in so kurzer Zeit zu Hause wärst?«, warf Hayden ein. Ich wollte mir gerade mit der Hand vor die Stirn schlagen, als es in meiner Hand vibrierte. Codys Name erschien auf dem Display. Ich nahm schnell ab.

»Sie war eben wieder hier«, sagte er atemlos.

Ehe ich darüber nachdenken konnte, fragte ich: »Wer?«

»Das Geistermädchen. Sie wollte, dass ich sofort zu dir komme. Ist etwas passiert?«

Ich verdaute das Gesagte nicht ganz so schnell wie Phoenix, der mir das Handy abnahm. »Ich hole dich.«

Kaum hatte er das gesagt, legte er auf. Ich sah ihn nur fragend an.

»Was?«, fragte er wild gestikulierend.

»Deine neue Meinung über Cody ist …«, begann ich.

»Gruselig«, schloss Hayden, der Phoenix mit gerunzelter Stirn musterte.

Phoenix warf Hayden einen abfälligen Blick zu, ehe er mich anlächelte. »Es ist dieser innere Drang. Ich weiß, dass Blondie eine Rolle spielt.« Er wirkte, als zweifle er an seinen eigenen Worten und seinem Verstand.

»Das hat er bisher auch«, warf ihm Hayden vor. »Doch da hat es dich nur sehr bedingt interessiert.«

Sofort dachte ich daran, dass Phoenix es liebend gerne in Kauf genommen hatte, dass Cody verletzt wurde, nur weil wir gedacht hatten, ich müsse jemanden beeinflussen, um die angestaute Kraft loszuwerden. Einer der vielen Spielzüge, die uns mein Vater voraus gewesen war.

»Ja, ja. Schon gut. Blondie und ich werden nie die besten Freunde werden, aber wenn er uns helfen kann, setze ich mich gerne mit ihm auf einen Greif.« Er legte den Kopf leicht schräg und klimperte mit den Wimpern.

Zum ersten Mal an diesem Tag musste ich laut lachen. Ich zuckte vor dem Geräusch zurück.

»Ich habe nicht gesagt, dass es mir gefällt.« Nun war Phoenix wieder todernst.

»Mit Cody musst du auf dieser Seite des Schleiers fliegen. Am helllichten Tag! Was, wenn ihr gesehen werdet??« Haydens Stimme überschlug sich, aber Phoenix zuckte nur mit den Schultern.

»Wir werden schnell genug sein. Zu lange werde ich es sowieso nicht mit Blondie aushalten.« Ein Teil seiner alten Arroganz blitzte wieder durch und er wirkte fast wie eh und je. »Wer holt sich schon gerne Konkurrenz ins Haus?« Er rückte nun so nah, dass ich seinen Körper spüren konnte, auch wenn er mich nicht berührte.

Ich schluckte. »Er ist keine Konkurrenz.« Meine Augen schlossen sich wie von selbst und ich genoss für einen Moment die Wärme und seinen herben Duft. Obwohl ich zu seinem Schutz nicht wollte, dass er mich weiterhin berührte, sehnte ich mich von ganzem Herzen nach einem Kuss. Und kurz nach diesem Gedanken spürte ich seine Lippen auf meinen. Doch etwas fehlte an dem Kuss. Er wirkte wie eine Kopie, ein billiger Abklatsch der Küsse aus meiner Erinnerung. Die Zweifel fraßen sich wie Säure durch sein Inneres, stumpften ihn ab und erstickten die Leidenschaft, die ich so sehr an ihm schätzte. Ohne ein weiteres Wort verschwand Phoenix hinter dem Schleier.

Ich hatte diesen seltsamen Kuss noch nicht verwunden, als Phoenix mit einem leblosen Cody auf den Armen in die Küche trat.

»Was ist passiert?«, fragte ich von Panik erfüllt. Waren sie angegriffen worden?

»Menschen bekommt es nicht so gut, durch den Schleier zu reisen.«

»Wolltet ihr nicht auf dieser Seite des Schleiers fliegen?«

»Frag Goldie«, brummte Phoenix und deutete zur Hintertür, während er Cody alles andere als liebevoll auf den Boden legte. Ich verstand nur Bahnhof.

»Wer ist Goldie?«

»So nennt Phoenix den Greif«, erklärte mir Hayden. »Wie konnte Cody es überhaupt überleben?«

Ich keuchte auf. »Wie meinst du das?«, fragte ich flüsternd und hatte gleichzeitig Angst vor der Antwort.

»Bisher sind alle Menschen, die mich berührt haben, während ich hinter den Schleier getreten bin, gestorben. Ich vermute, es hängt damit zusammen, dass die Zeit hier anders vergeht, vielleicht verkraftet der menschliche Körper das nicht.« Haydens Blick war in weite Ferne gerichtet, während ich zur Küchenuhr blickte, um abschätzen zu können, wie lange Cody schon bewusstlos war. Es war schon nach vier.

»Ich habe es auch schon versucht«, sagte Phoenix leise und vermied es, meinem Blick zu begegnen. »Mit demselben Ergebnis. Nur der Träger kann mit uns auf diese Weise reisen, wenn auch mit kleineren ... Unannehmlichkeiten.«

Hayden folgte Phoenix' Worten aufmerksam.

»Ich denke, die Münze beschützt den Träger«, setzte Phoenix hinzu.

»Aber Cody ...«

Hayden machte einen Satz nach vorne und griff nach Codys Hand, während Phoenix, der sich noch immer neben Cody auf dem Boden in der Hocke befand, begann, an Codys Hose herumzufummeln.

Ich musste gar nicht erst nachfragen, was die beiden denn da taten, denn im selben Moment, in dem mir Hayden Codys Handfläche mit dem kreisrunden Mal zeigte, schob Phoenix mit wissendem Blick einen funkelnden Gegenstand aus Codys Hosentasche nach oben – natürlich ohne ihn zu berühren.

Ich keuchte auf.

Cody war der neue Träger der Schicksalsmünze?

Meine innere Stimme zischte: Er ist vielleicht für das Schicksal deiner Mutter verantwortlich.

Kapitel 19

Phoenix erhob sich blitzschnell und trat einen Schritt zurück, als wäre Cody giftig. Wir drei sahen schockiert auf meinen besten Freund hinab. Niemand sagte etwas. Das Ticken der Wohnzimmeruhr drang bis zu uns in die Küche. Wenn ich die Münze nicht schon an dem schmalen Rand, der aus Codys Jeanstasche lugte, erkannt hätte, hätte ich es für einen schlechten Scherz gehalten.

»Das erklärt dein plötzliches Interesse an ihm«, murmelte Hayden gedankenverloren. »Es war die Münze, die dich gerufen hat.«

Phoenix nickte stirnrunzelnd. Er öffnete gerade den Mund, um etwas zu sagen, als Cody aufstöhnte und seine Augenlider zuckten.

Ich ließ mich auf die Knie fallen und rückte nah zu ihm. Aus irgendeinem Grund wollte ich, dass er mich sah, wenn er zu sich kam, und unterdrückte die fiese kleine Stimme, die ihn für Moms Zustand verantwortlich machte.

Seiner Lider flatterten, als koste es ihn enorme Kraft, sie zu öffnen. Dann jedoch riss er sie regelrecht auf – und schloss sie sofort wieder, als hätte er einen Geist gesehen.

Einer der Jungs lachte auf. Ich hoffte für Phoenix, dass nicht er es gewesen war.

»Welch freundliche Begrüßung«, sagte ich knapp, setzte

mich aber aufrechter hin, um meinen besten Freund nicht erneut zu erschrecken.

Cody hob langsam die Hände und rieb sich übers Gesicht, ehe er einen erneuten Versuch startete. Ein kurzes Lächeln huschte über sein Gesicht. Ich bezweifelte allerdings, dass es an mir lag, denn sein Blick war in so weite Ferne gerichtet, dass er mich eigentlich gar nicht sehen konnte. Als seine Augen sich klärten, stemmte er sich auf die Unterarme und sah sich im Raum um.

»Du hast mir nicht gesagt, dass ich in Ohnmacht falle, wenn ich auf dieses Tier steige«, sagte er in Phoenix' Richtung.

»Das war so auch nicht geplant, Blondie. Wenn ich gewusst hätte, dass du es überlebst, hätte ich dich schon öfter hinter den Schleier geschubst, damit du Ruhe gibst«, konterte Phoenix.

Cody setzte sich vollends auf und dehnte sich ausgiebig. Ich sah den Moment genau, in dem Phoenix' Worte zu ihm durchgedrungen waren.

Bevor Streit zwischen den beiden ausbrechen konnte, stellte Hayden fest: »Du bist der neue Träger der Münze.« Mit einem Nicken deutete er auf Codys Hosentasche. Codys Blick folgte dem Wink, dann sah er den Rand der Münze.

»Ist es das, was ich denke, was es ist?« Mit einem Satz, den ich so nicht von ihm erwartet hatte, sprang er auf die Beine und stand unentschlossen neben der Küchenzeile. Auch ich stand auf – etwas langsamer – und beobachtete Cody genau, der auf das Mal in seiner Hand starrte und laut überlegte, wann er sich die Verletzung zugezogen hatte. Er glaubte, sich am frühen Morgen beim Bezahlen beim Bäcker verbrannt zu haben. Wir mussten davon ausgehen, dass die Schicksalsmünze zwischen seinem normalen Geld gelegen und er sich versehentlich daran verletzt hatte. Natürlich kehrte sie auch zu ihm immer wieder zurück.

»Es ist definitiv die Münze Fortunas«, bestätigte ich ihm erneut, nachdem ich einen Kaffee zubereitet und vor ihm abgestellt hatte. »Du hast nun das Schicksal der Menschheit in der Hand.« Ich presste meine Lippen zusammen, der nächste Satz ließ sich dennoch nicht zurückhalten. »Das Schicksal meiner Mom.«

Ich sah förmlich, wie sich die Rädchen in Codys Kopf drehten, während er seinen Kaffee so schnell umrührte, dass mir beinahe schwindelig wurde. Dann flackerte Erkenntnis in seinen Augen auf: »Ich habe nichts mit ihrem Unfall zu tun!«

Ich zuckte zusammen, als ich diese Worte hörte, doch ich bemühte mich, ruhig zu bleiben. »Das glaube ich. Solange du nicht markiert bist«, ich sah zu Hayden, »liegt deine Beeinflussung in den Händen des Zufalls. Dein Eingreifen führt mal zum Positiven, mal zum Negativen.«

»Dann ...« Cody runzelte die Stirn, »markier mich«, forderte er von Hayden, der sofort zu Phoenix sah.

Der mahlte mit dem Kiefer. Es musste schwer für ihn sein, Hayden wissentlich den Job zu überlassen. Ich stupste ihn mit der Schulter an. Seufzend griff er nach meiner Hand und zeichnete kleine Kreise auf meinen Handrücken.

Hayden straffte sich und ging auf Cody zu, der mit skeptischem Blick einen Schritt zurückwich.

»Wir müssen uns jetzt aber nicht küssen oder so?«, fragte er mit weit aufgerissenen Augen und ich konnte nicht anders, als loszuprusten. Phoenix kniff immer noch das Gesicht zusammen, als hätte er in eine Zitrone gebissen, aber auch seine Mundwinkel zuckten.

Hayden sah uns nur vorwurfsvoll an, ehe er verneinte. »Keine Angst, ich brauche bloß deine Hand.«

Völlig überzeugt wirkte Cody nicht, aber er hob seine Hand und streckte sie Hayden entgegen.

Hayden wollte gerade zugreifen, als Phoenix meine Hand fallen ließ und durch den Schleier hindurch zwischen die beiden trat.

»Was soll das?«, fragte Hayden verärgert und schob Phoenix zur Seite. Diese Markierungssache hatte die alte Rivalität zwischen den beiden wieder zutage befördert.

»Wenn er die Macht hat, aktiv einzugreifen, wird sie leiden.«

Phoenix deutete auf mich und mir kam die Erklärung wieder in den Sinn, warum es selbst unter Einfluss des guten Schicksals nicht empfehlenswert war, den nachfolgenden Träger zu kennen. Dann fuhr er fort: »Und nicht einmal Kairos wusste, was während einer Verbindung mit dem Träger geschieht, sollten wir vergehen.« Phoenix' Blick war nun fest auf mich gerichtet. Ich hatte Hayden erzählt, dass mein Vater deshalb als Hayden getarnt Phoenix getroffen und dafür gesorgt hatte, dass er die Aktivierung des Mals zurücknahm. Hayden musste Phoenix die Information weitergegeben haben. Die unterschwellige Botschaft in Phoenix' Worten stand mir überdeutlich vor Augen: Falls wir vergehen, soll dir wenigstens Cody bleiben. Ich verbarg diesen schmerzhaften Gedanken weit in meinem Hinterkopf. So weit durfte es nicht kommen.

»Kiera wird niemals wegen mir leiden«, sagte Cody völlig überzeugt.

Phoenix presste die Lippen fest zusammen, ehe er Cody erklärte, dass es mit der Münze einherging, so zu reagieren. Immerhin war ich für seinen Tod verantwortlich gewesen.

Ein tiefer Urinstinkt, der von der Münze zum Leben erweckt und befeuert werden würde, würde ihn vielleicht Rache nehmen lassen wollen.

»Niemals«, bekräftigte Cody erneut. Doch Zweifel waren ihm ins Gesicht geschrieben. Sie waren so deutlich, dass Hayden zurücktrat.

»Dann«, überlegte Cody laut, »werde ich einfach gar nichts beeinflussen.« Er verschränkte die Arme vor der Brust.

Dass ich ein hysterisches Lachen ausstieß, verunsicherte ihn.

»Glaub mir, ich habe es versucht«, erklärte ich. »Der Druck, diese Macht zu benutzen, war so groß, dass sich blaue Blitze über meinen Körper gezogen haben und ich …« Ich vollendete den Satz nicht. Die Bilder kamen trotzdem in schneller Abfolge. Ich hatte Codys Schicksal beeinflusst, er hatte wegen mir einen Unfall, an dessen Folgen er im Laufe des Abends zusammengebrochen und gestorben war.

»Bei ihm wird es nicht so sein. Er ist … normal.« Phoenix klang wie ein Adliger aus einem Film, der übers gemeine Volk sprach.

»Dann werde ich es schaffen«, sagte Cody überzeugt.

»Du wirst vielleicht ebenfalls leiden, wenn auch nicht auf diese Art«, antwortete Phoenix wenig mitfühlend.

»Das ist mir egal.« Cody klang absolut überzeugt.

»Mir auch.« Phoenix zuckte mit den Schultern.

»Er kann sowieso nichts entscheiden, solange er das Buch nicht hat«, grübelte Hayden.

»Ich habe es nicht gebraucht«, sagte ich, obwohl ich wusste, dass dieser besondere Umstand mit meinem Blut zu tun gehabt hatte. Ein kleiner Teil von mir hoffte wohl noch immer, dass ich nicht so besonders war, wie Phoenix und

Hayden es glaubten, sondern dass sich die Regeln einfach grundlegend verändert hatten.

»Dann lass es ihn doch versuchen«, schlug Phoenix mit siegesgewissem Ausdruck im Gesicht vor.

»Wie?«, fragte Cody und runzelte die Stirn.

»Stell dir vor, dass der kleine Pizzabote die nächste Pizza einfach direkt hierher bringt. Ich hab sein Auto vorhin draußen gesehen, als wir gelandet sind. Er ist sicher noch irgendwo in der Gegend.« Phoenix verzog das Gesicht, als hätte er etwas Falsches gesagt.

Ich erschauderte beim Gedanken an Hunter, der mir früher einer der liebsten Besucher gewesen war. Bis zu dem Tag, an dem er beeinflusst worden und die Münze an sich hatte nehmen wollen ...

Mein Blick ruckte zu Phoenix, der direkt in meinem Kopf zu lesen schien. Nachdem mir nun klar war, dass er Hunter das angetan hatte, presste er die Lippen fest zusammen.

»Warum?«, flüsterte ich.

»Weil ich dich nicht anders überzeugen konnte, bei mir zu bleiben.« Er senkte den Blick, ich sah nur noch, wie seine Kiefermuskulatur arbeitete. So viele einzelne Dominosteine hatten den Weg zu jenem schicksalshaften Abend markiert. Entscheidungen von vielen Einzelnen hatten zu einem Ergebnis geführt.

Wie sollte ich jemals so weit vorausdenken, dass ich all die Konsequenzen und Möglichkeiten sehen würde? Es fühlte sich an, als würde ich meinem Schicksal hinterherjagen. Alles, von dem ich dachte, es selbst entschieden zu haben, war von anderen beeinflusst gewesen. Ich fühlte mich von der Macht des Schicksals und meines Vaters völlig erschlagen – auch wenn ich nun ein Teil dieser Macht war.

Kapitel 20

Auch Cody und Hayden spürten die Veränderung der Atmosphäre, ich musste sie geradezu in die Luft sprühen. Eine ganze Weile hing Stille zwischen uns, während meine Gedanken immerzu um Phoenix kreisten, der mich so getäuscht hatte. Mein Herz sagte, dass es egal war, was er getan hatte, weil er sich verändert hatte. Mein Verstand warf mir immer wieder vor, wie blöd ich doch gewesen war, auf ihn hereinzufallen.

Vom menschlichen Standpunkt aus betrachtet war dies der ewige Kampf, oder etwa nicht? Herz gegen Verstand. Dass aber beide nie die Rolle gespielt hatten, die man ihnen zusprach, wussten nur die Personen hier im Raum und mein Vater. Denn für alles – selbst für die Entscheidung Herz oder Verstand – war das Schicksal verantwortlich. Oder seine Abwesenheit.

Es hätte nicht anders ablaufen dürfen, redete ich mir wieder einmal ein. Denn auch wenn die Gefühle für Phoenix mit so vielen Lügen begonnen hatten, so waren sie doch Teil von dem, was wirklich daraus geworden war: meine Veränderung der Vergangenheit und die Möglichkeit, Kairos daran zu hindern, Fortuna und die anderen Götter zurück in die Menschenwelt zu bringen.

Sobald ich diese Tatsache ein weiteres Mal verinnerlicht

hatte, fühlte ich mich viel besser. Meine Erleichterung ging auf Phoenix über, der sich etwas entspannte. Ein erzwungenes Lächeln hing auf seinen Lippen, das ich trotzdem nur allzu gern erwiderte.

»Versuch es«, bat Hayden Cody, als auch er registrierte, wie die Anspannung nachließ. »Beeinflusse die Entscheidung – das Schicksal – des Pizzaboten.«

»Wie?«, fragte Cody und Hayden erklärte es ihm.

Cody presste die Augen zusammen und verzog vor Anstrengung das Gesicht. Als er die Lider wieder hob, sah er sich fragend um. »Hat es funktioniert?«

»Ich glaube nicht«, antwortete ich als Erste. Ich hatte keinen Ruck, ja nicht einmal eine leichte Berührung des Gewebes gespürt.

Hayden und Phoenix schüttelten beide die Köpfe.

»Dann sollten wir wohl nach dem Buch suchen. Für alle Fälle. Aber gut zu wissen, dass er nicht aus Versehen etwas verändern kann wie gewisse andere Personen hier im Raum.« Phoenix warf mir einen wissenden Blick zu. Lange hatte ich mir Vorwürfe gemacht, dass ich ihn sterblich hatte werden lassen, weil ich es mir gewünscht hatte, dass ich nur mit Gedanken allein sein Schicksal verändert hatte. Dass es an der Berührung und meinen Gefühlen für ihn lag, war zu der Zeit ja nicht zu erahnen gewesen.

»Vielleicht liegt das Buch schon bei ihm zu Hause?«, sprach Phoenix weiter. »Wir sollten es suchen.«

In dem Moment brummte mein Handy. Mit einem Blick aufs Display bekam ich ein schlechtes Gewissen. »Es ist Dr. Yates«, erklärte ich und warf nebenbei einen Blick auf die Uhr. Es war mittlerweile fast sechs Uhr, ich hatte nicht einmal bemerkt, wie es draußen langsam dämmerte. Auch auf menschlichem Wege hätte ich nun schon aus Seattle zurück sein müssen, Verkehr hin oder her. Ich schluckte und nahm das Gespräch entgegen.

»Ich wollte Sie gerade anrufen«, log ich.

»Dann bist du eben erst nach Hause gekommen?«, fragte Dr. Yates, die Skepsis in ihrer Stimme war nicht zu überhören.

»Ich bin noch nicht lange hier«, sagte ich vage. Ich war eine so schlechte Lügnerin. »Die Interstate ist gesperrt.«

»In Ordnung. Ich würde vorschlagen, du packst erst einmal für ein bis zwei Nächte, dann treffen wir uns in der Praxis.«

»Denken Sie wirklich, dass das nötig ist?« Ich verstand noch immer nicht, warum Mom so etwas in ihren Unterlagen vermerkt haben sollte. Es war doch schräg, oder nicht? Aber meine Mom hatte schon immer alles akribisch geplant.

Dr. Yates' Antwort ließ keine Widerworte zu: »Es ist nötig, wenn du nicht sofort das Jugendamt vor der Haustür haben möchtest.«

Ich seufzte leise. »In Ordnung. Ich packe meine Sachen und komme dann zur Praxis.«

»Bis gleich.«

Ich beendete das Gespräch. Drei Augenpaare waren auf mich gerichtet. Aber nur Cody sah mich fragend an. Diese Entwicklung hatte er ja noch gar nicht mitbekommen.

»Du kannst auch bei mir wohnen«, bot er an, nachdem Hayden ihn aufgeklärt hatte.

Im ersten Moment klang der Vorschlag wunderbar, ganz gleich, wie sehr Phoenix neben mir mit den Zähnen knirschte. Aber ich wusste, dass sich Dr. Yates nicht von ihrem Plan abbringen lassen würde. Vor allem, weil sie die Familiengeschichte von Cody nur allzu gut kannte. Er war nicht wenige Male Thema in unseren Sitzungen gewesen.

»Es wird nichts bringen«, sagte ich resigniert und sprang vom Stuhl, um meine Sachen zu packen.

»Warte!«, hielt mich Cody zurück und ich erschrak bei seinem Gesichtsausdruck.

»Du kannst noch nicht gehen.«

»Cody, ich habe es doch eben erklärt. Dr. Yates wird mir sonst das Jugendamt auf den Hals hetzen und letztendlich werde ich doch zu ihr müssen. Sie ist die Erwachsene, ich die Minderjährige. Ich …« Ich verstummte, weil seine Augen immer größer wurden, während er zur Küchentür starrte. Ich folgte seinem Blick, konnte jedoch nichts sehen.

Dann wurde mir eiskalt.

»Ist das Geistermädchen hier?«, flüsterte ich.

Als er nickte, verschwanden Phoenix und Hayden sofort hinter dem Schleier. Noch bevor ich erneut blinzeln musste, kehrten sie mit enttäuschten Gesichtern zurück.

»Sie ist weg«, grummelte Phoenix.

»Nein«, antwortete Cody und starrte unsere Küchentür wie ein verliebter Trottel an. Nicht gerade sehr beruhigend, dieser Ausdruck in seinen Augen.

»Cody!« Ich rüttelte an seinem Arm und er kehrte aus der Welt zurück, in der er sich gerade befunden hatte. Seine Augen klärten sich und nach einem Kopfschütteln war er wieder ganz bei uns. Er warf einen enttäuschten Blick in Richtung Tür.

»Er sieht aus, als hätte er einen Geist gesehen«, bemerkte Phoenix trocken. Niemand lachte.

»Was wollte sie?«, fragte Hayden.

»Sie will nicht, dass Kiera geht.«

»Dann sag deinem Geist, dass ich leider trotzdem gehen muss. Was genau hat sie denn gesagt?«, wollte ich wissen.

»Sie spricht nicht.« Codys Gesicht war von einem traurigen Schleier überzogen.

»Und woher glaubst du dann zu wissen, was sie will?« Phoenix hatte die linke Braue herausfordernd erhoben.

»Sie hat es ... deutlich gemacht«, versuchte sich Cody an einer Erklärung.

Phoenix' Blick sagte alles und wäre die Lage nicht so ernst gewesen, hätte er mich damit zum Lachen gebracht. »Blondie ist zum Ghost Whisperer geworden. Ist klar.«

Ich sah Cody an, dass er Phoenix am liebsten eine reingehauen hätte. Seine Hände waren zu Fäusten geballt. Dann fiel mir ein, was er bei unserem Gespräch in dem Café in Seattle erwähnt hatte. »Woher willst du dann wissen, dass das zwischen uns«, ich deutete von Phoenix auf mich, »okay ist?«

Cody seufzte. »In meiner Songmappe ist ein Foto von dir.«

Phoenix knurrte. Wirklich. Aber ich beachtete ihn nicht.

»Ein Foto von uns beiden, aus dem vorigen Jahr. Bei dem Gig im *Bricks*.«

Ich erinnerte mich daran. Der Abend war perfekt gewesen, wir waren wie berauscht von der Bühne gegangen und ich war Meghan, der Redaktionsleiterin der Schülerzeitung, so dankbar gewesen, dass sie diesen Moment für uns eingefangen hatte.

Als ich nicht weiterfragte, fuhr Cody fort: »Sie hat mir deutlich gemacht, dass du und er«, ich ignorierte seinen abfälligen Blick in Phoenix' Richtung, »zusammengehört, nicht wir.« Er senkte die Lider, als könne er mir dabei nicht in die Augen schauen.

Hayden schnaubte. »Mit diesem Geist – oder was auch immer sie ist – stimmt definitiv etwas nicht.«

»Aber sie hat einen guten Geschmack«, bemerkte Phoenix direkt an meinem Ohr. Ich hatte nicht einmal bemerkt, wie er so dicht zu mir getreten war. Gänsehaut lief über meine Arme.

»Wir müssen später darüber nachdenken, was es mit dem Mädchen auf sich hat. Ich muss jetzt kurz meine Sachen zu Dr. Yates bringen, bevor sie mir die Hölle heißmacht. Danach treffen wir uns unten im *Salvadorean* und sprechen über das alles.«

Ich wollte nicht weg. Wollte mehr über dieses Mädchen erfahren, wollte wissen, warum sie nicht auch in diese Welt trat wie die Atlantis-Bewohner, denen wir heute begegnet waren. Auch wenn ich vor meinem inneren Auge immer eine kreidebleiche Gestalt mit zerzausten Haaren und einem langen Nachthemd sah, das einem Horrorfilm entstiegen sein könnte, hatte ich im Bezug auf sie doch kein ungutes Gefühl. Wie konnte das sein?

Ich war gerade an der Küchentür angekommen, als Codys Handy klingelte. Ich blieb erst stehen, als ich hörte, wer dran war, und erstarrte.

»Hallo, Amy.«

Kapitel 21

Cody murmelte so leise, dass ich nur Wortfetzen mitbekam. Ich war skeptisch wie immer, wenn es um Amy ging. Was wollte sie von Cody? Meine Augen waren zu Schlitzen zusammengezogen auf ihn gerichtet.

Kaum, dass Cody aufgelegt hatte, hatte meine Geduld ein Ende. »Was wollte sie?«

»Heute findet eine Party bei ihr statt«, sagte Cody langsam und sah mich mit unergründlichem Ausdruck im Gesicht an.

»Und?«

»Sie hat uns alle eingeladen.«

»Uns? Klar.« Amy war ein Miststück, und bisher hatte sie mich zu keiner ihrer Partys eingeladen. Ich dachte sofort an die unzähligen Highschool-Filme, die Cody und ich gesehen hatten, in denen die Zickenclique die Loser und Nerds zu sich einlud, um sie vor versammelter Mannschaft zu erniedrigen. Ja, in so einem Fall hätte sie mich vielleicht tatsächlich eingeladen.

»Du warst nicht erstaunt, dass sie angerufen hat«, sprach Phoenix aus, was ich bis zu diesem Moment noch nicht hatte greifen können.

»Wir haben ... Kontakt.« Er sah verlegen zur Seite.

»Cody!« Mein alter Befehlston kam an die Oberfläche.

»Das war ebenfalls etwas, das ich dir hatte sagen wollen.« Er schob sich die blonden Haare aus dem Gesicht. »Aber die Sache mit dem Geist …«

»Was hattest du mir sagen wollen?«

»Amy nimmt mit mir gemeinsam die Songs auf«, nuschelte er vor sich hin und ich riss nur die Augen auf. »Sie ist aktuell ständig im Studio. Mein Part ist im Kasten, jetzt singt sie nochmal ein paar Passagen ein, mit denen sie nicht zufrieden ist.«

»Wie bitte?« Ich starrte ihn einfach nur fassungslos an. In meinem Inneren registrierte ich einen Schmerz, den ich bis eben gekonnt ignoriert hatte. Ein leichter Stich, der seit Amys Anruf zu spüren war.

Nur Cody war von dem Talentscout bei der Party angesprochen worden. Nur er war für die Plattenfirma, für die der Scout arbeitete, interessant genug gewesen.

Ich hatte nie die Ambitionen gehabt, Musik zu meinem Beruf zu machen, und hatte mich für Cody gefreut. Aber dass ausgerechnet Amy meine Parts mit ihm sang, sorgte für eine lähmende Eifersucht, die Stück für Stück die Freude für meinen Freund auffraß.

»Sie hatte den Deal schon vor mir. Und sie ist gut, ich habe Probeaufnahmen von ihr gehört. Es könnte funktionieren …« Cody konnte mich nicht direkt ansehen. Das war gut so. Ich fühlte mich verraten und wollte keine weiteren Entschuldigungen hören.

Schnell wandte ich mich ab und ging nach oben, suchte nach meinem großen Rucksack und stopfte ein paar Klamotten hinein. Zuletzt schob ich vorsichtig meinen Laptop zwischen die Kleidung.

Codys Verschweigen der Wahrheit traf mich schwerer als

Phoenix' Lüge über seine dunkle Identität. Es erschreckte mich selbst, aber Cody war wie ein Bruder für mich, war immer derjenige gewesen, mit dem ich alles geteilt hatte, und nun ... Eifersucht. Auf Amy. Ich dachte an den Kuss zurück, den er mir vor genau vier Wochen aufgedrückt hatte, nachdem ich seinen Tod rückgängig gemacht hatte. Obwohl – oder weil? – wir beide nach diesem versehentlichen Kuss gewusst hatten, dass wir einfach nur Freunde waren und bleiben würden, hatten wir nie darüber gesprochen.

Beim Packen hatte ich mich schließlich so weit abreagiert, dass ich ohne Wut im Bauch wieder nach unten gehen konnte. An der Treppe trat Phoenix durch den Schleier und nahm mir meinen Rucksack ab.

»Warst du die ganze Zeit da?«, fragte ich. Ich war so in Gedanken versunken gewesen, dass ich nicht hinter den Schleier gesehen hatte.

Er nickte mit eiskaltem Gesicht.

»Du brauchst nicht eifersüchtig zu sein«, sagte ich. Ich hatte keine Lust zu diskutieren.

»Wirklich? Wieso bist du es denn?«

Ich schluckte. Es war die Wahrheit.

»Vermutlich aus demselben Grund, warum Cody dich nicht ausstehen kann«, versuchte ich mich an einer Erklärung. »Er liebt mich wie eine Schwester und will, dass es mir gut geht. Umgekehrt will ich nur das Beste für ihn – was Amy garantiert nicht ist.«

Phoenix sah mich lange an. Sein Blick wurde traurig, dann wieder kalt. Er wirkte so distanziert wie nie. Es tat weh, ihn so zu sehen. Dieser Schmerz half mir über den seltsamen Neid und die Eifersucht hinweg.

»Wir haben immer alles zusammen gemacht«, sagte ich,

während ich wider besseres Wissen nach seiner Hand griff. »Erst habe ich Dad verloren, dann Mom und jetzt Cody. Ausgerechnet an Amy«, setzte ich hinzu. »Das ist einfach zu viel. Es tut mir leid.«

Phoenix zog mich an sich und legte die Arme um mich. Sein Herzschlag wirkte wie ein Beruhigungsmittel und sämtliche düsteren Gefühle verschwanden. Das Gefühl der Vertrautheit war so köstlich, dass ich ihn wider alle Vernunft nicht loslassen konnte.

»Ich brauche dich, Kiera. Du hältst mich am Leben«, murmelte er in meine Haare. Dabei war doch das Gegenteil der Fall. Wie sollte ich nur jemals gegen die Sehnsucht nach ihm ankommen?

»Im ersten Moment habe ich gedacht, er belügt uns und hat einen Weg gefunden, sein Schicksal zu ändern. Seine Gefühle für dich …«

»Er liebt mich wie eine Schwester«, wiederholte ich.

»Bei den Göttern war das kein Hinderungsgrund«, kommentierte er emotionslos. Ich verzog das Gesicht, bis ich das leichte Beben in seiner Brust spürte, als er lautlos lachte. Ich schob mich von ihm und schlug ihn sanft gegen die Seite.

»Das ist nicht lustig.« Grinsen musste ich trotzdem.

»Doch, das ist es. Gib's zu.«

Ich verdrehte die Augen und ging die Treppe hinab.

Phoenix kam mir mit meinem Rucksack hinterher.

Als er mich überholte – selbst in dieser Welt war er wahnsinnig schnell – hauchte er ein »Das war es« in mein Ohr. Aufheitern konnte er mich definitiv, das musste man ihm lassen.

In der Küche diskutierten Cody und Hayden über Geister, brachen aber sofort ab, als sie uns kommen hörten. Misstrauisch sah ich vom einen zum anderen.

»Ich gehe mit Kiera«, sagte Hayden in die unangenehme Stille hinein. An Phoenix gewandt fuhr er fort: »Du wirst mit Cody nach dem Buch suchen.«

Phoenix wollte schon etwas sagen, doch Hayden brachte ihn zum Verstummen. »Wir können keinen von beiden allein lassen.«

»Dann werde ich Kiera zur Praxis begleiten.« Er stellte den Rucksack ab und zog mich an sich.

»Du kannst sowieso nicht mit hinein«, wollte ich ihn beruhigen, nachdem ich Haydens Blick gesehen hatte. Das Flehen darin, ihm zuzustimmen. Wollte er mit mir reden? Mir erklären, warum er und Cody so urplötzlich aufgehört hatten zu sprechen? Meine Neugier zupfte, nein, riss mit voller Kraft an mir.

»Das letzte Mal, als er aufpassen sollte …«

»Ich bleibe dort und folge euch zu der Wohnung deiner Therapeutin«, unterbrach Hayden Phoenix' Einwurf.

»Es ist okay. Wir sehen uns später, in Ordnung?« Ich sah Phoenix lange an.

Er war nicht einverstanden, beugte sich aber meinem Wunsch. Er zog mich noch einmal fest an sich, hob dann mein Kinn an und bannte mich mit seinen dunklen Augen, ehe er seine Lippen auf meine legte und mich so küsste, dass mir nicht nur der Atem wegblieb, sondern auch alle Gedanken aus meinem Kopf gefegt wurden.

Ich spürte seine Sehnsucht, seine Begierde, aber auch Angst und erneut diese Distanz. Ich konnte nicht sagen, woran ich es festmachte, und bevor ich es genauer herausfinden konnte, ließ er von meinen Lippen ab, strich mir noch einmal zärtlich über die Wange und wandte sich an Cody.

»Dann komm, Blondie. Wir nehmen den menschlichen

Weg. Ich habe nämlich gerade überhaupt keine Lust, dich wieder herumzutragen.«

»Haha«, antwortete Cody nur, folgte Phoenix aber trotzdem zur Haustür.

Kaum war sie von außen geschlossen, trat Hayden näher. »Ich glaube, Codys ›Geistermädchen‹ ist eine Lamia.«

Kapitel 22

Ich ließ den Satz auf mich wirken, sah vor mir, wie Cody gebissen und ihm das Blut abgesaugt wurde von einer altertümlich gekleideten, etwas zu bleichen Schönheit mit glühend roten Augen. Meine Fantasie wurde definitiv von zu vielen Büchern und Filmen befeuert.

»Wieso sehen wir sie dann nicht?«, fragte ich.

Hayden presste die Lippen zusammen und zuckte mit den Schultern. »Ich habe eine Theorie. Alles passt: Ich bin mir immer noch nicht sicher, dass es Geister wirklich gibt – immerhin habe ich in Jahrtausenden keinen zu Gesicht bekommen. Offenbar sind die Krieger aus Atlantis zurückgekehrt – wie wir gesehen haben, wohlauf und gesund. Wie vor ihrem Untergang haben sie noch immer das zweite Gesicht, das ihnen den Blick hinter den Schleier erlaubt. Dennoch ist dieses Mädchen scheinbar anders. Sie muss wunderschön sein ... Hast du Codys entrückten Blick bemerkt, als er sie ›gesehen‹ hat?«

Ich nickte. Die rosarote Brille war ihm deutlich anzusehen gewesen.

»Das machen Lamien – wenn sie nicht gerade auf Krawall aus sind. Sie spielen mit den Opfern, legen einen Bann über sie. Die ganzen Vampirgeschichten kommen nicht von irgendwoher. Bezirzen, bannen ... Nenn es, wie du willst, es ist schlicht und einfach geistige Beeinflussung. Bei uns funktioniert es nicht, aber bei Menschen schon.«

»Was ist deine Theorie, warum wir sie nicht sehen können?«

»Sie ist nicht wirklich da gewesen«, sagte Hayden, sah mir direkt in die Augen und wartete ab, bis ich mir selbst zusammenreimte, was er vermutete.

Mein Gehirn arbeitete auf Hochtouren. Cody hatte das Geistermädchen gesehen, das wollte ich nicht anzweifeln ... Doch wenn es eine Lamia war, wir sie aber nicht sehen konnten ... Irgendwann machte es Klick. »Geistige Beeinflussung«, murmelte ich und Hayden nickte. So etwas wie Stolz war in seinen Augen zu erkennen.

»Sie hat ihm nur ›eingeredet‹, dass sie da ist?« Ich war nach wie vor skeptisch, auch wenn es die einzige Idee war, die nicht ganz so weit hergeholt klang.

»Sie oder jemand ganz anderes.« Hayden verzog das Gesicht.

»Mein Vater könnte das nicht, oder?« Plötzlich kam die Angst um Cody zurück. Wenn er wirklich auf meinen Vater getroffen war, wenn er Teil seiner Pläne war, war die Gefahr für ihn größer, als ich bisher angenommen hatte.

»Nein, Kairos wäre dazu nicht in der Lage, ohne selbst anwesend zu sein. Wir hätten ihn gespürt, seinen Eingriff bemerkt. Aber die vielen Monster-Angriffe lassen darauf schließen, dass sie für ihn arbeiten. Und eine Lamia könnte Cody so beeinflussen, dass er im wahrsten Sinne des Wortes Geister sieht. Das wäre nicht das erste Mal.« Er lachte freudlos auf. »Ich denke, dass Kairos versucht, über Cody an dich heranzukommen und dir einzuflüstern, was du tun sollst. Oder eben nicht.« Nun schnaubte er.

»Dann sollten wir auf keinen Fall darauf hören, was Codys ›Geist‹ sagt.« Ich verzog bedauernd das Gesicht. Es wäre auch zu schön gewesen, sozusagen von oberer Stelle die Erlaubnis zu bekommen, dass Phoenix und ich zusammen sein durften.

Mehr noch: Mit Codys Lamia war ein neues Puzzleteil hinzugekommen, ohne dass das Gesamtbild klarer wurde. Immer noch standen wir vor einer dichten Nebelwand und würden erst etwas erkennen können, wenn wir blindlings hineingingen.

»Und jetzt?«, fragte ich mutlos.

»Sollten wir zu deiner Therapeutin gehen.« Der Plan gefiel ihm genauso wenig wie Phoenix, aber wir waren in der Menschenwelt und hier gab es nun mal Gesetze. Das verstand Hayden. »Und du solltest dich von Phoenix fernhalten.«

Als wäre mir das nicht selbst eingefallen. Ich seufzte.

Er schnappte meinen Rucksack und trat durch den Schleier. Ich dachte an Phoenix und folgte einen sehnsüchtigen Herzschlag später.

Wir waren fast bei Dr. Yates' Praxis angekommen, als Hayden stehen blieb. Sofort sah ich mich um, ob ich einen Angreifer übersehen hatte. Doch ich konnte nichts erkennen.

»Spürst du es?«, fragte er nur und schloss die Augen, um sich besser zu konzentrieren. Er ließ den Rucksack zu Boden gleiten, während seine Finger an seinen lässig herabhängenden Armen bereits zuckten, als spiele er ein Instrument. Er tastete das Gewebe ab.

Ich versuchte ebenfalls, etwas zu fühlen oder zu sehen. Doch da war nichts außer der Auffälligkeit nach den vielen Unfällen in Seattle. Die Vorfälle glichen einer Delle im Gewebe. »Nein«, sagte ich enttäuscht.

»Nicht hier, Kiera. Weiter weg, oder doch nicht …« Ich beobachtete ihn genau, wie er vor- und zurückzuckte, sich über das Gewebe navigierte. »In Europa? Oder zumindest dort in der Nähe? Es breitet sich wie Wellen aus.«

Ich war ja schon froh, dass ich das winzige Teilstück der Welt hier um mich herum sehen konnte. Sein Talent war unglaublich. Andererseits hatten er und Phoenix auch wirklich genug Zeit gehabt, diese Fähigkeit zu trainieren. Schließlich hatten sie über Jahrhunderte hinweg alle vier Wochen die Münze aufspüren müssen, die irgendwo auf dem Gewebe ihr Leuchten hinterlassen hatte.

»Du kannst bis hierher spüren, dass dort etwas geschehen ist?«, fragte ich beeindruckt. »Das Gewebe ist so groß.«

»Es ist größer als die Einwirkung in Seattle, Kiera.« Er öffnete die Augen. Sie waren leicht gerötet, als hätte er hinter geschlossenen Lidern geweint. Der Anblick machte mir Angst.

»Was ist dort passiert?«

»Ich weiß es nicht. Aber wir werden es bald herausfinden. Gib mir dein Handy.«

Wollte er jemanden anrufen, der es wusste? Wollte er mit Phoenix telefonieren? Vielleicht über Codys Handy? Mit gerunzelter Stirn gab ich ihm mein Smartphone.

Nachdem er sich sorgfältig nach Zeugen umgesehen hatte, wechselte Hayden auf die andere Seite des Schleiers. Ich hatte nie darüber nachgedacht, ob es hier Empfang gab, aber anscheinend war das nicht der Fall. Schnell folgte ich ihm und beobachtete ihn genau.

Er tippte mit flinken Fingern aufs Display. Ich hatte ihn nie mit einem Handy gesehen, vielleicht kam mir der Anblick deshalb so seltsam vor. Es passte einfach nicht zu dieser Person, die wie aus der Zeit gefallen schien.

Er sog scharf die Luft ein und zog damit meinen Blick auf sein Gesicht. Unsägliche Trauer lag wie ein Schleier über seinem Gesicht.

Wortlos reichte er mir das Handy. Hayden hatte zur Newsanzeige geblättert, die im Sekundentakt neue Schlagzeilen hinzufügte.

Es war ja nicht so, dass ich schlechte Nachrichten nicht gewohnt war, im Gegenteil, sie waren Alltag. In irgendeinem Winkel der Erde wurde immer gekämpft. Gegen verhasste Religionen, gegen Rebellen, für eine vermeintliche Freiheit … Aber eine solche Nachricht kannte ich nur aus dem Geschichtsunterricht. Ich blinzelte mehrmals, aktualisierte den Newsfeed in dem blinden Drang, die entsetzliche Meldung auszulöschen. Nachdem die Seite neu geladen hatte, füllten dieselben Schlagzeilen noch immer das gesamte Display – und stets kamen weitere hinzu. Die meisten von ihnen bestanden aus nur einem Wort in Großbuchstaben:

»KRIEG!«

Kapitel 23

Meine Beine zitterten, Gänsehaut breitete sich auf meinen Armen aus und die sprichwörtliche Angst biss sich in meinem Nacken fest.

Krieg.

Hier. Nicht irgendwo weit weg, wo es zwar mein Mitgefühl auslöste, mich aber nicht selbst betraf. Ich kannte die Bilder von 9/11, sie waren das Schlimmste, was ich je auf US-Boden gesehen hatte. Ich selbst war damals noch ein Baby gewesen und doch erschütterten mich die Ereignisse jedes Mal aufs Neue.

Krieg.

Ich war nicht in der Lage, die Schlagzeilen anzuklicken. Es zählte nur, was uns da bevorstand. Mein Blick glitt die Straße entlang, ein paar Passanten waren unterwegs. Wann würden sie davon erfahren, ihr Handy zücken oder im Radio davon hören? Die Welt verdüsterte sich, als sich eine Wolke vor die schwache Abendsonne schob. Es war, als wollte der Himmel nicht sehen, was auf der Erde geschah.

Hayden riss mich aus meinen Gedanken.

»Nicht einmal Phoenix in seinen besten Zeiten hätte das so schnell geschehen lassen können.« Seine Worte waren nur ein Flüstern. Ich wusste, dass die beiden eine sehr lange Zeit im Nahen Osten gewesen waren und Phoenix dort für zahlreiche Unruhen gesorgt hatte. Selbst wenn der Münzträger auf anderen Kontinenten gewohnt hatte, war das Schicksal oft in den dortigen Gegenden beeinflusst worden, um die Macht des Trägers zu stärken. Butterfly Effect lässt grüßen.

»Wer hätte so viel Macht, uns beziehungspolitisch ins letzte Jahrtausend zu schicken?« Die Unterrichtsstunden bei Mr Andrews über den Kalten Krieg zogen durch mein Bewusstsein. Wie nahe waren wir damals am Abgrund gestanden? Wie kurz vor diesem einen Schritt, der nicht rückgängig gemacht werden konnte?

Ich überlegte, ob Hayden immer wieder im richtigen Moment an der Seite eines Trägers gestanden und das Unglück abgewendet hatte.

Wie aber war es möglich, dass nun das Schicksal von Millionen Menschen auf dem Spiel stand, obwohl Cody noch nicht einmal das Buch des Schicksals gefunden hatte?

Ich sprach meinen letzten Gedanken laut aus.

»So schnell kann kein Krieg erklärt werden, selbst wenn Cody sämtliche Staatsoberhäupter direkt beeinflusst hätte.« Hayden schüttelte den Kopf. »Da ist mehr.«

Mein Handy klingelte in meiner Hand und vor Schreck ließ ich es fallen.

Hayden glitt durch den Schleier und fing es auf, noch ehe es auf dem harten Boden aufprallen konnte, und reichte es mir mit vorwurfsvollem Blick.

»Dr. Yates.« Ich wollte jetzt nicht telefonieren und mich erneut vor ihr rechtfertigen, daher schaltete ich den Anruf auf stumm.

»Wir sollten gehen, ehe du wirkliche Probleme mit Dr. Yates bekommst. Es sei denn, du möchtest ...«

»Nein!«, sagte ich sofort. Ich wollte nicht, dass Hayden

oder Phoenix die Menschen beeinflussten und ihnen einredeten, dass alles gut war. Denn das war es nicht. Der Gedanke, dass die Beeinflussung falsch war, wurde immer stärker, je mehr ich feststellte, dass mein ganzes Leben eine einzige Manipulation gewesen war. Im Nachhinein hatte ich ein so schlechtes Gewissen wegen der Warteschlange im Krankenhaus. Wem hatten wir damit wertvolle Sekunden geraubt, die vielleicht über Leben und Tod entschieden hatten? Wie würde es erst sein, wenn wir die Mitarbeiter des Jugendamtes oder Polizisten manipulierten?

Ich würde jetzt endlich zu Dr. Yates gehen. Sollte es irgendwann keinen anderen Ausweg mehr geben, als sie zu beeinflussen, würde ich mit meinem Gewissen leben müssen.

Hayden nickte und schnappte sich den Rucksack. Wir waren fast da. Bei einer Bank direkt gegenüber von Dr. Yates' Praxis hielt Hayden an und übergab ihn mir, als er die Umgebung sondierte. Mehrere Menschengrüppchen standen zusammen und gestikulierten wild. Die Nachricht war auch bei ihnen angekommen. Ich räusperte mich mehrmals und bat Hayden, die Leute im Auge zu behalten. Ich sah schon vor mir, wie Panik ausbrach, wie sich Bilder aus Kriegsgebieten, zerstörte Häuser, zerlumpte Menschen – unschuldige Opfer – über die Szene vor mir legten. Ob es ein Blick auf das Schicksalsgewebe war oder eine logische Schlussfolgerung, konnte ich nicht sagen. Ich wusste nur eins: Diese Nachricht veränderte alles und wir mussten so schnell wie möglich herausfinden, was es damit auf sich hatte. Doch zuvor war der Besuch bei Dr. Yates unausweichlich. Nach einem tiefen Atemzug straffte ich mich und wandte mich zum Praxisgebäude um.

Hayden musterte mich besorgt. »Ich warte hier, bis du

wieder rauskommst. Sobald sie dich zu deiner neuen Unterkunft bringt, werde ich euch hinter dem Schleier folgen.«

Ich nickte, froh über die Sicherheit, die er mir durch seine Anwesenheit gab.

»Dort drin kann dir zumindest nichts passieren.« Wirklich überzeugt klang Hayden nicht. Er wusste, dass mir bei Dr. Yates übel wurde, seit mein göttliches Blut aktiviert worden war.

Ich verzog den Mund, wandte mich aber dennoch ab und ging auf die Praxis zu, ein seltsames Gefühl im Magen. War es wegen dem, was passiert war, oder dem, was passieren könnte?

Mein Inneres glich einem chaotischen Haufen unsortierter Fragen. Die dazugehörigen Gefühle lagen verstreut daneben. Ich wusste einfach nicht mehr, was ich denken sollte, weil nichts Sinn ergab.

Krieg. Cody und Amy. Geister. Lamien.

Und bisher nicht den Hauch einer Ahnung, wo die Person steckte, die für all das verantwortlich war: mein Vater.

Das ›Bing‹ des Fahrstuhls riss mich aus den Gedanken an ihn. Ich trat ein und die Tür schloss sich, sodass ich Hayden nicht mehr sehen konnte. Wie immer in letzter Zeit überkam mich das Schwindelgefühl, doch heute war es schlimmer denn je.

Als ich oben angekommen war und die Tür zur Seite glitt, stützte ich mich an der Metallwand ab und atmete ganz langsam, um mich nicht direkt in den Praxisflur zu übergeben.

»Alles in Ordnung, Kiera?«, fragte Dr. Yates und kam mit schnellen Schritten zu mir.

Ich schluckte die Magensäure hinab.

»Es war alles zu viel für dich, ich kann dich verstehen.

Komm mit.« Sie legte einen Arm um mich wie eine gute Freundin. Die Geste war seltsam und passte nicht zu ihr. Ich sah auf ihre Hand, die meinen Oberarm umgriff. Der klobige Ring mit dem türkisfarbenen Stein, der an ihrem Finger saß, war mir nie aufgefallen. Er passte nicht zu ihr. Mein Blick huschte hinüber zu ihrem Dekolleté. Dort hing noch immer der in mattes Gold eingefasste Stein, den sie stets trug. Stand sie wirklich auf diese Art Schmuck?

Ihr Griff wurde fester und sie schob mich den Flur entlang auf eine Tür zu, die ich bisher nicht wahrgenommen hatte. Ich hatte mir nie Gedanken gemacht, welche Räume sich außer dem Sprechzimmer und dem kleinen Warteraum noch hier befanden.

Umso schockierter war ich darüber, dass uns die Tür zu einem kleinen Flur führte, der in einem großen Zimmer mündete, in dem ein Glastisch mit Stühlen und eine schwarze Ledercouch standen. Um die Ecke ging der Raum in eine kleine blitzblank funkelnde Küche über.

»Sie wohnen hier?«, fragte ich wirklich überrascht. Mein Magen schlug einen Purzelbaum und ich würgte, während ich meine Arme rieb, die nicht aufhörten zu kribbeln, seit wir durch diese Tür getreten waren.

»Ja«, sagte sie emotionslos. »So kann ich immer für meine Patienten da sein.«

Das leuchtete mir zwar ein, aber eigentlich hatte ich vorgehabt, so schnell wie möglich wieder hier rauszukommen.

»Setz dich.« Sie deutete auf die schwarze Ledercouch und langsam, um meinen Magen nicht zu überreizen, folgte ich ihrer Bitte.

»Leg dich ruhig hin, bring deinen Körper und deinen Geist zur Ruhe. Die Sorge um deine Mutter muss qualvoll sein.«

Vor lauter Übelkeit war ich im Moment nicht einmal in der Lage gewesen, an meine Mutter zu denken. Doch mit ihren Worten brachte Dr. Yates die Bilder meiner verletzten Mom zurück – zusammen mit dem Brennen in meinen Augen, das nur durch Tränen gelindert werden konnte.

Während ich die Schuhe abstreifte und mich tatsächlich auf das kühle Sofa legte, schluckte ich mehrmals, um den Kloß in meinem Hals loszuwerden. Ich spürte die Feuchtigkeit auf meinen Wangen.

Während sie sich neben die Couch kniete – eine Haltung, die so gar nicht zu ihr passte – und mir sanft über den Arm strich, stellte ich fest, dass die Tränen mich von der Übelkeit und dem Schwindel ablenkten. Oder das Liegen tat wirklich gut.

Ich wusste nicht, wie viel Zeit vergangen war, als Dr. Yates sich räusperte. Ich öffnete erschrocken die Augen und versuchte mich daran zu erinnern, wann ich sie geschlossen hatte. Ihre Hand ruhte noch immer auf meinem Arm.

»Vielleicht sollte ich dir besser das Gästezimmer zeigen? Dann kannst du schlafen.«

Schockiert rappelte ich mich auf. »Ich kann nicht, ich muss noch …« Hayden wartete draußen, Cody und Phoenix waren auf der Suche nach dem Buch. Ich musste zu ihnen.

Dr. Yates erhob sich und warf mir einen herausfordernden und zugleich bestimmenden Blick zu, auf den Mom garantiert neidisch gewesen wäre. Doch schnell glätteten sich ihre Züge wieder und mit einem Lächeln auf den Lippen sagte sie: »Ich bin jetzt verantwortlich für dich, Kiera. Und diese Verantwortung nehme ich sehr ernst. Hast du mitbekommen, was draußen los ist? Diese furchtbare Kriegserklärung sorgt überall für Unruhe. Heute kannst du nicht mehr ausgehen.«

Mir wurde eiskalt und die Übelkeit kehrte zurück. Mir blieb nur ein Ausweg, auch wenn er mir nicht gefiel.

Ich stand auf und sah Dr. Yates tief in die Augen. In Gedanken befahl ich ihr, mich gehen zu lassen und die Sache nicht so ernst zu nehmen.

Als ihr Blick trotz geistiger Beeinflussung nicht trüb wurde, versuchte ich es noch einmal und noch einmal, konzentrierte mich immer mehr darauf, ihr meinen Willen aufzuzwingen, bemühte mich, sie wenigstens zum Schlafen zu bringen, damit ich schnell hier verschwinden konnte. Doch all das Training mit Hayden war vergeblich gewesen. Ich konnte sie nicht beeinflussen und saß hier fest.

Kapitel 24

Nicht einmal bei dem ersten Termin gemeinsam mit Mom hier in der Praxis hatte ich mich in Dr. Yates Gegenwart dermaßen unwohl gefühlt. Ich kam wir vor wie eine Gefangene ohne Möglichkeit zur Flucht, und dass ich ihr gerade minutenlang schweigend in die Augen gestarrt hatte, machte die Situation nicht gerade besser. Falls Dr. Yates sich über mein Verhalten wunderte, das ihr doch reichlich seltsam vorkommen musste, so ließ sie sich nichts anmerken. Im Gegenteil, sie schien sehr um mein Befinden besorgt.

Unerschütterlich fragte sie mich nach meinen Gefühlen aus und gab auch nicht auf, als ich nur einsilbig oder mit Gesten antwortete.

Ich gähnte immer ausgiebiger und rieb mir die Augen, nachdem meine kleinen Hinweise darauf, dass ich vielleicht schlafen gehen sollte, bei ihr nicht angekommen waren.

Endlich sagte sie die befreienden Worte und riet mir, in das Gästezimmer zu gehen, das sie mir nach meinem vergeblichen Beeinflussungsversuch gezeigt hatte. Ich nickte dankbar. Beim Hinübergehen strengte ich mich an, nicht zu schnell zu laufen, um meine Hoffnung und Vorfreude, endlich hier wegzukommen, nicht zu verraten.

Auf den kurzen Hoffnungsschimmer folgte die Ernüchterung und packte mich mit eisernem Griff. Ich hatte vor, Cody eine Nachricht zu schicken, doch auf dem Display fand sich lediglich die Aufforderung, den Akku zu laden.

Wie konnte das sein? Ich hatte es extra frisch aufgeladen, oder täuschte mich meine Erinnerung?

Innerlich verfluchte ich mich dafür, nicht an ein Ladekabel gedacht zu haben. Die Idee, Dr. Yates zu fragen, ob sie mir aushelfen könnte, verwarf ich. Ich hatte sie bereits mit ihrem Handy gesehen und sie hatte ein anderes Modell. Tränen stiegen in meine Augen. Ich hatte mich während Dr. Yates' Monolog daran festgehalten, dass die anderen mich hier herausholten, dass Hayden oder auch Phoenix sie beeinflussen konnten und diese Gefangenschaft ein Ende hatte. Doch ohne mein Handy konnte ich ihnen nicht Bescheid geben.

Also versuchte ich mich an einem anderen Plan: Ich kramte meine Kosmetiktasche aus dem Rucksack und setzte mir in den Kopf abzuhauen. Meine Sachen würde ich einfach hier lassen – nichts der mitgebrachten Dinge, nicht einmal meinen heiß geliebten Laptop, brauchte ich so sehr wie ein Entkommen. Mit dem Ärger würde ich mich später auseinandersetzen. Ich spürte, wie Panik ihre spitzen Klauen in mich stieß. Mein Atem kam kurz und stoßweise, während ich mich dem kleinen Flur näherte. Seit ich vom Sofa aufgestanden war, hatte sich auch die Übelkeit wieder verstärkt und ich presste die Arme fest um meinen Bauch. Dann atmete ich dreimal tief ein und aus und schlich in Richtung Praxisräume.

Für jemanden mit göttlichem Blut stellte ich mich wohl alles andere als unauffällig an.

»Das Badezimmer ist in der anderen Richtung«, wies mich die Stimme aus dem Wohnzimmer zurecht und ich zuckte zusammen. Sie hatte mich unmöglich sehen können. Also beschloss ich, mich im Bad fertig zu machen, zurück in das karg eingerichtete Gästezimmer zu gehen, ins Bett zu legen und abzuwarten, bis mein aktueller Vormund schlief.

Während ich auf dem nach Rosen duftenden Bett lag, ließ ich den Tag Revue passieren. Dr. Yates' Anruf hatte uns völlig überrascht. Auch wenn man es mit Gesetz und Logik irgendwie erklären konnte, war das seltsame Gefühl nie gewichen, dass etwas nicht stimmte. Ich hätte auf die Jungs hören sollen, verdammt.

Dass ich einen normalen Menschen nicht beeinflussen, ja nicht einmal kurz aus dem Konzept bringen konnte, ließ mich an meinen Fähigkeiten zweifeln. Vielleicht war die Gabe, jemanden zu beeinflussen, gemeinsam mit der Münze verschwunden? Wir hatten es danach nicht mehr getestet.

Oder lag es an Dr. Yates Wohnung? Dieser Ort hatte definitiv eine besondere Aura – meine Übelkeit war dafür genauso Beweis wie der Umstand, dass weder Hayden noch Phoenix das Haus betreten konnten. Ich öffnete mein Bewusstsein und ließ meinen Gedanken freien Raum.

Nichts geschieht zufällig, kam mir in den Sinn. Das Rad Fortunas dreht sich unaufhörlich und eins bedingt das andere.

Was genau hatte mich hierhergeführt? War es wirklich der Wille meiner Mutter gewesen? Oder hatte jemand dafür gesorgt, dass ich hier – ohne meine Freunde und ohne Fähigkeit – gelandet war?

Die vielen Unfälle. Die Lamien. Etwas Großes passierte und mir fehlte der Blick aus der Ferne. Die Tatsache, nicht zufällig hier gelandet zu sein, stand außer Frage. Nur das Warum konnte ich mir einfach nicht erklären.

Die Gewissheit, dass auch Dr. Yates unter dem Einfluss einer Lamia stehen musste, wurde immer deutlicher. Jemand –

mein Vater? – hatte dafür gesorgt, dass sie mich hierhergelockt hatte. Hatte dieser Jemand auch den Unfall meiner Mutter verursacht? Ein Dominostein nach dem anderen war gefallen und ich war direkt in die Falle gelaufen, weil ich mich hatte korrekt verhalten wollen, wie ich es immer versuchte. Ich war alles andere als unvorhersehbar.

Falls ich hier jemals wieder rauskam, schwor ich mir, würde ich auf die Jungs hören und zumindest einen Teil meiner Skrupel und Prinzipien über Bord werfen müssen. Wir befanden uns im Krieg – und damit war nicht die grausame Schlagzeile gemeint –, er würde Opfer kosten, aber ich durfte meinen Vater nicht gewinnen lassen.

Meine Entschlossenheit verlieh mir Stärke. Ein neuer Plan manifestierte sich. Ich lag auf dem Rücken, atmete tief ein und aus und glitt anschließend trotz Übelkeit und Schmerzen auf die andere Seite des Schleiers. Was mich dort erwartete, war nicht die gewohnte verschleierte Umgebung, sondern tiefschwarze Nacht.

Mein Kopf ruckte hin und her, ich hörte ein entferntes Trommeln. Der Geruch nach verbranntem Holz drang mir in die Nase, während ich versuchte, dem Geräusch eine Richtung zuzuordnen und darauf zuzugehen.

Der Rhythmus der Trommelschläge, die plötzlich von allen Seiten erklangen, war so durchdringend, dass sich sogar mein Herzschlag anpasste.

Auf einmal flammte ein Feuer auf – mehrere Feuer. Fackeln, die mich rundherum einschlossen. Ich drehte mich um die eigene Achse und sah sie überall. Von ihnen beschienen, erkannte ich nun auch die Trommler. Sie bildeten einen Kreis um mich, standen so dicht, dass ich niemals zwischen ihnen durchgehen könnte.

Mein Puls beschleunigte sich. Adrenalin ließ jede meiner Zellen kribbeln. Jedoch war nicht Angst der Auslöser.

Nein, es war die Atmosphäre, die mich berauschte. Der Klang der Trommeln und der nun einsetzende Singsang in einer fremden Sprache, die so alt war wie das Volk, das mich umringte.

Ich befand mich mitten in einem Powwow, einem rituellen indianischen Fest. Hatte Hayden nicht gesagt, dass die Kraft, die göttliches Blut vom Praxisgebäude fernhielt, einen indianischen Ursprung hatte? Immerhin war Seattle nach einem der großen indianischen Häuptlinge benannt. Die mystische Atmosphäre des Powwow ließ mich erschaudern und zog meine gesamte Aufmerksamkeit wieder auf die Trommelschläge und den Gesang.

Aus irgendeinem Grund glaubte ich zu verstehen, was die Stimmen sagten. Sie berichteten über den leibhaftigen Tod, der auf die Erde zurückgekehrt war, als eine in dunkle Gewänder gekleidete Gestalt mit verhülltem Gesicht auf mich zutrat und mir die Arme entgegenstreckte.

Kapitel 25

Ich keuchte auf. Meine Haut war klitschnass, zahlreiche Haarsträhnen klebten mir im Gesicht und am Hals, als griffen Finger nach mir.

Erst langsam verblasste die Gestalt mit dem Umhang, die sich erst kurz vor dem Ende des Traumes als ein wunderhübsches Mädchen mit dunklen Haaren und ebenmäßigen indianischen Gesichtszügen erwiesen hatte. Die Gesänge über die Rückkehr des Todes wurden leiser und leiser, während das Gästezimmer immer deutlicher wurde.

Es war ein Traum gewesen, ich musste eingenickt sein. Ich hätte erleichtert sein sollen, doch dieses Gefühl stellte sich nicht ein. Mein Herz schlug noch immer im Rhythmus der Trommeln, es war zu real gewesen, zu intensiv.

Ich atmete tief durch, setzte mich auf und fuhr mir mehrmals übers Gesicht, bis ich auch die letzten Haare weggestrichen hatte.

Was machte dieser Ort mit mir? Meine Kehle war so trocken, als wäre ich durch die Wüste gewandert. Wie gerne hätte ich etwas getrunken! Doch allein bei dem Gedanken daran stieg Übelkeit in mir hoch – um sich direkt wieder zu verflüchtigen. Ich fühlte ihr nach, doch die bleierne Schwere, die mich sonst erfasste, sobald ich die Praxis betrat, war verschwunden.

Ich sprang aus dem Bett, schnell, herausfordernd, und dennoch wurde mir nicht schlecht. Es war so unglaublich befreiend, dass ich vor Freude am liebsten gebrüllt hätte.

Erst mit Verzögerung übernahm das Misstrauen wieder das Ruder. Wieso sollte es auf einmal gut sein? Ich erschauderte und schlang die Arme fest um mich.

Mein Ärmel blieb an etwas hängen und mit weit aufgerissenen Augen blickte ich auf den metallenen Armreif hinab, der eng um mein Handgelenk lag. Der türkisfarbene Stein, der darin eingefasst war, starrte mich an wie ein Auge.

Ich starrte zurück, völlig gefesselt von den eingravierten Symbolen rund um den Stein. Entfernt erinnerten sie an Hieroglyphen oder alte Runen. Auch wenn ich sie nicht deuten konnte, verband ich sie mit etwas Großem.

Wenn der Powwow ein Traum gewesen war, wie konnte ich dann einen solchen Armreif tragen, den ich vorher nie gesehen hatte? Hatte ihn mir Dr. Yates während des Schlafens angelegt?

Schnell hielt ich ihn fest, drehte mein Handgelenk und schlüpfte durch die offene Unterseite des Reifs. Prompt wurde mir wieder übel und schwindelig.

Der Armreif schützte mich vor dem, was hier auf mein göttliches Blut einwirkte. Aufregung überkam mich und ich streifte ihn erneut über. Vielleicht würde ich so Dr. Yates beeinflussen und den Bann der Lamia brechen können, der auf ihr lag.

Mit neuer Energie und voller Tatendrang sah ich auf die Uhr. Es war kurz nach Mitternacht. Vielleicht hatte ich sogar Glück und Dr. Yates schlief. So leise wie möglich schloss ich meinen Rucksack und schulterte ihn. Lautlos schlich ich aus meinem Zimmer und tappte leise den Flur entlang.

Am liebsten wäre ich jeglicher Konfrontation aus dem Weg gegangen, solange mir Phoenix oder Hayden nicht bestätigt hatten, was mit Dr. Yates vor sich ging. Doch sicherheitshalber wappnete ich mich für alle Eventualitäten und konzentrierte mich auf meine Fähigkeiten, sodass ich die Psychologin im Falle eines Aufeinandertreffens sofort beeinflussen konnte.

In den Schleier wollte ich nicht erneut übertreten, die Bilder des Powwows waren zu real gewesen. Vielleicht lag es an der spirituellen Umgebung und der Schleier hatte hier ein Loch oder ging direkt nach dort über, wo auch immer ich mich befunden hatte. Ich kannte mich einfach zu wenig damit aus.

Ich war bereits an der Rezeption der Praxis angekommen, als ich ein leises Knarren hörte. Ich verharrte reglos, sah mich nach einem Versteck um, obwohl ich mir schon im nächsten Augenblick sicher war, dass ich mich vor ihr nicht verstecken konnte. Mehrere Sekunden verstrichen, in denen mein Puls davongaloppierte. Sosehr ich mich auch bemühte, über das Pochen und Rauschen in meinen Ohren weitere Geräusche auszumachen, es blieb still.

Daher wagte ich, die paar Schritte zum Fahrstuhl zu überwinden. Ich stoppte im letzten Moment, ehe mein Finger den Knopf drückte. Das ›Bing‹ des Aufzugs wäre in dieser Stille ohrenbetäubend laut. Ich sah mich um und registrierte erst jetzt die schmale Tür, die an der hell vertäfelten Wand neben der Rezeption nahezu unsichtbar war. Das Schild für den Notausgang war mir bislang nie aufgefallen.

Von der tiefen Hoffnung erfüllt, dass die Tür nicht wie im Krankenhaus mit einem automatischen Alarm verbunden war, drückte ich die schmale Klinke nach unten. Mein

Herz hämmerte gegen die Brust, aber kein Ton erklang. Der Atem verließ meine Lunge in einem Stoß, während ich durch die schwere Metalltür in ein von außen gut ausgeleuchtetes Treppenhaus trat. So schnell wie möglich rannte ich die Treppe nach unten. Beiläufig bemerkte ich den Innenhof durch die Fensterfront, an der ich vorbeirannte. Er war mir nie zuvor aufgefallen, weil ich nie zuvor die Treppe benutzt hatte. Er war vom Gebäude umschlossen, angelegt wie ein fürstlicher Garten im alten Rom oder Griechenland. Es gab sogar einen Brunnen, in dem eine Statue stand, die das Wasser aus einer muschelförmigen Karaffe goss, dahinter standen weitere mürrisch dreinblickende Statuen mit wallenden Gewändern, deren Blicke mir zu folgen schienen. Schnell wandte ich mich ab und nahm die restlichen Stufen auf einmal. Das Gefühl, die Statuen könnten lebendig sein, war gelinde gesagt gruselig, und ich hatte keine Zeit für so etwas. Denn das viel Gruseligere geschah oben in der Praxis von Dr. Yates.

Direkt gegenüber dem Ausgang zum Garten befand sich eine Tür. Ich riss sie auf und befand mich in einer Nische hinter dem Fahrstuhl. Voller Anspannung überwand ich mit schnellen Schritten den Weg, den ich so oft in die entgegengesetzte Richtung gegangen war, Phoenix' oder Haydens Blicke im Rücken.

Mit rasendem Puls drückte ich die Klinke nach unten und stemmte mich gegen die gläserne Eingangstür.

Im nächsten Moment griffen wie aus dem Nichts Hände nach mir und ich geriet ins Stolpern.

Kapitel 26

Meine Hand glitt wie von selbst zu meinem Dolch, doch noch ehe ich ihn aus der Scheide ziehen und mich irgendwie wehren konnte, zischte es mir ins Ohr:

»Was bei den Göttern hast du so lange dort drin gemacht?«

Auch wenn er die Worte nur hervorpresste, hörte ich die tiefe Erleichterung in Phoenix' Stimme.

Phoenix? Warum war er hier? Ich schälte mich aus seiner Umarmung, ich versuchte es wirklich. Aber er zog mich dichter an sich heran und küsste mir mehrmals auf die Stirn und den Scheitel, als könne er es nicht fassen, mich endlich wiederzusehen.

»Du musst mich ja vermisst haben«, sagte ich und bemühte mich dabei, möglichst cool zu wirken, obwohl mein Puls auf und davon raste. Ich spürte seinen pochenden Herzschlag an meinem Ohr, während ich seine beruhigende Nähe in mich aufsog. Seine Lippen streiften mich erneut, zogen ihre Bahn an meiner Schläfe entlang und hinterließen eine prickelnde Spur. Es gab sicherlich bessere Orte für das hier, wir sollten schleunigst zusehen, von hier fortzukommen, doch meine Sehnsucht war stärker und ich genoss das lebendige Gefühl, das von Phoenix ausging. Die erste Berührung unserer Lippen war so wenig greifbar, dass ich mir nicht sicher war, ob sie tatsächlich stattgefunden hatte oder ob das Kribbeln, das sich nun bis zu meinem Mund zog, dafür verantwortlich war.

Nur einen Atemzug später jedoch bekam ich Gewissheit. Der Kuss war berauschend. Phoenix' Lippen schienen sich nicht von meinen lösen zu können. Es war, als sei es unser erster Kuss. Die wildesten Gefühle strömten auf mich ein – Begehren, Angst, Erleichterung –, während seine Hände über meinen Rücken zu meinem Nacken wanderten, dann plötzlich an meiner Taille waren oder die Arme entlangstrichen. Ganz so, als müsse er sich vergewissern, dass ich auch wirklich da war. Gefühlte Stunden später tupfte er mir einen letzten Kuss auf die Lippen, ehe er keuchend etwas Abstand zwischen unsere Gesichter brachte. Seine Hände griffen nach meinen und von dem Kuss noch immer berauscht und mit weichen Knien, hörte ich ihn sagen:

»Ich habe über vierundzwanzig Stunden kein Lebenszeichen von dir erhalten. Was glaubst du, welche Sorgen ich mir gemacht habe?«

Das zittrige Gefühl verschwand und ich schob mich ein wenig von ihm zurück.

»Über vierundzwanzig Stunden?«

Er nickte gequält, während ich nur langsam den Kopf schüttelte. Das konnte nicht sein, das war unmöglich.

»Komm mit.« Er schnappte sich meinen Rucksack von der Schulter, zerquetschte beinahe meine Hand, so fest griff er nach ihr, und zog mich mit sich hinter den Schleier.

Im ersten Moment zuckte ich vor dem Übergang zurück, mein letzter Besuch auf der anderen Seite war schließlich nicht wie geplant verlaufen. Doch hier draußen war alles wie gewohnt. Schwarze und verschieden grau schattierte Schlieren bildeten die reale Welt in der Nacht ab, verzerrt, in einer anderen Dimension.

Hier schien Phoenix sich sicherer zu fühlen. Er presste mich erneut an sich, seine Hände glitten über meinen Kopf und meinen Rücken, tasteten mich ab, nur um sicherzugehen, dass ich auch wirklich hier war.

»Noch nie in meiner gesamten Existenz habe ich mir solche Sorgen gemacht. Ich dachte, Kairos hätte es irgendwie geschafft, dich zu finden. Wir waren uns nicht sicher, ob er die Barriere überwinden könnte, ich …« Er schüttelte den Kopf, schob mich wieder von sich und fixierte mich mit seinen dunklen Augen, die hier nahezu schwarz wirkten. »Mach. Das. Nie. Wieder. Ab jetzt tust du, was wir dir sagen.«

Er hielt meinen Blick so lange gefangen, bis ich nickte. Ich hatte mir dasselbe geschworen. Beim Gedanken an die Verzweiflung, die ich gespürt hatte, kullerte eine Träne über meine Wange.

Phoenix' Lippen verzogen sich zu einem schmalen Strich. Seine Augen funkelten vor Zorn, als er die Träne zärtlich mit dem Daumen wegwischte. »Was ist dort drin passiert?«

»Ich … Ich weiß es nicht. Mir kam es nur wie wenige Stunden vor … Ich habe versucht, Dr. Yates zu beeinflussen, weil sie mich nicht gehen lassen wollte.« Phoenix kniff erst die Augen zusammen, dann ballte er die Hände zu Fäusten. »Ich konnte ihr keinen Bann auferlegen. Dort drin war meine gesamte Fähigkeit wie ausgelöscht, bis …«

Ich sah auf mein Handgelenk hinab und Phoenix' Blick folgte meinem. Er runzelte die Stirn, dann blitzte die Erkenntnis in seinen Augen auf.

»Du kennst diesen Reif, nicht wahr?«

Er nickte zögerlich, blieb mir eine Erklärung jedoch schuldig.

»Hayden und Cody sind bei dir zu Hause. Lass uns zu ihnen gehen. Wir sollten dringend ein paar Dinge besprechen.«

Er verschränkte seine Finger mit meinen und zog mich die Straße entlang. Ich konnte bei seinen großen Schritten kaum mithalten.

»Habt ihr das Buch des Schicksals gefunden?«, fragte ich atemlos.

Phoenix bejahte. »Cody ist aber nicht in der Lage, es zu benutzen«, fügte er grummelnd hinzu.

»Warum?«

»Wenn wir Zeit haben, darüber nachzudenken, fällt uns sicher etwas dazu ein.«

Ich sah ihn weiterhin fragend an.

Phoenix fuhr sich mit der freien Hand durch die Haare. »Wir hatten andere Sorgen. Als du nicht wie vereinbart von deiner Therapeutin zurückgekommen bist, hat Hayden versucht hineinzugelangen, und mich dann gerufen. Nachdem wir letzte Nacht stets gescheitert sind, hat Cody die Sache übernommen und einfach geklingelt. Doch nie hat jemand die Tür der Praxis geöffnet. Er war sogar bei der Menschenpolizei, aber die haben ihn nur belächelt. Man muss achtundvierzig Stunden verschwunden sein, ehe sie überhaupt einen Finger krumm machen. Ich habe sie daraufhin beeinflusst und zwei von ihnen haben Cody begleitet. Die Praxis war leer, als sie sich Zutritt verschafft haben.«

»Und dann?«

»Dann hat Hayden sie schnell alles vergessen lassen und ich habe Wache vor dem Gebäude gehalten, während Hayden und Cody von zu Hause aus versucht haben, dich zu finden.«

Wir bogen gerade auf den Weg zu unserem Haus ein. Ich machte mir noch immer Gedanken darüber, wo ich gewesen sein konnte, als die Tür von innen aufgerissen wurde.

Hayden war auf unserer Seite des Schleiers und musste unsere Nähe gespürt haben. Wir betraten das Haus und wechselten in die Menschenwelt, wo mich eine stürmische Umarmung von Cody erwartete.

»Wo zur Hölle hast du gesteckt?«

Er quetschte mich so fest an sich, dass ich nicht einmal in der Lage war zu antworten, bis mich Phoenix befreite.

»Auch meine Geduld ist irgendwann zu Ende, Blondie.« Es klang aber nicht annähernd so bissig, wie ich es von Phoenix im Hinblick auf Cody gewohnt war. Fragend sah ich zwischen den beiden hin und her. Etwas war vorgefallen, etwas, das sie einander nähergebracht hatte. Ich konnte ihre verschlungenen Fäden im Gewebe spüren. Mein Mund verzog sich zu einem Lächeln.

»Das wird schon wieder«, brummte Phoenix, der mich genau beobachtet hatte, und winkte ab.

Ich warf einen Blick zu Hayden, der wissend nickte, ehe er ebenfalls zu mir kam und mich umarmte.

»Es reicht.« Phoenix zog auch Hayden von mir fort und schob mich durchs Wohnzimmer auf die Veranda.

»Jetzt erzähl uns, was passiert ist.«

Er setzte sich auf den Gartenstuhl neben mir und erst jetzt registrierte ich, wie fertig er aussah. Sein Gesicht war bleich, er hatte dunkle Schatten unter den Augen und sichtlich Mühe, sich aufrecht zu halten.

Voller Sorge musterte ich ihn und erkannte weitere Details, die auf erschreckende Weise einem Déjà-vu glichen. Ich sprang so schnell vom Stuhl auf, dass er schwankte und von Hayden, der mir gerade noch gegenübergesessen hatte, im letzten Moment gehalten wurde.

Mit zusammengepressten Lippen stellte Hayden ihn wieder hin, ohne mich aus den Augen zu lassen. Auch er sah nicht gut aus. Nicht so bleich wie Phoenix, aber weit entfernt von einem gesunden Teint.

Meine stumme Frage beantwortete er nur mit einem Nicken.

Alles in mir krampfte sich zusammen, die zahlreichen Berührungen zogen im Schnelldurchlauf vor meinem inneren Auge vorüber – zusammen mit dem niederschmetternden Ergebnis: Ich hatte Phoenix – und auch Hayden – erneut verletzbar gemacht.

Kapitel 27

Die Selbstvorwürfe drohten mich umzuwerfen. Ich nahm Hayden den Gartenstuhl weg, rutschte ihn ein ganzes Stück zur Seite und setzte mich darauf. Stehen bleiben war keine Option, sämtliche Kraft hatte mich verlassen.

Wie konnte es sich so richtig anfühlen, wenn es doch falsch war?

»Wir waren bei mir zu Hause«, begann Cody, nachdem er sich kurz geräuspert hatte. »Wir haben überall nach dem Buch gesucht. In der ganzen Wohnung haben wir kein Teil auf dem anderen gelassen und irgendwie hat uns das Pech verfolgt.« Er presste die Lippen fest aufeinander, seine Nasenflügel blähten sich leicht, während ich über das Wort Wohnung stolperte. Warum nannte er das Haus seines Vaters Wohnung?

»Beim Versuch, das Bett hochzuheben und drunterzuschauen, habe ich mir das Handgelenk verstaucht. Phoenix bot mir an, mich zu heilen, beim Münzträger wäre er in der Lage dazu, meinte er, und es hat auch geklappt. Nur im nächsten Moment ist er umgekippt.«

Ich sah, wie sich Codys Kehlkopf mehrmals hob und senkte. Dann sah ich zu Phoenix, der mit bleichem Gesicht verbissen dreinblickte. Ich wollte ihn berühren, wollte ihn beruhigen und ihm sagen, dass er nicht der unverletzbare

Held sein musste, für den er sich so gerne hielt. Meine Hand zuckte schon in seine Richtung, erst im letzten Moment hielt ich sie zurück.

Es würde ihn irgendwann töten. Ich schluckte.

»Ich habe ihn hierhergeschleppt. Er konnte kaum mehr gehen. Dann bin ich los und hab nach Hayden gesucht, der immer noch nicht aufgetaucht war. In der Zwischenzeit ging es Phoenix wieder etwas besser.«

Es war der Abschiedskuss, er musste es gewesen sein. Deshalb war Phoenix nach Codys Heilung zusammengebrochen. Und wieder etwas genesen, als ich lange genug weg gewesen war. Mit von Tränen verschleiertem Blick sah ich zu meinem Freund und bat ihn stumm um Entschuldigung.

Er biss die Zähne fest zusammen und reckte trotzig den Kopf nach oben. Er wollte es immer noch nicht einsehen. Seine Haltung hätte mich beinahe zum Lachen gebracht – wenn die Lage nicht so ernst gewesen wäre.

»Ab jetzt gibt es Berührungsverbot, habt ihr mich verstanden?« Hayden stand mit vor der Brust verschränkten Armen auf der Veranda. Seine ganze Haltung ließ keine Widerworte zu. Mehr denn je erinnerte er mich an den jugendlichen Anakin Skywalker, mit dem ich ihn bei unserem ersten Treffen verglichen hatte. Ob das in diesem Moment ein gutes Omen war, konnte ich nicht sagen, aber solange seine Augen nicht rot glühten, fühlte ich mich relativ sicher …

Ich schüttelte den Kopf und verbannte solch unsinnige Überlegungen aus meinen Gedanken.

»Das Buch habt ihr aber gefunden?«, hakte ich nach.

Cody nickte und zog es aus der Tasche. Die silbernen Ornamente funkelten, als reflektierten sie zig Lichtquellen, dabei war es nur das blasse Verandalicht über uns, das den

Tisch erhellte. Es wirkte wie ein übertriebener Filmeffekt und doch war es real.

»Haben sie sich bewegt?« Ich stand langsam auf und ging auf Cody und das Buch zu.

Mein bester Freund sah mich skeptisch an. »Ähm, nein.« Es klang beinahe wie eine Frage.

»Sobald ich das Buch berührt habe, haben sich die Bilder bewegt, die Pflanzen sind gewachsen, die Gestalten haben mich mit ihrem Blick verfolgt.« Ich deutete von einem Teil des Buches zum nächsten.

»Vielleicht solltest du es nochmals versuchen?« Cody reichte mir das Buch des Schicksals und nach etwas Zögern nahm ich es an mich. Ich spürte sofort, dass es nicht dasselbe war wie vor ein paar Wochen. Da hatte ich die Nähe des Buches gespürt, als hätte es mich zu sich gerufen. Es war nicht mehr für mich bestimmt. Trotzdem glitten meine Finger sanft über die erhabenen Ornamente auf dem dunklen Hintergrund, strichen über die rotbraunen, metallisch glänzenden Teile, die die einzelnen Felder des Buches voneinander trennten – doch nichts geschah.

Kopfschüttelnd sah ich zu Cody, dann weiter zu Hayden und Phoenix und reichte Cody anschließend das Buch zurück. Dabei sah ich die Münze, die an einer Schnur um seinen Hals baumelte. Es war wie bei mir – und doch war alles anders.

»Was passiert, wenn du hineinschreibst?«, fragte ich und erinnerte mich an meine krakelige Handschrift, die direkt nach dem Schreiben von dem Buch aufgesaugt worden war, noch ehe ich das Schicksal verändert hatte.

»Nichts«, sagte Cody enttäuscht, öffnete das Buch und zeigte mir seine für einen Jungen viel zu saubere Handschrift auf der ersten Seite des Buches. »Es ist einfach gar nichts passiert. Phoenix hat mir erzählt, dass die Schrift hätte verschwinden müssen und ich habe sehr lange gewartet.«

»Es ist aber rein gar nichts passiert«, fügte Phoenix hinzu und atmete lautstark aus.

»Scheinbar hat die Münze ihre Wirkung verloren. Jetzt müssen wir nur noch herausfinden, warum Kairos sie überhaupt noch weitergibt.« »Dann ist es jetzt vorbei? Niemand kann mehr in das Schicksal eingreifen?«, hakte ich nach.

Phoenix verzog kurz den Mund, nickte dann – wenn auch nicht komplett überzeugt.

»Sicher ist nur, dass wir nicht wissen, was eigentlich los ist«, schaltete sich Hayden ein. »Nun erzählt uns lieber, was bei dir passiert ist. Wo hast du so lange gesteckt? Und warum konnte ich dich nicht aufspüren?« Ich sah von ihm zu Phoenix, dessen Lider immer wieder flatterten.

»Leg dich hin, schlaf ein wenig«, flehte ich ihn an.

»Ich muss nicht schlafen«, antwortete er barsch und riss bei der Erkenntnis die Augen weit auf. So hatte es begonnen. Phoenix war seit Jahrtausenden das erste Mal eingeschlafen. Der Rest durfte sich einfach nicht wiederholen. Ich biss mir auf die Wange, um die Tränen zurückzuhalten, die sich beim Gedanken an seinen Tod – oder Fast-Tod – nach außen drängen wollten. Ein Streit würde ihn noch mehr Energie kosten, daher nickte ich ergeben und begann erneut zu berichten, was in der Praxis vorgefallen war.

Als ich bei der missglückten Beeinflussung von Dr. Yates angelangt war, warfen die Jungs die unterschiedlichsten Theorien in den Raum. Wir gelangten zu dem Ergebnis, dass die Wahrscheinlichkeit am größten war, dass Dr. Yates tatsächlich unter dem Einfluss einer Lamia stand und deshalb nicht mehr meinem Bann gehorchen konnte. Die Lamia war stärker als ich, erfahrener, mächtiger.

Ich berichtete weiter von dem gruseligen Traum, während ich unentwegt an meinem Armreif spielte, ihn um mein Handgelenk drehte und mit den Fingern über den Stein sowie die eingravierten Zeichen und Runen glitt.

Die Augen meiner Zuhörer wurden immer größer. Während Codys Züge ungläubiger und skeptischer wurden, begannen Haydens Augen zu leuchten.

Phoenix beobachtete seinen Bruder, sie warfen sich anschließend wissende Blicke zu, ehe Phoenix nickte und Hayden auf mich zutrat.

»Das hier«, er deutete auf den Stein in meinem Armreif, »ist ein Türkis. Die Schamanen der Indianer glauben daran, dass er für Glück sorgt oder Schicksalsschläge verhindert.« Er warf einen vielsagenden Blick in die Runde. »Der Türkis ist ein ›Geschenk der Götter‹, bei vielen Indianerstämmen bildet er eine Verbindung vom Himmel zu der Seele des Trägers.«

»Das ist ja ganz nett, aber …«, kommentierte ich, doch Hayden hob die Hand und brachte mich zum Verstummen.

»Der Glaube der Indianer hat sehr viel mit ›Geistern‹ zu tun. Vielleicht wurde Cody doch nicht von einer Lamia beeinflusst.«

Alle Blicke richteten sich auf meinen besten Freund, der unter dieser Last tiefer in die Polster seines Gartenstuhles sank.

Kapitel 28

Cody war es unangenehm, von uns allen so angestarrt zu werden, das war deutlich zu sehen. Er knetete nervös die Hände und sah zu Boden.

»Was?«, fragte er, als er es nicht mehr aushielt.

»Da muss eine Verbindung sein.« Hayden kniff die Augen zusammen.

»Sehe ich so aus, als würde ich sie kennen?«, sagte Cody eine Spur zu barsch. »Und was sollte das mit der Lamia?«

»Ich hatte die Idee, dass deine Geisterfreundin nur ein Hirngespinst ist, das dir von einer Lamia in den Kopf gepflanzt wurde«, erklärte Hayden. »Weshalb sollte sie dir sonst sagen, dass die Verbindung von Phoenix und Kiera gut ist, obwohl das offensichtlich nicht der Fall ist?«

Sein Blick huschte zu seinem Bruder, der damit kämpfte, die Augen offen zu halten. Immer wieder verlor er den Kampf für ein paar Millisekunden.

Cody runzelte die Stirn und dachte über das Gesagte nach. »Sie ist echt«, behauptete er stur.

»Vielleicht«, ging Hayden darauf ein. »Aber was genau will sie?«

Cody kniff den Mund zusammen und sah zu Boden. Die Überzeugung war aus ihm herausgeflossen wie Wasser aus einem löchrigen Eimer.

»Ich weiß nur, dass der Armreif dafür gesorgt hat, dass ich mich nicht mehr so mies gefühlt habe. Mir war nicht mehr übel und meine Kraft kehrte zurück.« Ich hob meine Hand mit dem Reif nach oben. »Und ich glaube, dass ich meine Fähigkeit hätte einsetzen können, wenn ich erneut auf Dr. Yates getroffen wäre.« Den letzten Satz murmelte ich nur halblaut vor mich hin. Es klang zu schräg, selbst für unsere Verhältnisse.

Hayden nickte langsam, die Stirn in Falten gelegt, und dachte laut nach: »Wenn das Gebäude wirklich auf einem rituellen indianischen Ort steht, der durch Schamanen geschützt wurde, wäre es doch möglich, dass der Türkis den Bann bricht, den dir dieser Ort auferlegt. Es wäre genau das, wofür der Türkis steht: Er schützt den Träger vor fremden Einflüssen.«

Auch wenn wir die Geschichte unserer Gegend im Unterricht durchgenommen hatten, musste ich zu meiner Schande gestehen, dass ich nicht mehr sehr viel davon wusste. Über den Glauben und all das Spirituelle hatten wir ohnehin kaum gesprochen. Wenn ich gewusst hätte, dass Indianerschmuck, den es – zumindest als Kopie – an jeder Ecke zu kaufen gab, mich irgendwann vor bösen Einflüssen retten würde, hätte ich mich mehr dafür interessiert. Ich senkte beschämt den Kopf.

Hayden wandte sich an Cody. »Wenn das Geistermädchen das nächste Mal auftaucht, solltest du sie fragen, ob der Armreif von ihr ist.«

Cody nickte. Ein leichtes Lächeln lag um seine Lippen, als würde er sich schon sehr darauf freuen. Ich konnte immer noch nicht sagen, ob mir das gefiel. Wenn mir das Mädchen tatsächlich geholfen hatte, wäre sie eine von den Guten. Andererseits befürwortete sie meine Verbindung zu Phoenix, die ihm so offensichtlich schadete. Wir waren einfach zu oft getäuscht worden.

Codys Handy kündigte eine Nachricht an.

Er seufzte beim Blick auf das Display und schob es schnell wieder in die Tasche. »Schon wieder Amy.«

»Was will sie denn noch? Wenn ich über einen Tag lang verschwunden war, war ihre dämliche Party doch gestern, oder?« Die Worte klangen böser als beabsichtigt und Phoenix' Blick glitt zu mir. Betroffen sah ich auf meine Hände hinab. Ich wollte ihm keinen Grund zur Eifersucht bieten, wo es keinen gab. Es war Phoenix, nach dem sich mein Herz sehnte, und Cody derjenige, den ich wie einen Bruder liebte. Dennoch war es schwer für mich, ihn auf irgendeine Weise mit Amy in Verbindung zu sehen. Es war Amy, verdammt. Sie hatte so vielen Mitschülern das Leben zur Hölle gemacht. Ich wollte sie nicht in meiner Nähe haben – oder in der von Cody. Oder Phoenix.

Ich erschauderte, als ich daran dachte, wie sie sich ihm in der vorherigen Realität an den Hals geworfen hatte, und verstand plötzlich, warum mich der Gedanke an Amy so belastete: Ich hatte Angst um Phoenix. Wenn sie ihn erneut kennenlernte, würde es wieder genauso ablaufen.

Kapitel 29

»Die Vorfälle in Seattle bleiben kein Einzelfall. Weitere Großstädte sind betroffen.«

Fassungslos starrten Cody, Hayden und ich vom Sofa aus auf die Übertragung der aktuellen Ereignisse auf dem lokalen Nachrichtensender, eine Schlagzeile schlimmer als die andere. Hayden hatte sehr lange gebraucht, um Phoenix davon zu überzeugen, ein wenig zu schlafen, damit seine Kräfte regenerieren konnten. Nun lag er oben in meinem Bett und es war, als fehlte ein Teil von mir. Es war kitschig, ja, aber ich fühlte mich wirklich so und verstand endlich die vielen Liebeslieder und den Schmerz, der in jeder Zeile mitschwang.

Meine Befürchtung hatte sich bewahrheitet, es herrschten chaotische Zustände. Nachdem sich die Kriegsnachricht erst überall im Netz verbreitet hatte, gab es heute auch Berichte in den Tageszeitungen und dem Fernsehen. Die Menschen drehten durch, das Schicksalsgewebe vibrierte, sobald ich mich darauf konzentrierte, und machte eine detaillierte Sicht unmöglich. Es geschah zu viel auf einmal, zu viele Menschen waren involviert. Verschwommen konnte ich immer nur wahrnehmen, was nun auch im Fernsehen zu sehen war.

Ich starrte auf die Bilder, die genauso gut aus einem Endzeit-Roman hätten stammen können und aus irgendeinem makabren Grund erklang R.E.M.s »It's the end of the world as we know it« in meinem Kopf.

»Die Polizei ist mit einem Großaufgebot im Einsatz, doch gegen die Masse der Plünderungen ist sie in manchen Stadtteilen nahezu machtlos«, erklärte die Sprecherin im Fernsehen. Die Szenen wechselten rasch und zeigten doch immer dasselbe Bild, mal vom Vortag, mal in tiefster Nacht, vom gedämpften Licht der Straßenlaternen erleuchtet: zerstörte Schaufenster von Geschäften und Supermärkten, Menschen, die sich Konserven und andere Vorräte aus den Händen rissen. Ich glaubte sogar, manche von ihnen zu erkennen. Den tattooübersäten Typen, der breit in die Kamera grinste, ehe er sich abwandte. War der nicht aus dem *Bricks*? Dort hatten auch einige andere Bands ihren Proberaum gehabt und natürlich war man sich immer mal wieder über den Weg gelaufen.

Doch das war nicht alles, wie wir im nachfolgenden Bericht der Nachrichtensendung erfuhren:

Seltsame Sekten schossen aus dem Boden, zahlreiche Friedhöfe wurden mittlerweile von Polizei und anderen Sicherheitskräften geschützt, weil es in der Nacht meines Blackouts ›Partys‹ über den Köpfen der Toten gegeben hatte.

Ich erschauderte. Was war nur mit den Menschen los? Es hatten bereits mehrere Straßenkämpfe stattgefunden, derer die Polizei nicht Herr werden konnte.

»Sie feiern den Tod«, murmelte Hayden irgendwann vor sich hin. »Und wir treffen auf eigentlich längst verstorbene Atlantisbewohner, die beinahe besser aussehen als zu Blütezeiten der Insel. Es muss einen Zusammenhang geben.«

»Das bezweifle ich nicht«, sagte ich, hatte jedoch wie die anderen keine Ahnung, was dieser Zusammenhang sein sollte. Wir hingen unseren Gedanken nach, während draußen die Nacht dem Morgenrot wich. Bald würden die ersten Sonnenstrahlen über die Nachbarhäuser kriechen. Mir fiel auf, dass ich vielleicht müde sein sollte, erschöpft von der durchgemachten Nacht. Aber mein göttliches Blut sorgte wohl langsam dafür, dass ich nicht mehr schlafen musste.

Ich zuckte zusammen, als es in meinem Kopf deutlich wurde: Phoenix schlief, ich war wach. Wie so vieles auf der Welt bildeten auch wir ein Gleichgewicht – nur dass sich die Rollen nun umgekehrt hatten. Als sich die Sache vor wenigen Wochen zum ersten Mal zugespitzt hatte, waren unsere Kräfte noch nicht vertauscht gewesen. Diesmal musste es also deutlich schlimmer um Phoenix stehen als damals.

Codys Handy kroch vibrierend über den Couchtisch und riss mich aus meinen Grübeleien.

»Sie ist ja noch anhänglicher als im letzten Jahr«, brummte ich und dachte daran, wie sich Amy immer wieder an Cody geklettet und versucht hatte, ihn herumzukriegen. Glücklicherweise war er zu der Zeit klug genug gewesen, ihre Annäherungsversuche zurückzuweisen. In diesem Jahr hatte sie scheinbar mehr Glück.

»Sie ist nicht so schlimm, wie du immer tust. Allein ist sie …« Sein Ton klang so flehend, dass es mir beinahe wehtat, aber ich konnte einfach nicht aus meiner Haut. Es war Amy, verdammt.

»Sie hat sich total verändert. Wenn du sie jetzt sehen könntest …« Ich warf ihm einen Blick unter hochgezogenen Augenbrauen zu und er ruderte schnell zurück. »Nicht in der Schule, wo sie sich nach außen hin weiter so geben muss.«

»Sich so geben muss?«, unterbrach ich ihn. »Niemand muss so sein.«

Cody seufzte, schüttelte dann den Kopf und ließ sich wieder gegen die Rückenlehne der Couch fallen. Ich rechnete ihm hoch an, dass er die Nachricht von Amy jetzt nicht gelesen hatte. Er war so loyal, dass ich ihn dafür am liebsten umarmt hätte.

Wir verfolgten in den Morgennachrichten die sich stets wiederholenden Bilder, als Codys Kopf plötzlich auf meiner Schulter landete und mich zusammenzucken ließ. Er entschuldigte sich murmelnd und rappelte sich wieder auf. Bei dem verschlafenen Blick, mit dem er sich umsah und versuchte, sich zu orientieren, musste ich lächeln.

»Du solltest etwas schlafen«, schlug ich ihm vor. Er war schließlich ein vollblütiger Mensch und hatte, wie es aussah, schon die letzte Nacht durchgemacht und mit Phoenix und Hayden daran gearbeitet, mich aus der Praxis zu befreien.

Cody grunzte nur zufrieden, seine Lider flatterten, ehe er die Augen schloss und dieses Mal in Haydens Richtung kippte, der erst skeptisch dreinschaute, ehe er lächelnd den Kopf schüttelte.

»Er hat es nötig«, flüsterte ich, um Cody nicht zu wecken.

»Ich weiß«, seufzte Hayden. »Solange er mich nicht ansabbert«, fügte er mit einem schwachen Grinsen hinzu und brachte mich tatsächlich zum Lächeln. Genau damit hatte ich Cody immer aufgezogen, was ihm entsetzlich peinlich gewesen war. Nun ja, Hayden würde es schon früh genug selbst feststellen.

In diesem Moment gab es neue Informationen, die Haydens und meine Aufmerksamkeit auf sich zogen:

»Bei den zahlreichen Diebstählen in den Museen ist auffällig, dass überwiegend historische Artefakte aus der griechischen und römischen Antike geraubt wurden. Experten vermuten einen neuen Kult, der im Zusammenhang mit den Friedhofpartys steht.«

»Wenn ich es nicht besser wüsste, würde ich sagen, die Götter sind zurück.«

Seine Stimme kam noch aus dem Nichts, ehe Phoenix aus dem Schleier trat. Und mir stand der Mund offen, so schockiert war ich über seinen Anblick.

Kapitel 30

Phoenix stand im Türrahmen und sah aus wie das blühende Leben. Frischer noch als bei unserer ersten Begegnung. Seine Haare standen zwar in alle Richtungen ab, aber das brachte das Funkeln in seinen dunklen Augen nur noch mehr zur Geltung.

Die Sonne, die soeben zum Fenster hereinkroch, schien ihn direkt anzuleuchten und ließ ihn göttlicher erscheinen als je zuvor.

»Der Schlaf hat dir wohl gutgetan«, murmelte ich, als ich endlich meine Stimme wiedergefunden hatte.

Ein verschmitztes Grinsen erschien auf Phoenix' Lippen und sein Blick war so durchdringend, dass ich mich nackt fühlte und Hitze in meine Wangen kroch, während ich mich aufrichtete. Langsam kam er auf mich zu, mein Herz hopste in meiner Brust herum und in meinem Bauch regten sich die lahmgelegten Schmetterlinge. Er war wie ein Magnet für mich, diese Fremdbestimmung war Furcht einflößend und wundervoll zugleich. Er beugte sich kurz zu mir hinab und flüsterte mir ins Ohr: »Ich habe von dir geträumt.« Etwas Unanständiges schwang in den Worten mit, sodass ich errötete. Dann räusperte sich Hayden und die Sonne verschwand für einen Moment hinter einer Wolke. Der magische Augenblick war vorüber.

Mein Freund warf ihm denselben tödlichen Blick zu wie ich. Dann seufzte ich und ließ mich wieder zurück aufs Sofa fallen. Codys Kopf kippte dadurch in meine Richtung, was Phoenix argwöhnisch registrierte. Mit einem Augenrollen rückte ich ein wenig von ihm ab und positionierte ihn so, dass er mir nicht weiter entgegenfiel. Ich wollte die neu gewonnene Verbindung, die Phoenix und Cody während meiner Abwesenheit geknüpft hatten, nicht zerstören.

Endlich hatte sich auch Hayden wieder gefasst und aufgehört, seinen Bruder anzustarren, der mittlerweile auf dem Sessel direkt neben meinem Ende der Couch Platz genommen hatte.

»Du meinst, die Götter könnten zurück sein?«, hakte er nach und ich brauchte einen Moment, bis ich mich daran erinnerte, was Phoenix gesagt hatte. Ich warf einen Seitenblick zu ihm und seine Lebendigkeit berauschte mich.

Es gibt eine Möglichkeit, sich zu regenerieren, flüsterte mir eine innere Stimme zu und mit einem Mal war alle Vernunft wie ausgelöscht. Ich war so froh, dass es ihm gut ging, dass ich mich nicht zurückhalten konnte. Ich musste ihn berühren – irgendwie. Also lehnte ich mich nach vorne und wie von selbst verschränkten sich unsere Finger.

»Die Götter können aber nicht zurück sein. Das würden wir spüren, meinst du nicht? Der Schleier würde nicht mehr existieren, er ist Fortunas Trennung zwischen den Welten. Die göttlichen Wesen wären wieder unter den Menschen und müssten nicht warten, bis sie genügend Energie hätten, durch den Schleier zu treten.« Stirnrunzelnd zählte Phoenix mit der freien Hand mit, während ich mich einzig und allein auf die stetigen Energiewellen konzentrieren konnte, die unsere Hände durchströmten.

»Vielleicht benutzen sie ja dafür die gestohlenen Artefakte? Es könnte doch sein, dass die ihnen temporär Macht verleihen, oder nicht?«, schlug Hayden vor. »Warum sonst sollten so viele Kunstwerke aus den Museen verschwinden?« Missbilligend starrte er auf unsere Hände.

»Wenn ich das wüsste, hätte ich es sicher gesagt.« Phoenix verdrehte die Augen. Oh ja. Ihm ging es wieder sehr gut. Zu gut.

Das dachte sich wohl auch Hayden, der nur schnaubte, ehe er gähnte.

Es war eine so kleine Geste und wäre unter Menschen nicht einmal einen weiteren Gedanken wert gewesen, doch ich spürte, wie der Raum merklich abkühlte. Phoenix starrte seinen Bruder an. Ich ebenso. Mein Blick ruckte zu Phoenix, der lebendig wirkte wie nie, dann zurück zu Hayden, der im direkten Vergleich menschlich aussah wie nie. Müde, krank.

Hayden kniff die Augen zusammen, als er seine eigenen Schlüsse zog, aufsprang und Phoenix vom Sessel riss. Seine Hand entglitt mir.

»Hör auf, sie zu berühren. Du wirst uns umbringen«, fauchte er. Kleine blaue Blitze zuckten über seine Arme, in deren Licht sein Gesicht noch fahler wirkte.

Phoenix hob entschuldigend die Hände. »Beruhig dich und schlaf ein wenig.« Mit einem Nicken deutete er auf Cody, der durch Haydens abruptes Aufspringen auf dessen Platz gerutscht war. »Ich fühle mich gut wie nie. Dir wird es sicher auch so gehen.«

Hayden runzelte die Stirn, dachte wohl wirklich über den Vorschlag nach. Dann schüttelte er den Kopf. »Jemand muss auf euch beide aufpassen.«

Phoenix lachte auf. »In deinem Zustand?«

»Damit war nicht gemeint, dass ich euch verteidigen will. Aber irgendjemand muss verhindern, dass ihr euch weiterhin ständig antatscht.« Seine Kiefermuskulatur trat deutlich hervor, als er entschlossen das Kinn reckte. Leider zerstörte sein Gähnen das Bild komplett.

»Phoenix hat recht. Du musst dich ausruhen.« Ich wusste, dass wir seine Unterstützung brauchten.

»Ein Vorschlag«, sagte Phoenix. »Ich versuche herauszubekommen, wie es Kieras Mutter geht, und sie nach Möglichkeit in ein sichereres Krankenhaus hier in der Nähe zu bringen, während du ein wenig schläfst.«

Ich hatte während der Fernsehbilder von Aufständen, Verletzten und Krankenhäusern ununterbrochen an meine Mutter gedacht. Dass auch Phoenix klar war, dass ich mir solche Sorgen um sie machte, ging mir unter die Haut. Schnell blinzelte ich die Tränen der Rührung weg.

Hayden starrte Phoenix ungläubig an. Er schien nicht so recht zu wissen, wie er mit diesem Vorschlag umgehen sollte. Das jahrtausendealte Misstrauen seinem Bruder gegenüber drängte sich wieder hervor. Ich nickte ihm auffordernd zu und irgendwann zuckte er resigniert mit den Schultern.

»In Ordnung. Aber du gehst, bevor ich mich schlafen«, er testete das Wort regelrecht aus, »lege.«

Phoenix verdrehte die Augen und lachte. »Wenn es sein muss.«

Ehe Hayden etwas unternehmen konnte, zog Phoenix mich zu sich hoch und drückte mich an sich. »Ich werde nach ihr sehen«, flüsterte er an meinem Ohr. »Und bald ist alles vorbei.« Er nahm mein Gesicht in beide Hände und drückte mir einen sanften Kuss auf die Lippen, der mich vor Sehnsucht nach mehr beinahe umbrachte. »Bis später. Sorg dafür, dass es ihm besser geht. So könnte er nicht einmal einen Menschen besiegen, geschweige denn das, was uns erwartet.«

Ich kniff die Augen zusammen, doch er reagierte nicht weiter auf mich, sondern ging einen Schritt zurück, ohne mir eine Erklärung zu geben. Als er meine Hand losließ, blieb nichts als Kälte zurück.

»Bis später. Pass auf sie auf«, forderte er Hayden auf, ehe er hinter den Schleier trat und ich gerade noch sehen konnte, wie er über den Flur verschwand.

Mein Blick richtete sich auf Hayden, der sich kaum mehr auf den Beinen halten konnte.

»Willst du nach oben gehen? Mein Bett ist bequem«, schlug ich ihm vor.

»Ich muss hierbleiben und dich beschützen«, murmelte er müde, taumelte zum Sofa und bemühte sich, Cody wieder aufzusetzen. Ich half ihm dabei.

Erschöpft ließ sich Hayden neben ihn fallen und kaum berührte sein Körper das Polster, war er auch schon eingeschlafen.

Von Phoenix' Berührung fühlte ich mich noch immer berauscht und außerdem durch mein göttliches Blut hellwach. Daher ließ ich mich auf den Sessel sinken, auf dem Phoenix kurz zuvor noch gesessen hatte, zog sicherheitshalber den Dolch aus seiner Scheide und wachte über meinen sterblichen und meinen hoffentlich noch immer unsterblichen Freund.

Dabei grübelte ich über Phoenix' Genesung und die tiefe Verbundenheit, die ich eben noch mit ihm gespürt hatte. Seine Gefühle, die Liebe und das Vertrauen waren in Wellen auf mich übergeschwappt. Die Wärme, die eben noch meinen Körper überzogen hatte, verwandelte sich in Eiseskälte. Denn mir wurde klar, dass noch vor wenigen Tagen jede Berührung von Phoenix von einem Zögern begleitet gewesen war. Ich erkannte, dass es tatsächlich eine Zeit gegeben hatte, in der Phoenix gezweifelt hatte. An einem von uns. An seinen Gefühlen. An einer Zukunft. Und das machte mir Angst.

Kapitel 31

Die Nachrichten liefen in Endlosschleife, während der rechteckige Fleck der Sonne, die durch das Fenster drang, im Wohnzimmer weiterwanderte und zu einer länglichen Raute wurde. Keiner der Jungs rührte sich und ich widerstand dem kindischen Drang, irgendetwas mit ihnen anzustellen.

Vor Langeweile war ich so angespannt, dass ich nicht wusste, was ich mit mir anfangen sollte. Auf ein Buch konnte ich mich nicht konzentrieren, die Nachrichten brachten keine neue Erkenntnis, ganz gleich, wie lange ich die Sprecher niederstarrte oder wie oft ich auf einen der anderen Lokalsender wechselte.

Als ich mein Handy vom Ladekabel in der Küche holte, stellte ich schockiert fest, dass Amy sogar mir geschrieben und nachgefragt hatte, wo Cody war – und ob es ihm gut ging.

Ich wusste nicht, was mich mehr erschütterte: dass sie sich scheinbar wirklich um ihn sorgte oder dass sie meine Nummer hatte.

Je mehr Zeit verging, desto größer wurde meine Sorge um Phoenix, der meiner Meinung nach längst hätte zurückgekehrt sein müssen. Es war später Nachmittag, die Jungs schliefen noch immer wie betäubt und ich fing langsam an durchzudrehen. Jenseits des Schleiers mussten inzwischen mehrere Tage vergangen sein.

Wenigstens hatte ich Gewissheit, dass Phoenix am Leben war – denn sonst wäre Hayden doch auch ›vergangen‹, wie mein Vater es mir erklärt hatte. Diese Gewissheit konnte jedoch die Bilder nicht fernhalten. Die Bilder eines bleichen und von schwarzen Blutflecken übersäten Phoenix, der mit auf dem Rücken gefesselten Händen reglos auf schmutzigen Pflastersteinen lag. Immer und immer wieder sah ich ihn so vor mir, sobald ich die Augen schloss und an ihn dachte. Das gruselige Bild sorgte für eine Gänsehaut, so real fühlte es sich an. Am liebsten hätte ich laut losgeschrien. Ich presste die Lippen fest zusammen, damit ich meine Freunde nicht weckte.

Mittlerweile gingen die einzelnen Nachrichtensender ›Insider‹-Informationen nach, die sich allesamt anhörten, als hätten sämtliche Verschwörungstheoretiker nur auf diesen Moment gewartet.

Die Kamera schwenkte nach einem weiteren sinnfreien Interview auf eine Menschenmenge mit Plakaten, die dafür beteten, die Seelen der Verstorbenen zu erlösen.

Als die Reporterin mit einer der Plakatträgerinnen sprach, verdrehte ich die Augen. Die Frau erklärte, dass ihr Ehemann nach einem der zahlreichen Unfälle im Krankenhaus seinen Verletzungen erlegen war und sein Geist sie nun verfolgte. Die Menge hinter ihr nickte eifrig und bat weiterhin um Erlösung.

Die Szene wechselte und zeigte den mir nur zu gut bekannten Greenwood Memorial Park in Northeast Seattle. Wir waren mit der Schule schon dort gewesen – wie vermutlich die meisten Klassen in der näheren Umgebung. Das Grab von Jimi Hendrix glich einem Tempel. Und genau diesen sah ich jetzt in Nahaufnahme. Rund um den Eingang standen etliche Kerzen, zahlreiche Menschen lagen überall verstreut, als wären sie an Ort und Stelle umgefallen. Ich sog erschrocken die Luft ein, doch der dortige Reporter beruhigte mich.

»Sie sind bis zur Erschöpfung aufgeblieben, sagen die Sanitäter, die aktuell einen nach dem anderen versorgen. Die vermeintlichen Geistersichtungen haben sich herumgesprochen und dazu geführt, dass es dieses Bild an nahezu allen Grabstätten verstorbener Berühmtheiten gibt. Die Menschen hoffen, dass ihre Idole zurückkehren.«

Gänsehaut überkam mich am ganzen Körper. Die Menschen drehten durch, die Berichte über die Kriegserklärung traten mehr und mehr in den Hintergrund oder es wurde wild spekuliert, anstatt endlich einmal klare Fakten zu liefern. Mehr als Verweise auf andere Berichte konnte ich jedoch auch im Internet nicht finden. Ich war schockiert, dass die Ursache für das ganze Chaos aufgrund der Tumulte immer weniger Erwähnung fand.

War all das nur Ablenkung von etwas Größerem?

Ich versuchte gerade, mir mein göttliches Blut zunutze zu machen und meine Gabe, das Gewebe sehen zu können, zu trainieren, als es an der Tür klingelte.

Nach dem ersten Schreck kam das Misstrauen und ich versuchte, Hayden zu wecken, schaffte es aber nicht. Cody grummelte etwas vor sich hin, als er langsam den Schlaf abstreifte und sich die Augen rieb.

»Es hat an der Tür geklingelt«, erklärte ich ihm, aber er schien nur jedes zweite Wort zu verstehen. Erst als ich ihn am Arm hochzerrte, kam er in die Gänge.

»Was ist mit ihm?«, fragte er mit einem Blick auf Hayden, der sich noch immer nicht rührte.

»Er erholt sich«, sagte ich. »Das hoffe ich zumindest.«

Es klingelte erneut.

»Und wer ist an der Tür?«

»Cody, wenn ich das wüsste, wäre mir um einiges wohler.« Ich seufzte. Cody war direkt nach dem Aufwachen wirklich schwer von Begriff.

»Ich habe geträumt, dass Amy hierherkommt.« Er rieb sich die Stirn und streifte seine blonden Haare hinter die Ohren. Nach einem Kopfschütteln wirkte er um einiges wacher, die Haare hingen ihm jedoch wieder ins Gesicht.

»Du Ärmster, solche Albträume braucht keiner.« Der Spruch verfehlte aufgrund des Mangels an Sarkasmus leider seine Wirkung. Cody verzog nur kurz das Gesicht, ehe er in Richtung Haustür ging.

Aus irgendeiner inneren Eingebung heraus wechselte ich hinter den Schleier und beobachtete, wie Cody in Zeitlupe die Klinke hinabdrückte und die Tür Millimeter für Millimeter aufglitt.

Was, wenn gleich eine Horde Lamien das Haus stürmen würden? Bei dem Gedanken zuckte ich zusammen, ehe ich mich selbst beruhigte und mir voller Überzeugung einredete, dass Lamien ja wohl eher nicht klingeln würden.

War es vielleicht wirklich Amy und Cody hatte eine Vision oder so etwas gehabt? Es passierten so viele schräge Dinge um uns herum, dass ich das nicht völlig ausschloss.

Endlich war die Tür so weit geöffnet, dass ich einen Blick auf die funkelnde Dienstmarke erhaschte, die Cody vor die Nase gehalten wurde.

Schnell huschte ich um die Ecke und wechselte in ihre Welt, damit ich hören konnte, was der Polizist sagte.

»Wir suchen nach Kiera Mallory«, sagte die tiefe Stimme. »Wer sind Sie?«

»Ich bin Cody Weaver«, stammelte Cody. Ich konnte seine Nervosität nahezu schmecken.

»Dr. Phyllis Yates hat die in ihre Obhut übergebene Miss Mallory als vermisst gemeldet. Sofern Sie etwas über ihren Aufenthaltsort wissen …« Der Sprecher zögerte, als warte er bereits auf eine Erklärung von Cody. Doch dieser reagierte nicht. Daher fuhr die Stimme fort: »Dürfen wir hereinkommen?«

Diese eine Frage holte mit einem Schlag sämtliches Klischee-Wissen über Vampire in mein Bewusstsein und ich riss die Augen auf, wollte nach vorne springen und Cody aufhalten. Doch zu spät.

»Äh … Gerne«, bat er den Sprecher ins Haus.

Im nächsten Moment hörte ich einen dumpfen Schlag, gefolgt von einem Rascheln und mir entfuhr ein leiser Schrei.

Kapitel 32

In Windeseile wechselte ich zurück hinter den Schleier und zog meinen Dolch aus der Scheide. Ich war heilfroh, dass ich ihn nicht im Wohnzimmer liegen gelassen hatte.

Der Moment des Zögerns, ob ich zu dem vermutlich auf dem Boden liegenden Cody zustürmen oder mich Richtung Hayden zurückziehen sollte, kam mir teuer zu stehen.

Mit einem Satz kam ein mehr als nur attraktiver junger Mann um die Ecke gesprungen, der sogleich seine scharfen Reißzähne entblößte und mich anfauchte.

Seine Tarngestalt fiel von ihm ab und aus dem Schönling wurde eine scheußliche männliche Lamia. Seine runzlige Haut war leicht aufgedunsen und seine vormals so akkurat frisierten Haare bestanden nur noch aus einzelnen grauweißen Büscheln. Schmieriger Sabber rann ihm aus dem Mundwinkel.

Ich erhob den Dolch, doch das Wesen war schneller als ich und verpasste mir einen gezielten Schlag auf den Handrücken, sodass meine Hand zu kribbeln anfing und ich die Kontrolle darüber verlor. Der Dolch fiel zu Boden und die Lamia stürzte sich auf mich. Widerlicher Verwesungsgestank drang aus dem geifernden Mund und ich kämpfte nun noch zusätzlich gegen die aufkommende Übelkeit an. Dem ersten Schlag konnte ich ausweichen, der nächste traf mich jedoch auf den Solar Plexus und meine Atmung setzte kurz aus. Dem Grinsen auf den gebleckten Lippen zufolge fühlte sich der Typ schon wie der Sieger, als er den Schlag wiederholte und ich zusammenklappte. Doch er hatte nicht damit gerechnet, dass ich nun gewappnet war – und neuerdings Bauchmuskeln besaß, die einen solchen Schlag zumindest so weit abschwächten, dass ich nicht völlig zusammenbrach. Während ich zu Boden ging, schnappte ich nach meinem Dolch, rollte herum und sprang wieder auf die Beine. Während sich Erkenntnis in den trüben kalten Augen des Typen zeigte, rammte ich ihm die Waffe direkt in den Brustkorb. Ein ohrenbetäubender Schrei ertönte, der eigentlich auch meinen göttlichen Bewacher hätte aufwecken müssen. Noch ehe die männliche Lamia wegsackte, kam ihr Begleiter um die Ecke und stürmte auf mich zu.

Hastig zog ich den Dolch aus dem Körper von Nummer 1, und während er zu Staub zerfiel, glitt Nummer 2 durch ihn hindurch und verteilte seine Überreste im ganzen Flur. Glücklicherweise lösten sie sich auf und würden nicht für immer hier herumliegen.

Die bescheuerte Sorge über schmutzige Flure hatte mich tatsächlich so abgelenkt, dass ich die krallenartigen knochigen Finger von Nummer 2 nicht kommen sah. Sengender Schmerz breitete sich von meinem Dekolleté aus, wo die Lamia mich erwischt hatte. Meine Nerven waren so angespannt, dass ich sagen konnte, dass es genau drei Schnitte waren.

Der Schmerz befeuerte meine mit Hayden hart trainierten Verteidigungsmechanismen. Wie ein Roboter führte ich einen Hieb nach dem anderen aus, schlug auf die Lamia ein, blockte ihre Angriffe, duckte mich, wich aus.

Ohne Hayden hätte ich in einem solchen Kampf keine Minute überlebt. So war ich der Lamia zumindest ebenbürtig. Immer wieder stach ich mit dem Dolch zu, erwischte das Biest aber nur oberflächlich. Mal an den Armen, mal an der Taille. Der Brustkorb des Monsters war zu gut geschützt. Allmählich ließen meine Kräfte nach. Ich blutete an mehreren Stellen und mein gesamter Oberkörper brannte durch die ersten tiefen Kratzer, die ich mir zugezogen hatte.

Das sowieso schon hässliche Gesicht meines Gegenübers verzog sich zu einer noch hässlicheren Fratze, als es erkannte, dass mich der Kampf erschöpfte. Die Lamia blockte zwar noch meine halbherzigen Angriffe ab, griff aber selbst nicht mehr an. Stattdessen lächelte sie nur noch siegesgewiss vor sich hin.

Ich mobilisierte meine letzten Kräfte und stieß der Lamia den Dolch auf Brusthöhe entgegen, um sie hoffentlich endgültig auszulöschen.

Das Monster hatte meinen Angriff vorausgeahnt und hatte sich schneller zurückgezogen, als ich zustechen konnte. Ich geriet von dem unerwartet fehlenden Widerstand ins Taumeln und brauchte einen Moment, mein Gleichgewicht wiederzufinden und mich zu der Lamia umzudrehen.

Der Moment war zu lang gewesen.

Eine knochige Hand griff nach meinem Handgelenk. Spitze Krallen bohrten sich in meine Haut, drückten direkt auf die Pulsader. Ich glaubte zu spüren, wie jeder einzelne Herzschlag dafür sorgte, dass sich die Klaue weiter in mein Fleisch bohrte.

Die Lamia entriss mir mit der anderen Hand den Dolch und schleuderte ihn achtlos zur Seite. Ohne Waffe würde ich sie nicht besiegen können.

Eine der Krallen kratzte mit einem schabenden Geräusch über meine Haut. Der Druck nahm zu, leichtes Brennen sagte mir, dass die Lamia mir die Haut aufgeschlitzt hatte.

Das Monster zerrte mich näher zu sich. Ich nutzte meine letzte Chance und schlug ihm mit der freien Hand kraftvoll ins Gesicht, sodass meine Knöchel schmerzten und ich aufschrie. Ohne weitere Reaktionen abzuwarten, rammte ich der Lamia mein Knie entgegen und hoffte inständig, dass männliche Lamien dieselben Schwachstellen hatten wie Menschen.

Hatten sie. Die Lamia keuchte auf und krümmte sich kurz nach vorne, jedoch ohne mein Handgelenk loszulassen.

Als der Typ wieder aufsah, stand Mordlust in seinen Augen. Die Augen funkelten so böse, dass ich zurückgewichen wäre, wenn er mich nicht festgehalten hätte.

Er knurrte, das Geräusch kam von so tief in ihm, dass es so klang, als wäre es überall.

Die Lamia verwandelte sich zurück in den adretten jungen Mann vom Typ Stripper in Polizeiuniform, ehe seine Augen noch einmal kurz aufblitzten. Einen Menschen hätte er mit diesem Blick gebannt, doch bei mir funktionierte es nicht.

Meine Hand wurde daher gewaltvoll von ihm zu seinen Lippen gerissen, anstatt dass ich sie ihm freiwillig anbot. Seine Zunge leckte über die feine Linie, die seine Krallen hinterlassen hatten, ehe er seine Reißzähne entblößte, sich genussvoll die Lippen leckte und sich auf seine teilgöttliche Mahlzeit freute.

Kapitel 33

So fühlte sich also ein Nahtod-Erlebnis an. Es zogen zwar keine Bilder meines Lebens an mir vorbei, doch kam ich in den fragwürdigen Genuss, in Slow Motion mitzuerleben, wie meine Hand den scharfen Zähnen der Lamia immer näher kam, wie der Speichel auf besagten Zähnen glänzte – vermutlich der Stoff, der mich beim letzten Mal betrunken gemacht hatte – und wie die spitzen Eckzähne die ersten Millimeter in mein Handgelenk eindrangen und dunkles Rot aus der Wunde quoll.

Erst dann geschah alles wieder in normaler Geschwindigkeit. Erst kam der Schmerz, dann das bereits bekannte Schwebegefühl, mit dem die Gelassenheit kam, ich den Schmerz fast vergaß und am Rand meines Bewusstseins gerade noch so viel Widerstand aufblitzte, dass ich angesichts dieser Situation nicht loslachte, sondern mit Leibeskräften nach Hayden schrie. Da er noch immer nicht reagierte, versuchte ich es mit Phoenix, auch wenn ich wusste, dass er längst eingeschritten wäre, wenn er sich irgendwo in der Nähe aufgehalten hätte. Ich versuchte es trotzdem. Erfolglos.

Meine Lippen verzogen sich zu einem Lächeln und ich starrte den wunderhübschen Jungen an, der zärtlich meine Hand hielt und mich mit seinen schönen Augen und den dichten Wimpern neugierig musterte.

Dann wirkten die Augen auf einmal schockiert, sie waren weit aufgerissen, der hübsche Junge ließ meine Hand fallen und hörte auf mit dem, was auch immer er getan hatte.

Enttäuschung überkam mich und ich schmollte, wollte, dass er weitermachte. Doch dann wurde das Gesicht des hübschen Jungen auf einmal hässlich, erst krochen dunkle Adern über die hohen Wangenknochen, dann alterte seine Haut im Zeitraffer, glitt von dem Gesicht langsam zu Boden, ehe auch der Rest in sich zusammenfiel und zu Asche wurde, die vor mir schwebte. Ich hörte mich mädchenhaft quieken.

Ein bulliger Typ mit Glatze und Tattoos überall am Kopf trat durch die herabfallende Asche. Seine goldene Klinge war noch immer erhoben, an seinem Handgelenk hatte er eine breite Tätowierung, die wie ein schwarzes Armband mit seltsamen Zeichen aussah.

Doch was viel wichtiger war: Er hatte meinen hübschen Jungen getötet. Ich taumelte auf den Tätowierten zu und im letzten Moment riss er sein Schwert zur Seite, damit ich mich nicht selbst aufspießte.

Ich wollte mich an ihm festhalten, doch er trat einfach einen Schritt nach hinten und ich stürzte ins Leere.

Beim Aufprall auf dem Fußboden musste ich mir den Kopf gestoßen haben, denn plötzlich war alles schwarz.

Ich hörte noch eine Stimme sagen: »Beim Tartaros, Brutus, du solltest aufpassen«, was mich zum Schmunzeln brachte. Der Name Brutus passte genau zu diesem Typen.

»Entschuldigt, mein Herr«, waren die letzten Worte, ehe mich das Schwarz übermannte.

* * *

Ein Schlag auf die Wange weckte mich. Benommen und mit dröhnenden Kopfschmerzen versuchte ich, die Augen zu öffnen. Meine Lider waren bleischwer. Würde ich sie überhaupt anheben können, oder waren sie nach dem Kampf total zugeschwollen?

Ich wollte mich mit der Hand abtasten, doch jemand hielt meine Arme fest.

»Nicht!«, rief ich, versuchte, aus der Umklammerung zu entkommen, und tatsächlich ließ der Griff nach und meine Hände waren frei.

Jetzt schaffte ich es auch, die Lider zu heben und sah direkt in Codys grüne Augen. Seine blonden Strähnen umringten seinen Kopf wie ein Heiligenschein, als er sich über mich beugte.

»Bist du in Ordnung?«, schrie er mich an und ich zuckte zusammen.

Mir entfuhr ein Stöhnen und ich fasste mir an den Kopf. Ich hatte einige harte Schläge einstecken müssen und war nicht gerade sanft auf dem Boden gelandet, aber ich hatte eigentlich gelernt, wie ich fallen musste, ohne mir folgenschwere Verletzungen zuzulegen. Dann fiel mir der Biss des Typen wieder ein.

Ich hatte schon wieder einen Lamien-Kater!

Behutsam setzte ich mich auf und sah mich um. Ich hatte auf unserem Sofa gelegen.

»Wo ist Hayden?«, fragte ich.

»Ich weiß es nicht«, antwortete Cody und verzog das Gesicht. »Ich bin direkt bei der Haustür zu mir gekommen.« Er fuhr sich übers Gesicht. »Ich hatte schon das Schlimmste befürchtet, aber als ich um die Ecke gekommen bin, lagst du da wie Dornröschen. Inklusive Pikser von der Spindel.«

Ich verdrehte die Augen und er deutete auf mein Handgelenk, um das ein weißer Verband geschlungen war.

»Ich habe dich versorgt, aber du wolltest einfach nicht aufwachen. Im Gegenteil. Du hast um dich geschlagen.« Seine Hand hob sich zu seiner Schläfe, auf der sich ein dunkler Fleck abzeichnete. Ich zuckte zusammen.

»War ich das etwa?«, murmelte ich, während ich versuchte, die Einzelteile zusammenzupuzzeln.

Cody nickte. Seine Hand glitt weiter zum Hinterkopf.

»Aber du hattest tatkräftige Unterstützung. Allerdings scheint das Interesse an mir nicht sehr groß gewesen zu sein.« Seine Lippen verzogen sich zu einem freudlosen Grinsen. »Genauso wenig wie an dir.«

Stirnrunzelnd nickte ich und dieser tätowierte Typ kam mir wieder in den Sinn.

»Die Lamia hat mich gebissen, dann wurde sie von einem Typen namens Brutus getötet. Er war, glaub ich, einer der Atlantier.«

Cody standen die Fragezeichen auf der Stirn. Mir fiel ein, dass wir ihm davon noch nichts erzählt hatten, und brachte ihn auf den neuesten Stand.

Zwischen Codys Brauen tauchte dieselbe tiefe Furche auf, die auch immer entstand, wenn er an den Riffs eines Songs arbeitete. Die Erinnerung wusch ein klein wenig der Düsternis von mir, die gerade von allen Seiten auf mich eindrang, und sorgte dennoch für Melancholie. Ich war nicht länger Teil von Codys musikalischer Welt.

»Warum haben sie dir nichts getan?«, fragte er anschließend.

»Ich denke, dass sie mich noch brauchen.« Es war mehr eine Frage als eine Antwort.

»Aber wer befehligt sie? Dein Vater? Hat er sich eine Zombie-Armee erschaffen?«

»Sie sind keine Zombies. Sie wirken ganz normal, menschlich. Nicht wie gehirnfressende Monster. Als wären sie nie tot gewesen, sondern einfach wieder ... da.«

Auf die anderen Fragen wusste ich keine Antwort. Ich zuckte mit den Schultern und der Kopfschmerz kam zurück. »Eine Person war noch bei ihm«, stöhnte ich. »Dieser Brutus nannte ihn ›Herr‹.«

Die Stimme war mir nicht bekannt vorgekommen. Wen also hatte mein Vater noch eingespannt? Und warum hatte er mich nicht mitgenommen oder getötet?

Als die Lösung endlich in mein verkatertes Gehirn drang, ließ der Schock jeglichen Kopfschmerz verfliegen. Ich sprang auf, als könnte ich versehentlich auf ihm gelegen haben, ohne ihn zu bemerken. Was natürlich nicht der Fall war, wie ich stöhnend feststellte.

»Sie brauchen nicht mich, sie haben Hayden!«

Kapitel 34

Sie hatten Hayden. Zuletzt war es ihm alles andere als gut gegangen und er war ganz sicher nicht in der Lage gewesen, sich zu verteidigen. Wenn mein Vater ihn tötete – oder er bereits tot war – dann würde ich Phoenix nie wiedersehen. Vielleicht hatten sie ja sogar beide in ihrer Gewalt? Hatten wir deshalb nichts von Phoenix gehört? Oder hatte Dad Phoenix getötet und nur deshalb war Hayden … vergangen? Ich schob diese Möglichkeit mitsamt der Bilder des gefesselten Phoenix', die sich immer wieder in meinen Kopf drängten, mit aller Willenskraft von mir und versuchte, wieder bei null anzufangen.

Mir war speiübel. Mittlerweile konnte ich nicht mehr unterscheiden, ob die Übelkeit eine Nachwirkung des Kampfes war oder auf die tiefe Verzweiflung zurückzuführen war, die mein Inneres in eisernem Griff hatte und bei jedem Gedanken an Phoenix ein wenig weiter zudrückte.

Die beiden waren ein Gleichgewicht, hatte mein Vater vor drei Wochen behauptet. Starb der eine, würde auch der andere vergehen.

Ich hatte sowohl Phoenix als auch Hayden durch meine Berührungen verletzlich gemacht. Hayden hatte sich versucht zu regenerieren, hatte geschlafen – was die Brüder eigentlich nicht taten. Nur so konnte mein Vater ihn überrumpeln und mitnehmen. Weiß Gott, was sie im Moment mit ihm anstellten – wenn er nicht sogar schon tot war.

Tränen brannten in meinen Augen, als ich an Phoenix dachte, daran, wie auch er leiden würde, wenn man seinen Bruder quälte.

Wie immer war der Zufall uns einen Schritt voraus gewesen und hatte alle Fäden in der Hand. Wie sollten wir es jemals schaffen, den göttlichen Plan meines Vaters zu vereiteln?

Ich zog meine Beine aufs Sofa hoch und umklammerte sie mit beiden Armen. Mein Kopf war auf meine Knie gestützt.

Cody rückte näher. Dann glitt seine Hand sanft über meinen Rücken.

»Es wird alles wieder gut. Das verspreche ich.«

Aus verheulten Augen sah ich zu ihm hinüber. Ich wollte lächeln, ihm für den Aufmunterungsversuch danken, aber ich konnte nicht. Es war aussichtslos. Ich stand allein da – gegen meinen Vater, den Zufall, den mächtigsten der Schicksalswege. Wie sollte ich ihn aufhalten?

Das Telefon klingelte.

Cody sprang sofort auf und holte es aus der Küche.

»Deine Therapeutin«, erklärte er und ich hob skeptisch den Kopf. »Da auf dem Display steht ›Dr. Yates‹.« Er hielt es mir entgegen.

Erst jetzt wurde mir klar, dass die beiden verkleideten Lamien eigentlich auch echte Polizisten hätten sein können.

Ich riss den Hörer an mich und drückte auf den Lautsprecher.

»Kiera? Den Göttern sei Dank! Ich habe eben gehört, was deiner Mutter zugestoßen ist.«

Ich räusperte mich, sah Cody dabei fragend an. Meine Gedanken glitten wieder zu der Idee, dass Dr. Yates unter einem Bann von Lamien gestanden hatte – dann wüsste sie jetzt nichts mehr von dem, was in den letzten Tagen geschehen war. Cody nickte mir auffordernd zu, etwas zu antworten.

»Hallo, Dr. Yates«, sagte ich emotionslos.

»Ich habe dich bereits mehrmals auf dem Handy angerufen. Da ging immer die Mailbox ran.« Ich ließ meinen Blick über den Couchtisch wandern und sah dort tatsächlich mein Handy liegen.

»Ich habe es auf lautlos«, redete ich mich heraus.

»Und wenn Neuigkeiten aus dem Krankenhaus kommen? Kiera, das ist wichtig. Wir müssen versuchen, deinen Vater zu erreichen. Du kannst doch nicht allein bleiben.«

Ich riss erschrocken die Augen auf.

Cody flüsterte mir zu, dass ich bereits mit meinem Vater gesprochen hatte, und ich wiederholte die Worte für Dr. Yates.

»Dann wird er bald zu dir kommen? Es ist wichtig, dass du in einer solchen Situation nicht auf dich gestellt bist. Der Zustand deiner Mutter ist ja nach wie vor stabil, aber möchtest du nicht trotzdem vorbeikommen?«

Ich erschauderte bei der Erinnerung an den letzten Besuch in der Praxis und schüttelte heftig den Kopf.

»Kiera?«

»Nein, ich möchte hier sein, falls sich das Krankenhaus noch einmal meldet«, stammelte ich.

»Das ist verständlich. Dann werde ich zu dir kommen, bis dein Vater eintrifft.«

»Cody ist da«, sagte ich schnell, doch meine Therapeutin ignorierte den Einwurf.

»Ich mache mich gleich auf den Weg. Hast du Hunger? Soll ich etwas mitbringen?«

»Nein, danke«, kam mir wie von selbst über die Lippen. Ich fühlte mich völlig überrumpelt und die Rädchen in meinem Kopf drehten sich auf Hochtouren, um die Ereignisse zusammenzusetzen, wie sie für Dr. Yates aussehen mussten. Die Dr. Yates, die nicht von irgendwem beeinflusst worden war.

»Dann bis gleich«, verabschiedete sie sich und legte auf, ohne dass ich noch etwas sagen konnte.

»Was war das denn?«, fragte mich Cody und das Misstrauen war ihm anzusehen.

Ich erläuterte ihm meine Theorien, warum ich Dr. Yates nicht hatte beeinflussen können. Dass es entweder an der seltsamen Barriere rund um die Praxisräume lag oder daran, dass ihr Geist bereits von jemand anderem kontrolliert wurde.

Meine Rechte griff zu meinem linken Handgelenk und wollte den Armreif drehen, den ich von meinem unheimlichen Ausflug zum Indianer-Powwow mitgebracht hatte. Doch sie griff ins Leere.

»Der Reif ist weg!«, rief ich und Cody zuckte zusammen.

Ich rannte in den Flur, suchte in jedem Winkel und hoffte, dass er mir beim Kampf vom Handgelenk gerutscht war, doch ich wurde nirgendwo fündig. Ich wechselte sogar auf die andere Seite des Schleiers. Der Armreif hatte irgendwelche magischen Kräfte, vielleicht konnte er hierbleiben – wie die Dolche von Phoenix, Hayden und mir. Aber auch hier hatte ich keinen Erfolg. Lediglich meinen Dolch, den die Lamia weggeworfen hatte, fand ich. Immerhin etwas. Ich nahm ihn an mich und verstaute ihn in der Halterung an meinem Oberschenkel.

Aber Brutus und wer auch immer ihn begleitet hatte,

hatten nicht nur Hayden mitgenommen, sondern auch den Armreif, der mir im Traum geschenkt worden war.

Das war eindeutig kein gutes Zeichen. Mein Vater wusste scheinbar um die Kräfte des Armreifs und hatte dafür gesorgt, dass ich wieder ohne diesen speziellen Schutz dastand.

Benommen trottete ich zur Haustür, als es klingelte. Cody überholte mich und deutete um die Ecke. Wollte er erneut riskieren, niedergeschlagen zu werden?

Er drängte so lange, bis ich nach einem weiteren stürmischen Klingeln außer Sichtweite ging und den Dolch aus der hinter dem Schleier verborgenen Scheide zog.

Die Haustür ging auf und es wurde still.

Kapitel 35

Es war zu still. Ich konnte unmöglich zulassen, dass Cody schon wieder verletzt wurde, und sprang mit einem Satz hinter der Ecke hervor, als Dr. Yates gerade sagte:

»Hallo, du musst Cody sein. Ich bin Phyllis Yates.«

Ihre Augen weiteten sich vor Schreck, ihr Mund verzog sich zu einer seltsamen Grimasse irgendwo zwischen ihrem typischen Therapeuten-Lächeln und einem beginnenden Schrei. Sie starrte auf den Dolch in meinen Händen, mit dem ich auf sie zustürmte.

Schnell ließ ich den Dolch hinter dem Schleier verschwinden.

Dr. Yates' Stirn runzelte sich für einen winzigen Moment, als überlegte sie, ob sie sich getäuscht hatte. Ich wollte sie in dem Gedanken bekräftigen, trat lächelnd näher und sah ihr direkt in die Augen.

Dabei dachte ich angestrengt daran, dass Dr. Yates mich um die Ecke hatte kommen sehen und nur deshalb so erschrocken war, weil ich etwas mitgenommen aussah. Diesen Gedanken schickte ich mit all meiner mentalen Kraft zu ihr.

Ihre Augen trübten sich zwar nicht, aber sie blinzelte und trat anschließend mit ausgestreckten Armen auf mich zu.

Kurz vor mir machte sie jedoch halt und ließ die Arme fallen. Hatte ich eben eine wirkliche Gefühlsregung meiner

Therapeutin erlebt? Sie, die stets die volle Kontrolle über alles behielt – vor allem über Emotionen?

Die Idee brachte mich beinahe zum Schmunzeln, gleichzeitig zog sich mein Herz zusammen. Früher wäre so etwas ein absolutes Highlight gewesen, nun gab es andere Fragen zu klären und mysteriöse Dinge zu ergründen. Dem göttlichen Blut sei Dank.

»Ja, ich bin Cody«, räusperte sich mein bester Freund und schloss die Tür hinter Dr. Yates. Sie wandte sich ihm rasch zu und streckte ihm die Hand entgegen. Höflich begrüßten sie sich, ehe sie wieder zu mir sah.

Ich führte sie in die Küche und bot ihr einen Kaffee an, den sie dankend ablehnte. Stattdessen hatte sie Neuigkeiten für mich:

»Ich habe telefonisch dafür gesorgt, dass deine Mutter noch heute ins hiesige Krankenhaus verlegt wird«, sagte Dr. Yates mit einem warmen Lächeln. »Nachdem endlich diese Kriegsmeldung aufgeklärt wurde, entspannt sich die Lage wieder ein wenig.« Ein seltsamer Schatten huschte über ihr Gesicht.

»Wurde sie das?«, warf Cody ein, bevor ich ihren Gesichtsausdruck deuten konnte.

»Schaut ihr denn keine Nachrichten? Es läuft überall. Es war eine – vielleicht gezielt verbreitete – Falschmeldung, die sich viral im Netz ausgebreitet hat und ungeprüft von den anderen Medien übernommen wurde. Die Polizei versucht, den Urheber ausfindig zu machen, hat aber wohl wenig Chancen. Dabei ist er für das Verkehrschaos und für die Plünderungen in Seattle verantwortlich. Vermutlich auch für die Straßenkämpfe, die an jeder Ecke toben.«

Gedanken schossen eifrig in meinem Kopf umher, ehe ich eine sinnvolle Frage formulieren konnte.

»Was hat das eine mit dem anderen zu tun?«

Dr. Yates bedachte mich mit einem Blick wie für begriffsstutzige Kleinkinder. Sie holte tief Luft, ehe sie bemüht langsam erklärte:

»Nachdem sich die Fake News überall verbreitet hatten, sind die Menschen in Panik verfallen, noch ehe die Meldung von offizieller Seite bestätigt wurde. Die Menschen haben wie so oft vorschnell reagiert, alles stehen und liegen lassen, um bei ihren Familien zu sein. Die vielen Unfälle, die Staus ... alles ist genau darauf zurückzuführen.«

Wir drei schwiegen eine Weile.

»Und was ist mit den Geistern?«, fragte Cody.

»Welchen Geistern?« Dr. Yates sah ihn mit leicht geneigtem Kopf an wie einen sehr therapiebedürftigen Patienten. Sie diagnostizierte ihn sicher schon.

Cody war dieser Blick alles andere als recht, er wand sich geradezu unter ihm. Dann stammelte er etwas Unverständliches, ehe ich ihn unterbrach.

»Im Fernsehen gab es Berichte über Menschen, die behaupten, dass die Geister der Opfer immer noch unter uns wären.« So ausgesprochen klang das mehr als dämlich.

Dr. Yates verharrte einen Augenblick regungslos, dann schüttelte sie bedächtig den Kopf.

»In solch aufgewühlten Zeiten kommen Menschen auf die wildesten Ideen. Jeder Mensch, der einen Verlust erleidet, durchlebt verschiedene Phasen der Trauer. Bei einigen manifestiert sich der fixe Gedanke, dass der Verstorbene noch an ihrer Seite ist.« Sie machte für einen Moment Pause, ihre Lippen pressten sich zu einem Strich zusammen, ehe sie fortfuhr. »Wenn viele solcher Menschen zusammentreffen, weil eine Tragödie stattfand, unterstützen sie sich gegenseitig. Sie bestärken sich in dem Glauben darin, dass die geliebten Personen noch da sind.«

Ich wollte schon einwerfen, dass den Berichten zufolge ja genau das Gegenteil der Fall gewesen war – schließlich hatte sich ein großer Teil dieser Menschen gewünscht, dass die Seelen erlöst wurden – aber irgendetwas hielt mich zurück. Stattdessen drängte sich eine andere Frage nach außen:

»Warum hat das Krankenhaus mich nicht informiert, dass meine Mutter verlegt wird?«

»Vielleicht konnten sie dich ebenso wenig erreichen wie ich?«, erwiderte Dr. Yates.

Ich verzog missmutig das Gesicht und schielte zu meinem Handy, das noch immer im Wohnzimmer lag. Ich sah zu Cody hinüber, der in Gedanken versunken an mir vorbeistarrte, ehe er kurz die Augen zusammenkniff und mich fixierte. Sah er mir an, was ich dachte? Er sprang jedenfalls auf und verließ die Küche. Einen Moment später kehrte er mit dem Handy zurück.

»Dr. Yates hat recht«, sagte er verdächtig langsam und ich hatte Mühe, mich zu beherrschen und meine Neugierde nicht offen zur Schau zu stellen. Er reichte mir das Handy und ich aktivierte den Bildschirm, ehe ich beiläufig durch die entgangenen Anrufe scrollte.

Bemüht ruhig sperrte ich es wieder und lächelte Dr. Yates freundlich an. Die Anrufe in Abwesenheit waren alle von kurz zuvor – mehrmals direkt hintereinander. Dr. Yates hatte es nicht über einen längeren Zeitraum versucht. Und das Krankenhaus gar nicht.

Sie sah aus wie immer, offen und ehrlich, ein Mensch, dem man alles anvertrauen konnte.

Und doch belog sie mich.

Kapitel 36

»Mein Vater hat sich gemeldet. Er steckt noch im Stau«, sagte ich tiefe Erleichterung heuchelnd. »Er müsste bald hier sein.«

Dr. Yates' Augen zuckten und ihr Mund verzog sich kaum merklich, doch sie hatte sich schnell wieder unter Kontrolle und das Therapeutenlächeln legte sich wieder um ihre Lippen.

»Vielen Dank, dass Sie hergekommen sind«, sagte Cody. »Vielleicht könnten Sie Kiera eine Entschuldigung für die Schule schreiben? Wir könnten sie gleich vorbeibringen.«

Ich erschrak über Codys Worte. Bislang hatte ich keinen einzigen Gedanken an die Schule verschwendet, weil sich der heutige Tag einfach nicht wie ein Montag anfühlte. Mir fehlte die Zeit, die ich in Dr. Yates' Wohnung verbracht hatte, wo es eindeutig nicht mit rechten Dingen zuging.

Meine Neugierde bahnte sich mit einer Frage nach außen: »Wo wohnen Sie eigentlich?«

Die Frage schien Dr. Yates zu irritieren. Sie runzelte die Stirn, ehe das Lächeln zurückkehrte. »Ich stehe meinen Patienten jederzeit in der Praxis zur Verfügung.«

»Dann wohnen Sie auch dort?«

»Nein, nein«, winkte sie schnell ab. »Nur ... Ich gebe meine private Adresse niemals heraus, ich hoffe, du verstehst das.« Sie sah mich mit großem Bedauern an. »Du kannst mich aber jederzeit anrufen, das sage ich nicht einfach nur, damit es gesagt ist.«

»Äh, natürlich«, brachte ich heraus.

»Ich würde auch nicht wollen, dass die Irren mir privat auflauern«, kommentierte Cody trocken.

»Soweit ich beurteilen kann«, wechselte Dr. Yates nach einem strengen Blick zu Cody das Thema, »geht es dir den Umständen entsprechend sehr gut. Wenn du keinen weiteren Redebedarf hast, würde ich jetzt in die Praxis gehen.« Sie öffnete ihre Aktentasche, die ich bislang nicht einmal bemerkt hatte, und zog zwei Formulare heraus. Von irgendwo zauberte sie einen Stift hervor und kritzelte etwas auf die Zettel. Einen schob sie mir zu, einen zu Cody.

»Ihr seid für diese Woche entschuldigt. Vermutlich findet derzeit aufgrund der Unruhen sowieso kein regulärer Unterricht statt. Aber sollte es Probleme geben, kann sich euer Rektor gerne an mich wenden.« Nebenbei packte sie den Stift wieder ein und schloss die Tasche.

Ich versuchte, ihre unleserliche Handschrift zu entziffern, und glaubte so etwas wie »Posttraumatisches Stresssyndrom« zu lesen. Es hätte aber genauso gut ein Zauberspruch aus Harry Potter sein können.

»Äh, danke«, sagte Cody und ich folgte seinem Beispiel. Wir begleiteten Dr. Yates zur Tür.

»Wenn irgendetwas ist, Kiera …« Sie sah mich mit festem Blick an.

»Dann melde ich mich, versprochen«, beendete ich den Satz mit dem Augenverdrehen, das ich mir sonst immer nur gedacht hatte.

Dr. Yates ignorierte es und nickte.

»Dein Vater«, sie betonte das Wort auf so seltsame Art, dass ich nicht wusste, was sie damit ausdrücken wollte, »sollte sich dringend bei mir melden.« Mit den Worten wandte sie sich um und ging auf ihren hohen Schuhen bis zur Straße. Ich konnte nirgendwo ein Auto sehen. Wo hatte sie nur geparkt?

»Das mit deinem Vater könnte ein Problem werden«, murmelte Cody, dem das fehlende Auto nicht aufgefallen war. »Aber immerhin müssen wir nicht zur Schule.«

Ich nickte ihm kurz zu, und als ich mich wieder umdrehte, war Dr. Yates verschwunden.

»Hast du gesehen, wo sie hin ist?«, fragte ich Cody, der zur selben Zeit sagte: »Etwas stimmt mit dieser Frau ganz und gar nicht.«

Er zerrte mich nach drinnen, schloss die Tür und zog mich ins Wohnzimmer, wo er mich auf die Couch hinabdrückte und sich neben mich setzte.

»Das Mädchen ist wieder da gewesen. Sie hat mir gesagt, ich solle im Handy nachsehen.«

»Sie war hier? Gerade eben?«

Cody nickte zögernd. »Aber nicht wie sonst, sie war fast transparent, als könnte sie nicht ganz zu mir kommen. Und sie hatte recht. Oder etwa nicht?«

Dem konnte ich nicht widersprechen, also antwortete ich nicht.

Codys Stirn zuckte, ehe er herausplatzte: »Was wollte Amy von dir?«

»Hm?«

»Sie hat dich mehrmals angerufen.«

»Sie hat auch geschrieben.« Ich verdrehte die Augen. »Sie hat sich wohl Sorgen um dich gemacht. Ich wusste nicht einmal, dass sie dazu fähig ist.« Ich schüttelte ungläubig den Kopf.

»Und was hast du ihr geantwortet?«

»Nichts?«

Codys böser Blick ließ mich sofort kleiner werden. Schnell hob ich entschuldigend die Hände.

»Es war einiges los, ich ...« Ich seufzte und gab mich geschlagen. »O.k., o.k. Ich hätte ihr sowieso nicht geantwortet.« Das war die reine Wahrheit.

Cody nickte enttäuscht und ich sah beschämt zur Seite. Er war immer für mich da, half mir, wann immer ich mich in eine unmögliche Lage manövrierte, und ich hängte mich an alten Zickereien auf. Cody hatte mir versichert, dass hinter Amy mehr steckte, als was ich bisher kannte. Wieso konnte ich ihm in dieser Sache nicht vertrauen?

Ich knetete nervös die Hände. Da fiel mir wieder ein, dass der Armreif fehlte.

»Die Beeinflussung hat funktioniert«, sprach ich meinen nächsten Gedanken laut aus.

Codys Kopf ruckte in meine Richtung.

»Dr. Yates hat den Dolch gesehen. Wer weiß, was sie unternommen hätte, wenn ich ihr die Erinnerung daran nicht genommen hätte«, erklärte ich.

Er schien wenig überzeugt. »Oder sie wollte dich nur in Sicherheit wiegen. Wenn sie immer noch unter dem Einfluss deines Vaters oder sonst wem steht, passt das vielleicht genau in ihre Pläne. Aber was genau hat sie vor?«

»Vielleicht wollte sie herausfinden, was wir über das Geistermädchen wissen«, erklang da eine Stimme hinter mir.

Cody riss vor Schreck die Augen auf, ehe wir zeitgleich fragten: »Wo hast du gesteckt?«

Kapitel 37

Hayden trat langsam näher, hielt jedoch nach wie vor einen ungewöhnlich großen Abstand zu mir.

»Wo warst du?«, wiederholte ich und wusste nicht, ob ich erleichtert oder stinksauer sein sollte. Ich hatte mir so viele Sorgen gemacht – und jetzt stand er da, als wäre er mal eben Pizza holen gewesen.

»Ich habe oben in deinem Bett geschlafen.«

»Was?«, fragte ich völlig aus dem Konzept gebracht. Doch ehe ich weiter nachhaken konnte, sah Hayden zu Cody.

»Beschreib mir ganz genau, wie das Geistermädchen aussieht.«

Codys Augen begannen zu leuchten. »Sie ist wunderschön, das schönste Mädchen, das ich je gesehen habe.«

Ich verdrehte die Augen, während Hayden nur sagte: »Geht es auch etwas genauer?«

»Sie hat schwarze Haare, ein ganz ebenmäßiges Gesicht und einen dunklen Teint, der unwahrscheinlich strahlt. Ihre großen Augen sind so dunkel, dass man den Übergang von Iris zu Pupille kaum erkennt, ihre Wangen sehen so zart aus, dass man sie sofort streicheln möchte. Die …«

»Das reicht«, unterbrach Hayden die Schwärmerei, die mich in höchstem Maße beunruhigte. Irgendwie verstand ich Cody nun viel besser. Wenn ich nur annähernd so aussah, wenn ich von Phoenix erzählte, dann war das Grund genug für ein Magengrummeln bei Cody. Das nannte man wohl Geschwisterliebe.

»Warum fragst du?«, fragte Cody, sein Blick war immer noch ein klein wenig verschleiert.

»Weil ich sie im Traum gesehen habe«, sagte Hayden leise.

Bei dem Wort ›Traum‹ fiel plötzlich ein dunkler Umhang über das in meinem Kopf entstandene Bild des Geistermädchens und mein Puls begann zu rasen.

»Ich auch«, flüsterte ich und zog damit die Blicke der Jungs auf mich.

Fassungslos starrten wir einander an.

»Sie hat mir den Armreif gegeben«, sagte ich aus tiefster Überzeugung. »Sie hat mir geholfen, aus der Praxis zu fliehen.« Meine Synapsen arbeiteten auf Hochtouren und dennoch kam mir Cody zuvor.

»Was hat sie dir mitgeteilt?«, fragte er an Hayden gewandt.

»Sie hat mich nach oben geschickt, mir deutlich gemacht, dass ich mich nur dort erholen könnte. Wie Phoenix vor mir.«

Er runzelte die Stirn. »Gibt es etwas Neues von ihm?«

Ich presste die Lippen fest zusammen und schüttelte den Kopf. Jetzt, wo Hayden wohlauf war, bestand Hoffnung, dass es ihm gut ging, aber warum meldete er sich nicht?

Obwohl ich es mit aller Macht versuchte, konnte ich ein Schluchzen nicht zurückhalten, und schlug die Hände vors Gesicht.

»Das Mädchen hat uns beide gerettet«, sagte Hayden in beruhigendem Tonfall. »Ich glaube nicht, dass wir noch weiter einen Grund haben, an ihr zu zweifeln.« Er machte eine

Pause, tigerte im Wohnzimmer auf und ab. Ich folgte jeder seiner Bewegungen.

Die Atmosphäre im Raum spannte sich merklich an, während Hayden Wortfetzen fallen ließ, die mich mehr verwirrten als dass sie Klarheit schafften. Er murmelte Dinge über Götter, über Indianer, über deren Glauben und irgendeinen Spirit, was nach Werbung für eine gesunde Lebensweise klang.

Und doch war es das Wort ›Spirit‹, das meine Gedanken abschweifen ließ und meinen Blick in so weite Ferne rückte, dass ich ohne die Gebäude dazwischen vermutlich bis nach Downtown Seattle hätte blicken können. Und genau da, am Rande meines Gesichtsfeldes, sah ich eine leuchtende Gestalt: das Geistermädchen.

Ich zuckte zusammen, mein Blick wurde klar und das Mädchen war verschwunden. Stattdessen waren zwei Augenpaare auf mich gerichtet. Hayden hatte seinen Dauerlauf im Wohnzimmer unterbrochen.

»Spirit«, murmelte ich, das Wort ließ mich einfach nicht los. Ich bemühte mich, erneut so weit wegzusehen, um das Mädchen noch einmal zu erkennen, doch ich schaffte es nicht mehr. Sie war da gewesen, da war ich mir ganz sicher, und doch schaffte ich es nicht, sie erneut zu finden. Seufzend schloss ich die Augen und rieb mit den Fingern darüber, um zu entspannen.

»Ihr habt sie beide gesehen«, fasste Cody zusammen, weil ich nichts mehr sagte und Hayden auch nicht länger vor sich hinmurmelte.

Ich nahm die Hand vom Gesicht und nickte ihm zu.

»Dann glaubt ihr mir jetzt? Dass sie uns helfen will?«

Er sah mich herausfordernd an.

Zögernd stimmte ich ihm zu.

Hayden nickte ebenfalls mit missmutigem Gesicht.

»Dann sollte ich versuchen, sie zu kontaktieren, oder?«

Ich seufzte. Was blieb uns denn noch anderes übrig?

»Lasst uns Geister beschwören«, lachte Hayden freudlos auf und die Luft schien plötzlich energiegeladener als zuvor.

Kapitel 38

»Wie hast du sie denn sonst gesehen oder Kontakt aufgenommen?« Haydens Ungeduld war ihm anzumerken. Wir hatten es ernsthaft versucht und sämtliches ›Wissen‹ aus Büchern oder Filmen dazu genutzt, den Geist zu rufen. Es war lächerlich, das war uns klar, aber wussten wir nicht aus eigener Erfahrung, dass in jedem Mythos ein Funken Wahrheit lag? Warum also nicht auch in dem, was wir über Geister wussten?

Überall im Wohnzimmer standen Kerzen. Die meisten davon auf dem Couchtisch, der so hell strahlte, dass man nur mit zusammengekniffenen Augen hinsehen konnte. Das Flackern der Flammen war irgendwie hypnotisch.

Seufzend wiederholte Cody, was er Hayden schon Dutzende Male gesagt hatte: »Sie ist immer zu mir gekommen.«

Es war zum Verzweifeln!

Während die beiden lautstark diskutierten, weil Hayden Cody vorwarf, sich nicht genügend zu konzentrieren, schweiften meine Gedanken ab. Sie streiften Phoenix' Bild und von dort zu meiner Mutter. Von beiden hatte ich schon so lange nichts mehr gehört, und Sorge und Sehnsucht krampften mein Herz zusammen. Meine Gedanken wanderten weiter und blieben erneut an dem Wort ›Spirit‹ hängen. In schneller Folge verknüpfte mein Gehirn den Begriff mit den verschiedensten Assoziationen. Manchmal musste ich darüber fast laut auflachen, denn tatsächlich blitzten immer wieder Teile von Werbeslogans wie ›eine gesunde Lebensweise‹ oder ›Verbundenheit mit der Natur‹ auf. Oder wie jetzt, als ich bei ›Natürliche Schönheit‹ hängen blieb und das Bild eines Gebäudes mit antik aussehenden Säulen vor meinem inneren Auge entstand.

Ich verwarf den Gedanken jedoch gleich wieder und machte mich in meinem Gehirn auf die Suche nach etwas Brauchbarem.

»Vielleicht kannst du dich nicht genügend konzentrieren, weil dein Handy ständig summt?«, hörte ich Hayden.

Cody sah seufzend aufs Display seines Handys, das zwischen den vielen Kerzen auf dem Couchtisch völlig fehl am Platz wirkte.

»Was will sie denn schon wieder von dir?«, fragte ich – noch genervter als Hayden es war. Denn immer war es Amys Name, der auf dem Display auftauchte. »Sag ihr, wir haben Wichtigeres zu tun, als über Aufnahmen im Tonstudio zu plaudern. Wenn wir das hier nicht irgendwie zu einem guten Ende bringen, wird es vermutlich bald keine Tonstudios mehr geben.«

Auf Codys Gesicht zeigten sich dunkle Schatten. Ich hatte ihm gerade nicht sehr freundlich klargemacht, dass er seinen Lebenstraum, der zum Greifen nahe war, hintanstellen musste. Er schloss resigniert die Augen, nickte dann jedoch. Anschließend griff er nach seinem Handy und tippte wild darauf herum.

Er wartete nicht auf eine Antwort, legte das Telefon wieder auf den Tisch und schloss die Augen, wie Hayden ihn angewiesen hatte.

Ich glitt währenddessen hinter den Schleier und rief lautstark nach Phoenix. Hayden hatte mir gesagt, dass es auf dieser ›Ebene‹ eine Art telepathischer Verbindung zwischen den Geschwistern gegeben hatte. So hatte er Phoenix mehrere Male aufgespürt, als sie noch um die Gunst des neuesten Münzträgers geworben hatten. Er glaubte fest daran, dass ich diese Verbindung auch hatte, weil durch meine Adern ebenfalls Ichor floss.

So still, wie es abgesehen von meinen Rufen jenseits des Schleiers war, glaubte ich nicht daran. Ich wurde immer verzweifelter, mittlerweile flüsterte mir eine fiese kleine Stimme im Inneren ein, dass sich Phoenix von mir abgewandt hatte und nun Kairos folgte. Warum sonst sollte er sich so lange nicht melden?

Mit der Erinnerung an den Kuss, den er mir gegeben hatte, ehe er aufgebrochen war, brachte ich die Stimme zum Verstummen. Lange würde ich ihren Einflüsterungen jedoch nicht mehr widerstehen können. Es wurde von Mal zu Mal schwieriger, die Saat, die sie in meinem Kopf gestreut hatte und die immer wieder von Neuem austrieb wie Unkraut, zu zerstampfen.

»Ich gebe es auf. Vielleicht sollte ich einfach irgendetwas anderes tun und warten, bis sie zu mir kommt?« Cody sah völlig fertig aus, als er sich auf dem Sofa nach hinten fallen ließ. »Vielleicht hat sie ja sogar Angst vor Kerzen?« Er deutete auf das Flammenmeer auf dem Tisch.

»Hm«, kommentierte Hayden geistreich und dachte angestrengt darüber nach. »Vielleicht hast du recht.« Seine Augen begannen zu leuchten, seine Nasenflügel bebten, als er in der Luft schnupperte und im Raum umherging, als würde er eine Witterung aufnehmen.

Er lief erst die Regale entlang, dann an dem Sideboard vorbei, passierte anschließend das Schränkchen, auf dem der Fernseher stand, und ging weiter zu dem kleinen dekorativen Würfel, auf den Mom irgendwann eine Pflanze stellen wollte.

Dort blieb er stehen, wedelte mit der Hand über der Flamme und sog erneut mehrmals die Luft ein.

Cody und ich sahen uns an, denselben skeptischen Ausdruck auf dem Gesicht, sodass ich beinahe lachen musste.

Hayden warf uns einen finsteren Blick zu, ehe er die Flamme mit Daumen und Zeigefinger auslöschte.

Im nächsten Moment klingelte es an der Tür und wir zuckten alle zusammen.

Der letzte Besuch, Dr. Yates, war doch sehr seltsam gewesen. Wer von uns sollte nun am besten die Tür öffnen?

Wir entschieden uns, zu dritt zu gehen. Cody würde die Tür öffnen, Hayden und ich würden hinter dem Schleier neben ihm stehen.

Erst als Cody die Klinke in die Hand nahm, wechselte ich auf die andere Seite. Doch auch so dauerte es ewig, bis die Tür endlich so weit offen stand, dass ich einen Blick auf die Person dahinter werfen konnte.

Vor Schreck ließ ich meinen Dolch fallen. Hayden sah mich vorwurfsvoll an, ehe er wieder zur Tür starrte.

Was jedoch viel seltsamer war, war die Tatsache, dass die Person an der Tür verfolgte, wie ich den Dolch wieder aufnahm. Und das, obwohl ich eigentlich hinter dem Schleier vor menschlichen Blicken verborgen war.

Dann lächelte sie mich an.

Kapitel 39

Ohne zu fragen, schob Amy Cody zur Seite und betrat den Flur.

Ich war so perplex, dass ich nicht nachdachte und schnell aus dem Schleier trat – direkt vor ihrer vermutlich operativ verschönerten Nase.

Sie zuckte nicht einmal, als ich quasi aus dem Nichts erschien. Nicht wie ich all die Male, in denen Phoenix sich gebeamt hatte. Im Gegenteil. Sie war die Ruhe selbst und sagte in dem für sie typischen überheblichen Tonfall:

»Wird ja auch Zeit, dass ihr diese verdammte Kerze endlich gelöscht habt.«

Ich war immer noch zu schockiert, um zu antworten.

An Cody gewandt fügte sie leicht bedrohlich hinzu: »Und du solltest dir zweimal überlegen, ob du mich wirklich abwimmeln willst.«

Ihr Tonfall ließ keine Zweifel daran, dass sie vollkommen in ihrem Queen-of-School-Modus war. Vor uns stand die Highschoolzicke aus dem Bilderbuch. Die so vielen das Leben auf der Schule zur Hölle gemacht hatte, die jeden, der es gewagt hatte, sich mit ihr anzulegen, öffentlich lächerlich gemacht hatte. Ob als reinen Zeitvertreib, zu ihrer persönlichen Unterhaltung oder um sich selbst besser zu fühlen, war mir inzwischen herzlich egal.

Die Wut brodelte in mir, all die Momente, in denen Cody und ich eingeschritten waren, um jemanden zu verteidigen, der aus Versehen ihren Weg gekreuzt hatte, waren plötzlich wieder präsent.

Mit der Wut fand ich auch meine Sprache wieder: »Was zur Hölle willst du hier?« Ich verschränkte meine Hände vor der Brust und stellte mich ihr in den Weg. Hatte sie gedacht, sie könne einfach so hier hereinspazieren und uns Befehle erteilen?

»Ich denke, wir haben einiges zu besprechen«, sagte sie nur und versuchte, an mir vorbeizugehen. Ich trat einen Schritt zur Seite und verstellte ihr den Weg, ließ sie keine Sekunde aus den Augen.

»Haben wir das?«, fragte ich herausfordernd.

»Oh ja. Auch wenn ich mich stark beherrschen muss, mich nicht für den Ausschlag und die Demütigung vor knapp vier Wochen zu rächen.«

Ich erstarrte für einen Moment, während sie mich wissend anlächelte und mit ihren falschen Wimpern klimperte.

»Und es wird dich sicherlich interessieren, wo sich Zoferos aufhält – oder sollte ich ihn besser Phoenix nennen?«

Bei seinem Namen zuckte ich zusammen und ein Schaudern durchlief meinen Körper. Die Worte, die mir auf der Zunge gelegen hatten, zerbröselten und mein Mund wurde trocken.

Hayden sprang ohne Vorwarnung auf Amy zu, packte sie mit einer Hand am Kragen ihres teuer aussehenden Kleides und hob sie so weit hoch, dass ihre zierlichen Füße ein paar Zentimeter über dem Boden baumelten. Ihre High Heels verlor sie jedoch nicht, registrierte irgendeine wohl beeindruckte Seite von mir. Genauso wie die Tatsache, dass das so zart aussehende Kleidchen nicht riss.

Amy schloss die Augen, während Hayden zischte: »Was weißt du über Zoferos?«

Sie antwortete ihm nicht. Ein leichtes Lächeln zog sich um ihre vollen Lippen, was Hayden – den so geduldigen Hayden – dazu brachte, sie einmal kurz zu schütteln und seinen Dolch zu materialisieren.

Amys Lächeln wurde breiter und ich erwartete, dass ihre Haut gleich Falten werfen würde und sie ihr wahres Gesicht – das einer Lamia – offenbarte.

Mein Hirn spann sich die Geschichte perfekt zusammen. Alles passte. Amy war eine Lamia.

Deshalb war sie so wunderschön, deshalb waren ihr nahezu alle Jungs erlegen. Sie hatte sie mit ihrer Gabe manipuliert.

Aber wieso hatte sie schon vor alldem, was in den letzten Wochen geschehen war, unter uns gelebt? Schon lange, bevor Phoenix und Hayden in mein Leben getreten waren und mein ganzes Weltbild zum Einstürzen gebracht hatten?

Amys Lächeln entblößte eine Reihe strahlend weißer Zähne, nicht die Reißzahnversion, sondern die aus der Zahnpastawerbung, was Haydens Zorn nur noch mehr zu entfachen schien. Dann schloss sie ihre Lider, sodass die langen Wimpern ihre hohen Wangenknochen streiften.

Hayden hielt ihr den Dolch noch immer an die Brust, die Spitze bohrte sich bereits in den Stoff.

Dann öffnete Amy die Augen und es wurde so hell im Raum, dass ich rein gar nichts mehr sah.

Kapitel 40

Ich schloss die Augen, geblendet von dem gleißenden Licht, das aus Amy herausstrahlte, als hätte sie Bühnenspots statt Augäpfel. Schnell tastete ich nach meinem Dolch und zog ihn aus der Scheide. Hinter meinen Lidern war es noch immer viel zu hell. Als ich eben die Waffe erheben wollte, dachte ich daran, dass ich – blind wie ich war – versehentlich Hayden oder Cody erwischen könnte und zuckte zurück. Schnell senkte ich meine Hand und hielt die Waffe nah an meinem Oberschenkel, wie Hayden es mir beigebracht hatte.

Dann erlosch das Licht und ich wagte es, die Augen zu öffnen, die Finger fest um den Griff des Dolches geklammert.

Ich musste mehrmals blinzeln, um wieder sehen zu können.

Cody war schneller gewesen und sein »Du?« erfüllte den Raum, während die Gestalt vor mir langsam erkennbar wurde.

Ich keuchte auf, Hayden taumelte nach hinten und stieß gegen die Wand.

»Die Dankesgeschenke nehme ich später entgegen«, sagte das Mädchen vor uns und lächelte arrogant.

Ich schüttelte nur immer wieder den Kopf, versuchte, das Mädchen mit der Kapuze, das mir geholfen hatte, mit der Person vor mir in Einklang zu bringen. Mein Hirn verknotete sich immer in exakt dem Moment, indem Amy in meinen Gedankengängen vorkam.

Amy war das Geistermädchen?

Weil keiner etwas sagte, sogar Hayden einfach bloß mit offenem Mund dastand, zuckte Amy – oder das, was aus ihr geworden war – nur mit den Schultern und ging an uns vorbei in Richtung Wohnzimmer.

Ich starrte ihr hinterher. Cody war der Erste, der sich wieder gefangen hatte.

»Wer bist du?«, rief er ihr nach. Ich schätze, es war ihm unheimlich, ihr zu folgen. Oder es hatte ihn umgehauen, seine Traumfrau plötzlich in Fleisch und Blut vor sich zu haben. Oder die Tatsache, dass seine Traumfrau ausgerechnet Amy war.

Letzteres hätte mir auch Übelkeit beschert.

Völlig geräuschlos stand sie plötzlich zwischen Cody, Hayden und mir.

»Was jetzt? Wollen wir die Welt retten oder weiterhin Löcher in die Luft starren?«

Nachdem keiner von uns reagierte, seufzte sie theatralisch auf, senkte kurz die Lider, und als sie die Augen wieder öffnete, leuchteten sie beinahe weiß. Gruselig.

»Dann noch einmal von vorne. Mein Volk nannte mich Manitou, ich finde die moderne Bezeichnung ›Spirit‹ aber viel schöner.«

Sie sah von einem zum anderen und wartete auf eine Reaktion. Als wir weiter schwiegen, nickte sie auffordernd, als würden wir uns nur nicht trauen, etwas zu sagen.

»Aufgrund unserer Geschichte haben wir so einiges gemeinsam«, sagte sie an Hayden gewandt, der irritiert die Stirn runzelte.

»Jetzt kommt! Ihr seid doch sonst nicht so schwer von Begriff!«

Die Beleidigung hatte mein Gehirn wieder in Gang gesetzt und die Synapsen feuerten fleißig. »Du bist der Große Geist der Indianer«, murmelte ich.

Sie verdrehte die Augen. »So ähnlich. Es gibt keine Götter für dieses oder jenes Volk. Die meisten von uns treten in unterschiedlichen Kulturen einfach mit anderem Namen oder Antlitz auf. So kennen mich die alten Griechen als fünftes Element, den Äther, die Quintessenz aus allen anderen Elementen. Und in dieser Form«, sie deutete mit der Hand von ihrem Gesicht bis zu ihren Beinen, »haben mich die Ureinwohner Amerikas mit ihrem Glauben an das große Ganze erschaffen. Weil ich mit den Seelen kommunizieren konnte, wurde ich vom Götterrat zu Hades und Persephone gebracht und bin dort als ihre Tochter aufgewachsen.« Ihre Miene machte deutlich, dass sie nicht gerade begeistert über diese Tatsache war. Ich hingegen starrte sie einfach nur ungläubig an.

»Auch wurde Persephone oft fälschlicherweise mit Gaia gleichgesetzt, der Erdenmutter, der Natur, mit der ich verbunden bin. Kaum einer kannte mich und dennoch hielten mich die Liebe meiner ›Mutter‹ und der Glaube der Urvölker am Leben.«

»Und wie kommst du hierher? Die Grenzen sind doch geschlossen!« Haydens Augen bestanden nur noch aus schmalen Schlitzen.

»Was du nicht sagst, Sohn der Fortuna«, gab Amy/Manitou bissig zurück. »Ich bin auf demselben Weg hierhergekommen wie du.«

»Na klar.«

»Wenn du es mir nicht glaubst …« Sie ließ das Ende des Satzes offen. Mir fiel es schwer, dieses andere Äußere mit der Amy, die ich kannte, in Einklang zu bringen. Das Mädchen vor mir glich ein wenig Disneys Pocahontas, wirkte so freundlich und unschuldig, als könnte sie keiner Fliege etwas zuleide tun – und sprach dennoch genau wie Amy. Ich verzog das Gesicht.

»Ich erzähle euch alles. Aber erst einmal …« Sie durchquerte mit schnellen Schritten den Flur in Richtung Wohnzimmer. Schnell folgte ich ihr und sah gerade noch, wie sie das letzte Fenster weit aufriss und die frische Luft einsog. Die Terrassentür stand ebenfalls weit offen und ein kühler Wind fegte in den Raum.

Als sie sich umwandte, sah sie etwas bleich um die bisher wohlgebräunte Nase aus.

»Was soll das?«, fuhr ich sie an und machte Anstalten, die Fenster wieder zu schließen.

»Habt ihr wirklich geglaubt, dass eine Geisterbeschwörung mit Kerzen funktioniert wie im Fernsehen? Dank dieser dämlichen Ritualkerze konnte ich erst recht nicht hierherkommen.« Sie sah finster zu der Kerze, die Hayden ausgepustet hatte. Ich warf einen Blick zu den Jungs, die sich in den Türrahmen quetschten und genauso skeptisch aussahen, wie ich mich fühlte.

Hayden fand als Erster wieder zur Sprache. »Wacholder?«

»Dieses Zeug ist mir ein Graus.« Das dunkelhaarige Mädchen zog die Nase kraus, nickte und verdrehte dabei wieder so Amy-like die Augen, dass auch mein Bewusstsein, das sich so dagegen gesträubt hatte, die Tatsache zu akzeptieren, so langsam keine Ausreden mehr fand. Ihr Teint wurde wieder dunkler, je mehr sich die Gerüche der Duftkerzen, die wir aus Moms Vorräten genommen hatten, verflüchtigten. Wo auch immer Mom eine echte Ritualkerze herhatte. Ob sie überhaupt wusste, was sie da eingekauft hatte?

»Dann funktioniert so was tatsächlich?«, murmelte Cody ungläubig vor sich hin.

Ich kicherte auf. »Wenn wir gewusst hätten, dass wir Amy nur einen Wacholderast unter die Nase halten müssen, damit sie abhaut, hätten wir ein ruhigeres Leben gehabt.«

»Es hätte nicht funktioniert.« Amys Augen funkelten wie Obsidian, ehe auch sie in jene alte Gewohnheiten verfiel und schnaubte, während sie sich auf die Lehne des Sessels direkt neben dem geöffneten Fenster setzte. Doch ihre darauffolgenden Worte ließen mir das Blut in den Adern gefrieren:

»Ich bin erst wieder … ich selbst geworden, nachdem Fortunas Plan erfolgreich war.«

Kapitel 41

Ihre Worte dröhnten unerträglich laut in meinem Kopf. Auch Phoenix hatte behauptet, die Götter seien zurückgekehrt. Obwohl er es nur zum Spaß gesagt hatte, machte sich allmählich ein mulmiges Gefühl in mir breit.

Doch ehe ich mir weitere Gedanken machen konnte, lachte Hayden los. »Na klar. Als hätten wir nicht bemerkt, wenn die Götter wieder hier wären und der Schleier uns nicht mehr trennen würde.«

»Ich habe nicht gesagt, dass sie alle zurückgekehrt sind, Mr Glückskeks«, antwortete Manitou sofort. »Hast du dir in letzter Zeit einmal die Nachrichten angesehen?«

Mein Blick glitt wie von selbst zum Fernseher, den irgendwer ausgeschaltet hatte. Stirnrunzelnd ließ ich die letzten News Revue passieren.

Mit erhobener Augenbraue sah mir Manitou ins Gesicht. »Krieg und Tod«, zählte sie an ihren Fingern ab. »Glaub mir, ich weiß, dass mein ›Vater‹ hier ist.« Sie atmete tief ein und aus. »Und dabei meine ich nicht den Kerl mittleren Alters, der meiner Mutter all die Beauty-Tempel finanziert hat.«

Ihre Gestalt verschwamm und vor uns stand plötzlich wieder die alte blondhaarige Amy, die ihre gezupften Augenbrauen erhoben hatte. »Hades ist hier, das weiß ich ganz sicher. Und den Nachrichten nach zu urteilen tippe ich zusätzlich auf Ares. Er steht schließlich für Krieg, Chaos und Zerstörung.«

»Aber warum sollten gerade Ares und Hades hier sein?« Hayden war nach wie vor nicht überzeugt.

»Weil genau das der Plan deiner Schöpferin war, Eftychios. Meine Mutter – Persephone, nicht die Herrscherin über Seattles Schönheitssalons – hat immer vermutet, dass Fortuna nicht so schnell aufgeben würde. Daher hat sie mich hinter euch hergeschickt, ehe der Schleier zwischen die Welten gelegt wurde.«

Ich sah zwischen Hayden und Amy hin und her und wusste nicht, was ich davon halten sollte. Sie war eindeutig nicht diejenige, für die ich sie immer gehalten hatte, seit sie mit ihren blonden Zöpfchen und den Zahnlücken in die Stadt gezogen war. Aber mein ganzes Sein weigerte sich, zu glauben, dass sie ein … indianischer Geist war.

»Ich bin kein Geist!« Amys Aussage ließ mich daran zweifeln, dass ich meinen Gedanken wirklich nur gedacht hatte.

Ein breites Grinsen von Amy ließ mich die Augen weit aufreißen. Sie nickte auf meine gedankliche Frage hin, ob sie sehen konnte, was ich dachte.

Hatte sie etwa alle meine Gedanken in den letzten Jahren gelesen?

»Tu dir und deinem kleinen Köpfchen keinen Zwang an. Was andere denken, geht mir an meinem durchtrainierten Hintern vorbei.«

Cody, der Verräter, tarnte sein Auflachen als Husten.

»Und damit eines klar ist: Ich bin kein Geist. Ich bin die Essenz von allem, was uns umgibt, ein Teil von allem, was die Natur hervorbringt«, erklärte Amy und ich runzelte die Stirn.

»Von allem außer Wacholder«, bemerkte ich trocken, was

mir einen tödlichen Blick einbrachte und ein erneutes Hüsteln von Cody.

»Auch von Wacholder. Es kommt auf die Richtung an, in die man die spirituelle Energie der Natur lenkt.«

Ich verstand nur Bahnhof, aber dem ganzen Esoterik-Zeugs hatte ich noch nie viel abgewinnen können.

Amy schüttelte den Kopf und warf ihr goldblondes Haar mit einer fließenden Handbewegung hinter die Schulter. »Das ist aber auch egal. Wichtig ist, dass wir zusammenarbeiten und verhindern, dass du es noch einmal machst.«

»Was hab ich denn überhaupt getan?« Ich war mir noch immer keiner Schuld bewusst. Schließlich hatte ich alles, was ich ins Rollen gebracht und was im schrecklichsten Tag meines Lebens geendet hatte, bereits rückgängig gemacht. Und hatte dafür einen hohen Preis bezahlt, indem ich mich an die unvergleichlich perfekte Zeit mit Phoenix zwar erinnern konnte, das Zusammensein mit ihm aber in unendliche Ferne gerückt war. Es zerriss mir das Herz, in jeder Sekunde jeden Tages.

»Ich habe mir auch alles nur zusammengereimt. Mit deinem Eingriff in das vergangene Schicksal hast du das Gewebe durchtrennt«, erklärte sie mir. »Fortuna hatte alles bis ins kleinste Detail geplant. Kairos musste dich erschaffen, dann musste er dafür sorgen, dass dein Blut erwacht, ehe er dir einen Grund geliefert hat, die Zeit umkehren zu wollen. Damit hast du nicht nur die Schicksalsfäden einzelner Menschen, sondern von sehr, sehr vielen umgelenkt. Diese Veränderung hat einen Riss im Schicksalsgewebe hinterlassen, der sich zwar geschlossen hat, aber erst nachdem sie gekommen sind. Der Riss hat sich auch auf den Schleier ausgewirkt und ihn geschwächt, weshalb hier ständig irgendwelche Biester auftauchen, die nicht in diese Welt gehören. Et voilà«, sie riss in einer präsentierenden Geste die Hände in die Luft, »wir haben göttlichen Besuch.«

Die letzten viereinhalb Wochen zogen durch meine Gedanken. Ich sah, wie unausweichlich eins zum anderen geführt hatte, wie ich genau so gehandelt hatte, wie ich immer handeln würde. Denjenigen helfen, die ich mochte. Mein Vater hatte es vorhergesehen. Er hatte mich jahrelang beobachten können, um vorauszusagen, wie ich handeln würde. Und dieses Wissen hatte er ausgenutzt.

Mir wurde übel. Wirklich übel. Nun lag meine Mom im Krankenhaus. Und ich allein war schuld daran. Ich konnte es nicht fassen, schüttelte ungläubig den Kopf, wollte es nicht glauben. Konnte es tatsächlich sein?

»Natürlich kann es sein.«

Ich stöhnte auf. Diese Gedankenleserei ging mir jetzt schon auf den Keks, gelinde gesagt. Andererseits zog mich Amys Art wenigstens aus dem Sumpf an Schuldgefühlen.

»Es ist schon ganz unterhaltsam«, grinste Amy. »Schade, dass auf dieser Seite des Schleiers all meine Fähigkeiten verloren gegangen waren. Erst durch den Riss im Schicksalsgewebe habe ich meine Fähigkeiten wiederbekommen.« Sie seufzte erleichtert auf.

»Das Gewebe ist jetzt aber wieder dicht«, warf Hayden ein. »Warum also kannst du das alles immer noch?«

Amy zuckte mit den schmalen Schultern. »Ich kann es eben wieder. Vermutlich liegt es an der Verbindung zu den anderen Göttern. Ganz gleich, was ihr davon haltet, aber ich habe einen Bezug zu einfach allem. Ich spüre alles und jeden und kann meine Kräfte austauschen.« Sie schien vollkommen überzeugt.

»Deshalb weißt du, wo Phoenix ist«, schlussfolgerte ich und mein Herz machte einen Satz.

»Jaaa«, sagte Amy so sehr in die Länge gezogen, dass das darauffolgende ›Aber‹ bereits deutlich mitschwang.

»Sag mir, wo er ist«, forderte ich beinahe flehend. Wenn es sein musste, würde ich vor ihr knien. Ich musste endlich wissen, warum Phoenix schon so lange verschwunden war.

Amys Gesicht verzog sich zu der typischen arroganten Miene.

Ich schlug mir innerlich an den Kopf und verfluchte das Gedankenlesen erneut.

»Das war ein Witz, Tochter des Schicksals. Du musst nicht knien.« Sie verdrehte die Augen.

Mein Blick ruckte zur Wacholderduftkerze und ich kniff die Augen zusammen.

»Hört auf mit diesem Mist!«, mischte sich Cody ein, kam von der Tür, von der aus er uns beobachtet hat, auf uns zu und stellte sich zwischen uns – ganz der Schlichter wie eh und je. »Wo steckt er, Amy?« Sein Ton ließ keinen Raum für Spielchen.

»Das wird euch nicht gefallen.«

Kapitel 42

Ich atmete bemüht ruhig ein. Cody sah Amy nur auffordernd und gleichzeitig mahnend an. Er schien nicht die geringste Furcht vor ihr zu haben.

Plötzlich wurde ihr Blick sanfter. Hatte Cody in Gedanken zu ihr gesprochen?

»Schon gut«, antwortete sie auf etwas, das Cody ihr telepathisch gesagt haben musste. Es war gelinde gesagt verwirrend.

»Phoenix ist bei Hermes.«

Hayden zog lautstark die Luft ein. »Hermes ist auch hier?«

Amy nickte betroffen. »Und ich fürchte, ich habe Phoenix direkt in eine Falle geführt.« Sie verzog ihr Gesicht, als täte es ihr wirklich leid, und schluckte.

»Was meinst du mit Falle? Geht es ihm gut?« Wenn meine Hände nicht so gezittert hätten, hätte ich Amy geschüttelt, damit sie sich nicht alles aus der Nase ziehen ließ.

»Ich habe gedacht ... Ich meine, es ist Hermes ... Er begleitet die Seelen in die Unterwelt, er war immer ein guter Freund meiner Eltern ... und ich dachte ...« Ihre Stimme klang so verzweifelt, dass es mir den Magen zusammenkrampfte. »Ich hatte gehofft, dass meine Mutter jemanden schickt, der mich zurückholt oder mir hilft ... Aber Hermes schlägt sich immer auf die Seite der Sieger, ich hätte es wissen müssen, dass ihm Loyalität nichts bedeutet. Er ist der Gott der Diebe und nimmt sich, was er will.« Sie senkte den Blick und wirkte wie ein Haufen Elend.

Ich widerstand dem Impuls, zu ihr zu gehen und sie zu trösten. Cody übernahm den Job. Ein völlig deplatziertes Gefühl machte sich in meinem Inneren breit, als ich sah, wie sich mein Cody zu ihr hinabbeugte, den Arm um Amy legte und sie an sich zog.

Ich hörte sie in Codys Armen schniefen. Jetzt war sie so gar nicht die Amy, die ich kannte, und ich überlegte, ob Cody mit seiner Einschätzung vielleicht recht gehabt hatte.

Sie wand sich aus seinen Armen und lächelte mich an. Ein Hauch … Dankbarkeit lag in ihren Augen.

»Genug getröstet.« Haydens Miene war entschlossener denn je. »Erzähl uns, was genau passiert ist.«

Amy nickte, wandte sich kurz dem geöffneten Fenster zu und atmete dreimal tief ein und aus. Mit jedem Atemzug richtete sie sich mehr auf, als würde sie durch die frische Luft aufgepustet werden.

»Setzt euch, es wird etwas länger werden, denn glaubt mir, ich habe schon die ganze Zeit versucht, euch zu helfen.«

Nachdem Hayden, Cody und ich uns angesehen hatten, schüttelten wir den Kopf. Um mich zu setzen, war ich zu nervös. Wie könnte ich es mir auf dem Sofa bequem machen, während ich an nichts anderes denken konnte, als dass Phoenix in eine Falle gelockt worden war?

»Wie ihr wollt«, sagte Amy, ohne sich zu uns umgedreht zu haben. Sie nahm erneut einen tiefen Atemzug, ihr ganzer Oberkörper dehnte sich mit ihrer Lunge, ehe sie zu erzählen begann und wir uns nun doch auf Sofa und Sessel verteilten.

»Ich habe die ganze Zeit versucht, Cody zu warnen. Ich war mir so sicher, dass er eingeweiht war. Doch ich musste feststellen, dass er alles vergessen hatte. Also war ich auf seine Träume angewiesen, musste so versuchen, ihm eine Botschaft zu übermitteln. Unser kleiner Mensch hat ein ernsthaftes Problem damit, Dinge aus seinen Träumen auch ins echte Leben zu übertragen. Es hat gelinde gesagt eine Ewigkeit gedauert, bis er sich überhaupt tagsüber an mich erinnern konnte.«

Ich sah zu Cody, der ertappt sein Gesicht verzog. Wir warteten gespannt, bis Amy endlich zum wichtigen Teil ihrer Geschichte kam: zu Phoenix.

Sie sog wieder die Luft ein, ehe sie weitersprach.

»Ich habe zu spät gesehen, dass du in diesen Praxisräumen verschwunden bist. Ich weiß nicht, was genau dort vor sich geht, ich konnte mich in diesem Gebäude nicht direkt bei dir materialisieren, obwohl ich es den ganzen Tag über versucht habe! Es schien, als existiere dieser Ort überhaupt nicht. Ich kam immer an der Rezeption deiner Therapeutin heraus. Deshalb musste ich warten, bis du endlich eingeschlafen warst, und versuchen, dich im Traum zu kontaktieren. Nur so konnte ich dir den Türkis geben, der den Schutzzauber über dem Haus neutralisiert.«

Erneut machte sie eine kleine Pause und ich rutschte vor Erwartung, was nun kommen würde, auf dem Sofa hin und her.

»Währenddessen habe ich euch beobachtet und Cody weiterhin besucht. Das war ganz schön stressig, kann ich euch sagen! Zum Dank habt ihr auch noch meinem Urteil misstraut. Dann ging es Phoenix auf einmal so schlecht. Die Schwingungen und Energien in diesem Raum sind … seltsam, auch ohne den Wacholder. Ich habe vermutet, dass sich Phoenix deshalb nicht regenerieren kann, und war froh, als er sich oben erholt hat.« Amy wandte sich nun uns zu, Sorge stand in ihren Augen.

»Kurzfristig habe ich sogar gedacht, es läge wirklich an dir.« Sie fixierte mich mit ihren gerade wieder sehr weißlich leuchtenden Augen.

»Tut es das wirklich nicht?«, fragte ich, noch immer zweifelnd.

»Dein Vater hat uns alle an der Nase herumgeführt.« Sie rümpfte ihre kleine Nase zur Verdeutlichung. »Er ist es.«

Mit einem Kopfnicken deutete sie auf Cody, der vor Schreck zurückzuckte und sich sofort verteidigte.

»Ich habe nichts getan.« Abwehrend streckte er die Hände vor sich aus.

Hayden wartete angespannt auf die Begründung. Amy stand vom Sessel auf, ging zu Cody und setzte sich direkt neben ihn auf die Sofalehne. Sein Körper wandte sich ihrem zu wie eine Sonnenblume der Sonne.

Nun hob sie beide Hände und legte sie seitlich an Codys Wangen. Für den Bruchteil einer Sekunde dachte ich tatsächlich, dass sie ihn gleich zu sich ziehen und küssen würde.

So wie Codys Adamsapfel hüpfte, erwartete er wohl dasselbe – und schien darüber nicht im Geringsten beunruhigt.

Doch Amys Hände glitten hinab zu Codys Schultern und sein Atem stockte, als ihre Finger am Kragen unter sein Shirt glitten.

Ich wollte eben einen Sprung über den Couchtisch machen, um sie davon abzuhalten, Cody weiterhin zu betatschen, als sie an dem Lederband mit der Schicksalsmünze zog.

»Beschreib mir mal, wie genau du dich gefühlt hast, bevor du oben dein Nickerchen gehalten hast.« Amy sah Hayden auffordernd an und nach einem Moment des Überlegens antwortete er:

»Ich habe niemals zuvor so wenig Kraft in mir gespürt. Meine Beine waren zu schwach, um mich zu tragen, nur auf dem Rücken zu liegen versprach Linderung, und in meinem Bauch ... Ich glaube, die Beschreibungen von Übelkeit treffen sehr genau zu.« Er formulierte seine Antwort eher als Frage, aber Amy nickte, als hätte sie so etwas bereits erwartet. Beim Stichwort Übelkeit überschlugen sich meine Gedanken und die Worte polterten aus meinem Mund:

»Du fühlst dich so wie ich mich bei Dr. Yates!«

Amy strahlte mich an, als hätte ich eben ein uraltes Rätsel gelöst. »An der Münze spüre ich genau dasselbe, was auch im Gebäude deiner Therapeutin wirkt.«

Hayden gab einen zischenden Laut von sich, während ich die Augen aufriss und murmelte: »Deshalb konnte Cody nichts beeinflussen. Oder konnte es überhaupt irgendwer irgendwann?« Haydens Mund stand offen, während er in die Ferne starrte. Vermutlich zog gerade sein gesamtes Dasein an ihm vorbei, all die Träger, die Schicksale beeinflusst hatten – zum Guten wie zum Schlechten.

Amy zuckte mit den Schultern. »Ich weiß es nicht. Vielleicht ist die ursprüngliche Wirkung der Münze erst nach dem Riss verloren gegangen. Vielleicht hat Kairos in den letzten Jahrhunderten aber auch tatsächlich dafür gesorgt, dass es so aussah, als würden die Träger das Schicksal verändern.« Sie warf einen bedeutsamen Blick zu Hayden. »Vielleicht war alles nur Ablenkung von Kairos' wahrem Ziel.«

Hayden wurde kreidebleich, während seine Brauen noch

näher zusammenrückten und die Stirn in tiefen Falten lag. Amy hatte einfach alles infrage gestellt, was er und Phoenix darstellten. An seiner Stelle hätte mich die Aussage völlig umgeworfen. Hayden jedoch nickte nur gedankenverloren.

»Nun ist dein göttliches Blut erwacht, Kiera, die Münze ist nicht mehr nötig und müsste eigentlich nicht mehr weitergegeben werden«, sprach Amy weiter. »Es sei denn, sie hatte noch einen weiteren Sinn ... Nämlich euch zu schwächen. Deshalb wollte ich mich mit Cody treffen – was du leider stets verhindert hast.« Sie warf mir einen bitterbösen Blick zu und nahm anschließend die Münze um Codys Hals wieder in Augenschein, drehte und wendete sie hin und her. Mir fiel auf, wie nervös Cody wurde. Er konnte nicht in ihre Richtung sehen, während sie so nah stand. Und zitterte seine Hand etwa?

Mit siegesgewissem Lächeln trat Amy nun von ihm weg und nickte mir zu, während die Münze wieder auf Codys Brust fiel. »Nun bin ich mir sicher. Nicht du hast Eftychios und Zoferos krank gemacht, sondern die Münze an deinem Hals hat sie vergiftet. Den einen mehr als den anderen, weil ... nun ja, wir wissen wohl alle, warum.« Sie verdrehte die Augen und ich senkte den Blick. Indirekt hatte meine Nähe zu Phoenix ihm also doch geschadet.

»Kairos hat all das wirklich geschickt arrangiert«, stieß Hayden leise hervor. Sein Gesicht war vor Zorn gerötet. »So hat er uns all die Jahre schwach gehalten, einer musste ja bei der Münze bleiben.« »Und er wusste, dass Cody früher oder später wieder in mein Leben treten würde«, ergänzte ich ungläubig. »Mein Vater hat ihm die Münze gegeben und sie konnte euch Stück für Stück weiter vergiften, während wir zu abgelenkt waren, um die wahre Ursache zu finden.«

Cody sprang vom Sofa auf, drehte sich zur Terrasse um, zog sich die Kette mit der Münze über den Kopf und beförderte sie mit einem gezielten Wurf zum Fenster hinaus. Mein Blick folgte ihr.

Ich hörte das leise Klimpern, als sie im Kies aufschlug, und sah gespannt wieder zu Cody.

Auch ich hatte vor drei Wochen dasselbe tun wollen – und nun geschah genau das, was Phoenix mir damals vorausgesagt hatte: In Sekundenschnelle baumelte die Münze wieder an Codys Hals, als wäre sie nie weg gewesen.

Kapitel 43

Ich konnte Hayden ansehen, wie er mit sich selbst rang, ob er Cody mitsamt der vergifteten Münze zum Fenster hinauswerfen sollte.

»Was hält mich davon ab, ihn so weit weg wie möglich zu schicken?«, fragte er Amy ausdruckslos. »Hat Kairos die Möglichkeit nicht einmal in Betracht gezogen?«

»Als würde Kiera ihn schutzlos irgendwo allein lassen.« Amy schnaubte überheblich.

Hayden verzog das Gesicht. Er wusste genauso gut wie ich, dass sie recht hatte, verdammt.

»Ich werde freiwillig gehen«, sagte Cody mit entschlossener Miene in beinahe feierlichem Ton und machte bereits Anstalten, zur Tür zu gehen.

Amy trat ihm blitzschnell durch den Schleier in den Weg. »Das ist nicht nötig. Auf der Münze liegt die Magie meines Volkes. Ich werde sie neutralisieren können.« Sie lächelte Cody aufmunternd an, dennoch dauerte es eine Weile, bis er wirklich entspannte und nicht mehr gegen sie drängte, um zu verschwinden.

Haydens Zweifel waren ihm anzusehen. Letztendlich aber gewann – wie meistens – die gute Seite in ihm. Er hatte seine Existenz zu lange auf diese Weise verbracht.

»Es würde sicher nur dazu führen, dass wir ihn ebenfalls

retten müssen«, seufzte er und ballte die Hände zu Fäusten. Sicherheitshalber brachte er jedoch so viel Abstand wie möglich zwischen sich und Cody. An Amy gewandt fuhr er fort:

»Wieso bist du eigentlich nicht gleich so«, Hayden wedelte mit den Händen und deutete auf ihren Körper, »zu uns gekommen? Warum als Geist?«

Amy sah ihn an, als hätte er sie um einen Striptease gebeten.

»Hättet ihr mir geglaubt?« Sie lachte freudlos auf. »Ihr habt Cody fast für verrückt erklärt, als er sich endlich getraut hat, etwas zu sagen.« Nun schnaubte sie und sah mich durchdringend an. »Vor allem du hättest alle Hebel in Bewegung gesetzt, um mich von euch fernzuhalten. Ich bin ja nicht mal an Cody rangekommen.«

Betroffen sah ich zu Boden. Ich hatte Amy wirklich von Cody fernhalten wollen. Die ganzen Anrufe und Nachrichten – sie hatte es echt versucht. Aber warum bloß war sie früher immer so unausstehlich gewesen? Mit leicht geneigtem Kopf musterte ich sie.

»Du weißt gar nichts«, sagte sie biestig wie eh und je. Aber ich hatte den kurzen Schatten, der ihr übers Gesicht gehuscht war, bemerkt. Auch, wie ihre Lippen nun bebten, bevor sie sich wieder dem Fenster zuwandte.

Hayden unterbrach uns von der anderen Seite des Wohnzimmers und forderte Amy auf weiterzuerzählen.

»Ich habe nicht erkannt, dass die Münze vergiftet war.« Amy sah so zerknirscht aus, dass ich ihr wirklich glaubte. »Ich musste auch den Letzten von euch überzeugen, dass ich auf eurer Seite stehe – und ich wusste, dass das vor allem bei Zoferos nicht leicht sein würde. Er war in all den

Jahrhunderten immer der misstrauischere von euch beiden gewesen.«

Mit aufgerissenen Augen starrte ich sie an. Hayden, der am Bücherregal lehnte, richtete sich auf.

»Ich war all die Zeit in eurer Nähe, tauchte von Körper zu Körper, ehe ich hier gelandet bin. Im Körper eines Kleinkinds.« Sie deutete an sich hinab. Vom Kleinkind war nichts mehr zu sehen, aber ich wusste noch, wie Amy mit ihren Eltern in die Stadt gezogen war. Damals war sie noch niedlich und zu allen freundlich gewesen.

»In einem solchen Haus aufzuwachsen, vertreibt die Freundlichkeit, das kannst du mir glauben«, kommentierte sie meine Gedanken bissig, ging dann jedoch nicht weiter darauf ein und stoppte mit erhobener Hand auch Hayden, der den Mund bereits geöffnet hatte. Er nickte, aber man sah ihm an, dass er die Frage nur auf später verschoben hatte.

»Während Phoenix oben geschlafen hat, habe ich ihn im Traum besucht. Ich habe ihm von deiner Mutter erzählt, ihm gesagt, dass sie in Sicherheit ist, bei einem Verbündeten. Dort habe ich sie gesehen, aber die Bilder wohl falsch interpretiert. Doch es sah so glaubhaft aus. Hermes hat ein sehr großes Talent, Menschen zu heilen. Als er sich über deine Mutter gebeugt hat, gaben alle Gerätschaften im Krankenhaus plötzlich andere Töne von sich und sie hat die Augen aufgeschlagen. Er hat sie beeinflusst, als sie zu schreien begann, damit das Krankenhauspersonal nicht auf sie aufmerksam wird. Ich dachte ... Ich habe gehofft, er würde sie zu dir bringen.«

Ich fühlte, wie meine Wange kühl wurde. Tränen hatten sich unbemerkt aus meinen Augen geschlichen und kullerten nun unentwegt daran hinunter.

»Weil das nicht geschah, habe ich Phoenix gesagt, dass er sie bei Hermes abholen kann, er hätte sie geheilt. Ich habe ihn und deine Mutter nach wie vor in dem Krankenhauszimmer gesehen. Und natürlich wusste ich, dass du nicht ruhig würdest schlafen können, solange sie nicht in deiner Nähe ist. Es hat eine Weile gedauert, aber dann hat Phoenix eingewilligt – sobald er sicher sein konnte, dass es dir gut ging.«

Sie presste die Lippen zusammen, auch in ihren Augen schimmerte es verdächtig. »Hermes hat mich manipuliert, mich als Mittler missbraucht, als Boten, der er doch eigentlich ist.« Nun schlug sie mit der Faust gegen ihren Oberschenkel.

»Wo ist er jetzt, Amy«, presste ich hervor. »Und wo ist meine Mutter?«

»Ich weiß es nicht.« Ihre Schultern sackten hinab. »Ich kann sie beide nicht mehr spüren.«

Kapitel 44

Die Luft knisterte kurz und ich spürte die sich zusammenballende Energie, ehe das Knistern zu einem lauten Vibrato wurde, das gleich darauf als leuchtend blauer Blitz in Amys Richtung schoss.

Haydens Augen strahlten in demselben übernatürlichen Blau, sein Körper war von feinen blau-weißen Linien überzogen.

Bevor wir reagieren konnten, war Amy bereits zusammengebrochen, Energieblitze zuckten über ihren zarten Körper.

Ich schrie noch auf, während Cody sich schon auf Amy stürzte, um ihr zu helfen. Er bekam einen elektrischen Schlag und zuckte mit schmerzverzerrtem Gesicht zurück.

»Was hast du getan, verdammt?«, brüllte er Hayden an. Die Sorge über Amy war ihm deutlich anzusehen.

»Sie lügt«, sagte Hayden eiskalt und wirkte bedrohlicher denn je, während er mit erhobenen Händen näher trat, jederzeit bereit, erneut Energie auf Amy loszulassen. »Sie ist ›der Große Geist‹, sie spürt alles und jeden, das hat sie selbst gesagt.«

»Was, wenn sie beide …« Ich wagte nicht, das Bild zu beschreiben, das in meinem Kopf immer deutlicher wurde. Bilder von Mom in einem weiß ausgekleideten Sarg sorgten für einen Krampf in meiner Brust. Meine Kehle war wie zugeschnürt, ich konnte den Kloß, der darin feststeckte und mir die Luft nahm, nicht hinabschlucken, sosehr ich mich auch bemühte.

»Dann wäre ich nicht mehr hier«, antwortete Hayden nur knapp. »Sie gehört zu ihnen, zu Kairos und den Göttern.« Seine Nasenflügel bebten vor Zorn und kleine Blitze entluden sich um ihn herum. Er sah aus wie Anakin Skywalker, als er den Kampf gegen seine dunkle Seite verloren hatte.

»Warum hätte sie uns dann alles erzählen sollen?«, schrie Cody, der immer noch versuchte, Amy zu berühren. »Warum hätte sie überhaupt vorbeikommen sollen?«

»Damit wir ihr glauben und sie uns in dieselbe Falle locken kann«, antwortete Hayden überzeugt. Sein Kiefer war angespannt, seine Nasenflügel bebten.

Ich blinzelte mehrmals, um mich herum drehte sich alles. Wem konnte ich denn überhaupt noch vertrauen? Mein Dad hatte einfach alles vorausgeplant, jedes Detail erkannt und jede meiner Reaktionen vorhergesehen. Wenn Hermes gut manipulieren konnte, dann war mein Dad wohl sein Meister.

»Hol die Kerze«, befahl Hayden so barsch, dass ich zusammenzuckte. Als ich mich nicht rührte, bellte er mir die Aufforderung regelrecht ins Gesicht.

Langsam ging ich zu der großen Wacholderkerze, während zwei Stimmen in meinem Kopf rangen. Ich hatte nicht einmal geahnt, dass ich im Inneren einen Fürsprecher von Amy sitzen hatte.

»Stell sie neben sie und zünde sie an.« Noch immer hatte Hayden seine ›Waffe‹ auf Amy gerichtet, bereit, sie erneut zu Boden zu werfen, sollte es nicht funktionieren, sie mit der Kerze in Schach zu halten.

Die Flamme loderte sofort hell auf, kaum dass ich das

Feuerzeug an den Docht hielt. Amy keuchte schmerzhaft auf und ihr Körper verkrampfte.

»Willst du sie umbringen?«, schrie Cody auf und streckte seine Hand bereits der Flamme entgegen. Ein kurzer Blitz von Hayden ließ ihn zurückzucken.

»Ich will sie nicht umbringen«, schüttelte Hayden den Kopf. »Ich will nur das Gegenteil von dem tun, was Kairos nun erwartet. Er geht davon aus, dass wir ihr glauben. Aber dieser Bann um die Praxis, der Zauber auf der Münze. Das ist Magie, zu der offensichtlich nur sie fähig ist. Außerdem kann sie in Träumen erscheinen und dort Dinge übergeben.« Zufrieden blickte er in unsere Richtung, registrierte die Qualen, die Amy auszustehen hatte, und die Blitze um ihn herum lösten sich auf. Auch die auf Amys Körper verschwanden.

Cody sah Hayden mit einer Mischung aus purer Enttäuschung und Abscheu an, bevor er sich wieder Amy zuwandte. Nun, da die Blitze verschwunden waren, konnte er sie berühren, zog die von Krämpfen geplagte Amy etwas von der Kerze weg und bettete ihren Kopf auf seinem Schoß. »Sie ist auf unserer Seite.« Seine Stimme klang vollkommen überzeugt.

»Und warum bist du dir da so sicher?«, fragte ich. »Sie hat uns nie geholfen, sie war schon immer ein schlechter Mensch.« Ich hätte ihr gerne geglaubt, hätte vielleicht über all ihr früheres Verhalten hinweggesehen, nur um Phoenix und meine Mutter zu finden.

Genau während dieses Gedankens erkannte ich, dass Hayden richtig gehandelt hatte. Wir wären Amy gefolgt und was auch immer mein Vater geplant hatte, wäre genau so eingetreten, wie er es gewollt hatte. Erneut konnte ich nicht anders, als tief beeindruckt von der Weitsicht des Zufalls den Kopf zu schütteln und zu hoffen, dass er ein wenig dieser Fähigkeit an mich vererbt hatte.

»Sie hat uns all das verraten, Kiera. Das hätte sie nicht tun müssen.« Codys Worte waren nur ein Flüstern. Amys Gesicht hatte mittlerweile die Farbe der hellen Marmorfliesen angenommen. Cody strich ihr immer wieder zärtlich über das Gesicht.

»Sie hat uns all das erzählt, damit wir ihr vertrauen«, knurrte Hayden. Seine Augen leuchteten mittlerweile nicht mehr in diesem Alien-Look, aber er sah nach wie vor Furcht einflößend aus. »Und sie hat es beinahe geschafft, nicht wahr?« Er lachte auf. »Wir sind zu berechenbar. Kairos weiß, dass wir jemandem wie ihr nicht einfach so vertrauen würden. Was auch immer sie wirklich ist.« Er zuckte mit den Schultern. »Daher durfte sie uns offen über die bisherigen Pläne unterrichten. Ich betone ›die bisherigen‹, denn sie hat kein Wort darüber verraten, was wir nicht irgendwann selbst hätten herausfinden können.« Sein Blick war so eiskalt, dass ich erschauderte. »Sie muss von Anfang an von Kairos beauftragt worden sein, in deiner – seiner – Nähe zu sein.«

Mein Kopf schmerzte und es fiel mir immer schwerer, das Chaos in meinem Gehirn zu entwirren. Vor meinem inneren Auge lief ein Film meines bisherigen Lebens ab, dieses Mal hatte Amy die Hauptrolle. Sie war in die Stadt gezogen, lange bevor ich die Münze damals auf dem Jahrmarkt zugesteckt bekommen hatte. Die Bilder liefen schneller und schneller.

Sie war ein Miststück, das mich schon jahrelang gequält hatte, bevor ich ins Schicksal eingegriffen hatte. Das machte doch mehr als deutlich, dass sie zur falschen Seite gehörte …

Aber genau das war der springende Punkt. Wäre es nicht

einfacher gewesen, eine beste Freundin von mir aus ihr zu machen? Eine Person wie Cody, auf den ich hörte und um den ich mich sorgte? Was hatte meinen Vater dazu getrieben, plötzlich meine ›Feindin‹ mit all den Geheimnissen auftauchen zu lassen?

Ich teilte den anderen meine Gedanken mit.

»Ich schätze mal, eine beste Freundin wäre zu auffällig gewesen«, vermutete Hayden und betrachtete die immer schwächer werdende Amy neben der leuchtenden Kerze.

»Ihr habt doch keine Ahnung, was sie durchgemacht hat.« Als Cody von Amy aufsah, funkelten seine Augen und seine Mimik wechselte von besorgt zu wütend.

»Ach, und du weißt es?«, zischte Hayden und lachte boshaft. »Alles, was sie dir erzählt hat, ist eine Lüge.«

»Du glaubst wirklich, es würde eine Zehnjährige kaltlassen, wenn man sie von einem Psychiater zum nächsten schleppt, weil sie glaubt, dass sie mit Tieren und Pflanzen sprechen kann?«

Amy schrie gequält auf, als hätten Codys Worte eine Tür geöffnet, die nur dazu da war, all ihren Schmerz zu verbergen.

Kapitel 45

Die Situation war so surreal – und das sollte im Hinblick auf die letzten Wochen wirklich etwas heißen. Wie ein Racheengel thronte Hayden über Amy, die schwach wimmernd auf Codys Schoß lag.

»Alles, was sie sagt, sind Lügen!«, sagte Hayden barsch, worauf ich mich zu einem »Woher willst du das wissen?« hinreißen ließ. Codys Worte hatten mich ins Grübeln gebracht.

Cody ignorierte Hayden und fuhr sich mit den Händen übers Gesicht, während Amy auf seinem Schoß zuckte und die Konturen ihres Körpers immer mehr verschwammen. »Ich habe mal gehört, wie sich deine Mom mit deinem Dad darüber unterhalten hat. Ich konnte nicht schlafen und wollte mir etwas zu trinken holen.« Er atmete tief ein und mit einem Mal war er wieder der kleine Junge, der so oft auf unserer Gästematratze geschlafen hatte, dass er wie ein Bruder für mich war. »Deine Mutter erzählte deinem Vater von den Gerüchten, die sie über die Familie Rosenberg aufgeschnappt hatte. Ich habe damals das Ausmaß nicht begreifen können, aber die Reaktion deines Vaters ist mir noch genau im Gedächtnis geblieben. Er war weder bestürzt noch hat er es als Unfug abgetan. Es schien eher so, als würde dieses Gerücht seine vollständige Aufmerksamkeit in Anspruch nehmen. Er hat deine Mom irgendwie beruhigt, sodass sie einfach genickt hat und schlafen gehen wollte. Da bin ich auch wieder ins Bett.«

»Wieso hast du nie davon erzählt?«, fragte ich. Wir hatten nie Geheimnisse voreinander gehabt. Cody hatte mir sogar erzählt, was sein Vater ihm alles angetan hatte. Ich verdrängte die Erinnerung an seine düstere Kindheit.

»Weil ich es für einen Traum gehalten habe!« Er rieb sich erschöpft die Augen. »Aber jetzt? Die Kerze, Amys Reaktion darauf. Die vielen ›Allergien‹, die sie oft vorgeschoben hat. Es lag daran, dass ihr Geist ohne die Verbindung zu anderen Göttern nicht vollständig war. Vielleicht hat sie ja wirklich mit den Tieren gesprochen wie in indianischen Legenden.«

»Das ist noch lange kein Grund, ihr zu vertrauen.« Hayden stand mit vor der Brust verschränkten Armen reglos da wie eine Statue.

»Und es ist keine Entschuldigung, sich wie ein Biest aufzuführen«, fügte ich hinzu.

»Eine Entschuldigung nicht. Aber glaubst du nicht, dass du Abstand von Menschen halten würdest, wenn du so behandelt wirst?«

Ich wand mich innerlich. Cody war einfach zu gut für diese Welt. Hatte Amy vorhin nicht wirklich den Hauch einer freundlichen Version hervorblitzen lassen? Vielleicht war es ihre Art, mit der Sache umzugehen? Ich massierte mir die pochenden Schläfen.

»Genau das habe ich immer wieder in ihr gesehen: das verletzte Mädchen, das hinter der blonden Zicke steckte. Als sie sich mit mir anfreunden wollte, habe ich sie von mir weggestoßen, weil ...« Cody kniff fest die Augen zusammen und Hayden spannte sich merklich an. Binnen weniger

Worte hatte sich die Atmosphäre im Raum verändert und das Schicksalsgewebe erzitterte kurz.

»Weil ...«, forderte ich ihn auf, weiterzuerzählen. Mein Magen verkrampfte sich, weil ich zu wissen glaubte, was nun kam, glaubte, es auf dem Gewebe zu ... sehen.

»Weil ich dann plötzlich glaubte, in dich verliebt zu sein.« Er runzelte die Stirn. Meine erste Reaktion war ein Erstarren. Waren seine Gefühle für mich nicht der Auslöser gewesen, weswegen ich vor wenigen Wochen regelrecht ausgerastet war? Einer der schicksalhaften Momente, die mich näher zu Phoenix gebracht hatten?

Dann aber sickerte die Art, wie Cody die Worte sagte, zu mir durch. Er hatte es als Frage formuliert, als könne er dem, an was er sich zu erinnern glaubte, nicht trauen.

»Es war nicht deine Schuld«, sagte Hayden leise zu Cody und starrte in die Ferne. »Kairos ahnte, dass mehr hinter Amy steckte, und er musste sie von Kiera fernhalten.«

Er schüttelte gedankenverloren den Kopf.

Da bäumte sich Amys Körper auf. Auf ihrem hellen Gesicht erschienen dunkle Risse, als würde ihre Haut jeden Moment aufplatzen.

»Schnell! Mach die Kerze aus«, wies Hayden mich an und ich löschte die Flamme aus, begleitet von Amys Wimmern.

Die Zeit schien stillzustehen. Hayden und ich starrten auf Amy hinab, die sich keuchend hin und her drehte, ihre Kontur verschwamm erneut, wechselte zu dem Geistermädchen, das mir geholfen hatte. Sie suchte ihre wahre Gestalt, doch sie schaffte es nicht vollständig.

Hayden reagierte blitzschnell, sprang hinter den Schleier, und noch ehe ich meine Augen zusammenkneifen und mich auf die Welt jenseits des Schleiers konzentrieren konnte, hatte er Amy schon wieder auf der anderen Seite geschnappt und war mit ihr zum Fenster hinausgesprungen.

Gemeinsam mit Cody rannte ich ihm durch die Terrassentür in den Garten nach.

Das Bild vor mir war beinahe magisch und ich hielt die Luft an, um das, was vor meinen Augen geschah, nicht zu zerstören.

Hayden hatte Amy auf das Gras gelegt, ganz nah an den alten knorrigen Bäumen direkt vor dem hohen Zaun an der hinteren Grundstücksgrenze.

Um sie herum funkelte es wie Glitzerstaub, den man in die Luft geworfen hatte und der das Sonnenlicht von allen Seiten reflektierte. Der Boden rund um Amy war von feinen goldenen Adern durchzogen, die in ihre Richtung pulsierten. Amys Äußeres festigte sich langsam. Je mehr Energie sie aus der Natur zog, desto mehr wurde sie zu ihrer wahren Gestalt. Zum Großen Geist, Manitou, Spirit oder wie auch immer sie sich nennen wollte. Sie hatte recht damit, dass sie mit der Natur oder einfach allem verbunden war.

Ein tiefes Glücksgefühl durchströmte mich, als goldener Regen von den noch recht kargen Ästen auf Amy hinabfiel, bis sie selbst so leuchtend schimmerte wie bei ihrer ersten Verwandlung vor unseren Augen.

Ich wusste, dass hier nicht mein Vater die Fäden zog, sondern das große Ganze, das einfach nichts dem Zufall überließ. Die Urkraft der Natur, die schon immer dafür gesorgt hatte, dass alles im Gleichgewicht blieb, sich entwickelte, aber immer demselben Schema folgte. Geburt, Leben, Tod, Erneuerung. Ein ewig währender Kreislauf.

Und mit dieser Hilfe konnten wir es schaffen. Ich glaubte fest daran.

Der goldene Schimmer verblasste, das Bild vor mir verwandelte sich von einem magischen Feengarten zurück in das ungepflegte Grundstück hinter dem Haus, was meiner Euphorie einen kleinen Dämpfer verpasste.

Cody kniete neben Manitou und strich ihr die dunklen Haare aus dem Gesicht. Die Geste wirkte so intim, dass ich wegsah. Trotzdem hörte ich, wie Cody flüsterte: »Es tut mir leid.«

Als ich meinen Blick wieder auf die beiden richtete, sah ich, wie sich die blonde Amy und Cody gegenüberstanden wie in einem Déjà-vu.

Nur dass ich, ganz gleich wie sehr ich in mir danach suchte, nicht einen Funken Eifersucht verspürte. Ich wusste nun, dass dies der große Plan war, den mein Vater mit aller Macht zu verhindern versucht hatte. Er war dafür verantwortlich, dass wir ihr nicht von Anfang an vertraut hatten.

Hayden trat mit gesenktem Kopf zu den beiden. »Es … Es tut mir leid.« Er biss sich auf die Unterlippe und war jetzt genau das Gegenteil von dem blaublitzenden Hayden wenige Minuten zuvor.

Amy starrte ihn einen Moment aus traurigen Augen an. Sie schien nicht wütend zu sein, sondern einfach nur enttäuscht und erschöpft. »Ich bin es gewohnt, dass der Glaube an mich immer mehr verloren geht. Ich war ja auch wirklich nicht sehr nett. Mein Geist war gespalten, war mir entglitten. Ich dachte, dass ich von anderen bewundert werden wollte. Aber das war es nicht. Es war Verbundenheit und Glaube, die mir gefehlt haben. Bis ich es erkannt hatte, war es beinahe zu spät.«

Es auszusprechen, schien ihr körperliche Schmerzen zu bereiten, und sie senkte den Kopf. Cody nahm ihre Hand, was sie scheinbar erdete. Ich lachte innerlich auf bei dem Vergleich. Genau das hatte sie gerettet. Sie musste geerdet werden. Was mich neugierig auf etwas anderes werden ließ.

»Woher wusstest du, was zu tun ist?«, fragte ich Hayden.

»Chenoa«, er verzog bei der Erinnerung an die Frau, die er einst geliebt hatte, schmerzhaft das Gesicht. »Chenoa war der Natur sehr verbunden.« Seine Worte waren nur ein Flüstern.

Amy nickte lächelnd – wissend und so geheimnisvoll, wie es nur eine Göttin konnte.

Kapitel 46

Ursprünglich hatte ich erwartet, dass sich Hayden und Amy nach den Vorkommnissen ein göttliches Duell liefern würden. Aber hier in unserem Hinterhof war alles von so tiefgreifendem Frieden durchtränkt, dass ich am liebsten geseufzt hätte.

Zu meinem persönlichen Glück fehlte nur noch eine ganz bestimmte Hand in meiner, doch die war so weit weg wie noch nie. Meine Brust verkrampfte sich und die Bilder von einem gefesselten Phoenix und Mom in einem weißen Sarg waren nicht mehr aus meinem Kopf zu verbannen.

»Ich habe eine Idee, wo sie sein könnten«, sagte Amy, eine neue Entschlossenheit in den Augen. Sie erinnerte mich entfernt an die bisherige Version von ihr, aber das Lächeln war anders, kam von innen. Sie wirkte irgendwie ... erfüllt.

Sie sah mich lange an, dachte über meine – unausgesprochenen! – Worte nach und nickte dann. »Ich muss mich bei dir bedanken«, wandte sie sich an Hayden, der überrascht die Augen aufriss. Einen Dank dafür, dass er sie fast umgebracht hatte, hatte er wohl nicht erwartet.

»Ich war nicht komplett gewesen, aber es war nicht, wie Cody vermutet hat, die Bindung zu den Göttern. Sondern etwas, das mir verloren ging, als ich in dieser kalten Familie aufgewachsen bin. Zuneigung, Freundschaft ...«, sie warf einen kurzen Blick zu Cody, »oder sogar mehr. Ich hatte das Wichtigste verloren, das, was mich ausmacht: Respekt und der Glaube an das große Ganze.« Ihre Augen blitzten kurz auf. Es war aber nicht das gleißende ›Ich bin ein übernatürliches Wesen‹-Blitzen, sondern Tränen, die das bisschen Sonne einfingen, das sich gerade einen Weg durch die Äste gebahnt hatte.

»Jetzt aber genug von dem Eso-Kram«, schnaubte Hayden. »Wir brauchen einen Plan. Du hast gesagt, du weißt vielleicht, wo sie sind?«

Amy nickte. »Ich kann euch zeigen, wo ich sie zuletzt gespürt habe.« Das beinahe irre Grinsen, musste ich zugeben, machte mir ein klein wenig Angst.

Plötzlich verkrampfte sich Hayden, wurde ganz bleich und verzog schmerzhaft das Gesicht. »Phoenix«, presste er hervor. »Sie quälen ihn.«

»Wo sind sie, Amy?«, drängte ich. Lange war ich mir sicher gewesen, dass Phoenix meine Mutter beschützen würde. Doch nun drängten sich andere Bilder in den Vordergrund. Phoenix, der kurz vor dem Umkippen gegen Harpyien und Lamien kämpfte, um Mom zu beschützen. Meine Mutter, die völlig wehrlos der Macht des Zufalls ausgeliefert war, obwohl sie von dem übernatürlichen Teil der Welt doch gar nichts wusste. Wie war es für sie, plötzlich Dad – ihrem Exmann – gegenüberzustehen und in ihm ein Monster zu sehen? Ich konnte nur hoffen, dass er sie gut behandelte wie früher immer. Doch welche Bilder entsprangen meiner Fantasie und was davon war ein Blick auf das Gewebe des Schicksals?

»Hör auf, mir diese Bilder zu zeigen«, beschwerte sich Amy. Mit dieser Gedankenleserei würden wir nie beste Freundinnen werden. Ich kniff die Augen zusammen.

»Glaub mir, das würde ich auch nicht wollen.«

Gewann da eben wieder die alte Amy die Oberhand über Manitou? Schade aber auch.

Amy verdrehte die Augen.

»Die beiden müssen in der Geisterwelt sein«, wechselte sie das Thema und hatte unsere volle Aufmerksamkeit. Aber keiner von uns reagierte. Daher erläuterte sie näher:

»Dort, wo dem Körper entrissene Seelen verweilen, ehe sie weiterziehen.«

Sie sah in die Runde. Noch immer keine Reaktion. Ich konnte mir nicht ansatzweise vorstellen, wo so eine Seele wirklich hinging.

Amy stöhnte entnervt. »Das, was ihr Schleier nennt, ist die Verbindung zwischen dieser und der anderen Welt. Die Verbindung, über die Schamanen Kontakt zu mir aufnehmen. Die Brücke, die Midgard mit Asgard verband, der Weg zum Olymp. Egal in welcher Kultur: Überall gibt es eine Möglichkeit, mit den Göttern in Kontakt zu treten.

Fortuna hat diese Verbindungswelt zu einer unüberwindbaren Grenze gemacht. Kein Mensch gelangte zu seinem Gott, kein Gott gelangte zu seinen Gläubigen.«

In mir krampfte sich alles zusammen. »Und dort sind jetzt meine Mom und Phoenix? Wie sollen sie denn dort überleben?«

»Indem sie von Magie geschützt sind und den Seelenbegleiter bei sich haben.« Amy klang vollkommen überzeugt.

»Hermes«, ergänzte Hayden.

»Genau. Eine seiner Aufgaben war es, die Seelen der Menschen zu meinem Vater Hades zu bringen.«

»Deine Idee hat einen Haken: Ich würde spüren, wenn mein Bruder dort wäre«, sagte Hayden entschieden.

»Wirklich?« Amy zog wie früher herausfordernd die Augenbraue nach oben.

»Ja.« Hayden klang nun nicht mehr ganz so sicher.

»Dann hast du also auch all die Jahre bemerkt, dass Kairos immer in deiner Nähe war?«

»Von wegen immer«, grummelte Hayden.

»Oh doch, immer. Fortuna hat ihn wohl ganz genau instruiert, wie er die Naturgesetze der Zwischenwelt für sich nutzen konnte. Dachtet ihr wirklich, die Münze wäre einfach ›irgendwie‹ zu ihrem neuen Träger gekommen?« Sie sah Hayden bemitleidend an. Dessen Augen zuckten hin und her. Vermutlich zeigte sich ihm gerade ein ganz neues Weltbild auf.

»Auch deshalb ist Hermes zurück«, schlussfolgerte Hayden. »Keiner kennt diese Zwischenwelt so gut wie er.«

Amy nickte ihm nur zu. »Er kennt all die verborgenen Kräfte, die in dieser Welt wirken. Meine Mutter Persephone war von diesem Wissen immer sehr angetan. Wahrscheinlich rührte daher mein Vertrauen zu ihm.«

»Wie kommt es, dass ausgerechnet Hades zurückgekehrt ist?« Diese Frage schwirrte schon eine ganze Weile in meinem Kopf herum.

»Ich weiß es nicht. Ich denke, dass Fortuna die stärksten Götter, die auf ihrer Seite standen, vorausgeschickt hat. Mein Vater steht für den Tod, er ist einer der Mächtigsten. Jeder glaubt schließlich an den Tod, man kann ihm nicht entgehen. Dieser Glaube stärkt ihn. Genauso verhält es sich mit Ares, dem Krieg. All die Kämpfe, Rebellionen, ja sogar jeder Nachbarschaftsstreit machen ihn stärker.« Sie senkte den Blick und atmete tief durch, sie erdete sich wieder.

»Hermes ist sicher aufgrund seines Wissens hier«, fuhr sie

fort. »Er hat allerlei Begabungen, er begleitet die Seelen in den Tod, er ist der Gott der Reisenden, der Diebe, der Magie und des Verkehrs. Doch keine einzige seiner Begabungen hat ihn zu einem herausragenden Gott mit Alleinstellungsmerkmal gemacht. Vermutlich hängt er sich deshalb an die mächtigen Götter und sieht zu, dass er wenigstens dieses Mal am Ende auf der Seite der Sieger steht.« Sie klang zutiefst enttäuscht. Vielleicht hatte sie Hermes ja wirklich gemocht.

»Und warum hat deine Mutter jemanden hinter Fortunas Jungs hergeschickt? Warum vertraute sie ihr nicht, dass sie die Welten endgültig trennen würde – ohne jede Rückkehrmöglichkeit?«, fragte ich weiter.

Amy sah mich entsetzt an, ehe sie langsam den Kopf schüttelte. »Du kennst die Geschichte meiner Eltern, oder? Meine Mutter ist nicht freiwillig zu meinem Vater gekommen – er hat sie entführt und nicht mehr herausgerückt. Und Fortuna hat Zeus davon überzeugt, Hades damit durchkommen zu lassen. Seitdem hasst Persephone Fortuna.« Sie knirschte mit den Zähnen. »Meine Mutter hat sich mit Hades arrangiert. mehr aber auch nicht. In seinem Streben, seine Brüder endlich zu besiegen und mehr als nur die Unterwelt zu regieren, ist er auch wirklich nur schwer zu ertragen – es gab kaum ein anderes Thema, jahrtausendelang. Sicher hat Fortuna ihm versprochen, dass sie seine Fäden anders knüpft und er endlich die Oberhand über seine Brüder bekommt, sollte er ihre Pläne unterstützen. Wenn es nach meinem Vater ginge, sollten Zeus und Poseidon vernichtet werden.« Sie machte eine kurze Pause und zog ihre schmale Nase kraus. »Die Gerüchte besagen, dass Fortuna die Fäden in der Hand hat. Warum also nicht darauf vertrauen, dass sie die Fäden der Feinde aus dem Gewebe entfernt. Sie hat anscheinend die Macht dazu.«

»Und warum ist sie selbst dann nicht durch den Riss im Schleier gekommen?«, sprach Cody meine Gedanken aus.

»Weil sie dann die anderen Götter nicht mehr unter Kontrolle hätte, vielleicht? Der Schleier ist noch immer eine Grenze. Entweder sie regiert über die eine Seite oder über die andere. Wer nur könnte ihr gefährlicher werden?« Sie führte in übertrieben grübelnder Geste die Finger zum Gesicht. »Ein Haufen Götter, die Fortuna schon einmal als geschlossene Einheit zu etwas gezwungen haben, was sie nicht wollte? Die Trennung der Welten war schließlich nicht ihre Idee. Oder ein Haufen machtloser Menschen, die schon davonlaufen, wenn sie eine Lamia sehen?« Sie schüttelte den Kopf. »Es ist nur eine Frage der Zeit, bis ihr Plan vollendet ist und der Schleier wieder zu der Verbindung wird, die von Göttern genutzt werden kann. Ich spüre, wie die damals erschaffene Barriere schwächer wird.«

Kapitel 47

Amy bestand darauf, in ein westlich von hier gelegenes Reservat zu fahren. Dort hatte sie sich immer wie zu Hause gefühlt, wenn ihre Ziehmutter sie hingeschleppt hatte, um neue naturmedizinische Rezepte für ihre Beautysalons auszuhandeln. Ich war froh, als das Taxi uns am Fähranleger in Richtung Vashon Island absetzte und wir nicht länger den Nachrichten aus dem Autoradio lauschen mussten. Sie hatten mir wieder ins Gedächtnis gerufen, dass wir uns nicht allein um meine Mom und Phoenix sorgen mussten, denn die Behauptung von Dr. Yates, dass all die schrecklichen Nachrichten nicht der Wahrheit entsprochen hatten, war eine Lüge gewesen. Überall gab es Unruhen, Kämpfe … lediglich die News über einen offiziellen Krieg waren vom Tisch.

Am heftigsten reagierte Amy, als sie von zahlreichen Toten auf einem indianischen Frühlingsfest hörte. Aber auch Cody und Hayden waren mit jeder Meldung stiller geworden und erst auf der Fähre kam langsam wieder ein Gespräch in Gang. Insbesondere Amy wurde offener, je näher wir dem Reservat kamen. Sie erzählte uns, was passiert war, nachdem sie im Körper eines kleinen Mädchens ›aufgewacht‹ war.

»Der Geist des Mädchens war meiner Essenz nicht gewachsen«, erzählte sie in einem emotionslosen Ton, als würde sie nicht ihre eigene Geschichte, sondern die einer Fremden erzählen. »Mit jedem Tag erinnerte ich mich weniger an das, was jahrhundertelang von mir bewahrt wurde, an das Wissen um die Welt der Götter und Persephones Zweifel an Fortuna. Ich wurde hinter euch hergeschickt, um herauszufinden, wie Fortunas Plan aussah, und um notfalls eingreifen zu können. Ich bin euch von Träger zu Träger gefolgt und habe euch beobachtet. Doch irgendwann bin ich im Körper eines Kindes erwacht, nicht dem eines Erwachsenen wie sonst. Zu Beginn wusste ich, dass ich auf den Münzträger warten musste, spürte die Nähe zur Münze wie immer, aber binnen kürzester Zeit war ich nicht mehr in der Lage, die Geisterwelt zu betreten. Kurz danach wusste ich nicht mal mehr von ihrer Existenz. Ich träumte seltsame Dinge, wachte schweißgebadet auf. Die Isolation meiner Familie hat dafür gesorgt, dass ich in Pflanzen Freunde fand, mich mit ihnen und Tieren unterhielt. Meine Eltern waren schockiert über die Entwicklung ihrer Tochter. So wurde ich von einem Arzt zum nächsten geschleppt, mein Geist von starker Medizin immer weiter verwirrt und meine Verbindung zu allem mehr und mehr zerstört.«

Sie fröstelte angesichts der Erinnerung. Cody zog sie näher zu sich, während wir von der Fähre gingen und uns zu Fuß Richtung Reservat wandten.

Hayden, der uns ein ganzes Stück voraus war, um der Münze nicht zu nahe zu kommen, wandte sich zu uns um, als Amy weitersprach. »Als du mich verhext hast, Kiera, brachte mich meine Mutter hierher, nachdem keiner der angestellten Ärzte im Beautycenter etwas für mich tun konnte. Ich dachte, ich werde verrückt, als dann plötzlich niemand mehr davon wusste. Ich wollte nicht erneut angesehen werden wie damals.« Sie schüttelte sich, als müsse sie die Erinnerung daran loswerden.

»Danach kehrten die seltsamen Träume zurück. Sie machten mich wütend, weil ich nicht wusste, was sie mir sagen wollten. Menschen, Unbekannte, die von mir Lösungen hören wollten. Mit dem Riss im Gewebe öffnete sich endlich mein Geist, all das alte Wissen kehrte zurück und ich wusste, dass ich Kontakt zu euch aufnehmen musste. Nur waren die Möglichkeiten ziemlich eingeschränkt.«

Die Straße führte uns gerade einen flachen Hügel hinauf, als hinter Hayden wie aus dem Nichts eine kleine Wohnwagensiedlung auftauchte. Irritiert darüber wandte ich mich an Amy. »Das ist aber kein Reservat.«

»Nein. Die Gruppe hier lebt außerhalb. Viele dieser Männer arbeiten in der Stadt. Aber sie folgen noch immer den alten Traditionen«, erklärte sie mir und ich musste wohl akzeptieren, was sie sagte. Ich hoffte nur, dass es uns Phoenix wirklich näherbringen würde und dass dort der Zauber von der Schicksalsmünze genommen werden könnte, wie Amy behauptete.

Denn wir mussten die Wechselwirkung zwischen Hayden und Phoenix zu unserem Vorteil nutzen, indem wir Hayden stärkten, was hoffentlich auch Phoenix genesen lassen würde. So weit der Plan.

Ein kleines Schild zeigte auf, dass wir uns nun auf ›geheiligtem Boden‹ befanden. Nervös wartete Hayden, bis wir zu ihm aufholen konnten. Er war etwas grün im Gesicht und auch mein Magen zog sich zusammen wie bei den Besuchen in der Praxis von Dr. Yates. Lag das etwa an dem ›geheiligten Boden‹?

Nur wenig später betraten wir gemeinsam einen runden

Platz inmitten zahlreicher Wohnwagen und zusammengeschusterter Hütten. In großen Töpfen wuchsen allerhand Kräuter, über den Türen hingen Traumfänger in unterschiedlichen Größen.

Ein Steinkreis in der Mitte rundete das perfekte Bild einer indianischen Siedlung ab. Reste verkohlter Holzscheite lagen darin. Ich konnte förmlich vor mir sehen, wie die Bewohner hier täglich zusammensaßen. Der Geruch nach Lagerfeuer lag noch in der Luft, die mir wider besseres Wissen eine Gänsehaut bescherte. Es dauerte eine Weile, bis ich herausfand, woher dieses Gefühl der Anspannung kam.

Amys lauter Aufschrei verdeutlichte nur, was ich bisher nur unterschwellig wahrgenommen hatte.

Es war still. Zu still.

Kapitel 48

Amy schrie ein weiteres Mal, presste sich an Codys Brust, der nicht wusste, was er tun sollte. So hielt er sie einfach nur fest, während ich gleichzeitig mit Hayden zu den beiden eilte.

»Der Tod war hier«, presste sie unter Tränen hervor. »Ihre Seelen sind alle fort, ihr Geist ist weg.« Sie war kreidebleich geworden, Tränen rannen ihre Wangen hinab. Amy zitterte so stark, dass sie kaum mehr aufrecht stehen konnte.

»Wir müssen sie von hier wegbringen«, flüsterte Cody, doch Amy wies den Vorschlag zurück.

»Erst die Münze«, sagte sie mit bebender Stimme. Jede Sekunde hier schien sie Kraft zu kosten. Sie wurde immer bleicher.

»Sag uns, was wir tun müssen«, bot Hayden an. »Danach verschwinden wir von hier und überlegen, warum diese Menschen sterben mussten.« Seine Betroffenheit war nicht zu übersehen.

»Das kann ich euch sagen. Die Toten bei dem Frühlingsfest, die Nachrichten im Fernsehen. Ist euch aufgefallen, dass es überwiegend mein Volk ist, das sterben muss?«

Im Kopf ging ich die Bilder durch. Es waren nicht nur Native Americans, aber Amy hatte recht. Es waren sehr viele davon unter den Opfern. Ich nickte.

»Kairos wusste vielleicht von Anfang an, dass ich mit euch

in diese Welt gekommen bin. Daher hat er schon vor langer Zeit begonnen, mein Volk zu dezimieren. Die Geschichtsbücher sind voll davon.« Ihre Stimme bebte. »Weil ich mich selbst immer mehr verloren und mich nicht eingemischt habe, hat er damit aufgehört. Nun aber …« Sie konnte den Satz nicht beenden. Cody zog sie noch dichter zu sich.

»… versucht mein Vater, deine Gläubigen zu töten. Aber warum?«, fragte ich.

»Weil ein göttliches Wesen nur durch den Glauben der Menschen existiert.« Haydens Worte hingen wie eine dunkle Wolke über uns. »Wenn niemand mehr an Manitou glaubt, wird sie immer schwächer werden und vergehen. Nur deshalb wurde damals der Schleier überhaupt geschlossen. Die Götter hatten Angst davor, einfach ausgelöscht zu werden. Entfernt gilt das auch für Zoferos, Kairos und mich. Wir mussten durch unser Einwirken den Glauben an uns erhalten.«

Amy nickte düster. »Ich war niemals wie sie, wie Hades oder Persephone, zu denen ich geschickt wurde. Sie haben mich totgeschwiegen, vielleicht hatten sie Angst, weil ich nicht aus ihren Reihen gekommen bin. Wo Zeus und die anderen eine Bedrohung sahen, sah Persephone eine Chance.«

»Wir können aber kaum herumrennen und allen erzählen, sie sollen nicht mehr an den Tod, an Zufall oder Krieg glauben, sondern stattdessen an den Großen Geist oder das gute oder schlechte Schicksal.« Cody verdrehte die Augen. »Die Leute würden uns für verrückt halten.«

Ich seufzte. »Mein Vater muss immer noch einen Plan verfolgen. Sonst würde er Phoenix und Mom nicht gefangen halten. Er will uns in Schach halten.«

Die anderen stimmten mit einem Nicken zu.

Worauf genau wartete er?

»Wir müssen aufhören zu handeln, wie es der Zufall will«, sagte Hayden überzeugt.

Ich lachte auf. »Als hätten wir es nicht bereits versucht. Und doch habe ich mit allem, was ich getan habe, genau das getan, was er wollte.«

»Nicht ganz. Er hatte gedacht, dass du dich für mich entscheiden würdest«, flüsterte Hayden und seine blauen Augen funkelten übernatürlich.

»Du meinst …«, die Bilder huschten an mir vorbei, schneller und schneller, bis mein Magen zu fliegen schien und ich kurz davor war, mich zu übergeben. Zum Glück konnte ich nicht mehr essen.

Hayden nickte. »Kairos hat daraufhin improvisiert, nicht eigenständig gehandelt, sondern reagiert, seinen Plan angepasst. Aber es hat uns bewiesen, dass wir ihn überlisten können. Wenn wir nicht mit dem Kopf denken.«

»Das hast du aber schön gesagt«, kommentierte Amy. »Das ist meine Philosophie. Lass dich von der inneren Stimme leiten und bestimme dein Leben selbst.«

Ich war mir nicht so sicher, ob es eine innere Stimme gewesen war, die mich zu Phoenix gebracht hatte, oder eher seine störrische, nervtötende und oftmals arrogante Art, auf die ich einfach reagieren musste. Ein Lächeln lag auf meinen Lippen.

»Schluss damit!« Amy klatschte in die Hände. »Das ist ja nicht auszuhalten. Kommt mit.«

Sie zog Cody mit sich auf eine Art Zelt zu, das zwischen zwei Wohnwagen stand. Eigentlich waren es nur eine Zeltplane, die zwischen die Wagen gespannt war, und ein paar Bretter, die sie an Ort und Stelle hielten. Neben dem Eingang, den Amy gerade auseinanderschob, baumelten kleine Knochen. Aus irgendeinem Grund wusste ich, dass es echte

Knochen waren und keine dieser Plastikdinger, die man zu Halloween kaufen konnte.

»Das ist das Zelt des Schamanen«, erklärte Amy, nachdem auch Hayden und ich eingetreten waren. Es herrschte diffuse Dunkelheit, bis Amy eine nackte Glühbirne mit einem Fingertippen anschaltete, die in der Mitte des Zeltes hing. Einen kurzen Moment lang irritierte mich die Mischung aus altem Schamanenzelt und moderner Technik – und dass Amy keinen Lichtschalter benutzen musste. Doch sie lenkte mich schnell von dem Gedanken ab, indem sie hin und her eilte, in Behältnissen kramte, immer wieder die Augen schloss und sich konzentrierte, bis sie anschließend zur nächsten Truhe ging.

»Diesen Bann von der Münze zu nehmen, ist nicht schwer. Er soll einfach nur vor fremdem Einfluss schützen und schwächt euch dadurch«, sagte sie.

»Deshalb konnten wir den Träger selbst nie beeinflussen«, sagte Hayden überrascht. Plötzlich ergab so vieles einen Sinn.

Amy zuckte mit den Schultern. »Vermutlich, aber ich mache mir eher Gedanken darüber, wer diesen Zauber auf die Münze gelegt hat.«

»Warum?«, fragte ich zeitgleich mit Cody.

»Weshalb sollte jemand aus meinem Volk eine Münze mit einem Schutz vor Göttern belegen, die rein gar nichts mit seiner Welt zu tun haben?« Sie grübelte, ehe sie weitersprach. »Vielleicht wurde jemand beeinflusst. Oder …« Sie verstummte.

»Hermes«, flüsterte sie dann zeitgleich mit Hayden und ich suchte in Gedanken nach der Verbindung.

Zur Bestätigung nickte Amy. »Deshalb ist er hier. Hermes

ist einer der vielseitigsten Götter. Er muss damals schon von Fortuna damit beauftragt worden sein, die Magie auf die Münze zu legen. Er kam nicht wegen meines Vaters oder um die Seelen zu begleiten, sondern um den Glauben an die Magie zu stärken.«

»Die dann den Schleier öffnen wird«, ergänzte Hayden. Die darauffolgende Stille legte sich wie ein Mantel über uns.

Wir schwiegen, während Amy Kräuter und andere Dinge, von denen ich vermutlich nicht wissen wollte, was sie einmal gewesen waren, in einer kleinen Tonschüssel zusammenrührte. Irgendwann waren meine Gedanken so weit vorangeschritten, dass ich es nicht mehr aushielt: »Wir sind ihm voraus! Wir wissen, wie der große Plan aussieht, nicht wahr?« Meine Haut kribbelte vor Anspannung.

Hayden war weniger aufgekratzt. »Wir wissen es nicht mit Bestimmtheit. Außerdem wissen wir nicht, wie wir ihn aufhalten sollen. Also nutzt es uns rein gar nichts, verdammt.« Er schlug wütend gegen die Zeltwand und es regnete Staub auf uns herab.

Ich ließ mich nicht entmutigen. »Wir sind ihm einen Schritt voraus. Das waren wir bisher nie.«

»Vielleicht will Kairos auch nur, dass wir das denken.« Hayden schüttelte den Kopf. Ich wusste selbst nicht mehr, was ich glauben sollte. Wenn es einen Gott der Verwirrung gab, wurde er in jeder Sekunde mächtiger.

Amy lachte kurz auf und warf ihr typisches Augenverdrehen in meine Richtung. Nahezu im selben Moment jedoch runzelte sie die Stirn und hielt damit inne, den Mörser weiterhin in der Tonschüssel herumzustoßen.

»Was ist?«, fragte Cody sofort, der die Veränderung bemerkt hatte.

Amy schüttelte den Kopf und zerrieb weiter ihre Zutaten. »Nichts. Ich ...«

»Egal, was es ist, vielleicht bringt es uns der Lösung näher«, hakte nun auch Hayden nach.

»Es ist leicht, die Menschen an Krieg und Tod glauben zu lassen«, murmelte Amy so leise vor sich hin, dass ich mich anstrengen musste, sie unter dem Schaben des Mörsers zu hören. »Aber wie überzeugt man die Menschen von Magie? In dieser so wissenschaftlichen Welt, in der selbst die Schönheit der Schöpfung nicht mehr wahrgenommen wird ...« Sie presste den Mund zu einem schmalen Strich zusammen. »Du hast daran gedacht, dass ein Gott der Verwirrung derzeit stärker werden würde.« Amy hielt in ihrer Arbeit inne und fixierte mich mit durchdringendem Blick. »Fortuna konnte damals nicht wissen, dass die Menschen eines Tages die Technik mehr verehren würden als alles andere. Vor langer Zeit wurde jeder Fortschritt zuerst mit Zauberkräften erklärt. Wunderheilungen, die heutzutage mit einfachstem medizinischen Wissen erklärt werden können, waren die reinste Magie. Ebenso wie in kochendes Wasser gelegte Operationsmesser, die Infektionen verhinderten.«

Ich dachte über die Wahrheit in ihren Worten nach, während Amy mit dem Finger in der widerlichen Paste in der Tonschale herumrührte, ehe sie auf Cody zuging und blitzschnell etwas davon auf die Münze an seiner Brust schmierte.

Sein angewidertes »Hey« überging sie und führte ihre Aufgabe fort. Codys Nasenflügel bebten und nun roch auch ich es. Die Paste stank widerlich nach irgendetwas, das schon seit Langem tot war. Ich verzog das Gesicht, während Amy mit geschlossenen Augen für mich unverständliche Worte murmelte.

»Es wird nicht lange dauern«, sagte Amy schnell. »Wenn die Masse getrocknet ist, wird sie abfallen und Hayden nicht mehr in Gefahr sein. Die Kräuter neutralisieren nun die Magie, die auf der Münze liegt.« Ich sah sie verständnislos an, daher erklärte sie es mir wie einem kleinen Kind.

»Jedes Wesen, jeder Kristall und jede Pflanze hat einen Gegenspieler. Benutzt man diesen, bringt man alles wieder ins Gleichgewicht, ganz so, wie es sein sollte. Man muss wissen, wie das große Ganze funktioniert, um alles im Lot zu halten.« Sie schloss die Lider, ihre Augen zuckten darunter hin und her. »Es ist so weit«, sagte sie dann zufrieden.

Noch immer skeptisch sah ich auf die in stinkenden Brei gehüllte Münze und rümpfte die Nase. Die Masse schien tatsächlich fester zu werden und nicht mehr ganz so penetrant zu riechen.

»Dann können wir das widerliche Zeug abkratzen? Oder kann ich die Münze jetzt endlich abnehmen?«, fragte Cody hoffnungsvoll. Amy öffnete den Mund, aber zu einer Antwort kam sie nicht mehr. Ich spürte den Ruck, der durch das Gewebe ging, so stark, dass ich ins Schwanken geriet und zu Boden stürzte. Die Schwingung glich einem Erdbeben. Hayden lag mit schmerzverzerrtem Gesicht neben mir, seine Hände an den Kopf gepresst.

»Was war das?«, stöhnte ich, nachdem die Erde – oder das Gewebe – aufgehört hatte zu zittern.

Amy schloss kurz die Augen, eine statische Aufladung tränkte die Luft, ehe sie mit düsterer Stimme sagte: »Die Menschen haben Angst. Sie sprechen wieder von Krieg, von einem Anschlag.«

Noch während sie das sagte, erlosch die Glühbirne über unseren Köpfen und Amy sackte in sich zusammen.

Kapitel 49

Cody sprang zu Amy, wollte sie hochziehen, doch sie war ohne Bewusstsein. Selbst im Halbdunkel des Schamanenzeltes war zu sehen, dass er Angst um sie hatte. Verzweifelt tastete er sie ab, wie er es bei einem Menschen machen würde. Hatte Amy überhaupt einen Puls? Blut in den Adern?

»Wir müssen Amy nach draußen bringen. In die Natur. So, wie bei mir zu Hause.« Ich stützte mich auf die Unterarme, um aufzustehen. Mein Kopf musste hart aufgeprallt sein, ein dumpfes Pochen strafte mich für meine schnelle Bewegung und ich sog scharf die Luft ein. »Was ist überhaupt passiert?« Ich schloss die Augen und versuchte, den Kopfschmerz von mir zu schieben.

»Jemand arbeitet tatsächlich daran, dass die Menschen den Glauben an die Technik verlieren«, sagte Hayden, als er sich mit geschlossenen Augen langsam aufrappelte. Seine Fingerspitzen navigierten wieder durch das Schicksalsgewebe. Er schien genau zu sehen, was passiert war, und klang sogar ein wenig beeindruckt. »Er hat das Stromnetz lahmgelegt.«

»Mir wäre es lieber gewesen, wenn unsere Überlegungen in die falsche Richtung gegangen wären«, murmelte ich und wagte einen neuen, langsameren Versuch aufzustehen. »Was nutzt es uns zu wissen, was geschehen wird, wenn wir es doch nicht verhindern können?«

Cody stemmte sich mit einer schlaffen Amy auf den Armen schwankend hoch. Ich ging zum Eingang des Zeltes und hob das Stück der Zeltplane zur Seite, damit er ins Freie treten konnte, als die Luft plötzlich erneut mit Energie getränkt war.

Ich warf einen Blick zurück zu Hayden, dessen Augen so übernatürlich leuchteten, dass alles in dem kleinen Zelt in diffuses bläuliches Licht getaucht war. Ein Lächeln erschien auf seinen Lippen, bevor er Cody nach draußen folgte. Noch ehe ich nach dem Grund fragen konnte, schlangen sich zwei Arme fest um mich und ich rang nach Atem. Der Duft, den ich dabei einsog, war berauschend, verdrängte den Kopfschmerz und alle Sorgen, die sich zu einem gigantischen Berg in meinem Kopf aufgetürmt hatten.

»Phoenix?«, presste ich atemlos hervor.

Ich erhielt keine Antwort, sondern spürte nur seine weichen Lippen auf meinem Mund – mit all den Emotionen, die ich ebenso fühlte. Ein Teil von mir hatte tatsächlich geglaubt, ihn nie wiederzusehen, und dieser Teil löste sich nun auf und machte Platz für pure Euphorie. Gierig erwiderte ich seinen Kuss.

Erst als wir beide unsere Sehnsucht halbwegs gestillt hatten, ließ er atemlos von mir ab und legte seine Stirn auf meine.

»Ich habe gedacht, dass ich dich nie wiedersehen würde.«

Ich wollte nicht, dass er weitersprach, wollte, dass er mich wieder in die kleine Blase unserer Zweisamkeit zurückbrachte. Ich wollte den Rest der Welt vergessen, presste meine Hände an seine Brust und fuhr mit den Fingern die harte Muskulatur entlang. Doch die Stimme der Vernunft wurde immer lauter.

»Wir müssen ihnen helfen«, sagte Phoenix und sah mir dabei beschwörend in die Augen.

Ich nickte wie paralysiert, bis mein Verstand über die Hormone siegte. Er konnte nicht hier sein, er war gefangen in Hermes' Geisterwelt, an einem Ort irgendwo im Schleier, auf den nicht einmal Amy Zugriff hatte. Ich musste mir den Kopf stärker angeschlagen haben als im ersten Moment gedacht. Er war ein Trugbild. Dieses Wissen sorgte für ein schmerzhaftes Brennen in meinen Augen.

»Kiera?« Die kleine Falte erschien, die sich zwischen Phoenix' Augenbrauen zeigte, sobald er sich Gedanken oder Sorgen machte. »Geht es dir nicht gut?«

Ich presste die Lippen fest zusammen, damit ich nicht wirklich losheulte. Dann schüttelte ich den Kopf, um das Hirngespinst zu verscheuchen. Auch wenn es schwerfiel, mich aus seiner Umarmung zu lösen, trat ich von Phoenix weg.

»Kiera, was hast du?« In seinen dunklen Augen stand nur noch Besorgnis, vielleicht sogar ein Hauch von Panik. Mein Unterbewusstsein malte ihn sich so lebensecht aus, dass es mir das Herz zerriss.

Im nächsten Moment war mein Traumbild verschwunden, mein Blickfeld leer und ich wagte es endlich, meinen Tränen freien Lauf zu lassen.

Kapitel 50

Es dauerte eine Weile, bis ich die Stimmen draußen vor dem Zelt wahrnahm. Mein Herz schlug träge, mein Kopf versuchte, den Schmerz über die erneute Trennung von Phoenix zu verdrängen, die Realität zu akzeptieren. Ich war so konzentriert darauf, Abschied zu nehmen, dass ich erst nach Minuten begriff, wer draußen seinem Unmut Luft verschaffte.

»Was hast du mit ihr gemacht?«, hörte ich die wütende Stimme brüllen. Mein Puls beschleunigte sich. Ich war plötzlich hellwach. Um keine Zeit zu verlieren, glitt ich hinter den Schleier und zog die Zeltplane zur Seite.

Ich raste nach draußen und wechselte erst direkt zwischen den Streithähnen auf die andere Seite des Schleiers.

Ein Funkenschlag traf mich und ließ mich aufkeuchen. Ich warf Phoenix einen finsteren Blick zu, sah dann zu Hayden, der mit erhobenen Händen dastand und auf seinen Bruder einredete.

»Ich habe nichts getan, wirklich. Würdest du mir erklären, was du mir schon wieder vorwirfst?«

Phoenix hielt inne, senkte seine Hand. Die blauen Blitze, die sich über seine Haut zogen, verblassten. Dann sah er mir tief in die Augen. Lange. Bis ich mir unsicher auf die Lippe biss. Das liebevolle Lächeln, das er mir anschließend schenkte, löschte die Unsicherheit jedoch sofort aus. Zusammen mit den letzten Zweifeln, dass er echt war. Ich warf mich in seine Arme und atmete stockend ein, so überwältigt war ich von der Tatsache, dass er wirklich und wahrhaftig hier war und nicht nur ein heraufbeschworener Tagtraum.

Phoenix schlang seine Arme um mich, seine Hand fuhr meinen Rücken hinauf, strich über meinen Nacken und griff in meine Haare, ehe er seinen Griff lockerte und mich so weit von sich schob, dass er mich ansehen konnte.

Er sagte nichts, aber die erhobene Augenbraue brachte mich dazu, den Blick zu senken.

»Ich habe dich für einen Traum gehalten«, murmelte ich seiner Brust entgegen, die daraufhin leicht zu Beben begann.

»Das habe ich schon öfter gehört.« Sein Ton war kein bisschen arrogant oder überheblich, die sarkastische Antwort nur noch ein Schatten dessen, wie er einmal gewesen war. Trotzdem verdrehte ich die Augen und wollte lächelnd den Kopf schütteln, als Phoenix nach meinem Kinn griff und es anhob, bis ich seinem Blick nicht mehr ausweichen konnte.

»Wo warst du?«, flüsterte ich und presste mich erneut an ihn, nur um mir selbst klarzumachen, dass er echt war. Er strich sanft über meine Haare, ehe er zu erzählen begann:

»Ich war an einem Ort zwischen hier und dem Schleier. Ein kleiner untersetzter Typ, ein Helfer von Ares und Hades, war bei deiner Mutter im Krankenhaus, als ich sie holen wollte. Da hat mich jemand niedergeschlagen und ich bin dort zu mir gekommen.« Ich sah ihm an, wie sehr er sich darüber ärgerte. »So schlecht wie dort ging es mir noch nie. Ein immenser Druck lastete von allen Seiten auf mir, bis dieser Typ, den Ares und Hades ständig schikanierten, etwas in meine Tasche steckte. Danach fühlte ich mich zwar etwas stabiler, aber ich war trotzdem noch zu schwach, um zu fliehen.«

Ich spürte das Schaudern, das durch Phoenix ging, und strich ihm beruhigend über den Rücken, bis er sich wieder gefangen hatte.

»Der kleine Dicke sagte dann nur noch, dass es mir gleich besser ginge – und so kam es auch und ich konnte entkommen.«

»Wie?«, presste ich gerade noch mit gebrochener Stimme heraus. Die Intensität, mit der er mich ansah, brachte mich völlig aus dem Konzept.

Mehrere Atemzüge später bekam ich eine Antwort.

»Ich fühlte mich mit einem Mal kaum mehr geschwächt und dann haben plötzlich sehr, sehr viele Menschen auf einmal ihren Glauben an das schlechte Schicksal wiedergefunden«, antwortete Phoenix zwischen zusammengepressten Kiefern. »Schreckliche Dinge müssen hier geschehen sein, während ich weg war. Gut für mich, der Glaube der Menschen an das Unglück hat mich gestärkt.«

»Aber wer war dieser Typ?«, wollte ich wissen. »Ein Gott?«

Phoenix zuckte mit den Schultern. »Ich denke nicht, dass ein Gott sich von Ares und Hades so herumschubsen lassen würde.«

»Ob Kairos diese Entwicklung vorhergesehen hat?« Hayden trat dicht neben uns und lächelte finster, während Phoenix mehrmals die Luft einsog. »Was stinkt hier so?«, fragte er mit angewidertem Blick und ich wollte mich gerade nach Cody umsehen, als von weit entfernt ein Stöhnen erklang.

Amy.

Ich hatte sie völlig vergessen. Mit sehr viel Überredungskunst überzeugte ich meinen Körper, Phoenix loszulassen und mich nach Cody und Amy umzusehen. Erst auf den zweiten Blick entdeckte ich sie zwischen ein paar verstreuten Bäumen und einem eher vertrocknet wirkenden Busch.

Nirgendwo goldene Partikel oder Märchenbuchflair. Diese Erkenntnis holte mich endgültig aus meinem Glücksrausch über die Rückkehr von Phoenix und ich rannte zwischen den Wohnwagen hindurch zu Amy, die halb auf Cody lag und sich immer wieder krümmte.

Cody wirkte so vollkommen hilflos, wie ich ihn noch nie gesehen hatte.

»Was ist mit ihr?«, fragte ich wie von selbst und biss mir auf die Lippen. Die Antwort war eigentlich offensichtlich.

»Wenn ein Teil ihres Volkes stirbt, erlischt auch der Glaube an sie«, sprach Cody aus, was ich ebenfalls vermutete. Waren tatsächlich weitere Menschen gestorben? Ich verdrängte die aufwallenden Schuldgefühle, ehe sie mich niederdrücken konnten.

»Wieso regeneriert sie sich nicht wie bei mir zu Hause?« Ich wartete immer noch auf den silbernen Funkenregen.

Hayden trat zu den Sträuchern hinter Amy und zupfte daran. Sie fielen buchstäblich zwischen seinen Fingern auseinander. »Sie hatten nicht genügend Lebensenergie und haben bereits alles für Amy gegeben«, murmelte er nachdenklich, während sich die Überreste des vertrockneten Gestrüpps in einem kleinen Windstoß in der Umgebung verteilten.

Phoenix knurrte neben mir, sodass ich zusammenzuckte. Dann atmete er lautstark aus, ging mit einem großen Schritt zu Amy, kniete sich neben ihr nieder und hob sie auf seine Arme.

Er ignorierte Codys »Nein!« sowie seine hilflosen Versuche, Amy festzuhalten, und verschwand mit ihr hinter dem Schleier. Es dauerte einen Moment, bis sich mein Blick auf die andere Seite richtete, doch da war Phoenix bereits nur noch ein weit entfernter Schatten.

»Was tut er mit ihr? Er wird sie töten!« Cody sprang auf und strich sich seine wirren Haare aus dem Gesicht. »Sie hat ihn in die Falle gelockt, wenn auch unbeabsichtigt. Sicherlich will er sich an ihr rächen«, fügte er flüsternd hinzu. Ich presste die Lippen zusammen, in meinem Kopf hallten Haydens stetige Warnungen wider und dämpften meine Euphorie über Phoenix' unerwartete Rückkehr.

Ist er auch gut, wenn du nicht in seiner Nähe bist?

Hayden reagierte schneller als ich und folgte Phoenix hinter den Schleier.

Cody warf mir einen flehenden Blick zu, doch ich konnte nicht hinterher. Die beiden waren so viel schneller als ich, ich würde sie niemals einholen. Daher blieb mir nur der Glaube, dass Phoenix eine Lösung hatte. Aber tief in meinem Inneren machten sich Haydens Worte selbstständig, wurden zu einem immer größeren Klumpen in meinem Magen. Was, wenn sie ihn auf ihre Seite gezogen hatten, wenn es eine Lüge war, dass der plötzliche starke Glaube an ihn für seine Fluchtmöglichkeit gesorgt oder dieser mysteriöse kleine Mann ihm geholfen hatte?

Ohne Amy würden wir nicht gegen meinen Vater und seine neuen Verbündeten ankommen. Das wusste Dad genau, sonst hätte er nicht schon Jahrhunderte damit verbracht, Amys Volk zu töten. Mir kam kurzfristig der grausame Gedanke, dass er vielleicht sogar einen Teil der Zerstörung der Umwelt zu verantworten hatte. Amy war mit der Natur verbunden, es war also durchaus möglich.

Aber womit hätte Dad Phoenix locken können, was hatte er ihm versprochen?

Der Schmerz in meinem Inneren war zu groß, als dass ich ihn hätte verschließen können. Meine Augen brannten, während immer dasselbe Wort durch meinen Kopf zog: Verrat.

Fluchend tauchte Hayden neben uns auf.

Der kleine Hoffnungsschimmer in Codys Augen, als er Hayden erblickte, erlosch sofort wieder.

Ich sah zu Hayden, der mit finsterem Blick den Kopf schüttelte. »Ich habe ihn nicht mehr gefunden. Er war zu schnell.«

Der Klumpen in meinem Magen wuchs auf doppelte Größe an und brachte mich ins Taumeln.

»Lass uns nach Hause gehen. Wir müssen uns überlegen, was wir nun tun können.« Hayden zog mich mit sich. Mein Körper weigerte sich zu gehen, wollte warten, bis Phoenix zurückkehrte. Meine Beine reagierten nicht auf Haydens Worte und stolperten nur unkontrolliert vorwärts.

»Sieh nach, wann die nächste Fähre ausläuft«, sagte Hayden zu Cody, der sofort sein Handy aus der Tasche zog und es nach einem kurzen Blick auf das Display wieder senkte.

»Kein Empfang«, sagte er und Gänsehaut kroch meinen Rücken entlang.

»Ohne Strom funktionieren die Netze nicht. Das hatten wir ja bereits vermutet«, grummelte Hayden und zerrte mich weiter mit sich, hinaus aus dem Wohnwagendorf.

»Auf dieser Seite werden wir zu lange für den Weg zur Fähre brauchen«, flüsterte er mir zu. »Du musst selbst gehen, ich werde Cody mitnehmen.«

Ich wünschte mir so sehr, dass Hayden einen Plan im Kopf hatte. Als ich mich schon aufrichten wollte, kamen mir jedoch Zweifel. Konnte Cody überhaupt noch hinter den Schleier wechseln oder würden wir ihn damit töten? Ich äußerte meine Bedenken und deutete auf die Münze um Codys Hals. Die stinkende Paste war mittlerweile abgefallen und die Schicksalsmünze sah aus wie zuvor. Doch der Schein konnte trügen. Ich zögerte.

Zum Beweis, dass die Münze noch immer mehr als eine normale Münze war, zog Hayden das Band blitzschnell über Codys Kopf und schleuderte es mitsamt der Münze davon. Ich konnte nicht sehen oder hören, ob sie irgendwo zu Boden fiel, sah nur zurück zu Cody und die Münze blitzte auf, als würde sie mir zuzwinkern.

»Wo auch immer sie damals herkam, sie hat besondere Eigenschaften, die wir nach wie vor nutzen können. Sogar jetzt noch, nachdem Amy den Zauber zum Schutz vor Einflüssen entfernt hat«, fasste Hayden zusammen.

Wenige Sekunden später befanden wir uns bereits auf der anderen Seite des Schleiers, wo Cody wie beim letzten Mal zusammenbrach. Hayden reagierte schnell und warf ihn schwungvoll über seine Schulter.

Kurz runzelte ich die Stirn.

»Was?«, fragte Hayden, der so schnell losmarschierte, dass ich selbst ohne zusätzliches Gewicht kaum mitkam und wie an einer Schnur gezogen hinterherstolperte. »Phoenix ist stärker geworden und wir sind ein Gleichgewicht.« Sein Grinsen wirkte wie eine Grimasse. Ich sah deutlich die Kiefermuskulatur hervortreten.

Wir passierten gerade das Schild mit »geheiligtem Boden«, als ich anhielt und Hayden davonlaufen ließ. Er bemerkte mein Fehlen erst ein paar Augenblicke später und wandte sich mit einem Seufzen um.

Ich wollte nicht weggehen, glaubte noch immer nicht, dass Phoenix die Seiten gewechselt haben sollte.

»Er kommt zurück, wir müssen hier warten.«

Hayden seufzte erneut und schüttelte den Kopf. »Er wird nicht kommen. Egal was dein Herz dir sagt, es lügt.« Er klang so überzeugt, dass ich einen kurzen Moment innehielt. Aber ich wusste es besser und wechselte zurück auf die andere Seite des Schleiers, weil ich nicht wollte, dass Hayden mir weiterhin irgendwelche schrecklichen Gedanken ins Ohr setzte. Es war kindisch, dessen war ich mir bewusst, aber Hayden benahm sich nicht besser.

Nach einem Prickeln im Nacken trat ein breites Grinsen auf meine Lippen.

»Ich wusste es«, flüsterte ich, noch ehe ich mich zu Phoenix umdrehte, der eben mit Amy aus dem Schleier trat.

»Du hast es nicht gewusst, du hast es gehofft«, antwortete Amy schnippisch wie immer und ich verzog meinen Mund. »Aber nichtsdestotrotz hat Mr Pechvogel richtig gehandelt und vor allem schnell. Und das nur, um nach meiner Genesung in dem Wäldchen dort hinten«, sie deutete vage hinter den Hügel, »seine Wut darüber rauszulassen, dass ich ihn zu Hermes geschickt habe.« Sie verdrehte die Augen, während Phoenix die Hand hob, um sie zu unterbrechen.

»Das ist geklärt«, sagte er knapp. »Es hatte sogar etwas Gutes.« Auf meinen fragenden Blick hin antwortete er nicht, sondern reagierte nur auf Amys kaum hörbares »Danke«.

Phoenix lächelte mich kopfschüttelnd an, während ich die Augen verdrehte. Hayden kam eben mit Cody auf der Schulter auf unsere Seite des Schleiers.

Er musterte seinen Bruder sehr lange, die vielen Emotionen, die über sein Gesicht huschten, zogen viel zu schnell vorüber, als dass ich sie hätte interpretieren können. Aber sie verursachten definitiv ein ungutes Gefühl.

Phoenix schien nicht so misstrauisch zu sein.

»Wie hast du uns eigentlich hier gefunden?«, fragte Amy dazwischen und wartete die Antwort mit ebenso kritischem Blick ab.

Phoenix deutete auf Cody. »Ich kann ihn spüren.«

Amy schien zufrieden, Hayden jedoch noch immer nicht überzeugt. Herrgott, wie nachtragend konnte man sein? War ich froh, dass ich keine Geschwister hatte.

»Unterwegs sind uns ein paar ratlose Wanderer begegnet und wir haben sie kurz belauscht«, sagte Phoenix. »Scheinbar sind die Mobilnetze ausgefallen und sogar die GPS-Signale. Kairos und seine Verbündeten haben ganze Arbeit geleistet. Lasst uns nach der Fähre sehen.«

Wir schwiegen, bis wir beim Fähranleger ankamen. Die Stille war auch über uns, während wir übersetzten. Ich ließ Phoenix' Hand in all der Zeit nicht los.

Auf der Fähre unterhielten sich zwei Männer und Hayden hörte ihnen mit einem schmalen Lächeln zu, wie sie darüber spekulierten, welcher Wink des Schicksals es gewesen sein musste, dass um diese Zeit ausgerechnet das alte Fährschiff fuhr. Die modernen Fähren waren komplett auf das GPS-Netz angewiesen und zusammen mit dem Strom ausgefallen.

Kaum dass wir angelegt hatten, sprangen wir auf den Kai.

»Und jetzt?«, fragte ich und suchte fieberhaft nach einer Lösung, die sich mir jedoch nicht zeigen wollte.

»Machen wir das, was ihr sowieso vorgehabt habt. Wir gehen zu dir nach Hause«, sagte Phoenix. »Ich habe Ares und Hades gehört, wie sie mit Kairos gesprochen haben. Sie werden den Schleier bei Neumond lüften. Sie müssen jetzt handeln, wo sie alle wieder stark genug sind. Ihre nächste Chance könnte Jahre entfernt sein.«

»Neumond ist heute Nacht«, flüsterte Amy und sah in den Himmel hinauf.

»Heute?« Angst kroch meinen Rücken hinab. Wir wussten nicht, wie wir sie aufhalten sollten, was wir gegen diese Übermacht überhaupt ausrichten konnten. Amy hingegen hatte ihren Fokus bereits woanders und lenkte mich damit zumindest ab: »Laufen?«

Phoenix nickte. »Als du bewusstlos warst, habe ich versucht, Goldie zu rufen. Doch er kam nicht.«

Die Worte ließen Hayden aufhorchen. Er starrte Phoenix mit fragendem Blick an.

»Magie«, sagten sie dann zeitgleich.

»Hermes hat den Zauber unter Kontrolle, mit dem ihr den Greifen ruft«, schlussfolgerte Amy mit düsterem Blick.

Wenn wir nun nicht einmal mehr die Möglichkeit hatten, größere Strecken zu überwinden, ohne Ewigkeiten dafür zu brauchen, wie sollten wir dann meine Mutter retten? Mein Kopf bestand nur noch aus einer schwarzen Wolke, die selbst Phoenix' Hand in meiner nicht verscheuchen konnte.

Auf dem langen Fußmarsch kreisten meine Gedanken unentwegt. Es war einfach alles so sinnlos. Immer wenn wir der Lösung auf der Spur zu sein schienen, war uns mein Vater wieder einen Schritt voraus. Er hatte drei Götter an seiner Seite. Was konnten wir schon ausrichten? Meine Beine wurden langsam lahm und ich hätte mich am liebsten am Straßenrand in den Dreck sinken lassen. Auch wenn ich die ersten Häuser am Stadtrand schon erkennen konnte, motivierte mich nichts weiterzugehen.

Phoenix spürte, was in meinem Kopf vor sich ging, und ließ sich gemeinsam mit mir ein wenig zurückfallen.

»Wir sind stärker denn je. Ich fühle mich kraftvoller als jemals zuvor in meiner Existenz.«

»Sie sind Götter, echte Götter«, antwortete ich nur trübe und sämtliche Mythen kreisten in meinem Kopf. Phoenix brachte mich zum Stehen und drehte mich zu sich. In seinen Augen brannte ein nie da gewesenes Feuer.

»Und wir sind es ebenso.«

Kapitel 51

Sofort hatte Phoenix meine volle Aufmerksamkeit, was er offensichtlich sehr genoss. Ich konnte das Augenverdrehen nicht zurückhalten, was ihm einen kleinen Dämpfer versetzte. Zur Strafe ließ er mich zappeln, erklärte mir nicht, was seine Worte bedeuteten.

Seufzend gab ich nach und fragte in süß-naivem Tonfall: »Warum, o großer Zoferos, glaubst du, dass du urplötzlich zu einem echten Gott aufgestiegen bist?«

Er ignorierte gekonnt den Sarkasmus, der nur so aus meinen Worten triefte, und schenkte mir ein strahlendes Lächeln. »Nicht nur ich, Kiera, sondern wir. Spürst du es nicht? Das kleine Ziehen, wenn dich jemand ›ruft‹?« Sein Gesicht war vollkommen reglos.

»Nein?« Es war eher eine Frage als eine Antwort.

Völlig überzeugt von sich fuhr er fort: »Ich höre sie, Kiera. Die Verwünschungen, die dunklen Gedanken, dass das düstere Schicksal einen anderen auswählen soll.«

Ich runzelte die Stirn, das klang … seltsam, selbst für unsere Verhältnisse.

Phoenix seufzte theatralisch und machte eine wegwerfende Handbewegung, ehe er breit grinste und die Hände hob, als würde er sich ergeben. »Okay, okay. Ich habe es von Kairos gehört.« Ich schlug ihm mit der Handfläche gegen die

Brust und wollte ihm eben meinen berüchtigten tödlichen Blick zuwerfen, als Hayden zu uns kam.

»Was hast du von Kairos gehört?« Hayden war mit Cody auf der Schulter und Amy im Schlepptau zu uns zurückgekehrt.

»Er hält sich für einen Gott«, sagte ich, noch ehe Phoenix den Mund öffnen und das Kinn in die Luft recken konnte.

Amy prustete los, fing sich dann jedoch sofort wieder und auf ihrer perfekten Stirn zeigten sich kleine Fältchen. »Es macht Sinn«, grübelte sie laut und ging ein paar Schritte hin und her, um besser denken zu können. »So wurde ich von meinem Volk erschaffen. Durch den reinen Glauben an mich.«

Auf Haydens Lippen erschien der Ansatz eines Lächelns. »Es gibt sicher einige, die heute einen Schicksalsschlag erlitten haben.« Er sah zu Phoenix und ließ sich vermutlich durch den Kopf gehen, was dieser bei seiner Rückkehr gesagt hatte. Dass er sich plötzlich unheimlich stark gefühlt hatte.

An mich schien niemand zu glauben. Niemand hielt die aktuellen Entwicklungen für Zufall. Was aber bedeutete ...

»Die Macht meines Vaters sinkt dadurch!« Ich rief die Worte so laut in die Stille des Schleiers hinaus, dass die anderen zusammenzuckten – genau wie ich selbst.

Phoenix war der Erste, der meine Schlussfolgerung nachvollziehen konnte, und lächelte so finster, dass ich am liebsten einen Schritt zurückgetreten wäre. Zum Glück war dieses Lächeln nicht an mich gerichtet. Ich konnte förmlich sehen, wie er es seinem Bruder Kairos entgegenwarf. Dem Bruder, der immer stärker gewesen war, weil stets mehr Menschen an den Zufall als an das Schicksal geglaubt hatten, weil sich alle gerne einredeten, dass der Zufall regierte und keine höhere Macht – oder vielleicht auch einfach, weil Dad Phoenix und Hayden mit der vergifteten Münze schwach gehalten hatte.

»Wetten, dass er nicht damit gerechnet hat?«, grinste nun auch Hayden. Seine Augen leuchteten wieder in diesem übernatürlichen Blau. »Er würde niemals schwächer sein wollen als andere.«

»Seine Überheblichkeit ist ihm zum Verhängnis geworden«, sagte Amy in dem typisch arroganten Tonfall. Die Ironie des Ganzen erkannte sie nicht, was mich kurz auflachen ließ. Amy ignorierte meine Reaktion und fuhr fort: »Er war blind dafür, dass Fortuna nie in Erwägung gezogen hat, mit ihm zu … regieren oder was auch immer. Kairos war nur derjenige, der die Tür für die anderen öffnen sollte. Wie ihr alle auch.« Sie sah nacheinander zu Phoenix, Hayden und mir.

»Damit kann man doch sicher arbeiten.« Sie ging ein paar Schritte hin und her, als mich ein Geräusch zusammenfahren ließ.

Wir waren im Schleier – noch immer. Hier herrschte absolute Ruhe. Es sei denn … Ein Heulen zerriss die Stille und nun ruckten unsere Köpfe suchend hin und her.

»Da!« Ich deutete auf den Stadtrand, auf die verschwommenen dunklen Schemen der ersten Häuser, von denen sich nun immer weitere Gestalten ablösten.

Die Rufe wurden lauter, je mehr Kreaturen auftauchten. Ich zählte aktuell sieben von ihnen, doch es wurden noch mehr.

»Bring ihn hier weg!«, schrie Phoenix Amy an und berührte sein Tattoo. Sofort erschien der Dolch in seiner Hand.

»Jetzt!«, setzte Phoenix nach, als Amy wie erstarrt in

Richtung der Monster sah, die nun die Anhöhe zu uns emporkamen.

Ich sah, wie hin- und hergerissen sie war. Sie wollte Cody beschützen, doch sie wollte – oder konnte – uns nicht im Stich lassen.

»Er bringt uns alle in Gefahr, wenn wir ihn hier beschützen müssen«, fauchte Phoenix und endlich schien Amy überzeugt. Sie zögerte nur noch kurz, ehe sie zu Hayden trat, der Cody immer noch wie einen Sack über seine Schulter geworfen hatte.

»Kannst du ihn tragen?«, fragte ich mit berechtigtem Zweifel. Amy wirkte so zart und zerbrechlich. Cody wog vermutlich das Doppelte von ihr.

Diese Frage nahm sie wohl als Herausforderung, griff Cody mit beiden Händen an dessen Hüfte, drehte ihn binnen eines Wimpernschlages in der Luft herum, sodass sie ihn wie ein sehr großes Baby in den Armen hielt. Sie sah aus wie Superwoman.

Den Gedanken hatte sie wohl gehört, denn ihre Mundwinkel zuckten, als sie sich umwandte: »Stirb nicht, Schicksalstochter. Sonst mache ich dir dein Nachleben zur Hölle.«

Trotz der fürchterlichen Situation musste ich grinsen. Amy nickte zum Abschied. Aber anstatt mit Cody abzuheben, wie Superwoman es getan hätte, wandte sie sich ab und ging mit schnellen Schritten dem Feld entgegen, der sie zum nahe gelegenen kleinen Wald führen würde. Schon schob Amy die ersten Halme der schulterhohen Pflanzen beiseite und verschwand kurz darauf. Sie musste gebückt gehen, aber die Tarnung war perfekt.

Ich verstand ihren Plan. Sie und die Natur würden Cody beschützen. Er würde überleben.

Was für uns drei nicht mit Sicherheit galt.

Die Gestalten vor uns wurden immer größer, ihre Schreie hallten durch den Schleier.

Wir machten uns bereit. Ich zog meinen Dolch, Phoenix und Hayden stellten sich mit ihren Waffen rechts und links von mir auf.

Ich nahm noch einen tiefen Atemzug, ehe die ersten Lamien bei uns eintrafen.

Kapitel 52

Wieder einmal sorgte die übernatürliche Schönheit der Lamien für ein kurzes Innehalten auf unserer Seite. Selbst ihre Art, sich zu bewegen, strahlte ein Selbstbewusstsein aus, das ihrer Fassade angemessen war. Sie waren schnell, ja. Aber sie rannten nicht. Sie glitten eher voran, Reihe für Reihe tauchte hinter dem Hügel auf, ein umwerfendes Lächeln ins Gesicht getackert. Ihren Blicken entging nicht die kleinste Bewegung. Wie leicht es wäre, in diesen Augen zu versinken und ihnen alles zu geben, was sie wollten. Die Menschen konnten einem echt leidtun. Einem Auftritt von mindestens zwanzig Supermodels könnte kein Normalsterblicher widerstehen. Selbst ich war drauf und dran, vor Neid zu erblassen, obwohl ich wusste, dass alles nur Fassade war.

Diese hier waren anders als die Lamien, denen wir bisher begegnet waren. Sie wussten, dass sie uns nicht einlullen konnten, denn kurz bevor die ersten drei bei uns ankamen, legten sie ihr falsches Äußeres ab und die widerliche Wahrheit kam zum Vorschein. Aus glänzenden Locken wurden fedrige Strähnen, aus vollem Haar eine Glatze über einem faltigen Gesicht.

So war es doch wesentlich einfacher, die Monster in ihnen zu sehen, die sie waren.

»Pass auf dich auf!«, flüsterte Phoenix neben mir. »Ich

bin nicht Kairos und Ares entkommen, um dich an hässliche Blutsauger zu verlieren.«

Mein Mundwinkel zuckte, als ich sein angewidertes Gesicht sah, doch dann konzentrierte ich mich wieder auf die Lamien, die nun gleich bei uns sein würden. Jede Anweisung, die mir Hayden während unseres Trainings gegeben hatte, war in Fleisch und Blut übergegangen.

Ich hielt meinen Dolch nach vorne gerichtet wie Phoenix und Hayden, während die Lamien ihre Lippen zu einem grausigen Lächeln verzogen und das trübe Licht des Schleiers ihre messerscharfen Reißzähne entblößte.

In einer blitzschnellen und dennoch synchronen Bewegung zogen wir die Dolche über unseren Handballen.

Die Reaktion unserer Gegner blieb nicht aus. Das widernatürliche Heulen, das nach verletztem Tier klang, stellte mir die Nackenhaare auf. Die Augen der Lamien glänzten nun wie die eines Angetrunkenen, der nicht wusste, wann es an der Zeit war aufzuhören.

Die Nasenflügel der vordersten Lamien blähten sich, ihre Gesichter zeigten, dass wir unser Blut nicht umsonst vergossen hatten. Sie rasten, im wahrsten Sinne des Wortes. Von hinten drängelten weitere Ungeheuer vor, quetschten sich zwischen den Monstern der ersten Reihe durch, ohne Rücksicht auf Verluste.

Phoenix machte einen kurzen Ausfallschritt nach vorn, hieb seine Waffe einer stolpernden Lamia in die Brust und zog die Klinge des Dolches nach unten. Während der Blutsauger zu Staub zerfiel, befand sich Phoenix nach einer fließenden Bewegung schon wieder neben mir, um den nächsten tödlichen Hieb zu setzen.

Ich spürte, wie die Heilung einsetzte, presste meine Fingernägel in die Wunde, damit der Geruch des Blutes weiterhin für Ablenkung sorgte, und nutzte das durch den Schmerz in meinen Adern pulsierende Adrenalin, um einen von zwei neuen Angreifern, die sich auf Hayden stürzten, zu verletzen.

Hayden und Phoenix waren ein gutes Team, als hätten sie jahrhundertelang Seite an Seite gekämpft und nicht gegeneinander. Sie bewegten sich wie eine Einheit, sodass ich mich eher vorsehen musste, ihnen nicht im Weg zu stehen. Ich setzte nie tödliche Hiebe, sondern versuchte, die Lamien abzulenken.

Die Taktik funktionierte eine ganze Weile, doch immer mehr Ungeheuer kamen nach, stürmten durch die Asche ihrer gefallenen Mitstreiter. Ich war nicht sonderlich groß und konnte nicht über sie hinwegsehen, daher war es mir nicht möglich herauszufinden, ob ein Ende in Sicht war.

Was ich aber erkannte: Die Bewegungen meiner Mitstreiter wurden langsamer, weniger kraftvoll und die ersten Tropfen Ichor zeichneten schwarze Punkte auf den Asphalt.

Ein Brennen in meinem Arm ließ mich herumfahren. Eins dieser Biester hatte mich mit seinen scharfen Krallen erwischt. Ich ließ den Atem zischend entweichen.

Phoenix riss den Kopf herum, selbst in diesem Kampf waren seine Sinne auf mich eingestellt. Ich verfluchte mich für die Ablenkung, die dafür sorgte, dass Phoenix die Lamia, die sich auf ihn warf, nicht zur Seite stoßen konnte. Beide gingen zu Boden. Für eine Schrecksekunde blieb die Zeit stehen. Ich sah nichts anderes als die Zähne, die zu dicht an Phoenix' Hals waren. Ein Schalter legte sich in mir um und ich wurde zur Furie. Selbst mein Dolch war von Energieblitzen überzogen, die nun unkontrolliert über meine Haut zuckten. Ich rammte der Lamia meine Waffe in den Hals, damit ihre Zähne vom Hals meines Freundes verschwanden.

Dann übernahm Phoenix so schnell, dass ich nicht einmal sehen konnte, wie genau er die Lamia getötet hatte, und sprang, noch während das Monster zu Staub zerfiel, zurück auf die Beine. Seine dunklen Augen loderten vor Zorn, als er sich nicht länger nur verteidigte, sondern angriff.

Hayden stürmte nur wenig später ebenfalls nach vorne, verwundete, tötete, glitt durch Staub und Asche.

Ich war abgelenkt von dem Schauspiel, konnte meinen Blick nicht von den beiden Brüdern abwenden, die den Feind wie eine tödliche Maschine überrollten, bis keine weiteren Lamien von unterhalb des Hügels nachrückten und sie nur noch ihre aktuellen Gegner würden töten müssen.

Hätte ich mich mal besser auf meine direkte Verteidigung konzentriert.

Vielleicht hätte ich dann bemerkt, dass es in dem hohen Gras zu meiner Seite raschelte, dass sich die Pflanzen bewegten. Denn von dort mussten die beiden Lamien gekommen sein, die nun zähnefletschend ihren fauligen Atem, der selbst auf zwei Meter Entfernung zu riechen war, in meine Richtung pusteten.

Mir wurde übel. Ein kurzer Blick zu Hayden und Phoenix zeigte mir, dass ich auf keine Rettung durch sie hoffen konnte. Hätte ich laut geschrien, wäre Phoenix sofort abgelenkt gewesen, dessen war ich mir mehr als bewusst. Und Ablenkung konnte seinen Tod bedeuten.

Daher unterdrückte ich den Schrei, atmete durch den Mund und sammelte die Magie in meinem Blut zusammen. Die erste Lamia hatte mich erreicht, kaum dass ich meine Hand nach ihr ausstrecken konnte. Der Energieblitz brachte sie nur kurz aus dem Konzept, ihre Klauen hieben nach mir und ihre Nasenflügel bebten zur Antwort auf das Blut, das mir nun vom linken Unterarm lief. Mit aller Kraft stieß ich meine Rechte mit dem Dolch in ihre Richtung, doch sie war schnell, die Klinge streifte sie nur und sie schien es nicht einmal zu bemerken.

Ich wurde herumgerissen. Die zweite Kreatur sog genüsslich die Luft ein, während sich ihre Klauen immer tiefer in meinen Oberarm bohrten, sodass zähflüssiges dunkelrotes Blut die knochigen Finger benetzte.

Ein brennender Schmerz an meinem rechten Handgelenk. Jeder Muskel in meinem Körper spannte sich an. Ich riss den Arm nach oben, entzog ihn den spitzen Zähnen der Lamia, wodurch aus der kleinen Bisswunde weit mehr wurde, als ich im Moment sehen wollte, und rammte ihr gleichzeitig die Klinge in den Hals. Ihre Überraschung nutzte ich, um die Waffe wieder zu mir zu ziehen, alle Wut in eine letzte Bewegung zu stecken, der Lamia den Dolch in die Brust zu stoßen und sie mit einer kurzen Drehung des Handgelenks zu vernichten.

Das Adrenalin verebbte, fiel wie die Lamia zu einem Häufchen Asche zusammen. Ich fühlte, wie sich ein Nebel über mein Bewusstsein legte. Die Umgebung wurde kontrastreicher, ich war wie von selbst auf die menschliche Seite des Schleiers geglitten. Während die Warnung an mich selbst, dass der Biss dafür verantwortlich war, immer leiser durch meinen Kopf hallte, sah ich diesen wunderhübschen Mann vor mir. Die Bezeichnung ›perfekt‹ wurde ihm keinesfalls gerecht. Seine von dichten Wimpern umrahmten Augen leuchteten in einem so intensiven Türkis, wie ich es noch nie gesehen hatte. Ein verschmitztes Lächeln lag um seine vollen

Lippen, ehe es breiter wurde und die hohen Wangenknochen so deutlich hervortraten, dass einen kurzen Moment lang Neid in mir aufflackerte.

»Kiera.« Mehr sagte er nicht, aber seine raue Stimme hüllte mich ein, sodass ich nervös aufkicherte. Meine Wangen brannten.

Er hob seine Hand und strich mir über die Wange. Es war nur der Hauch einer Berührung, doch ich erschauderte und meine Knie gaben nach. Mein Gegenüber fing mich in einer fließenden Bewegung auf und legte mich sanft auf den Boden, strich mir die Haare aus dem Gesicht und legte sich an meine Seite, lässig den Kopf auf die Hand gestützt. Der intensive Blick aus diesen so wundervollen Augen traf mich erneut mit voller Wucht. Seine Finger glitten von meiner Hand meinen Arm entlang nach oben.

Mein Körper reagierte mit einem Beben.

Er blinzelte kein einziges Mal, während sein Gesicht immer näher kam, sein Atem mich an der Seite streifte und mein Magen sich kurz zusammenzog. Vor Erwartung?

Seine Nase berührte meine Wange, seine Lippen streiften meinen Kiefer. Zitternd schloss ich die Augen, wartete darauf, dass er mich küsste, mich in eine andere Realität trug. Ich sehnte mich beinahe schmerzlich danach. Jede seiner Berührungen war wie ein weiteres Scheit Holz, das in lodernde Flammen geworfen wurde.

Ich spürte warme Lippen an meinem Hals, ein kurzes Brennen, dann absolute Glückseligkeit.

Kapitel 53

Ich stellte mir vor, wie dieser engelsgleiche Jüngling mich berührte, mein Kopf produzierte die romantischsten Kulissen, in die ich mich mit geschlossenen Augen hineinfallen lassen konnte. Eine elektrisierende Berührung an meiner Wange, Lippen, die sich ihren Weg zu meinem Mund entlangküssten. Stockend atmete ich ein und bekam einen Hustenanfall. Ich würgte ob dieses bitteren Geschmacks in meinem Mund.

Ich riss meine Augen wieder auf und sah die Lamia näher, als ich es jemals auch nur in Erwägung gezogen hätte. Ihr Mund war leicht geöffnet, eine trockene, ekelerregend bleiche Zunge fuhr über die spröden, vertrockneten, ja … toten Lippen.

Von oben rieselte Asche auf uns herab. Sie war es, die mich zum Husten gebracht hatte.

Ich kämpfte gegen das flauschige Gefühl in meinem Inneren an, versuchte, von der Lamia abzurücken, doch ich schaffte es nicht. Mein Körper gehorchte nicht. Die toten Lippen drückten sich auf meinen Mund, den ich wiederum so fest zusammenpresste wie nur möglich, und gleichzeitig die Luft anhielt.

Mein Dolch. Wo war mein Dolch? Ich spürte meine Hände nicht, konnte nichts gegen den Kuss dieses widerlichen Monsters tun. Ich schloss wie von selbst die Augen.

Mein Magen drehte sich um, mein Körper bäumte sich auf und plötzlich war der Druck an meinen Lippen verschwunden.

»Ich hätte dir ja einen besseren Geschmack zugetraut.« Cody stand mit meinem Dolch in der Hand über mir und schüttelte den Kopf, ehe ein erleichtertes Grinsen um seine Lippen zuckte.

»Cody?«, seufzte ich und spürte wieder diese Welle von Glückseligkeit.

»Geh weg von ihr«, erklang eine bösartige Stimme und zog Cody von mir fort.

Ich wandte mich mit finsterem Blick zu der Stimme um. War ja klar, dass sie Amy gehörte. Ich verdrehte die Augen, dann kicherte ich los. Amy sah so todernst aus, dass man nicht anders reagieren konnte, als zu lachen. Je düsterer ihre Züge daraufhin wurden, desto witziger war es.

Ich wollte mich erheben, konnte es jedoch nicht. Also streckte ich beide Arme zur Seite aus, sah hinauf in den wolkenbedeckten Himmel und verfolgte die verschwommenen Gestalten, die über das Blau krochen. Eine Schnecke, ein Drache? Ein einohriger Hase? Der brachte mich aus dem Konzept und ich runzelte die Stirn, suchte schnell nach weiteren Wolkenwesen.

»Was ist mit ihr?«, fragte Cody, seine Stimme klang besorgt, warum auch immer.

»Sie wurde gebissen«, antwortete Amy. »Das vergeht wieder. Aber ich will nicht, dass du in ihre Nähe kommst.«

»Warum?«

»Weil der Biss einer Lamia eine ganz besondere Wirkung auf uns hat«, kam Phoenix Amy zuvor. Sein Gesicht tauchte vor dem Himmel auf, ehe ich seine Arme in meinem Genick und im Rücken spürte. Er hob mich hoch und sah mich anschließend missmutig an.

»Du bist so wunderschön«, säuselte ich und grinste.

»Ich weiß«, erwiderte er. »Aber du würdest mir das nie sagen.« Er schnaubte. »Wir sollten dich dringend nach Hause bringen, damit du dich ausruhen kannst.«

Ich kicherte, schmiegte mich an ihn, während er die ersten Schritte machte. »Vielleicht muss ich mich gar nicht ausruhen«, flüsterte ich hoffentlich in dem Tonfall, der ihm genau sagte, was ich für die bessere Alternative hielt.

Ich spürte, wie sich sein Körper anspannte. Er atmete langsam und stockend ein, sein Herz schlug ziemlich schnell, wie ich mit einem breiten Lächeln registrierte.

»Hast du nicht einen Hokuspokus auf Lager, der sie wieder normal werden lässt?«, knurrte eine Stimme – Haydens Stimme – irgendwo jenseits meiner Wohlfühlblase.

»Vielleicht.« Amy klang unsicher. Etwas später fügte sie hinzu: »Leg sie dorthin.«

Ich wollte nirgendwo abgelegt werden, wenn es hier an Phoenix' Brust doch so perfekt war. Ich hatte die Augen noch immer geschlossen, wehrte mich, krallte mich an ihm fest, doch er schob mich von sich. Mistkerl.

Der Geruch von feuchtem Gras drang in meine Nase, zerrte Erinnerungen an früher, an meine gemeinsame Kindheit mit Cody an die Oberfläche. Dann wurde es plötzlich dunkel. Ich riss die Augen auf, konnte dennoch nichts sehen. Überall um mich war Gras, dicht wie ein Kokon. Panik stieg in mir auf. Das Grün schlang sich immer fester um mich, kroch in die Wunde an meinem Arm und ich schrie vor Schmerzen.

Ich bäumte mich auf, versuchte, aus dem hautengen Tunnel, in dem ich wie in einem Sarg lag, zu entkommen, doch ich schaffte es nicht. Je mehr ich mich bewegte, desto fester griffen die Gräser nach mir. Und mit ihnen verschwand das wunderbar schwebende Gefühl, um nackte Angst zu hinterlassen. Mir war kalt, die Bilder der Lamien, die mich beinahe überwältigt hatten, brannten sich schmerzlich durch die letzten Reste des Wattefeelings. Ihr Biss!

Ich schrie.

Binnen Millisekunden glitt das Gras zur Seite. Phoenix kniete direkt neben mir, sah mich mit schräg gelegtem Kopf an und mein Gesicht glühte, als ich an mein wieder einmal peinliches Auftreten dachte.

»Es geht ihr gut«, lachte Phoenix und die Erleichterung war ihm selbst über das freche Grinsen hinweg anzusehen. Er reichte mir die Hand und nach einem kurzen elektrischen Schlag, den ich ihm für sein unverschämtes Grinsen einfach geben musste, zog er mich hoch.

Seine dunklen Augen blitzten mit Blick auf meinen vermutlich hochroten Kopf noch immer amüsiert auf, wofür ich ihm schmollend gegen die Brust schlug. Doch diese Haltung konnte ich nicht länger aufrechterhalten und schlang meine Arme um ihn, sodass er zusammenzuckte. Zu froh war ich, ihn nahezu unverletzt neben mir stehen zu haben. Denn außer ein paar Schnitten von den Krallen der Lamien schien es ihm gut zu gehen.

Und ich lebte ebenfalls, was sich rückwirkend wie ein Wunder anfühlte. Mein Kopf ruckte zu Cody und Amy hinüber, die etwas Abseits standen. Letztere redete auf Cody ein, der dann jedoch mit hochgerecktem Kinn zu mir sah.

Ich löste mich von Phoenix und ging zu den beiden.

»Wieso seid ihr zurückgekommen?« Nicht, dass ich böse

darüber war. Doch, vielleicht schon. Cody hätte getötet werden können! Er hätte der Beeinflussung einer Lamia nichts entgegensetzen können, noch weniger widerstehen können als ich nach dem Biss.

Amy antwortete sofort: »Nachdem ich Cody weit genug vom Kampf entfernt hatte, sind wir auf die andere Seite des Schleiers gewechselt. Kurz danach hat er die Augen aufgeschlagen und mich beschimpft wie ein altes Waschweib. Dann ist er davongestürmt.«

Cody sah auf den Boden zwischen uns, seine Lippen waren zusammengepresst.

»Danke«, sagte ich leise und er hob den Kopf. »Auch wenn deine Sturheit dich mal wieder in Gefahr gebracht hat.«

»Dank nicht ihm, sondern mir«, sagte Amy mit einem Lachen. Mit erhobener Augenbraue sah ich zu ihr.

»Wenn ich ihn nicht aufgehalten hätte, wäre er in die falsche Richtung gegangen.« Sie warf Cody einen vorwurfsvollen Blick zu, der ihn tatsächlich erröten ließ. Ich sah zwischen beiden hin und her und spürte, dass das, was schon vor längerer Zeit hätte sein sollen, stärker wurde. Auch wenn Amy nicht länger nur die Schulzicke, sondern eine zickige Göttin war, war es schön, Cody glücklich zu sehen. Ich hoffte nur, dass dieses Glück andauern würde.

»Lasst uns weitergehen.« Phoenix griff nach meiner Hand. »Es ist nicht mehr weit, wir können auf dieser Seite bleiben und so Blondie vor der nächsten Ohnmacht bewahren.«

Ich sparte mir jegliches Seufzen, Kopfschütteln oder Augenverdrehen und nickte nur.

Gemeinsam wateten wir durch das hohe Gras, das mich auf Amys Einfluss hin vermutlich geheilt hatte, und gingen zurück zu der geteerten Straße, der wir zu den ersten Häusern folgten.

Plötzlich wurde Phoenix langsamer, blieb dann direkt vor dem kniehohen Zaun vor unserem Haus stehen.

»Ich hatte dir eigentlich noch etwas sagen wollen«, begann er und kaute auf der Unterlippe.

Ich sah ihn fragend an, mein Inneres geriet in Aufruhr, malte sich alles Mögliche aus, was sein konnte. Gedanken, die ich bislang verdrängt hatte, wurden zu ausgewachsenen Sorgen, die sich gerade zu schmerzhaften Bildern formen wollten, als Phoenix' Mundwinkel zuckten und ich nur schnauben konnte. Ehe ich ihm erneut einen Schlag auf die Brust verpassen konnte, öffnete sich die Haustür.

Kapitel 54

Ich wusste nicht mehr, was ich sagen oder denken sollte. Mit offenem Mund starrte ich auf unsere Tür und die Person, die nun im Türrahmen stand und mich halb lächelnd, halb vorwurfsvoll ansah.

Mein Blick huschte zu Phoenix, der in Erwartung eines nächsten Schlages oder einer Schimpftirade über die nichtvorhandene Warnung die Augen zusammengekniffen hatte.

»Kiera Mallory!«, donnerte es von oben auf mich herab und ich wurde automatisch um Jahre jünger und fühlte mich, als hätten Cody und ich wieder einmal die Kekse von oberhalb des Kühlschranks gemopst. Meine Mutter stand mit den Händen auf den Hüften da und wartete auf eine Antwort.

Die Erleichterung, die in ihren Augen stand, erkannte ich erst, nachdem ich mein junges, verängstigtes Ich wieder ausgeschaltet hatte.

»Hi, Mom«, presste ich mit einem aufgesetzten Lächeln hervor. Mom atmete tief durch und die böse Miene verzog sich. Ihr Blick fiel auf Phoenix, dessen Hand in meiner lag, und sie runzelte für den Bruchteil einer Sekunde die Stirn.

»Was ist passiert?«, zischte ich zwischen zusammengepressten Zähnen hervor, den Mund noch immer zu einem Lächeln verzerrt.

»Das ist eine längere Geschichte«, flüsterte Phoenix zurück und nickte meiner Mutter zu.

»Kommt endlich rein!«, befahl meine Mutter und selbst Amy zuckte zusammen und kam dem Befehl nach. Cody wirkte mindestens zehn Zentimeter kleiner als sonst, während er mir und Phoenix mit schlurfenden Schritten ins Haus folgte, flankiert von Hayden und Amy.

»Wir sollten allein sprechen«, sagte Mom streng, doch ich schüttelte den Kopf. Ich würde die Unterstützung bei der unvermeidlichen Standpauke gut gebrauchen können – weswegen Mom mich auch immer ausschimpfen würde.

Sie nickte nur knapp und führte uns in die Küche, die viel zu eng für uns alle war. Cody und Hayden blieben an der Tür stehen, während Amy sich den erstbesten Sitzplatz sicherte. Phoenix und ich blieben unschlüssig mitten im Raum stehen.

Meine Mutter straffte sich, atmete lautstark ein und wandte sich anschließend zu mir um. »Ich denke, du bist mir eine Erklärung schuldig. Wo hast du die ganze Zeit gesteckt?« Ihre Augen waren auf meinen Unterarm gerichtet, an dem noch Blut von der Lamienkralle klebte. Die Wunde selbst war zum Glück durch Amys Zauber geheilt worden. Ich schluckte und sah fragend zu Phoenix, der mich zum Barhocker neben Amy schob. Als ich mich gesetzt hatte, stellte er sich dicht neben mich und zog mich hinter den Schleier.

»Sie weiß nichts mehr. Nichts von dem Unfall, nicht, wo sie danach war, und erst recht nicht, dass ich sie befreit und wieder hierhergebracht habe. Sie wurde beeinflusst wie all die anderen und hat es wie diese vergessen. Wir sollten ihr nichts erzählen.« Ehe ich antworten konnte, wurde die Umgebung wieder kontrastreicher und meine Mutter sah mich immer noch mit aufforderndem Blick an. In meinem Kopf herrschte Chaos, ich biss mir auf die Unterlippe, sah kurz zu Boden, betrachtete die Küchenschränke, um etwas Zeit zu schinden, bis ich mir eine Erklärung für alles zurechtgelegt hatte. Meine Mutter war jedoch ungeduldig und musterte Phoenix argwöhnisch, der gerade nach meiner Hand griff.

»Wieso weiß ich nicht, dass du einen Freund hast?« Ihre Augen waren zusammengekniffen. Wenn sie nur wüsste! Ich musste irgendetwas sagen.

»Es ist … Dad kennt ihn.« Ich verfluchte mich noch im selben Moment für die Worte, die dafür sorgten, dass Moms Gesichtszüge entglitten und ich den Schmerz erkannte. Dad – Kairos – hatte ihr immer wieder Vorwürfe gemacht, dass sie so wenig zu Hause war, zu viel arbeitete. Vermutlich war es ihr schlechtes Gewissen, das sie so kontrollsüchtig gemacht hatte.

Ihre Lippen bebten, als sie tief einatmete. Sie wollte vor meinen Freunden unbedingt die Haltung bewahren. »Und ich habe es nicht mitbekommen.« Ich sah, wie sie schluckte, als ich langsam nickte. Mom konnte mir nicht mehr in die Augen sehen. Ich spürte jedoch die Blicke der anderen auf mir ruhen.

»Dad hat uns letzte Woche in der Stadt getroffen«, log ich und hatte sofort wieder die volle Aufmerksamkeit meiner Mutter.

»Er war hier?«, fragte sie mit einem Stirnrunzeln.

Wenn du wüsstest. »Er hatte einen Termin«, sagte ich schnell und sah im Augenwinkel, wie Phoenix nickte. Mom schien sich zu beruhigen, die Selbstvorwürfe zogen sich nahezu sichtbar zurück.

»Was ist mit euch passiert? Seid ihr in Ordnung?«, wollte sie nun wissen, deutete auf meinen Arm und dann zu Hayden und Phoenix, an deren Kleidung überall getrocknetes Blut der Lamien hing und schwarze Stellen ihre eigenen Wunden bezeugten.

Nun kam Amy mir zu Hilfe. »In der Stadt herrscht Chaos. Wir sind in eine Schlägerei geraten. Es geht uns gut, aber die Leute sind …«

»Gewalt. Überall herrscht Gewalt. Ich habe es gesehen.« Meine Mutter schüttelte langsam den Kopf. »Der Strom ist ausgefallen, das Telefon geht nicht mehr, ich …«

Verzweifelt gestikulierte sie mit den Händen, ehe sie flüsternd eingestand: »Ich weiß nicht, was passiert ist. Ich bin hier aufgewacht, obwohl ich zuletzt in Downtown Seattle war.« Sie blinzelte hektisch, senkte dann den Blick und vermied es, irgendwem in die Augen zu sehen.

»Ich war bei Dr. Yates«, sagte sie flüsternd und sofort veränderte sich die Atmosphäre im Raum. Von Phoenix ging ein Kribbeln aus, Energie erwachte in seinem Blut, sodass sich mir die Härchen auf dem Unterarm aufstellten.

Bemüht ruhig hakte ich nach. »War sie denn da?«

Mom schüttelte den Kopf. »Ich habe ihr eine Nachricht hinterlassen. Sie kann mich ja nicht einmal anrufen. Ich wollte nicht vor der Praxis warten. Die Stadt dreht durch ohne Strom und Telefon. Die Menschen plündern, reißen alles an sich, was sie finden können. Als wäre ein Krieg ausgebrochen. Überall sind diese finsteren Männer mit den Tätowierungen am Handgelenk.«

Auch wenn sie es nicht mitbekommen hatte, zog sie die richtigen Schlüsse.

»Zeitweise wurde behauptet, dass ein Krieg ausgebrochen wäre«, sagte Cody, der nun von der Tür aus auf meine Mom zuging.

Mom wurde kreidebleich. »Wieso …«, stammelte sie und sah Cody an, als würde sie auf die Pointe warten, hoffend, dass er nur scherzte. »Wieso weiß ich nichts davon?«

Meine starke Mutter wirkte so hilflos, dass es mir wehtat. Ich wollte ihr alles erklären, sie beruhigen und von den gezielt gestreuten Fake News berichten, als es an der Tür klingelte.

Irritiert zuckte ich zusammen, bis mir einfiel, dass es hier im neuen Haus eine durch Funk betriebene Klingel mit Batterien gab und keine, die Strom benötigte.

Moms Augen leuchteten kurz hoffnungsvoll, ehe sie an uns vorbeiging und aus der Küche verschwand.

Als ich den anderen gerade sagte, dass ich Mom einweihen wollte, hallte Dr. Yates' Lachen durch den Flur zu uns und mein Herzschlag setzte aus.

Kapitel 55

Phoenix spannte sich merklich an. Bilder meiner beeinflussten Therapeutin zogen in meinem Kopf vorüber, dann die widersprüchlichen Aussagen, die sie in scheinbar normalem Zustand gemacht hatte. Sie wusste mehr, als ein Mensch es sollte. Sie hatte nicht alles wieder vergessen. Warum hatte Mom ausgerechnet sie aufgesucht? Und dann auch noch hierhergebeten?

Ich schaffte es nicht, ein Lächeln aufzusetzen, als Mom mit Dr. Yates die Küche betrat.

»Ich würde dir ja Kaffee anbieten …«, sagte meine Mom mit entschuldigender Geste, während ich darüber irritiert war, dass sie Dr. Yates duzte. Sie kannten sich doch nur von den gemeinsamen Sitzungen, oder?

Ich musterte meine Mom aufmerksam. Sie musste meinen Blick gespürt haben, denn sie machte eine eindeutige Geste: Nicht jetzt.

Ich schwor mir, sofort nachzufragen, sobald Dr. Yates verschwunden war.

»Wollen wir kurz allein sprechen?«, fragte meine Therapeutin und Mom nickte erleichtert. Beängstigend erleichtert. Als würde die bloße Anwesenheit von Dr. Yates sie beruhigen.

Die beiden gingen ins Wohnzimmer und kaum, dass die

Türe geschlossen war, platzte Cody mit meinen Gedanken heraus:

»Warum duzt sie deine Therapeutin?«

»Dasselbe habe ich mich auch gefragt. Ich wusste nicht, dass Mom …« Ja was tat sie denn? »Dass Mom in Therapie bei ihr ist?« Ich war vollkommen verwirrt.

»Mit dieser Frau stimmt etwas nicht«, sagte nun auch Amy und ich sah sie an, in der Hoffnung, dass sie sagen konnte, was genau nicht stimmte. »Sie trägt einen Türkis«, fügte Amy hinzu.

Ich erinnerte mich an die Halskette, die Dr. Yates trug, seit ich sie kannte. »Es ist hier in der Gegend doch nicht ungewöhnlich, dass jemand indianischen Schmuck trägt«, äußerte ich.

»Es ist kein einfacher Schmuck, wie er an jeder Ecke verkauft wird. Nicht einmal mein Volk benutzt für seine Schutzriten einen so reinen Türkis. Diese Frau, ihre ›Praxis‹, deine Therapie. Es kann kein Zufall sein.«

Da war es wieder, dieses Wort. Um mich herum wurde es gefühlt um mehrere Grad kälter und ich spürte, wie sich Phoenix' Finger, statt sanft über meinen Rücken zu gleiten, in meine Haut bohrten.

»Du denkst, sie ist Teil des Plans?«, fragte Phoenix sofort. »Was für eine Rolle spielt sie?«

»Wenn ich das wüsste, hätte ich es schon längst gesagt, Zoferos«, schnaubte Amy.

»Dann frag die Luft oder umarme einen Baum, vielleicht können die dir mehr sagen«, konterte Phoenix und ich verkniff mir ein Auflachen.

Ich hörte, wie jemand die Tür vom Wohnzimmer zum hinteren Teil des Flurs öffnete, den ich von meinem Platz aus nicht einsehen konnte. Mom lachte, ihr schien es gut zu gehen.

»Ich finde den Weg alleine, meine Liebe«, hörte ich Dr. Yates' Stimme. Mom verabschiedete sich herzlich von meiner Therapeutin und trat dann zu uns in die Küche. Sie sah so lebendig und frisch aus wie schon lange nicht mehr, wenngleich ihre Augen ein wenig verschleiert wirkten. Sofort bekam ich eine Gänsehaut. Ich wusste mit absoluter Sicherheit, dass es nicht daran lag, dass Mom geweint hatte oder in Gedanken versunken war.

Hinter ihr verharrte Dr. Yates noch einen kurzen Moment und lächelte mich an, ehe sie sich halb abwandte, um zur Haustür zu gehen.

Im nächsten Moment ging ein Ruck durch mich hindurch und ich kippte beinahe vom Stuhl.

Dr. Yates Gesichtszüge veränderten sich, wurden kantiger, ihr wuchs ein leichter Bartschatten. Die Haare wurden kürzer und dunkler.

Phoenix sprang bereits auf, wechselte auf die andere Seite des Schleiers, während Hayden noch entsetzt aufkeuchte.

Ich konnte mich vor Schreck nicht rühren, sah lediglich leichte Schlieren jenseits des Schleiers, als Phoenix aus der Küche stürmte, dicht gefolgt von Hayden.

»Verdammt«, zischte nun auch Cody. »Bitte sag mir, dass ich gerade nicht richtig gesehen habe.«

Mein Mund öffnete sich, aber die Worte wollten nicht herauskommen. Ich starrte immer noch an die Stelle, an der Dr. Yates soeben verschwunden war. Verschwunden, nachdem sie ihre Gestalt gewechselt hatte.

Zu meinem Vater geworden war.

»Ich würde sagen, ich hatte so was von recht«, sagte Amy

trocken. »Der Türkis hat Kairos davor geschützt, von mir oder unseren beiden Schicksalsjungs erkannt zu werden.« Sie ließ ihr typisches Schnauben hören. »Aber dass deine Therapeutin in Wahrheit dein Vater ist, finde ich schon etwas schräg.« Sie versuchte sich an einem Lachen, doch es gelang ihr genauso wenig wie mir oder Cody.

Meine Mutter blinzelte nur träge, ehe sich ihre Augen aufklarten und sie sich verwirrt umsah.

»Ist Phyllis schon gegangen?«

Kapitel 56

Niemand im Raum rührte sich. Amy sah ebenso fassungslos wie Cody und ich in Richtung Küchentür, als könnte Dr. Yates alias Dad alias Kairos dort jeden Moment wieder auftauchen.

Doch statt ihr trat an der Stelle ein wütender Phoenix aus dem Schleier, wild zu Hayden gestikulierend, der im nächsten Moment neben ihm auftauchte. Alle Augen richteten sich auf die beiden.

»Wir haben ihn nicht mehr gesehen«, grummelte Phoenix.

»Wen gesehen?«, fragte meine Mutter von hinten. Synchron drehten sich alle zu ihr um.

»Verzeih mir«, sagte Phoenix, und ehe ich irgendwie reagieren konnte, hatte er meiner Mom in die Augen gesehen und sie war nach einem kurzen Flattern der Augenlider umgekippt.

Ich sprang erschrocken vom Hocker, doch Phoenix fing meine Mom in einer fließenden Bewegung auf und trug sie in Richtung Wohnzimmer. Dort legte er sie auf die Couch.

Ich war dennoch wütend. »Musste das sein?« Meine Haut kribbelte. Phoenix wusste genau, was ich von der Beeinflussung hielt. Ich hatte eingesehen, dass man zur Verteidigung vielleicht ab und zu darauf zurückgreifen musste, aber das hier war immerhin meine Mutter. Die absolut keine Ahnung hatte und für wirklich niemanden eine Gefahr darstellte. Wie konnte er sie bloß lahmlegen, ohne mich vorher zu fragen?

»Es musste sein. Wir haben jetzt keine Zeit, ihr alles lang und breit zu erklären. Wir müssen etwas tun, Kiera.« Phoenix kam mit erhobenen Händen auf mich zu, als wollte er sich ergeben. Eine Stimme in meinem Inneren gab ihm recht, doch der Trotz war genauso laut. Behutsam näherte sich Phoenix, eine stille Entschuldigung in den Augen. Verdammt, er hatte ja recht. Meine Mom würde uns nur aufhalten ... Ich knirschte mit den Zähnen und nickte seufzend. Lächelnd schnappte Phoenix meine Hand und zog mich an sich, um mir einen Kuss auf die Stirn zu hauchen. Dann schob er mich zu den anderen in die Küche, wo Amy, Hayden und Cody bereits eifrig diskutierten.

»Wir können nichts tun, solange wir nicht den Sinn dahinter verstehen. Und der erschließt sich mir noch nicht«, seufzte Amy gerade und ich wartete ab, ob sich herausfinden ließ, wem sie damit geantwortet hatte.

Hayden meldete sich. »Es muss einen Sinn ergeben. Kiera war ständig bei ihm, selbst als wir dachten, Kairos wäre aus ihrem Leben verschwunden. Wenn er ihre Nähe sucht, hat das einen Grund. Es ist ja nicht das erste Mal.«

Ich runzelte die Stirn, dann glitten meine Gedanken zu dem Überfall der Atlantisbewohner, bei dem wir dachten, dass Hayden entführt worden war. Doch in Wahrheit hatte man mir nur Amys Armreif gestohlen. Hatte mein Vater die Anweisung gegeben, mich unversehrt zu lassen? Der Angreifer hätte mich leicht töten können.

»Er braucht sie«, legte Hayden voller Überzeugung nach.

»Oder er will uns wissen lassen, dass er uns noch immer

ständig voraus ist«, mischte ich mich ein. »Uns klarmachen, dass wir keine Chance gegen ihn haben.«

»Das glaube ich nicht«, schüttelte Phoenix neben mir den Kopf und zog mich an sich. Er drückte mir einen sanften Kuss auf den Kopf und wollte mich wieder loslassen, doch ich krallte mich an seinem T-Shirt fest. Ich brauchte seinen Halt, seine Gegenwart, um nicht durchzudrehen und mir weiterhin auszumalen, welche schrecklichen Konsequenzen meine Entscheidungen noch haben würden. Tief sog ich seinen vertrauten, frischen Duft ein und gab mich der Illusion hin, dass alles in Ordnung wäre – bis Amy aufstöhnte. »Wir haben keine Zeit für so was! Ihr dürft wieder rummachen, sobald wir die Welt gerettet haben.«

»Wenn es sonst nichts ist«, konterte Phoenix, ohne auch nur einen Zentimeter von mir zurückzuweichen. »Du musst uns bloß sagen, wie wir das schaffen sollen. Ohne Kairos' mysteriösen Helfer wäre ich jetzt nicht einmal hier. Es war reines Glück, dass Hades und Ares ihn so mies behandelt haben und er sich vermutlich deshalb auf meine Seite geschlagen hat.«

Erneut versuchte ich, ein Bild von diesem Typen einzufangen, der Phoenix geholfen hatte.

»War dieser Typ einer der Atlantier?«, fragte ich, aber Phoenix verneinte sofort. »Dafür ist er eindeutig nicht geeignet. Er ist alles andere als durchtrainiert, entspricht optisch eher dem Gegenteil von Kairos' Armee.«

Amy keuchte auf. »Beschreib ihn mir!«, verlangte sie und Phoenix sah sie irritiert an.

»Das ist Hermes, du Idiot!«, beschimpfte sie meinen Freund, nachdem sie wohl seine Gedanken gelesen hatte. »Vielleicht …« Sie runzelte die Stirn und ging in der Küche auf und ab. »Was, wenn er doch von meiner Mutter beauftragt wurde?«

»Er hat mich doch überhaupt erst in die Falle gelockt«, widersprach Phoenix. »Er war im Krankenhaus, hat mich abgelenkt, damit man mich niederschlagen konnte.«

»Aber er hat Mom gerettet«, gab ich zu bedenken und dankte dem Götterboten in Gedanken dafür.

»Abgesehen davon, dass er dich ohne mit der Wimper zu zucken fallen lässt, wenn du einen Kampf zu verlieren drohst, hatte er schon immer einen starken Sinn für Gerechtigkeit«, sagte Amy dem Küchenfenster zugewandt. »Er beschützt die Boten, die in früheren Zeiten oft für die Überbringung schlechter Nachrichten hingerichtet wurden.« Mit beiden Händen massierte sie sich die Schläfen. »Was, wenn wir wirklich einen Verbündeten haben?«

»Was, wenn wir das nur denken sollen?«, warf Hayden ein.

»Fassen wir zusammen«, setzte Amy an und wirkte dabei wie bei einem Vortrag in der Schule. »Kairos war ständig in deiner Nähe, ohne dich zu töten. Wir haben drei Götter in dieser Welt, die ihm dabei helfen sollen, den Schleier zu zerstören. Ares, der Krieg, Hades, der Tod und Hermes, von dem wir nicht sicher wissen, welche seiner zahlreichen Fähigkeiten für Fortunas Plan wichtig ist.« Sie zählte die Punkte an den Fingern ab. »Die Stadt, vielleicht die ganze Welt, gleicht einem postapokalyptischen Szenario, weswegen ich glaube, dass der Masterplan von Fortuna irgendwo hakt.«

Ich sah sie fragend an.

»Wenn sie damit beabsichtigen, den Glauben an die Magie zu fördern, um damit Hermes wieder stark zu machen, haben sie sich gründlich verrechnet«, sagte Amy in einem herablassenden Tonfall, der mich die Nase rümpfen ließ. »Es würde Jahre dauern, bis die Menschen von ihrem Vertrauen in die Wissenschaft abfallen, da können sie so viel Chaos anrichten, wie sie wollen. So etwas kommt nicht von heute auf morgen.«

»Vielleicht ist das ja auch nicht der Masterplan und wir sind auf dem völlig falschen Weg«, gab Cody zu bedenken.

»Aber warum Krieg und Tod?«, fragte ich.

»Die beiden waren immer das Mittel der Wahl, um Menschen unter Kontrolle zu halten. Wofür sie allerdings Hermes einsetzen will, habe ich noch nicht herausgefunden. Er hat zu viele Seiten, die nützlich sein könnten ...« Amy ballte die zarten Hände zu Fäusten.

»Und wie gedenkst du, es herauszufinden? Sollen wir schnell mal anklingeln und nachfragen?« Seine Stimme war spöttisch wie eh und je, aber ich erkannte den Hauch Verzweiflung, der darunterlag. Phoenix war es nicht gewohnt, nicht mehr weiterzuwissen. »Ich bin direkt vor der Praxis deiner Therapeutin aus diesem Irgendwo getaucht. Aber ich konnte nicht mehr dorthin zurück, selbst wenn ich es gewollt hätte. Sie sind hinter diesen undurchdringlichen Mauern geschützt und wir können rein gar nichts tun.« Er schlug auf die Küchentheke und wir schraken alle synchron zusammen.

»Nichts passiert ohne Grund«, schaltete Amy sich wieder ein. »Kairos – oder vielleicht auch Fortuna – haben alles bis ins kleinste Detail geplant. Welche Rolle spielen also die Atlantisbewohner? Weshalb der vermeintliche Deal mit den Lamien? Sollen sie helfen, den Schleier zu schwächen?«

Als hätte der Schleier sie gehört, spürte ich erst eine leichte Erschütterung, ehe sich eine Spannung in der Luft entlud, die ich zuvor nicht bemerkt hatte. Antwortete uns der Schleier?

Ich sah irritiert zu Phoenix, der sich hastig umsah. Dann schloss er die Augen und konzentrierte sich. Ich sah, wie sich seine Augen unter den Lidern hin- und herbewegten, seine Finger zuckten, ihn durch das Schicksalsgewebe dirigierten. Er presste die Zähne so fest aufeinander, dass die Kiefermuskulatur hervortrat.

Seine Nasenflügel bebten, er riss erst die Augen, dann seinen Mund auf, um mir etwas zu sagen. Doch dazu kam er nicht mehr. Die Auswirkung irgendeines Schicksals breitete sich auf dem Gewebe aus wie Wellen nach einem Steinwurf in den Teich. Mit einem Mal fühlte ich mich ausgelaugt, schwach, sodass ich mich kaum aufrecht halten konnte.

Kapitel 57

Phoenix reagierte schnell, legte seinen Arm um mich und stützte mich. Um mich herum drehte sich alles.

»Was ist mit ihr?«, hörte ich Phoenix' verzweifelte Stimme.

»Ich … Ich bin okay«, antwortete ich benommen. »Mein Kreislauf … Ich …« Ich machte eine kurze Pause und überlegte. »Normalerweise würde ich jetzt was essen. Aber schon beim Gedanken daran wird mir übel.«

»Kannst du ihr helfen?«, wandte sich Phoenix an Amy.

»Was war da gerade mit dem Gewebe los? Ich habe nur die Erschütterung gespürt«, antwortete sie, ohne auf Phoenix' Frage einzugehen.

»Irgendwas hat sich getan«, sagte Phoenix vage. »Ich konnte nicht herausfinden, was es war. Du?« Er sah zu Hayden, der grimmig den Kopf schüttelte.

»Kieras Kräfte wurden destabilisiert.« Amy kam mit leicht geneigtem Kopf auf mich zu. »Ein erneuter Angriff?« Sie runzelte die Stirn und griff dabei beinahe fachmännisch nach meiner Hand, um den Puls zu fühlen.

»Deinem Kreislauf geht es gut. Wenn ich es nicht besser wüsste, würde ich drauf tippen, dass du nur krank spielst, um den Sportunterricht zu schwänzen.«

Da blitzte plötzlich Amys altes Ich durch. Empört erwiderte ich ihren herausfordernden Blick und konterte:

»Vor Sport müsste ich mich nicht mehr drücken. Dank Hayden und seinem Training bin ich fit wie nie.«

Amy lächelte selbstzufrieden.

Erst nach einem kurzen Stirnrunzeln konnte ich erahnen, warum. Durch Amys Stichelei hatte ich irgendwie zu meiner alten Form zurückgefunden. Mir ging es wieder gut, ich fühlte mich topfit, der Schwindel war weg.

»Was … Woher?«, stammelte ich.

Amy zuckte mit den Schultern. »Der Glaube an dich selbst kann Berge versetzen.«

»Wir sollten in die Stadt gehen und nachsehen, was diesen Ruck im Gewebe verursacht hat.« Ich schluckte. Wenn die Stadt wirklich am Ausrasten war, mussten wir doch helfen, oder?

Die anderen stimmten mit einem Nicken zu.

»Geht es dir wirklich wieder gut?«, flüsterte Phoenix in mein Ohr. Sein Atem streifte meinen Nacken und mein Puls begann zu rasen.

Ich nickte.

»Dann los. Halten wir eine Horde plündernder Menschen auf. So schwer wird das ja wohl nicht sein.« Phoenix ließ die Fingerknöchel so laut knacken, dass ich zusammenzuckte. Amy wühlte in den Wohnzimmerschränken noch nach einer passenden Kerze, die meine Mom schützen würde. Ich wollte sie nicht hierlassen, schlafend und völlig wehrlos, aber Cody überzeugte mich, dass es das Beste war. Hier am äußersten Stadtrand, wo es nur Wohnhäuser und keine Geschäfte gab, sollte sie sicher sein.

Beim Verlassen des Hauses hielt ich Cody zurück und ließ die anderen vorgehen.

»Willst du nach deinem Vater sehen?«, fragte ich ihn. Ich

hatte bisher kein einziges Mal daran gedacht, dass auch er noch jemanden hatte, den er vielleicht beschützen wollte. Wenngleich dieser jemand für Codys miese Kindheit verantwortlich war.

»Nein. Ich ... Wir ...« Cody rang nach Worten. »Ich bin ausgezogen. Schon vor drei Wochen. Seitdem haben wir keinen Kontakt mehr.«

Ich schnappte überrascht nach Luft. »Was? Ich habe ...« Meine Kehle brannte und ich senkte den Blick. »Ich bin die mieseste beste Freundin, die man sich nur vorstellen kann. Wieso hast du nichts erzählt?«

»Na ja ...« Er grinste schief. »Aber ich war zum Glück nicht ganz auf mich allein gestellt.« Sein Blick fiel auf Amy, die mit Hayden diskutierte.

Noch vor Kurzem hätte ich einen Stich gespürt, wenn Cody mir gesagt hätte, dass Amy ihm zur Seite gestanden hatte, während ich nicht für ihn dagewesen war. Doch nun schlich sich ein Lächeln auf meine Lippen. Ich nickte langsam. »Und du sorgst dich nicht um ihn?«

»Im Moment nicht. Die Freiheit, endlich nicht mehr von ihm gedemütigt zu werden, überwiegt noch alles.« Er sah wieder entschlossen zu mir. »Vielleicht später, nach dem allen hier. Sollte es ein Danach geben.« Er nickte eifrig, als müsse er sich selbst davon überzeugen. Ich hoffte, dass ihn seine Gefühle nicht gerade dann überwältigen würden, wenn er in Gefahr war.

Wir schlossen zu den anderen auf und hörten ihre Pläne an.

»Ihr wollt sie alle beeinflussen?« Meine Stimme überschlug sich leicht.

»Entweder das oder wir müssen die Massen auf anderem

Wege überwältigen. Dabei wird es sicherlich Verletzte geben, denn wenn sie uns bekämpfen, müssen wir uns wehren, dessen bist du dir doch bewusst.«

Verdammt, ja. Ich wusste es. Ich hatte mir nach dem Erlebnis in Dr. Yates' Praxis – Dads Praxis! – geschworen, dass ich auf die Jungs hören würde. Also ließ ich meine Abwehrhaltung ziehen und gab mein stilles Einverständnis. »Es sind sicher viele. Wie wollt ihr an sie herankommen?«

»Das kriegen wir schon hin. Es sind Menschen, schon vergessen?« Phoenix zwinkerte mir zu, ich sah ihm nicht an, ob er erleichtert über meine Entscheidung war, oder ob er damit gerechnet hatte. Dann nahm er meine Hand und ließ den Daumen über meinen Handrücken kreisen, während wir das Wohngebiet verließen.

Je näher wir der Hauptstraße mit all ihren Geschäften und Cafés kamen, desto lauter wurde es. Schreie, vereinzelt sirrende Alarmanlagen von Autos, das Klirren von berstendem Glas. Als wir um die nächste Ecke bogen, kam es mir vor, als beträten wir die Kulisse eines Endzeitfilmes. Die Tische und Stühle, die ansonsten hier vor dem kleinen Eiscafé standen, lagen überall verstreut herum, manche sogar auf der Straße zwischen den Autos, die die Straße verstopften und hastig verlassen worden waren.

Amy rümpfte die Nase. »Menschen sind so … berechenbar.«

Ich verdrehte die Augen. Da war sie wieder, Amys typische Arroganz. Nur dass sie jetzt nicht ihre Mitschüler, sondern die Menschheit im Allgemeinen betraf.

Ein Mann überquerte ein paar Meter vor uns die Straße, als renne er um sein Leben. Er trug eine Tasche schützend im Arm wie ein Kleinkind.

»Siehst du? Jeder wird egoistisch, wenn eine solche Katastrophe passiert. Niemand denkt an andere. Es gibt kein Miteinander mehr.« Amy klang niedergeschlagen und dieses Gefühl schwappte auf mich über.

Dann jedoch spannte sich Phoenix an und zerquetschte beinahe meine Hand. Sein Kopf ruckte in die Richtung, aus der der Mann gekommen war.

»Was wollen die hier?«, fragte Hayden und seinem Mund entfuhr ein Zischen.

Kapitel 58

Ich kniff die Augen zusammen, um zu erkennen, was Hayden meinte. Dann sah ich sie. Zwei Männer, die aus der Zeit gefallen schienen. Sie waren in eine Art Rüstung gekleidet und hatten eine Verzierung auf dem Brustpanzer, die ich nur zu gut kannte. Tief eingeprägt funkelten mir wie zum Hohn die Symbole der Schicksalsmünze von ihren Rüstungen entgegen.

Sie verfolgten den Mann mit dem Beutel, schienen jedoch keine Eile zu haben. Sie hatten eher … Spaß, kickten nebenbei sogar einen der Eiscafé-Stühle umher, zerschmetterten ein Schaufenster und schlugen voller Wucht auf die stehenden Autos, um die Alarmanlage auszulösen. Mir fuhr es eiskalt den Rücken hinab. Sie hatten Spaß an der Jagd.

»Atlantier«, presste Phoenix zwischen zusammengebissenen Zähnen hervor.

Die Symbole der Schicksalsmünze auf ihrer Brust schienen von innen grünlich zu leuchten.

»Was tun sie?«, fragte ich, als die beiden Atlantier mit dröhnenden Schritten über die Autodächer sprangen.

»Sie lechzen nach Blut«, grummelte Phoenix.

»So viel zu Aufständen und Plünderungen der Menschen.« Ich sah zu Amy. »Es sind die Leute meines Vaters, die das Chaos verursachen.«

»Genug gequatscht, wir müssen jetzt endlich etwas tun«, fiel Phoenix ein, ließ meine Hand los und wechselte hinter den Schleier. Ich sah nur dunkle Schlieren, dann fiel der erste Krieger vom Auto. Nun waren sie beide gewarnt und stellten sich mit erhobenen Schwertern Phoenix entgegen. Wie der Typ, der uns vor dem Beauty-Tempel begegnet war, konnten auch sie hinter den Schleier sehen. Das ermöglichte ihnen, selbst die schnellen Regungen auf der anderen Seite zu verfolgen und darauf zu reagieren. Und genau das taten die beiden, mit schnellen, gezielten Bewegungen.

Als es Phoenix nicht gelang, sie zu überwältigen, seufzte Hayden theatralisch und rannte zu seinem Bruder. Erneut kämpften sie Seite an Seite, als hätten sie nie etwas anderes getan. Der erste Atlantier ging bereits zu Boden, Blut breitete sich auf dem Asphalt zwischen den Autos aus. Ich schluckte. Das hier waren keine Lamien, die zu Asche und Staub zerfielen, nachdem man einen tödlichen Hieb gesetzt hatte. Es waren ... Menschen. Oder zumindest so etwas Ähnliches.

Der zweite Krieger machte es Phoenix und Hayden schwerer. Er schaffte es sogar, Hayden an der Schulter zu verletzen, woraufhin Phoenix ihn meterweit gegen eine Hauswand schleuderte. Doch der Typ sprang schon auf, bevor der Staub des herabbröckelnden Putzes sich gesetzt hatte. Warum benutzten die beiden nicht ihre Dolche? Ich konnte nicht verstehen, warum sie nicht ebenso auf den Typen losgingen wie auf den anderen Krieger zuvor. Sie nutzten auch keine magischen Blitze.

Dann schaffte es Hayden endlich, dem Krieger einen Schlag zu verpassen, der ihn ins Wanken geraten ließ. Gleich darauf brach er unter einem weiteren Schlag von Phoenix zusammen. Hayden nahm ihm sein Schwert ab und warf es achtlos beiseite, während Phoenix den Mann wieder auf die Beine zog und seine Hände wie ein Schraubstock hinter dem Rücken festhielt.

»Die beiden sind gar nicht mal so blöd. Vielleicht können wir aus dem Typen ein paar wertvolle Informationen rausquetschen«, sagte Amy und ging mit schnellen Schritten voraus. Ich folgte ihr, so rasch ich konnte.

»Wie seid ihr zurückgekommen?«, zischte Hayden, während er noch immer seine verletzte Schulter hielt.

Der Atlantier lachte nur hämisch. »Lord Eftychios«, spuckte er Haydens Namen verächtlich aus. »Ihr tragt die Mitschuld an unserem Untergang.« In seinen Augen stand blanker Hass.

Phoenix riss die Arme des Kriegers noch weiter hinter dessen Rücken, doch die Geste entlockte diesem nur ein abfälliges, wenn auch schmerzverzerrtes Lächeln.

»Ich freue mich, dass wir alle zurückkehren werden, wenn sich die Welt verändert hat. Kairos' Armee wird von Fortuna gesegnet sein.«

Blitzschnell riss er sich mit übermenschlicher Kraft aus Phoenix' Griff los und zog unter seiner Rüstung ein kleines Messer hervor. Es sah aus wie ein Spielzeug, die Klinge jedoch funkelte wie ein Diamant.

»Phoenix«, schrie ich voller Panik.

Doch einen Herzschlag später sackte der Krieger zu Boden. Er hatte sich selbst hingerichtet, im festen Glauben wiederaufzuerstehen. Wie oft war er schon gestorben und zurückgekehrt wie der Atlantier, den Phoenix vor meinen Augen getötet hatte?

»Das hat uns keinen Deut weitergebracht«, stellte Hayden düster fest.

»Sie müssen geschickt worden sein, um Chaos zu verbreiten«, grübelte Amy. Cody sah sie aufmerksam an, die Stirn in Falten gelegt.

»Vielleicht wollen sie den Zufall stärken?«, ergänzte er.

»Ich fühle mich kein bisschen gestärkt«, sagte ich nur. »Chaos verbreiten sie aber definitiv. Töten sie die Menschen auch, oder verbreiten sie nur Angst und Schrecken?«

»Die Antwort sollten wir nicht abwarten.« Phoenix deutete die Straße entlang. Zwei Kinder, vielleicht zehn oder zwölf Jahre alt, huschten zwischen den Fahrzeugen umher, als ein Krieger mit lautem Rums auf dem Autodach hinter ihnen landete. Die Kinder schrien auf. Ihre Gesichter waren unter all dem Staub und Schmutz gerötet, die Haare strähnig und verschwitzt.

Ich dachte keine Sekunde darüber nach, sondern stürmte hinter dem Schleier in Richtung der Kinder. »Kiera«, knurrte Phoenix plötzlich neben mir und rannte an mir vorbei, um sich auf den Atlantier zu stürzen. Er tötete ihn noch im gemeinsamen Fall vom Dach des Autos. Sofort wechselte er wieder auf meine Seite des Schleiers und kam mit vorwurfsvollem Blick zu mir.

»Du sollst dich nicht in Gefahr bringen. Sie sind zu gefährlich für dich. Technologie und Medizin in Atlantis waren sehr fortschrittlich. Sie sind wie gedopt und haben eine übernatürliche Wahrnehmung. Du solltest sie nicht angreifen.«

»Ich konnte nicht zusehen, wie …« Doch meine Stimme erstarb, als ich die Sorge in Phoenix' Augen sah und er mich näher zu sich zog.

»Ich weiß, dass du bereit bist, für das Gute zu kämpfen. Du hast schon Lamien besiegt. Aber die Krieger von Atlantis sind mehr als das. Sie haben kaum Schwächen, sind nicht abzulenken. Kairos hat sich dort in unserem Beisein eine fast unbesiegbare Armee zusammengestellt und wir haben ihm sogar dabei geholfen.« Er lachte finster auf, ehe er mich mit seinen nahezu schwarzen Augen hypnotisierte.

»Versprich mir, dass du sie nie wieder attackierst.«

»Das kann ich nicht.«

Phoenix seufzte und verdrehte die Augen. »War ja klar.« Er schüttelte den Kopf. Den ernsten Zug um seine Lippen konnte er nicht länger aufrechterhalten, daher presste er sie fest zusammen. Den Ansatz des Lächelns erkannte ich trotzdem.

»Pass einfach auf dich auf«, sagte Phoenix abschließend. »Ich mache das alles nicht mit, um dich an einen von ihnen zu verlieren.«

»An wen denn dann?«, fragte ich herausfordernd und erntete dafür einen tödlichen Blick. Ich grinste Phoenix frech an, der daraufhin nur schnaubte und mich mit sich zu den anderen zurückzog. Dort glitten wir wieder auf die menschliche Seite des Schleiers. Ich sah, wie die Kinder irritiert in Richtung des Kriegers sahen. Für sie musste es so ausgesehen haben, als sei er vom Autodach gestürzt.

Nachdem sie versucht hatten zu verstehen, wandten sie sich blitzschnell ab und rannten davon. Ich sah ihnen nach, bis sie in einer Seitengasse verschwunden waren.

Gerade als die getöteten Atlantier anfingen zu schimmern, ehe sie wiederauferstanden, hallte ein lauter Knall durch die Straßen.

Kapitel 59

Ohne uns zu verständigen, rannten wir los. Wir umrundeten zahlreiche Autos, die weder vor noch zurück konnten, nachdem es weiter vorne einen Unfall gegeben hatte. Dann waren wir bei der City Hall angekommen, deren sonst so idyllischer Vorplatz aussah, als hätte ein Tornado gewütet. Die sommerlich bepflanzten Blumenkübel lagen kreuz und quer, dazwischen breiteten sich dunkle Flecken aus, von denen ich hoffte, dass es nur verschüttete Getränke waren.

Denn überall schrien Menschen, stolperten über das Kopfsteinpflaster. Staub rieselte auf uns hinab, als eine Windböe ein Werbeplakat über unseren Köpfen aufflattern ließ. Wo früher die Fassade des asiatischen Supermarktes gewesen war, klaffte ein riesengroßes Loch.

»Bomben?«, stammelte ich fassungslos.

Amy stellte sich neben mich. Sie war bleich und zitterte am ganzen Körper, sodass Cody sie in den Arm nahm.

»Warum hier?«, fragte er.

»Sicher nicht nur«, sagte Phoenix gepresst und erinnerte mich wieder daran, wie einfach es gewesen war, als wir nur das Handy aus der Tasche ziehen mussten, um zu erfahren, was auf der Welt vor sich ging. Doch seit der Strom ausgefallen war und dadurch auch das Telefonnetz zusammengebrochen war, waren die Geräte nutzlos geworden.

Der Platz war mittlerweile menschenleer. Stattdessen erhoben sich aus den Staub- und Geröllhaufen Massen an Kriegern. Vor uns, hinter uns, einfach überall.

»Verdammt«, zischte Phoenix, streifte unter dem T-Shirt sein Tattoo und materialisierte den Dolch.

»Pass auf sie auf«, sagte er an Hayden gewandt, um dann hinter dem Schleier zu verschwinden und auf den ersten staubigen Atlantier zuzustürmen. Ich hoffte für Phoenix, dass er mit ›sie‹ nicht mich, sondern uns alle meinte. Eben war er doch noch so stolz auf meine Kampfkünste gewesen. Ich zog ebenfalls meine Waffe, stürmte ihm jedoch nicht hinterher, sondern beobachtete die Krieger, die immer näher traten und uns einzukreisen versuchten. Ich musste Cody verteidigen. Er war ein Mensch und hatte kein Training bei Hayden gehabt. Ich würde ihn kein zweites Mal verlieren.

Entschlossen atmete ich ein und fragte Hayden nach der Schwachstelle der Atlantier.

Beinahe stolz darauf, dass ich mich an die Ausbildung erinnerte, antwortete er: »Die Flanken. Ihre Panzer schützen sie vor Angriffen auf ihre Vorder- und Rückseite. Doch sie sind nicht rundum geschlossen, sonst könnten sie sich nicht so gut bewegen. Daher ziel immer auf ihre Seite.« Sein Dolch lag nun ebenfalls in seiner Hand, er war bereit, sich jedem Angreifer entgegenzustellen. Wenn Phoenix jedoch so weiterwütete, würde keiner bis zu uns kommen.

Kaum hatte ich diesen Gedanken zu Ende gedacht, hörte ich ein schmerzvolles Aufstöhnen. Mein Blick suchte nach der Quelle des Geräusches, doch ich konnte nichts erkennen. Genauso wenig, wie ich Phoenix entdecken konnte, sosehr ich auch nach ihm suchte.

Hayden sog hörbar die Luft ein. Auf meine stumme Frage hin schloss er die Augen und drehte sich langsam im Kreis.

Amys Schrei ließ mich herumfahren. Sie deutete auf einen Atlantier, der sich hinter uns bis auf wenige Meter angeschlichen hatte und nun mit erhobenem Schwert auf Cody und Amy zustürmte.

Hayden öffnete die Augen und sprang hinter dem Schleier in die andere Richtung. Ich hatte keine Zeit nachzusehen, wer dort auf uns zukam, sondern konzentrierte mich auf Cody.

Amy kniff konzentriert die Augen zusammen und Staub wirbelte auf, als Wind sie umkreiste und ihre Haare um ihren Kopf wirbelten. Sie sah aus wie Storm aus X-Men. Doch im Gegensatz zu dieser sackte Amys vermeintliche Waffe schon nach dem Bruchteil einer Sekunde in sich zusammen – gemeinsam mit Amy. Sie hatte nicht genügend Kraft.

Der Krieger war beinahe bei den beiden angekommen, als ich hinter den Schleier glitt und nach vorne sprang. Er sah mir direkt ins Gesicht, wich erstaunlich schnell meinen Bewegungen aus, sodass ich ins Stolpern geriet. Doch ich drehte mich rasch um, mein Dolch traf das Schwert des Atlantiers. Die Vibration sorgte dafür, dass ich meine Waffe fallen ließ und nun meinerseits ausweichen musste.

Ich hatte nur noch eine Möglichkeit und ich hoffte, dass die Krieger nicht gegen unsere Magie immun waren. Mehr Details vor dem Kampf wären hilfreich gewesen, grummelte eine leise zickige Stimme in mir, während ich die Macht in meinem Blut entzündete.

Kleine Blitze zuckten über meine Haut, brachten sie zum Kribbeln, ehe ich mich konzentrierte und sie in meiner Handfläche zusammenballte.

Der Krieger zog die Lippen auseinander, als wäre er ein Tier, das die Zähne bleckte. Oder sollte das ein Lächeln sein? Ich trat mit der vorbereiteten Blitzkugel auf seine Seite des Schleiers, als Phoenix angerannt kam.

Sein lautes »Nein!« hallte mir noch in den Ohren nach, wurde auf der menschlichen Seite des Schleiers zu einem schrillen Piepen. Doch die Warnung kam zu spät. Meine Hand mit dem Energieball berührte bereits das Symbol der Schicksalsmünze auf dem Brustpanzer des Kriegers.

Nun wusste ich, dass es tatsächlich ein Lachen gewesen war. Mein eigener Magieblitz richtete sich gegen mich und der Stromstoß schleuderte mich nach hinten. Mein Gehirn nahm vage wahr, was um mich herum geschah, während mein Herzschlag kurz aussetzte, dann davongaloppierte. Meine Glieder zuckten unkontrolliert und ich war nicht in der Lage, sie zum Stillstand zu bringen, geschweige denn, sie zu etwas anderem zu bewegen. So konnte ich nur hilflos zusehen, wie der Krieger auf mich zukam. Ein weiterer gesellte sich zu ihm.

Wo waren Cody und Amy? Waren sie in Sicherheit? Und Phoenix?

Ich vernahm ein kurzes »Sie noch nicht«, als der neue Krieger seinen Mitstreiter zurückhielt und sie beide in einem hellen Licht verschwanden.

Als ich wieder etwas anderes als nur Weiß sehen konnte, kniete sich Phoenix gerade neben mich. Behutsam drehte er meinen Kopf und verzog das Gesicht.

»Kiera, wenn ich ›Nein‹ sage, dann meine ich das auch so.«

Ich schaffte es sogar, kurz aufzulachen.

Mit vorwurfsvollem Blick sah Phoenix zu mir hinab,

ehe er meine Hand nahm und das unkontrollierte Zucken schwächer wurde.

Endlich stolperte mein Herzschlag nicht mehr und normalisierte sich. Meine Arme und Beine hörten auf, sich selbstständig zu bewegen, und ich versuchte, mich aufzurappeln.

»Vorsichtig«, bat Phoenix und die Sorge in seiner Stimme brachte mich zum Innehalten. Der Schmerz in meinem Hinterkopf ließ mich aufkeuchen und ich wünschte mir die Zuckungen zurück, die mich bislang wohl davon abgehalten hatten, ihn zu spüren.

Irgendwo hörte ich den Klang von aufeinandertreffenden Waffen. Hayden kämpfte noch immer. Ich dachte an die vielen Gestalten, Kairos' Armee, die immer näher gerückt war.

Phoenix ballte die Hände zu Fäusten. Ich sah, dass er hin- und hergerissen war. Doch er musste kämpfen, mir konnte er im Moment nicht helfen. Da schrie er auf und fasste sich an den Bauch.

Ich wollte mich aufsetzen, doch er drückte mich mit zusammengepressten Lippen zu Boden. »Bleib«, zischte er und sah sich um. Hayden musste verletzt worden sein. Ich hörte keine Waffen mehr. War er besiegt worden? Und wo waren Cody und Amy? Panik stieg in mir auf, als selbst die Schatten um mich herum in grellem Licht verschwanden.

Kapitel 60

»Sie sind weg«, sagte Phoenix mit grimmigem Gesicht. Er hielt sich noch immer die Seite, während er sich aufrichtete und mit zusammengekniffenen Augen umsah. Dann wurde er bleich. »Sie haben Hayden mitgenommen«, antwortete er auf meine unausgesprochene Frage. Er schlug mit seiner zur Faust geballten Hand auf seinen Oberschenkel und fluchte. Ich beobachtete ihn genau. Wieder einmal hatte ich das Gefühl, dass in ihm zwei Persönlichkeiten miteinander rangen. Einerseits das düstere Schicksal, das auf arrogante Art eingriff und dessen Überheblichkeit alles in den Schatten stellte. Auf der anderen Seite eine Seele voller Zweifel. Ich hatte nie genau sagen können, woher diese Unsicherheit kam, doch mit einem Mal wurde es mir völlig klar: Nie zuvor hatte Phoenix sein eigenes Schicksal in die Hand nehmen müssen. Er hatte immer nur seinen Job gemacht, wie er es nannte. Nun jedoch stand er im Mittelpunkt der Ereignisse, was der Bezeichnung »Schicksalsjäger« eine ganz neue Bedeutung verlieh.

Ich griff nach seiner Faust. Die verkrampften Finger lockerten sich nur langsam, bis ich sie mit meinen verflechten konnte.

»Wieso hast du es mir nie gesagt?«, fragte ich ihn direkt. Er antwortete nicht, sondern sah mich mit gequälter Miene an, ehe er wie auswendig gelernt sagte: »Was habe ich dir nie gesagt?«

»Dass du Angst hast«, flüsterte ich, während ich ihn näher zu mir zog. Sein Gesicht ließ ich dabei nicht aus den Augen. Er presste die Lippen zusammen, schob sie hin und her, als kaute er auf den Worten herum. »Du kannst selbst über das bestimmen, was dir passiert. Du bist immerhin das Schicksal, meinst du nicht?« Ich lächelte vorsichtig und wünschte mir so sehr, dass er verstand, was meine Worte bedeuten sollten. Dass er sich nicht davor fürchten brauchte, Entscheidungen zu treffen. Dass jeder Mensch dies täglich tun musste, ohne die Konsequenzen dieser Entscheidungen zu kennen. Ich schüttelte über mich selbst den Kopf. Phoenix hatte nie meinetwegen gezweifelt – er zweifelte, weil er nicht mit Bestimmtheit sagen konnte, wie das alles hier ausging. Wie unsere gemeinsame Zukunft aussehen würde – ob es überhaupt eine gab.

Ich glaubte schon, keine Reaktion mehr zu bekommen, als Phoenix noch einmal schluckte und dann den Mund öffnete. In seinen Augen stand Entschlossenheit. Die Zweifel waren endgültig Vergangenheit. Dennoch gefiel mir seine Antwort nicht: »Ich bin das schlechte Schicksal, Kiera. Ich kann den weiteren Verlauf aller Dinge sehr gut vorausahnen, sehe, wie das Gewebe reagiert.« Er schluckte hart, sah dann zur Seite, als könne er mir dabei nicht in die Augen sehen. »Ich weiß, worauf es hinauslaufen wird, und habe versucht, mich von dir fernzuhalten und wieder der zu werden, der ich vor dir war. Doch das war unmöglich. Du hast mich für immer verändert, Kiera.«

Mein Herz stand in Flammen. Ich tauchte geradezu in diesen Moment ein, in dem er sich mir komplett geöffnet hatte.

Ich wollte ihn küssen, ihm dafür danken, dass er sich für mich entschieden hatte. Doch Phoenix wich mir aus.

»Es kann für mich nicht gut ausgehen, Kiera. Ich bin mein eigenes Schicksal und kann nicht aus meiner Haut.«

»Das stimmt nicht«, antwortete ich stur. Die Wärme in mir wich einer eisigen Kälte: der Angst vor seinen nächsten Worten.

Mit dem schmallippigen Versuch eines Lächelns sah er wieder zu mir. »Das schlechte Schicksal hat kein Happy End verdient. Ich wollte es lange nicht wahrhaben, doch es ist die einzig logische Konsequenz.« Er holte tief Luft und senkte seine Stirn gegen meine. »Da ich nicht weiß, wann es so weit ist, werde ich versuchen, das Richtige zu tun. Und ich werde die Zeit mit dir genießen, ganz gleich, wie lange sie andauern wird.« Ich wollte ihn für die Schwarzmalerei rügen, doch Phoenix verschloss meinen Mund mit seinen Lippen, ehe ich Einwände erheben konnte. In dem Kuss lagen so viele Emotionen, dass es mir den Atem raubte.

Als er von mir abließ, stockten seine Worte: »Um weiterzukämpfen, muss man wissen, wofür es sich zu kämpfen lohnt.« Er sah mir dabei so tief in die Augen, dass ich in seinem Blick zu ertrinken drohte. Ich wollte lächeln, doch die Traurigkeit in seinen dunklen Augen hinderte mich daran. Wie konnte ich ihn überzeugen? Er war es – neben Mom und Cody –, für den ich kämpfte. Und ich würde alles dafür tun, mein Ziel zu erreichen.

Als knirschende Schritte näher traten, löste sich Phoenix von mir und wandte sich ab. Der Schatten, der über sein Gesicht zog, entging mir nicht, doch für weitere Fragen blieb keine Zeit.

»Es wird ernst«, sagte Amy mit starrem Blick. Sie und

Cody sahen erschöpft aus. »Was auch immer passieren wird, es wird bald geschehen, ich spüre es. Nachdem du ihnen entwischt bist, Zoferos, hat es für meinen Geschmack beinahe zu lange gedauert, bis Kairos erneut zugeschlagen hat.« Sie runzelte leicht die Stirn, ihre Stimme klang so alt, wie sie tatsächlich war, und sorgte für eine Gänsehaut an meinem ganzen Körper.

»Werden sie ihn … töten?« Ich ließ unausgesprochen, dass dies auch das Ende von Phoenix bedeuten würde. War es jetzt schon so weit? War es das, was er dachte, verdient zu haben?

»Das glaube ich nicht. Dafür hätten sie ihn nicht mitnehmen müssen«, mutmaßte Amy. »Auch Phoenix haben sie festgehalten, ohne ihn zu töten. Sie brauchen ihn … euch, für das, was Fortuna befreien wird.« Sie sah zu Phoenix, der mit finsterem Gesicht nickte.

»Dann sollten wir zusehen, dass sie dich nicht auch bekommen.« Cody sah so entschlossen aus, als könnte er Phoenix tatsächlich auf irgendeine Weise beschützen. Seine Haltung schenkte mir Mut. Dasselbe galt für Amy, die sich prompt aufrichtete und gestärkt aussah.

Phoenix unterbrach mit einem kurzen Aufstöhnen meine Gedanken. Sein Fluchen unterbrach die Stille, die über uns lag. Ich konnte mir nur zu gut vorstellen, was mit ihm geschah. Mein Vater und seine Soldaten quälten Hayden.

Schnell stützte ich ihn, als er sich voller Schmerzen zusammenkrümmte. Doch kurz nachdem ich ihn berührt hatte, überkam mich ein erstickender Schmerz, als hätte mir jemand mit aller Wucht in den Bauch geschlagen. Ich krümmte mich würgend zusammen.

»Wir müssen zu dir nach Hause«, sagte Amy leise. »Ich fürchte, wir haben da etwas übersehen.«

Ich fühlte mich kaum in der Lage, mich überhaupt zu rühren. Für Phoenix galt dasselbe. Cody erkannte die Lage, kam an Phoenix' andere Seite und stützte ihn, während Amy zu mir trat. Mein Schmerz verging jedoch schnell, das dumpfe Gefühl im Magen legte sich wieder. Woher war es gekommen? Fühlte ich plötzlich ebenfalls Phoenix' und Haydens Schmerz? Waren wir doch enger miteinander verbunden, als wir bislang geglaubt hatten?

Wir stolperten über das Geröll auf dem Platz und folgten dem Weg nach Hause. Mit jedem Schritt ging es mir besser und ich konnte schon in der Straße, in der wir zuvor die Kinder beschützt hatten, wieder selbst gehen.

Im Gegensatz zu Phoenix. Cody musste ihn mehr mit sich schleppen, als dass er selbst ging. Das machte mir noch mehr Sorgen als Haydens Gefangennahme. Ich konnte nicht so gut kämpfen wie die Jungs und so war nur Phoenix geblieben, um uns zu beschützen. In seinem Zustand jedoch war er dazu nicht in der Lage. Verbissen kniff ich meinen Mund zusammen und dachte angestrengt nach.

»Seht mal«, rief Cody über eine noch immer vor sich hin kreischende Alarmanlage hinweg und deutete die Straße entlang in die entgegengesetzte Richtung.

Mein Blick folgte seinem Arm und ich wappnete mich, neuen Angreifern entgegenzutreten. Wie sollte ich allein nur unsere geschwächte Gruppe verteidigen?

Die Luft um Amy herum prickelte und auf einmal begann sie, leise zu lachen. Nach einem kurzen Blick auf die Helfer, die sich um die Verletzten kümmerten, sah ich sie vorwurfsvoll an. Sie jedoch reagierte nicht, sondern hatte die Augen geschlossen und sog genussvoll die Luft ein. Als sie die Lider hob, leuchteten sie wieder einmal in diesem vollkommenen

Weiß. Ihre Wangen waren gerötet, sie sah aus, als käme sie gerade von einem Wellnessurlaub.

Das konnte doch nicht wahr sein! »Was stimmt mit dir nicht?«, zischte ich sie an. »Wie kann es dir gefallen, dass so viele Menschen leiden?«

Sie blinzelte und das Leuchten in ihren Augen verschwand. Völlig desorientiert sah sie mich an, den Mund noch immer zu einem breiten Lächeln verzogen.

»Schluss jetzt mit den Streitereien!«, mischte sich Cody ein.

»War ja klar, dass du zu ihr hältst«, giftete ich ihn an und er zuckte erschrocken zurück. Es war einfach alles zu viel. Hayden war in der Hand meines Vaters, Phoenix nur noch ein Schatten seiner selbst und Amy zeigte sich mal wieder von ihrer besten Seite. Und da fiel Cody nichts Besseres ein, als sie zu verteidigen?

Ein Schlag auf die Brust riss mich aus meinen Gedanken.

»Spinnst du?«, schimpfte ich. Doch die Angesprochene war sich keiner Schuld bewusst.

»Was denkst du eigentlich von mir?«, fragte Amy, eine zarte Falte zwischen den Augenbrauen.

Ich lachte laut auf und füllte meinen Kopf mit einer langen Liste von Schimpfwörtern, die mir früher bei der Erwähnung ihres Namens immer sofort in den Sinn gekommen waren. Sie starrte mir aufmerksam ins Gesicht, verfolgte meine Gedanken und verdrehte genervt die Augen. Dann deutete sie auf die Gruppe von Menschen die Straße hinab.

»Sie haben ihr Schicksal in die eigene Hand genommen«, erklärte sie mit einem nahezu seeligen Lächeln. Stolz schwang in ihrer Stimme mit, der mich irritierte. »Auch wenn es passiv scheinen mag, ist es das, was sie der Situation entgegensetzen können. Sie kämpfen nicht, aber sie folgen auch nicht blind ihrem Schicksal.«

Es dauerte einen Moment, bis ich verstand. »Sie ... sie glauben an dich?« Ich runzelte die Stirn.

Amy verzog den Mund. »Nicht direkt. Aber sie glauben immerhin, dass sie ihre Situation nicht einfach so hinnehmen müssen.«

In diesem Moment seufzte Phoenix erleichtert auf. »Sie sind fertig mit Hayden.«

»Was haben sie ...?« Ich wagte es nicht, genauer nachzufragen. Vielleicht wollte ich es gar nicht wissen.

»Ich weiß es nicht. Sie schwächen ihn nur. Vermutlich wollen sie verhindern, dass er ihnen entkommt.« Phoenix knirschte mit den Zähnen. Offensichtlich dachte er dasselbe wie ich: Mein Vater hatte Konsequenzen daraus gezogen, dass Phoenix hatte fliehen können. Beim Gedanken an seinen Fluchthelfer musste ich an Mom denken und hoffte inständig, dass sie noch immer selig schlafend auf dem Sofa lag. Wie gerne wollte ich sie weit weg von alldem bringen, damit ihr nichts passieren konnte.

Wir waren gerade im Begriff weiterzugehen, als Amy aufschrie.

Kapitel 61

Cody ließ Phoenix sofort stehen und kam an Amys Seite. Sie drehte sich um und in diesem Moment hörten wir die Schreie der Menschen am anderen Ende der Straße.

Amys eben noch ausgestrahlte Zuversicht verschwand binnen eines Wimpernschlags. In der Menschengruppe war Panik ausgebrochen. Wer laufen konnte, rannte davon, anstatt sich um die Verletzten zu kümmern wie zuvor. All das nahm ich nur beiläufig wahr, während sich meine gesamte Konzentration auf den Krieger richtete, der zufrieden im Chaos stand und auf dessen Gesicht ein fieses Grinsen erschien.

Phoenix neben mir richtete sich abrupt auf. Es dauerte einen Moment, bis ich verstand, warum er aussah wie nach einem erholsamen Schlaf.

»Dafür brauchen sie die Atlantier und das Chaos, das sie verursachen«, murmelte ich, als wieder einmal ein kleines Puzzleteilchen an seinen Platz rutschte.

Amy nickte bedrückt. »Es ist schwer, nicht an Schicksal zu glauben, wenn solche Dinge geschehen und einem alles, was man versucht, selbst anzupacken, aus der Hand gerissen wird.«

Ich ballte die Hände zu Fäusten und verfluchte wieder einmal Fortuna. Wie konnte sie so vorausschauend handeln und sogar dafür sorgen, dass ihre vermeintlich größte Konkurrentin Amy keine Chance hatte? Ich schüttelte den Kopf. Die Armee meines Vaters sorgte wirklich gründlich dafür, dass der Glaube an Amy, daran, Teil eines großen Ganzen zu sein, immer weiter abnahm.

Wenn ich ehrlich war, glaubte ich ja selbst nicht mehr daran. Wenn man die Fäden des Schicksals so gezielt knüpfen konnte, wie mein Vater es tat, blieb doch gar kein Raum mehr für etwas anderes.

Mit hängenden Schultern ging ich in Richtung zu Hause, umrundete liegen gebliebene Autos und stieg über den Schutt und die Glasscherben auf dem Gehweg hinweg. Dass Phoenix meine Hand hielt und versuchte, mir eine Stütze zu sein, nahm ich nur beiläufig wahr. In meinem Inneren machte sich Melancholie breit.

Amy versetzte mir einen Stoß. »Verdammt, Kiera!«, schimpfte sie. »Reiß dich zusammen! Wenn nicht einmal du daran glaubst, dein eigenes Schicksal in die Hand nehmen zu können, wie sollen es andere?«

Sie tippte auf meine mit Phoenix' Fingern verschränkte Hand. Über die Doppeldeutigkeit ihrer Worte musste ich tatsächlich lächeln. Ich konnte das Schicksal im wahrsten Sinne des Wortes an die Hand nehmen. Doch würde das wohl kaum bei allen anderen funktionieren.

Bis wir bei unserem Haus angekommen waren, war ein Teil meines alten Kampfgeistes zurückgekehrt. Ich konnte nicht aufgeben. Schließlich trug ich die Schuld daran, dass Tod und Krieg auf die Erde zurückgekommen waren. Ich war es den Menschen schuldig, die beiden samt Hermes dahin zurückzuschicken, wo sie hergekommen waren.

»Kannst du herausfinden, wo Hayden untergebracht ist?«, fragte Amy an Phoenix gewandt. Der schüttelte jedoch nur den Kopf. »Ich habe nie sehen können, wo er steckt. Wenn er in der Nähe ist, spüre ich seine Gegenwart, aber ich kann ihn nicht über das Gewebe finden.«

Amy runzelte die Stirn und dachte mehrere Minuten angestrengt nach, in denen wir schweigend weitergingen. »Ist Kairos dazu in der Lage?«

Phoenix verneinte mit grimmigem Gesicht. »So viel ich weiß, nicht, aber es ist ja nicht so, als hätte er uns in alles eingeweiht.«

»Aber Kiera kannst du spüren?« Ihr Tonfall hatte sich verändert und ein neuer Glanz lag in ihren Augen, der Phoenix verunsicherte. »Ja?«, sagte er weniger überzeugt, als ich vermutet hatte. Er sah kurz zu mir.

»Such sie!«, forderte Amy nun, und ehe ich fragen konnte, was das jetzt sollte, setzte sie hinzu: »Jetzt!«

Phoenix seufzte ergeben und schloss die Augen. Er würde ja wohl kaum lange suchen müssen, wenn mein Faden sich direkt neben seinem befand. Die angestrengte Falte zwischen seinen Augenbrauen jedoch machte mich stutzig.

»Was ist?«, fragte ich, aber Phoenix hielt die Hand hoch, um mir Einhalt zu gebieten. Seine Pupillen unter den geschlossenen Lidern zuckten hin und her, dann gab er kopfschüttelnd auf und sah mich irritiert an. »Es ist nicht eindeutig. Als wärst du nur zum Teil hier neben uns.«

Amys Lächeln war triumphierend. »Ich wusste es!«

»Und erzählst du uns auch, was genau in deinem göttlichen Kopf umherschwirrt?« Phoenix war anzusehen, dass er nicht begeistert war, dass sie etwas über ihn zu wissen schien, das er selbst nicht bedacht hatte.

»Hast du denn einmal versucht, Kiera so zu finden?«, fragte Amy nur.

»Ich …« Phoenix verkniff kurz das Gesicht. »Ich denke schon, ja.« Dann strahlte er auf einmal mehr Selbstsicherheit aus. »Ich habe ständig nachgesehen, wenn sie in der Praxis war.«

»Das habe ich mir gedacht«, antwortete Amy nur kryptisch. Nun wurde auch ich ungeduldig und sah sie auffordernd an.

»Dein ›Schwächeanfall‹, der Zusammenbruch, nachdem Hayden geschnappt wurde, geschah nicht ohne Grund.« Sie machte eine theatralische Pause, für die ich sie hätte erwürgen können. »Was ihm passiert, wirkt sich auf dich aus. Du bist mit Kairos verbunden wie er mit Hayden.« Sie deutete mit einem Kopfnicken zu Phoenix, der angestrengt über die Worte nachdachte. »Deshalb könnt ihr euch gegenseitig nicht spüren. Ihr seid ein einzelner Faden wie unsere zwei Schicksalsjungs sich einen teilen!«

Ich schluckte.

»Irgendetwas muss mit Kairos passiert sein, als du den ›Kreislaufzusammenbruch‹ hattest … Hayden hat ihn vermutlich verletzt.«

»Die Soldaten hatten ihn doch gerade erst erwischt«, warf ich ein.

»Vielleicht hat dein Dad gleich um die Ecke gewartet, um sich seinem Bruder zu stellen?«

Den Gedanken musste ich setzen lassen. Den anderen ging es sicherlich genauso. Keiner sagte auch nur ein Wort.

Grübelnd ging ich die Stufen zu unserer Haustür hinauf, öffnete sie, ließ die anderen eintreten und schloss sie hinter ihnen wieder.

»Darüber sollten wir noch sprechen. Ich sehe kurz nach Mom, ihr könnt schon in die Küche gehen«, schlug ich vor.

Ich lief den Flur entlang und der Geruch der Kerze, die Amy ausgewählt hatte, hüllte mich mit jedem Schritt mehr ein. Ich drückte die Klinke der Wohnzimmertür ganz langsam herunter. Schließlich wollte ich Mom nicht wecken. Hier im Raum warf mich der Gestank nach ätherischen Ölen beinahe um, so dominant war er. Am liebsten hätte ich das Fenster aufgerissen.

Doch mit einem Blick auf das Sofa war mir der Geruch mit einem Mal völlig egal. Meine Mutter lag nicht hier. War sie etwa aufgewacht? Phoenix hatte sie beeinflusst, das konnte nicht …

Ich rannte zur Verbindungstür zur Küche und riss sie auf, suchte den Raum nach meiner Mom ab. Meine Freunde zuckten zusammen, warfen mir dann jedoch betroffene Blicke zu.

Ehe ich fragen konnte, woher sie wussten, dass Mom verschwunden war, deutete Phoenix auf die Theke. Dort lag ein Notizzettel, wie sie Mom immer benutzte, um mir kurze Nachrichten zu hinterlassen – und die mehr als einmal dafür gesorgt hatten, dass ich mich wie ein unfähiges Kleinkind gefühlt hatte.

Doch nun starrte ich fassungslos auf die handgeschriebenen Worte vor mir, während Phoenix leise sagte: »Kairos' Einfluss muss stärker gewesen sein als meiner.« Er senkte den Kopf.

Wie hatten wir sie allein lassen können? Verzweiflung machte sich in mir breit. In meinem Kopf zogen in Endlosschleife die Worte auf dem Notizzettel vorbei:

Ich bin kurz bei Phyllis in der Praxis. Bis später, Mom.

Kapitel 62

»Ich muss zu ihr!«, rief ich und war schon dabei, mich von den anderen abzuwenden und gedankenlos aus dem Haus zu stürmen. Vor meinen Augen sah ich nur noch meine Mutter, wie sie ... Ja, was eigentlich? Würde mein Dad sie umbringen, um mich zu verletzen? Sie gefangen halten, um mich zu erpressen? Mom war die Einzige, die mir noch geblieben war. Irgendwie stand sie für das Leben, das ich zurückwollte, um das ich kämpfen würde. Hatte Phoenix nicht kurz zuvor festgestellt, dass man ein Ziel haben müsse, für das es sich zu kämpfen lohnte?

Phoenix packte mein Handgelenk und hielt mich zurück. Ich zerrte daran, doch gegen ihn hatte ich keine Chance.

»Das ist genau das, was Kairos will. Hayden wird bereits ebenfalls dort sein. In diesem Nichts innerhalb des Praxisgebäudes. Vielleicht braucht er uns alle, damit seine Pläne funktionieren. Mit deiner Mutter will er dich anlocken.« Seine dunklen Augen musterten mich, warteten, bis die langsam ausgesprochenen Worte auch wirklich bei mir angekommen waren. Mein Widerstand erstarb. Dad wusste genau, wie er mich zu etwas bringen konnte. Er hatte mein ganzes Leben lang mit mir verbracht. Ich blinzelte heftig, um die Tränen zurückzuhalten.

»Er hat recht«, sagte Amy nur knapp. Ich wusste ja, dass

er recht hatte. Genauso wie ich wusste, dass Kairos meine Reaktion vorhergesehen hatte. Er hatte auch das geplant und als Dr. Yates eine Freundschaft mit meiner Mom begonnen, lange Zeit, bevor ich überhaupt etwas vom personifizierten Schicksal und Zufall wusste. Dennoch konnte ich nicht aus meiner Haut.

Phoenix ließ meinen Arm los und strich mir liebevoll über die Wange, wartete, bis ich mich wieder etwas gefangen hatte.

»Ich werde gehen«, sagte er mit fester Stimme. »Ich habe sie bereits einmal zurückgebracht und das werde ich auch noch einmal schaffen.« Er strahlte so viel Zuversicht aus, dass ich ihm beinahe glaubte. Wären da nicht seine unheilvollen Worte ›kein Happy End verdient‹ gewesen, die in meinem Kopf herumgeisterten.

»Vergiss es!«, schaltete sich Amy ein. »Wir dürfen uns nicht trennen. Das ist es, was Kairos will. Sie können uns nur einzeln überwältigen.«

Phoenix spannte sich an. Ich sah, wie hin- und hergerissen er war. »Dann sollen sie es doch versuchen«, knurrte er schließlich. »Es ist egal, ob jetzt oder in zwei Tagen, wenn uns die Atlantier wieder irgendwo auflauern.« Er richtete sich auf, so selbstbewusst wie lange nicht. »Ich werde ihnen zuvorkommen und euch Zeit verschaffen. Wir folgen nicht dem, was Kairos erwartet. Ich finde einen Zugang zu seinem Versteck. Es muss in der Nähe der Praxis sein und ich werde ihn finden.«

Ehe ich einwerfen konnte, dass sich das für mich ganz und gar nicht nach einem guten Plan anhörte und er schließlich nur mit Hilfe hatte entkommen können, presste Phoenix seinen Mund auf meinen. Instinktiv schloss ich die Augen.

Ich spürte seine Entschlossenheit, ehe seine Lippen weicher wurden und das preisgaben, was darunter lag: Schmerz, Resignation, Abschied. Seine Küsse wanderten meine Wange entlang, sein Atem kitzelte mich am Hals, ehe das Flüstern an meine Ohren drang: »Ich liebe dich und werde dich immer lieben, ganz gleich, was mit mir passiert. Ich weiß, wofür ich kämpfe.« Dann war da nur noch Kälte.

»Nein!«, rief ich, doch es war zu spät. Als ich die Augen wieder öffnete, war Phoenix bereits verschwunden. Auch hinter dem Schleier konnte ich ihn nicht mehr entdecken.

»Sag mir nicht, dass er vorhat, was ich denke.« Amys Mund war zu einem schmalen Strich verzogen, während mich die Kälte, die Phoenix' Verschwinden hinterlassen hatte, zum Zittern brachte.

»Was hat er gesagt?«, fragte Cody und rüttelte an meinem Arm. Hatte er die Frage bereits einmal gestellt? Ich konnte nur noch daran denken, wie es sich angefühlt hatte. Wie ein Abschied. Für immer. Er kämpfte nicht für ein Uns, sondern er kämpfte für meine Zukunft. Eine Zukunft ohne ihn. Sämtliche Kraft schien meinen Körper zu verlassen. Ich konnte mich gerade noch am Tresen festhalten. Phoenix konnte sich nicht einfach … opfern. Er durfte es nicht, verdammt.

»Er wird eine große Dummheit begehen«, sagte Amy nur kopfschüttelnd.

»Wir müssen hinterher!« Ich konnte mir ganz genau ausmalen, wie diese Dummheit aussehen würde. Phoenix würde kämpfen – bis zum bitteren Ende. Und er würde nicht gewinnen können. Nicht allein. Das war genau das, was Kairos plante. Ich sah die Bilder deutlich vor mir. Sie glichen einer Wiederholung des Abends, an dem ich das Gewebe zerrissen hatte, um Cody und auch Phoenix und Hayden zu retten.

Amy seufzte. Sie widersprach mir nicht. Vielleicht las sie gerade meine Gedanken, denn ich sah, wie sie mehrere Male schluckte.

»Wir haben keine Chance«, sagte Cody mit gesenktem Kopf.

»Kairos wird ihn nicht töten«, sagte Amy als Antwort auf das stets wiederkehrende Bild von Phoenix in meinem Kopf, der leblos am Boden lag.

»Und wie lange wird er ihn am Leben lassen?« Ich wollte nicht losheulen, auch wenn mir danach zumute war. »Ein paar Stunden? Phoenix sagte, dass der Schleier heute gelüftet werden muss.«

»Neumond«, bestätigte Amy nickend und grübelte leise vor sich hin.

»Erst einmal muss er ihn überwältigen«, sagte Cody. In dem Versuch, mich aufzumuntern, verzog sich sein Gesicht zu einer seltsamen Fratze, die vermutlich Zuversicht ausstrahlen sollte.

Amys Schauspielkünste waren da schon besser. »Und während er Kairos ablenkt, sollten wir daran arbeiten, die Menschen in ihrem Glauben an ihre eigene Kraft zu stärken.«

»Das ist dein Plan?« Ich lachte abfällig. »Du hast gesehen, wie schnell sie ihren Glauben an sich selbst wieder verlieren. Falls du es nicht bemerkt hast: Deine Zeiten sind vorbei, Großer Geist.« Mir war egal, wie fies das jetzt klang, aber sah sie nicht ein, dass es nichts brachte? Dass solche Bemühungen völlig umsonst waren und mit Leichtigkeit von Krieg, Tod oder den Soldaten von Atlantis wieder zunichtegemacht werden würden.

Amy knirschte mit den Zähnen. »Tochter des Schicksals«,

sie atmete tief ein, ehe sie fortfuhr. »Es ist der letzte Kampf um die Gunst der Menschen. Entweder glauben sie an dich und deine Sippe oder an mich und damit an sich selbst.«

Ich war noch immer nicht überzeugt, dass sie überhaupt jemandem den Glauben an sich selbst schenken konnte, doch ich sah ein, dass ich ohne ihre Zustimmung nicht aus dem Haus kommen würde. Also nickte ich in der Hoffnung, dass Amy und Cody glaubten, ich würde ihrer Meinung sein und ihnen helfen. Meinen wahren Plan verbarg ich tief in meinem Kopf, sodass Amy keinen Blick darauf erhaschen konnte.

»Dann lass uns gehen. Suchen wir ein paar Menschen, um ihr Selbstbewusstsein aufzupolieren.« Nur mit Mühe hielt ich das Augenverdrehen zurück, das sich bei diesem absurden Plan einstellen wollte.

Cody kniff misstrauisch die Augen zusammen. Er kannte mich zu gut. Ich schenkte ihm ein kurzes Lächeln, das ihn hoffentlich überzeugen würde, doch es gelang mir nicht.

Er ließ mich jedoch nicht auffliegen, sondern sah mir lediglich lange in die Augen. Sein Blick sagte nur eins: Ich hoffe, du weißt, was du tust.

Das hoffte ich auch.

Kapitel 63

»Was genau tust du da?«, fragte ich, als Amy wieder einmal an einer Kreuzung die Augen geschlossen hatte und mit zum Himmel gerichteten Kopf und weit ausgestreckten Armen in der Nachmittagssonne stand und die Luft einsog. Bisher hatte ich es mir verkniffen, etwas zu sagen, denn immer wenn ich gerade den Mund geöffnet hatte, war Amy wie aus dem Schlaf gerüttelt zusammengezuckt und in eine Richtung davongestürmt. So waren wir nun schon seit einer ganzen Weile in den Straßen unterwegs.

Amy senkte langsam ihren Kopf und ihre Arme, wiegte sich hin und her, ehe sie nickte und die Lider öffnete.

Fürs Erste sah sie noch entspannt aus, dann trat der Schulzicken-Ausdruck auf ihr Gesicht. »Ich suche nach denen, die bereits an sich selbst glauben«, sagte sie völlig von sich überzeugt und machte Anstalten, nach Osten abzubiegen. Das war die falsche Richtung für mich. Ich wollte nicht Richtung Industrial District, sondern zu Dr. Yates' Praxis.

Während ich meinen Plan ausgearbeitet hatte, war ich stets darauf bedacht gewesen, dass Amy nichts mitbekommen konnte. Deshalb ließ ich nur flüchtige Bilder zu, die hoffentlich keinen Zusammenhang ergaben, falls sie gerade meine Gedanken las. Wie ein Blitzschlag war ein Bild in meinem Kopf aufgetaucht: Als ich aus der Praxis von Dr. Yates geflohen war und zum ersten Mal die Treppe benutzt hatte, war ich auf den Innenhof gestoßen. Schon damals hatte sich etwas in meinem Inneren gerührt, doch ich war zu panisch gewesen, es tatsächlich zu bemerken. Die Götterstatuen, die flirrende Luft ... Ich wusste einfach, dass dort der Schleier vernichtet werden sollte und wie ich dorthin gelangen konnte. Hayden und Phoenix hatten das Gebäude nie betreten können, ich aber schon. Dass Mom ausgerechnet Dr. Yates aufsuchen wollte, hinter deren Identität mein Dad sich versteckte, war definitiv kein Zufall. Er wollte mich dorthin locken. Obwohl es für meinen Plan nicht ausschlaggebend war, zog es mich ebenfalls dorthin. Vielleicht auch zu Phoenix, das konnte ich nicht genau sagen.

Allerdings wäre es zu auffällig gewesen, wenn ich Amy plötzlich die Richtung vorgegeben hätte. Ich zögerte, meine Beine wollten schon zur Praxis gehen, da besann ich mich eines Besseren und folgte Amy und Cody. Ein Gedanke krallte sich während des Marsches jedoch fest: »Was ist, wenn sie das Ritual bereits durchführen?«

Amy blieb so abrupt stehen, dass Cody noch zwei Schritte weiterging und ihre Hand mitriss. Es wirkte inzwischen so normal, sie Hand in Hand zu sehen, dass es bei mir keinerlei Gefühlsregung mehr auslöste.

Amy hob fragend eine Augenbraue.

»Sie haben Phoenix, Hayden und Kairos. Die drei, die damals ... hierhergeschickt worden sind«, erklärte ich.

Amy schien über meine Worte nachzudenken, dann ersetzte tiefe Überzeugung das Grübeln.

»Wenn es ausreichen würde, dass nur ein Teil des Fadens dem Ritual beiwohnt, hätte es genügt, wenn sie Hayden oder Phoenix in ihrer Gewalt haben. Doch sie haben nichts in diese Richtung unternommen, als Phoenix bei ihnen war. Sie brauchen dich, Kiera. Ohne dich ist Kairos nicht … vollständig. Außerdem bin ich mir sicher, dass sie auf den richtigen Moment warten müssen. Die wenigen Minuten, wenn Sonne, Erde und Mond in einer Linie stehen. Es ist kein Zufall, dass es heute passieren soll.«

Das würde zumindest gut zu meinem Plan passen.

Für Amy schien die Sache geklärt, sie zog Cody weiter die Straße entlang und bog zielstrebig in Richtung einer alten Fabrikhalle ab.

Ihr Gefühl hatte sie nicht getrogen, wie ich mit einem Hauch von Anerkennung registrierte. War uns auf dem Weg hierher keine Menschenseele begegnet – ich hatte lediglich Blicke hinter den verbarrikadierten Fenstern gespürt –, so wuselte es hier wie sonst nur auf dem Jahrmarkt.

Eine Gruppe junger Männer entlud gerade einen Anhänger, der an ein kleines Auto gespannt war. Irritiert sah ich die Straße entlang und entdeckte, dass hier sämtliche Autos zur Seite geschoben waren. Sie sahen etwas mitgenommen aus, wie von einem Riesen achtlos weggestoßen.

Amy stupste mich an und warf mir einen selbstgefälligen Blick zu. »Sie haben ihr Schicksal in die Hand genommen«, sagte sie leise.

Ich konnte nicht anders, als zu denken: Das habe ich auch.

Kapitel 64

Eins musste ich Amy und den ganzen Menschen hier lassen. Selbst im Angesicht dieser Situation waren sie dazu in der Lage, andere mitzureißen. Kaum dass wir uns den jungen Männern mit ihren Kisten genähert hatten, kam eine kurzhaarige Frau auf uns zu, stellte sich als Teresa vor und gab uns Anweisungen.

Ich wurde mitgetragen, mein eigener Plan rückte so weit in meinen Hinterkopf, dass ich absolut keine Sorge haben musste, Amy könnte ihn sehen. Die Hoffnung war allgegenwärtig.

Teresa erzählte, dass sie sich vor zwei Tagen organisiert hatten. Immer wieder tauchten tätowierte Kämpfer auf, um hier für Verwirrung zu sorgen, doch sie hatten herausgefunden, dass sie niemanden verfolgten. Also spielten sie das Spiel einfach mit. Ein Atlantier tauchte auf – natürlich nannte sie ihn nicht so –, die Menschen flohen in alle Richtungen und kehrten nach einer Weile wieder zurück. Noch stärker und selbstbewusster als zuvor, wie Teresa unter Amys eifrigem Nicken beschwor.

Sie hatten in der alten Fabrik einen Ort geschaffen, an den Menschen kommen und sich gegenseitig unterstützen konnten. Es waren lange nicht alle Bewohner des Vorortes, aber es wurden laufend mehr. Sie hatten die Straße freigeräumt, um

Nahrung hierherzuschaffen. Selbst Strom gab es dank alter Generatoren, die irgendjemand wieder instand gesetzt hatte.

Amy war wie auf Drogen, schwebte nahezu hierhin und dorthin und sog all die positive Energie in sich auf, während die Sonne langsam hinter den Gebäuden verschwand. Die Blicke, die Cody ihr zuwarf, sowie sein Gesicht voller Hoffnung sorgten für einen Stich in meiner Brust.

Ich vermisste Phoenix, auch wenn ich noch nicht lange von ihm getrennt war. Sein letzter Kuss war ein Abschiedskuss gewesen. Er hatte nicht vor, lebend zu mir zurückzukommen. Auch wenn ich ihn oft für seine negative Einstellung geneckt hatte, wusste ich doch nur zu gut, dass sich die Dinge um ihn herum immer zum Negativen entwickelt hatten. Er hätte die Betriebsamkeit hier nur mit arrogantem Blick belächelt und jedem verständlich gemacht, dass es zwar ein netter Versuch war, aber nichts bringen würde.

»Warum guckst du so skeptisch?«, riss mich Amy aus meinen Gedanken an Phoenix. Sie musste einen Blick in meinen Kopf geworfen haben, denn sie seufzte auf. »Wir werden ihn retten, glaub einfach daran.«

Ich verkniff mir ein spöttisches Lachen. Stattdessen konzentrierte ich mich darauf, den Inhalt mehrerer Kartons in große Regale zu stapeln. Wir befanden uns im Archiv der Fabrik, das inzwischen leer geräumt war, sodass Nahrungsmittel dort aufbewahrt werden konnten. Teresa und ihre Helfer hatten alles gut organisiert, das musste man ihnen neidlos zugestehen.

Ich schob eben die nächste mit Konserven gefüllte Kiste zum Regal, als die Schreie ertönten. Amy keuchte auf, fasste sich an die Brust und kniff dann entschlossen, die Schmerzen zu ertragen, die Lippen zusammen.

»Draußen«, presste sie hervor.

Wir rannten aus dem Archiv, weiter den Flur entlang, an einem kleinen Raum vorbei, in dem vielleicht irgendwann mal ein Vorarbeiter gesessen hatte, zur Eingangstür. Noch vor allem anderen suchte mein Blick die Umgebung nach Cody ab. Er hatte den anderen Jungs geholfen, die Kisten zu uns zu bringen. Doch jetzt sah ich ihn nirgendwo. Der ehemalige Parkplatz der Fabrik wirkte im Halbdunkel wie ausgestorben. Fast. Denn drei Atlantier standen mit vor der Brust verschränkten Armen zwischen den Autos und sorgten dafür, dass die Alarmanlagen eine regelrechte Endzeitstimmung verursachten. Die blinkenden Lichter ließen ihre Bewegungen wie eine Slow-Motion-Aufnahme wirken.

Ich zog Amy zurück in die Schatten der Halle. Ich würde die Krieger genauso wenig bekämpfen können wie sie, und wenn Teresa recht hatte, würden sie gleich wieder verschwinden. Also verharrten wir leise und warteten. Aus den Straßen hallten Schreie. Ob sie echt waren oder nur Show für die Krieger, wusste ich nicht.

Die Zeit wollte und wollte nicht vergehen. Etwas in mir drängte danach, mich nicht zu verstecken, nach draußen zu springen und zu kämpfen – doch der vernünftige Teil, der die Menschen nicht in Gefahr bringen wollte, war stärker.

Dann geschah genau das, was Teresa gesagt hatte: Die Krieger sahen sich noch einmal genau um und verließen unser Sichtfeld in Richtung des zerstörten Supermarktes. Ihr gehässiges Grinsen sah im Licht der Warnblinkanlagen regelrecht dämonisch aus.

Langsam gingen Amy und ich nach draußen und warteten. Hinter uns erklangen Schritte, auch im Gebäude hatten mehrere Menschen ausgeharrt, ohne dass wir sie bemerkt hatten. Je mehr Helfer zurück zur Fabrik kamen, desto weiter richtete sich Amy auf. Sie war das blühende Leben.

Plötzlich stürmte jemand von der Seite des Gebäudes auf uns zu. Cody war nahezu euphorisch, seine Augen leuchteten und er strahlte über das ganze Gesicht. »Wir können es schaffen, nicht wahr?« Er nahm Amy in den Arm und wirbelte sie herum.

Für einen kurzen Augenblick ließ ich mich mitreißen, ebenfalls in eine Umarmung ziehen und genoss das Gefühl, dass alles gut werden könnte – doch dann meldeten sich wieder die Zweifel. Wir waren ein kleiner Vorort von Seattle, was nutzte es schon, wenn hier ein paar Menschen Hoffnung schöpften, während sich der Rest der Welt vielleicht voller Panik versteckte und die Hoffnung zusammen mit dem Glauben, irgendetwas ausrichten zu können, längst begraben hatte?

»Wir werden Phoenix da rausholen. Amy hat bereits einen Plan. Alles wird gut.« Cody stieß mich erst mit der Schulter an und zwinkerte mir anschließend zu. Er musste meinen Gesichtsausdruck falsch gedeutet haben. Ich schluckte hart bei Phoenix' Namen, schmeckte seinen letzten Kuss wieder auf den Lippen.

Ich überlegte gerade, was ich Cody antworten sollte, bemühte mich, die verkrampften Lippen zu lösen, damit sie überhaupt etwas hervorbringen konnten, da erklang überall ein Piepen, Rascheln, Tuten.

Kapitel 65

Geräusche, die eigentlich zum Alltag gehörten und die ich für längst verloren geglaubt hatte, drängten an mein Ohr. In meiner Hosentasche vibrierte es und ein Klick-Ton folgte dem nächsten.

Ungläubig zog ich mein Handy aus der Tasche, schüttelte fassungslos den Kopf, als eine Nachricht nach der anderen einging. Überwiegend Störungsmeldungen meines Netzbetreibers, wie ich feststellte, aber auch Meldungen der Mailbox.

»Die Telefonnetze gehen wieder«, sprach Cody das Offensichtliche aus, während er mit großen Augen auf sein Handydisplay sah.

Nur Amy rümpfte die Nase, während um uns herum Jubel ausbrach, als hätten wir soeben einen Krieg gewonnen.

Krieg.

Meine Hand krampfte sich um mein Handy, ehe ich tief Luft holte und den Kopf senkte. Mit zitternden Händen öffnete ich die Nachrichten-App. Ein Teil meines Unterbewusstseins beschwor alle verfügbaren Götter, dass meine Hoffnung nicht umsonst war. Und wirklich wurden meine Gebete erhört. Ich starrte auf die Schlagzeile, ehe Amy mich unterbrach.

»Es war nur ein Hackerangriff auf die Stadt?«, fragte sie.

Anscheinend hatte sie wohl nicht mehr nötig, ihr eigenes Handy aus der Tasche zu holen. Wozu auch, Gedanken lesen war ja viel bequemer! Gerade stromerte sie offenbar in Codys Gedanken umher, dessen Augen hin und her zuckten, ehe er zu Amy und mir sah und mit einem Nicken den Artikel zusammenfasste: »Es heißt, es war ein Hackerangriff auf die Versorgungsnetze der Stadt. Zwei Verrückte haben die Fake News als Ansporn gesehen und selbst ein bisschen Krieg gespielt.«

Fassungslos blickten wir uns an. Was waren das nur für Menschen?

Cody flog weiter über den Text und fasste zusammen: »Das Stromnetz und mit ihm das Telefonnetz sind bloß hier rund um Seattle lahmgelegt worden. Es war alles nur hier.« Er schüttelte den Kopf, seine blonden Haare flogen um ihn herum. »Dann ... ist es jetzt vorbei?«, fragte er leise. »Hat Phoenix das geschafft?«

Ich schnaubte. Wenn ich eins gelernt hatte, dann die Tatsache, dass nichts so einfach war. Und auch wenn ich meinem Freund einiges zutraute – aber nicht, drei Götter zu bekämpfen. Es sei denn, er hatte dieselben Schlüsse gezogen wie ich. Mir wurde eiskalt. Endlich war ich mir sicher, warum ich zur Praxis gewollt hatte. Mein Puls raste. Meine Fingernägel krallten sich in die Handflächen, um die Enttäuschung nicht in Form von Tränen herauszulassen.

Nur langsam sickerte Amys Erklärung zu mir durch. »Vielleicht sind Tod und Krieg zu schwach, um mehr auszurichten?«, grübelte sie laut vor sich hin, während ich mich zusammenriss. »Hermes könnte dafür gesorgt haben, dass die Gegend hier lahmgelegt wird, und die Menschen konnten das Problem beheben, aber ...«

Ich hörte nicht weiter zu, sondern vollendete ihren Satz mit meinen eigenen Gedanken: »... aber es ist noch nicht vorbei.«

Für den Rest der Welt war es vielleicht eine schlechte Nachricht gewesen, Neuigkeiten, wie sie tagtäglich im Fernsehen liefen. Aber ich wusste, dass es mehr war. Ich wusste, dass mein Vater, Fortuna und die anderen drei nicht aufgeben würden, nachdem ihre Ablenkungsmanöver gelungen und wir so lange von ihnen hinters Licht geführt worden waren.

Sie standen kurz davor, den Schleier zu zerstören und Fortunas Plan Wirklichkeit werden zu lassen. Und nur ich konnte etwas dagegen tun. Die Jubelstürme, die um uns herum ausbrachen, bestärkten mich in meinen Gedanken. Sie alle würden ihr normales Leben fortsetzen können. Dafür musste ich lediglich meinen Plan in die Tat umsetzen.

Ich zog mich von der feiernden Menge zurück und lehnte mich an die raue Mauer der alten Fabrikhalle. Dort holte ich tief Luft und schloss die Augen. Meine Konzentration lag alleine auf der Hoffnung, dass ich für das von Dad geplante Ritual unerlässlich war. Mein Nacken kribbelte, doch ich widerstand der Versuchung aufzusehen. Mein Körper täuschte mich. Phoenix konnte nicht hier sein. Nur hinter verschlossenen Lidern waren wir zusammen. Ich ließ den letzten Kuss Revue passieren, spürte noch einmal die Anziehungskraft, die wir aufeinander hatten.

Mit einem Seufzen, dicht gefolgt von einem Lächeln ließ ich Bild um Bild vor meinem inneren Auge vorüberziehen. Der Idiot Phoenix, der sich so arrogant und selbstgefällig in mein Leben geschlichen hatte, der mich mit einer List von meinem besten Freund isoliert und letztendlich doch mein Herz gestohlen hatte. Ich sah wieder vor mir, wie der

Junge, der behauptete, nicht schlafen zu müssen, neben mir im Traum lächelte. Ich wünschte, an dieser Stelle könnte ich aufhören zu denken, wünschte mir, dass dies mein normales Leben wäre und er mich jeden Morgen damit aufzog, wie unausstehlich ich nach dem Aufwachen war.

Mein eigenes Auflachen ließ mich zusammenfahren.

Meine Gedanken glitten zu Mom. Wie würde sie den Verlust verkraften? Würde Amy ihr helfen können? Sie hatte bereits eine Trennung überstehen müssen, würde mein Plan dazu führen, dass sie zusammenbrach? Oder Cody?

»Sie werden leben!«, flüsterte ich, während ich meinen Dolch aus der Tasche zog. »Wie alle anderen.« Meine Stimme erhob sich, ich musste mir selbst Mut zusprechen. Ich würde das rückgängig machen, was ich der Menschheit angetan hatte.

Noch einmal glitten meine Gedanken zu Phoenix, zu unserem Abschiedskuss. Mit einem Lächeln auf den Lippen setzte ich den Dolch an meinem Handgelenk an und unterdrückte ein Keuchen, während ich mit so viel Druck, wie ich aufbringen konnte, der dunklen Linie in Richtung Unterarm folgte – erst an meinem linken, dann an meinem rechten Arm. Wehmütig beobachtete ich, wie das Blut aus den langen Schnitten quoll. Mir wurde schwummrig, sodass ich mich langsam auf den Boden sinken ließ. Um mich zu wärmen, schlang ich die Arme um meinen Oberkörper.

Meine letzten Gedanken galten meinem Vater, erst den Bildern aus meiner Kindheit, dann dem Monster, das er in Wirklichkeit war.

Ich hatte ihn besiegt.

Kairos würde gemeinsam mit mir sterben und der Schleier würde sich niemals lüften.

Kapitel 66

Grelle Blitze.

Schmerzen.

Überall Feuchtigkeit.

Ich versuchte, meine Augen zu öffnen, wollte sehen, was nach dem Tod kam. Mit keinem Gedanken hatte ich in Erwägung gezogen, dass die Schmerzen danach nicht enden würden.

War das die Strafe für meinen Selbstmord? Oder war es Hades' ganz persönliche Rache für mich, indem er mich in seiner Welt unendlich quälen würde?

So viel zum Thema, das Schicksal in die eigene Hand zu nehmen. Beinahe hätte ich aufgelacht.

Ein Stöhnen.

Krämpfe.

Das Stöhnen kam von mir.

Zischen. Rasseln.

Etwas in mir entzündete sich.

Luft! Ich musste atmen!

Doch es gelang mir nicht. Die Feuchtigkeit war überall. Mit ihr kam die Kälte.

Kapitel 67

»Hol sie zurück!«, schrie eine verzweifelte Stimme. Dad? Ich wollte, dass er mich in die Arme nahm wie damals, als ich vom Fahrrad gefallen war und mir den Arm gebrochen hatte. In seiner Nähe hatte ich mich geborgen gefühlt, beschützt. Die Schmerzen waren wie von selbst abgefallen.

Raue Hände strichen über meine Stirn, wischten feuchte Haarsträhnen beiseite. Meine Lider waren verklebt, es dauerte ewig, bis ich sie heben konnte.

»Du hast es geschafft«, sagte Dad, wobei er nicht zu mir nach unten sah. Seine Hand glitt über meine Wange, sein Gesicht war zunächst verschwommen, wurde jedoch immer klarer, als er den Kopf senkte. Er sah mitgenommen aus wie nie. Seine Haare waren verschwitzt, seine Stirn glänzte und er war kreidebleich.

»Willkommen zurück, Kiera.«

Zurück?

Was hatte ich geschafft? Ich blinzelte mehrere Male, dann nahm der Raum hinter Dads Gesicht Form an. Mein Zimmer? Nein, definitiv nicht.

Mein Blick ruckte hin und her.

»Alles ist gut, Kiera«, flüsterte Dad sanft. »Du bist dort, wo du hingehörst.«

Ein Räuspern.

»Die Zeit läuft uns davon«, sagte eine scharfe männliche Stimme. Ich versuchte, mich der Stimme zuzuwenden, doch mein Körper gehorchte nicht. Etwas lag schwer in meinem Magen und ich hatte das Gefühl, dass ich mich jeden Moment übergeben musste. Dazu war mein Hirn völlig umnebelt und Schwindel stellte sich bei der kleinsten Bewegung ein.

»Ich werde dich jetzt nach draußen bringen, mein Schatz.« Dads Stimme war beruhigend wie zuvor, und doch schlug mein Herz bei seinen Worten plötzlich wild gegen den Brustkorb. Das Blut pulsierte drängend in meinen Adern und der Schmerz war so stark, dass meine Lider flatterten und ich nichts mehr sehen konnte.

Ich schrie, doch selbst das tat einfach nur weh. Aber der Schmerz musste nach draußen, egal wie. Ich konnte nicht denken, da war nichts anders mehr als diese Qual, die alles einnahm.

Nur ganz zögerlich drangen zwischen den Schreien neue Fragen in meinen Kopf: Was war geschehen? Wo war Mom? Sollte sie nicht ebenfalls bei mir sein?

Kapitel 68

»Nimm deine Finger von ihr«, knurrte Dad und ich zuckte zusammen. Ich schlief noch, warum war er hier?

Ich wollte mich strecken, doch schon bei dem kleinsten Versuch, mich zu rühren, tat mir alles weh.

»Dad?«, krächzte ich und sein Bild verschwamm immer wieder vor meinen Augen. Ich fürchtete, dass er mich nicht verstehen konnte. Ich musste etwas trinken, meine Kehle lechzte danach.

Säure stieg meinen Magen hinauf, der Gedanke an Trinken verursachte Übelkeit. Mein Körper reagierte wie ferngesteuert, rollte sich zur Seite und übergab sich. Krämpfe schüttelten meine Glieder. Zitternd und völlig erschöpft drehte ich mich wieder auf den Rücken. Mein Atem ging stoßweise. Ich sah Dad an. Warum half er mir nicht?

»Wir haben weniger als eine Stunde bis Neumond«, brummte eine tiefe Stimme, während der Raum sich zu drehen begann und ich Mühe hatte, Dads Gesicht festzuhalten. »Halt dich an den Plan, Kairos.«

Kairos.

Das sanfte Lächeln um Dads Mundwinkeln erlosch. Sein Mund verzog sich zu einem Strich, während er sich bemühte, seine Züge wieder unter Kontrolle zu bekommen.

Die Erinnerungen durchdrangen den Schwindel in meinem Kopf. Mein Leben war eine Lüge gewesen, Dad hatte mich und seine Brüder hintergangen. Er wollte den Schleier zwischen den Welten öffnen und Fortuna zurückholen!

Ich hatte ihn aufhalten wollen. Ihn töten wollen, indem ich mich selbst tötete. Warum war ich gescheitert?

Der Mann vor mir veränderte sich, als er erkannte, dass ich mich erinnerte. Sein Äußeres glich noch immer dem aus meinen Kindheitserinnerungen. Doch seine Augen verfinsterten sich. Ein Schatten legte sich über sein Gesicht.

»Du hast versucht, mich zu töten. Dabei habe ich alles für dich getan.«

Ich glaubte, nicht richtig zu hören. Wäre nicht schon der Gedanke daran so schmerzhaft gewesen, hätte ich ihm ein spöttisches Lachen entgegengeschleudert. Selbst das Räuspern, um den Kloß in meinem Hals loszuwerden, tat höllisch weh.

»Es hat wohl nicht funktioniert«, flüsterte ich und überlegte fieberhaft, warum.

»Oh nein. Aber es hat uns Zeit gekostet«, sagte die tiefe Stimme, deren Besitzer ich noch immer nicht kannte. Dumpfe Schritte näherten sich von meiner Kopfseite her. Ich wollte mich aufrichten, doch ich hatte keine Chance.

Breite Hände packten mich an den Armen und drückten mich nach unten. Dabei hätte eine kleine Berührung der selbst verursachten Wunden schon ausgereicht, um mich laut aufschreien zu lassen.

Das Aufkeuchen meines Vaters war wie ein Echo meines Schmerzes. »Willst du vollenden, was sie versucht hat?« Seine Stimme klang gepresst, er hatte mit dem gemeinsamen Schmerz zu kämpfen, was eine sadistische Zufriedenheit in mir auslöste. Ich lächelte sogar.

»Bring sie nach draußen«, forderte er und sofort erschien ein Schatten in meinem Augenwinkel. Das Grinsen und den leicht irren Blick in den Augen dieses wunderhübschen Mannes würde ich nie vergessen. Er beugte sich über mich und seine Hände streckten sich mir entgegen. Ich wand mich unter mörderischen Schmerzen, strampelte, versuchte mich zu wehren, zu treten und um mich zu schlagen, doch ich hatte nicht die geringste Chance.

»Wenn wir nicht auf deine Anwesenheit angewiesen wären, hätte ich dich längst weitergeschickt.« Seine Worte, in so ruhigem Ton sie auch gesprochen waren, hallten in meinem Kopf nach und verwandelten mein Blut in pures Eis. Ich war nicht länger in der Lage, mich zu bewegen. Selbst mein Herz setzte mehrere Schläge lang aus. Hades. Der leibhaftige Tod.

Sein rechter Mundwinkel zuckte, während er mich auf seine Arme nahm, als wöge ich nichts.

»Als hättest du das noch gekonnt.« Mein Vater schien keinerlei Angst vor dem Tod zu haben, sondern stand mit vor der Brust verschränkten Armen da. »Du bist genauso schwach wie wir alle. Allein der Zufall hat sie am Leben gehalten, vergiss das niemals.« Es klang wie eine Drohung und die Luft war plötzlich mit statischer Energie getränkt.

Also hatte Amy doch recht gehabt. Wie von selbst hoben sich meine Mundwinkel, während mein Gehirn fleißig daran arbeitete, wie ich meinen Plan vollenden konnte.

Dad war die andere Hälfte meines Schicksalsfadens. Hatte ich ihn nicht schnell genug gekappt? Hatten seine Kraft und Gesundheit ausgereicht, um auch mich am Leben zu erhalten?

Hades und Dad lieferten sich ein Blickduell und ich wünschte mir von ganzem Herzen, dass sie beide tot umfielen. Stattdessen wandte sich Hades mit mir auf dem Arm um und entzog sich so den Blicken meines Vaters. Ich versuchte noch einmal, mich aus seinem Griff zu befreien, doch genauso gut hätte ich versuchen können, mich aus einem Eisenkäfig zu winden. Schon aus Trotz gab ich es nicht auf, was dem Tod sogar ein abfälliges Lächeln entlockte, während ein mir nur allzu bekannter Praxisflur vorbeizog. Nicht nur meine Verletzung war also dafür verantwortlich, dass mir ständig so schummrig und übel war. Die Kräfte hier mussten Dad doch genauso schwächen wie mich!

Als wir die Tür zum Sprechzimmer passierten, tauchte Dr. Yates vor meinem inneren Auge auf. Wie ein Zoom holte mein Kopf Details näher: die Halskette, den Ring. Ab und zu ein Armband. Türkisschmuck. Ich wünschte, ich könnte mit meinem jetzigen Wissen in diese Zeit zurückkehren. Ich hätte ihr die magischen Steine vom Körper gerissen und hätte mich gemeinsam mit ihr/Dad auf dem Boden gekrümmt und vielleicht hätte ich unser Leben schon damals beenden können.

Ich schnaubte, was mir einen seltsam menschlichen Blick von Hades einbrachte. Er wirkte so normal, dass es schwerfiel, daran zu denken, dass er einst seine Frau entführt und gefangen genommen hatte. Optisch gesehen hätte er eine solche Aktion gar nicht nötig gehabt, aber Aussehen war eben nicht alles.

Er trug mich die Treppe hinunter, die ich bei meiner nächtlichen Flucht aus Dr. Yates' Wohnung entdeckt hatte, und stoppte vor der Glastür, die wie erwartet zum Innenhof des Gebäudes führte. Ein atlantischer Krieger stand mit einem Speer davor und grüßte mit einem Faustschlag auf die Brust, während er demütig den Kopf senkte.

»Brutus.« Hades erwiderte das Nicken, während der Soldat die Tür öffnete. Es war derjenige, der mir das Armband abgenommen hatte, das Amy mir in Gestalt des Geistermädchens hier in der Praxis gegeben hatte, um mir zur Flucht zu verhelfen. Ich verfluchte den Typen mit allem, was ich aufbieten konnte.

Doch als wir die Türschwelle überquerten, kippte mein Kopf nach hinten, mein Magen schlug Purzelbäume und geistesgegenwärtig warf mich Hades von sich. Ich registrierte nicht einmal mehr, dass ich auf hartes steinernes Pflaster fiel.

Stattdessen übergab ich mich auf seine Füße.

Kapitel 69

Das, was innerhalb des Gebäudes nur wie entferntes Meeresrauschen zu mir gedrungen war, stürzte hier mit der Macht einer meterhohen Welle auf mich ein. Dr. Yates' Wohnung und der Innenhof mussten jenseits dieser Welt liegen. Der perfekte Ort, um den Schleier zu vernichten.

»Meister.« Brutus kam langsam näher und packte mich anschließend unter den Armen, um mich hochzuziehen, stets darauf bedacht, nicht in Reichweite zu sein, falls mich eine neue Welle der Übelkeit überkam.

»Vielleicht sollten wir ihr einen Türkis geben?« Dad trat zu uns. Etwas grün im Gesicht, das Spiegelbild meiner selbst.

»Und sie damit vor unserem Einfluss schützen? Niemals! Hermes' Magie könnte seine Wirkung verlieren. Seine Macht ist unserer nicht annähernd ebenbürtig. Außerdem würde der Türkis ihr Kraft schenken, sich zu befreien.« Hades ließ keinerlei Widerworte zu, reckte das Kinn und wandte sich ab. ›Dad‹ kam an meine andere Seite und schleifte mich gemeinsam mit Brutus dem Gott hinterher.

Sich zu schwach zu fühlen, um auch nur den Kopf zu heben, war eine Demütigung. Die ersten Büsche und Ziersträucher zogen wie bunte Schlieren an mir vorbei. Die Benommenheit und die Übelkeit waren allumfassend und ich wünschte mir nichts sehnlicher, als dass beides aufhörte – der Preis war mir egal.

Brutus ließ mich los, meine linke Seite sackte zu Boden, während mein rechter Arm verdreht wurde, weil Dad mich noch immer festhielt. Es tat nicht weh. Vielleicht waren meine Rezeptoren für das Schmerzempfinden bereits durchgebrannt.

Dad legte mich vorsichtig ab.

»Sind sie bereit?« Hades' Stimme hallte zwischen den Wänden des Gebäudes wider.

Schritte erklangen, während ich mich langsam auf die Seite rollte und zusammenkrümmte, um mich irgendwie aufzurichten. Ich fühlte mich wie ein Regenwurm, der verpasst hatte, Schutz vor der Sonne zu suchen.

In der Luft surrte etwas und brachte mein Blut zum Vibrieren. Zumindest ein klein wenig Energie kehrte in meinen Körper zurück und ich stemmte mich auf die Knie. Meine rechte Hand glitt mein Bein entlang, tastete nach meiner Waffe, ehe ich über mich selbst den Kopf schüttelte. Den Dolch hatten sie garantiert nicht mitgebracht, als sie mich vom Fabrikgelände hierhergeschleppt hatten.

Ich zog ein Bein unter meinem Körper hervor und balancierte mich aus, um irgendwann aufstehen zu können. Ich wartete schon darauf, dass mich jemand für den verzweifelten Versuch auslachen würde, aber mit einem kurzen Blick um mich herum konnte ich niemanden entdecken. Nur die weiße Statue vor mir – oder besser gesagt die Füße davon.

Ich schluckte, drängte die wieder aufgestiegene Magensäure zurück und stemmte mich hoch. Schwankend griff ich nach der ersten Möglichkeit, nicht wieder zusammenzusacken und fand mich im kalten Arm der Statue wieder. Vor

Anstrengung keuchend nahm ich das Füllhorn wahr, das sie unter dem rechten Arm trug.

Fortuna.

Am liebsten hätte ich ihr den Kopf abgeschlagen, doch ein Prickeln im Nacken hielt mich von diesem unnötigen Kraftverbrauch ab.

»Kiera!«, erklang die schönste Stimme der Welt.

Ich wandte mich zu ihr um und zuckte zusammen.

Phoenix sah aus wie die Zombieversion seiner selbst. Kreidebleich, das Gesicht ausgezehrt, überall klebte sein Blut an ihm. Seine Hände befanden sich hinter seinem Rücken. Als er einem der Soldaten, die ihn flankierten, einen schwachen Hieb mit dem Ellbogen verpasste, sah ich, dass er gefesselt war. Er trug breite Metallringe an den Handgelenken, von denen schwere Ketten abgingen. Die Ketten schimmerten, strahlten ein blaugrünes Licht aus. Ich hatte keine Ahnung, aus welchem Material sie bestanden, aber es war nur allzu deutlich, dass es Phoenix schwächte – zusätzlich zu dem, was hier sowieso auf uns alle einwirkte. Die atlantischen Krieger zogen ihn an den Ketten zurück, ehe sie ihn mit einem kräftigen Tritt auf die schmutzigen Pflastersteine schubsten. Genau so hatte ich ihn gesehen. Die Erkenntnis glich einem Schlag in den Magen. Als er so lange verschollen war, war ich mir zwar sicher gewesen, dass er lebte, weil Hayden noch nicht vergangen war, aber ich hatte mir dennoch Sorgen gemacht. Und vor lauter Sorgen hatte ich genau dieses Bild vor mir heraufbeschworen. Nur hatte ich nicht verstanden, dass es tatsächlich sein künftiges Schicksal war, auf das ich auf dem Gewebe einen Blick erhascht hatte. Hätte irgendeiner von uns es verändern können oder musste alles genauso kommen? Was hatte Phoenix noch gesehen?

»Für mich gibt es kein Happy End«, zogen mir seine Worte erneut durch den Kopf, während ich mich wunderte, dass er sich überhaupt wieder auf die Beine stemmen konnte. Immerhin hatte er bisher nicht einmal das Gebäude betreten können, in dem mir immer nur leicht schummrig geworden war.

Mit schmerzverzerrtem Gesicht und geradezu irrem Blick zerrte Phoenix an den Fesseln, drängte nach vorne, mir entgegen. Mehr als ein leises Klimpern der einzelnen Glieder bewirkte er jedoch nicht.

Ich wollte zu ihm, mich ein letztes Mal in seine Arme werfen, ehe alles sein Ende fand. Ich kam ganze zwei Schritte weit, ehe ich stolperte und zu Boden ging.

Phoenix riss wieder an seinen Fesseln, jeder einzelne Muskel an seinem Körper war angespannt, ehe sich seine Haut mit zarten Blitzen überzog. Neue Hoffnung wallte in mir auf. Er konnte seine Kräfte nutzen. Ich konnte es auch. Vielleicht konnten wir …

Ich suchte in mir nach meiner Magie, nach dem Blut meines Vaters, fand jedoch kein bisschen davon, konnte es nicht einmal mehr erahnen. Daher setzte ich all meine Hoffnung auf Phoenix, dessen blaue Blitze gruselige Schatten auf sein bleiches Gesicht zeichneten. Mehr als jemals zuvor wünschte ich mir, ich würde die Münze noch immer tragen und könnte das Schicksal lenken.

So blieb mir nur ein Stoßgebet zu sämtlichen Göttern, die uns vielleicht zuhörten.

Kapitel 70

Hatte ich wirklich geglaubt, irgendwer würde mich erhören? Eine gehässige Stimme in mir lachte mich dafür aus.

Mit einem schier animalischen Schrei zuckte Phoenix zusammen, ehe sich sein gesamter Körper verkrampfte und er die Arme hinter seinem Rücken in einem unnatürlichen Winkel von sich streckte.

Mit einem Zischen wurden die Blitze über die metallischen Bänder seiner Fesseln gelenkt. Sie zuckten noch ein wenig über die Kettenglieder, wurden schwächer und verschwanden anschließend im Nichts. Phoenix wankte keuchend hin und her.

Aus einer anderen Richtung drang sein Echo an mein Ohr. Auch Hayden wurde in den Innenhof gezerrt, ebenso gefesselt wie Phoenix. Als er seinen Kopf hob, sah er aus wie ein Alien. Nach der Bruchlandung mit dem Raumschiff.

Seine Augen leuchteten hellblau, schon fast weiß, seine Haut war ebenso kreidebleich wie die seines Bruders. Sein leerer Blick brannte sich in meinen, ehe er die Lippen zusammenpresste und den Kopf fallen ließ. Er hatte bereits aufgegeben.

Phoenix' Kopf ruckte zu seinem Bruder und er knurrte wütend, aber geschlagen.

Plötzlich stand Dad an meiner Seite und half mir auf die

Beine. Ich wollte mich von ihm losreißen, wollte nicht, dass er mich berührte, verharrte dann jedoch.

Dads Berührung schenkte mir Kraft. Nicht auf philosophische Art, sondern real. Es war, als würde er mir einen Teil der Übelkeit abnehmen. Mein Blick fiel auf das breite goldene Band an seinem Handgelenk. Es war gespickt mit zahlreichen Türkisen. Deshalb ging es ihm besser als mir. Ich versuchte, mehr Energie von ihm in mich aufzusaugen.

Der Arm, der mich hielt, spannte sich an. Dann entzog Kairos ihn mir und ich stieß einen zischenden Laut aus.

»Ein Familientreffen, wie schön.« Die sarkastische Stimme gehörte einem breit gebauten Mann, der nun zwischen mich und Phoenix trat. Er trug eine Rüstung, ähnlich der der Atlantier. Und doch war deutlich, dass er keiner von ihnen war. Auf seinem goldenen Brustpanzer prangten nicht die Symbole der Schicksalsmünze, außerdem flatterte ein roter Umhang – ähnlich dem römischer Soldaten – hinter seinem Rücken. Seine Mimik wirkte hart wie Stein. Noch nie war ich mir beim Blick in ein fremdes Gesicht so sicher gewesen, dass es nicht in der Lage war zu lächeln. Ich wusste sofort, wen ich vor mir hatte.

Ares.

Der Gott des Krieges, des Blutbades, der Massaker.

Seine Augen funkelten vor Erwartung. Kein fröhliches Funkeln, sondern das bösartige Funkeln des antiken Serienkillers, der er war.

»Hermes ist bereit. Führt sie zu den Opfersteinen. Wir brauchen ihr Blut, um den Schleier zu öffnen.«

Mit diesen Worten wandte sich der personifizierte Krieg ab und ging den Weg entlang, der zwischen zwei hohen Hecken endete, über die ich nicht hinwegsehen konnte.

Dad signalisierte den Kriegern, die Phoenix und Hayden bewachten, sie sollten sich in Bewegung setzen, und sie folgten seinem Befehl.

Hayden stolperte zwischen seinen Atlantiern davon, Phoenix machte es ihnen schwerer, zerrte immer wieder mit aller Kraft an seinen Ketten, sodass sie ein ums andere Mal ins Schwanken gerieten. Ich war stolz auf ihn.

»Folge ihnen«, sagte Dad leise.

Trotzig schüttelte ich den Kopf. Sollte er mich doch ebenso mit sich zerren. Ein Teil von mir lechzte danach, weitere Energie von ihm abzusaugen.

»Wenn du es so willst.« Dad winkte in Richtung der Tür, durch die wir in den Innenhof gelangt waren, und sofort kamen zwei Soldaten im Stechschritt auf uns zu. So viel zu meinem Plan. Noch immer dachte er vorausschauend. Er hatte seine beneidenswerte Weitsicht nicht verloren, stellte ich zerknirscht fest.

Die Soldaten packten mich rechts und links und zerrten mich mit sich, meinem Vater hinterher. Um Phoenix ebenso stolz zu machen wie er mich, wehrte ich mich genau wie er, bis einer der Atlantier mir einen Schlag auf die Brust verpasste, der mir den Atem raubte. Dicht gefolgt vom Fluchen meines Dads, der sich vor uns zusammenkrümmte.

»Seid vorsichtig!«, herrschte er die Krieger an, ehe er wieder vorausging.

Sie zuckten nur mit den Schultern und schleppten mich weiter den Pfad zwischen dem Gebüsch entlang. Meine Füße schabten über die unebenen Steine und ich machte mich schwer wie damals, als Mom mich nur mühsam aus dem Spielzeugladen hatte ziehen können.

Mom. Wo war sie? Sie hatte hierherkommen wollen.

Nachdem wir die Hecke passiert hatten, fiel mein Blick als Erstes auf die vielen Krieger, die an der Fassade des Gebäudes in Reih und Glied aufgestellt waren. Hier begann ein anderer Ort. Ich schauderte und war zugleich erleichtert – hier konnte sich meine Mutter unmöglich im wachen Zustand aufhalten. Was auch immer hier gleich geschehen würde, sie würde es nicht mit ansehen müssen.

Erst als ich den Gedanken an sie aufgab, sah ich den Platz, der sich nun direkt vor mir erstreckte. Größer, als es die Dimensionen des Gebäudes von außen betrachtet eigentlich zuließen. Überall waren Fackeln in den Boden geschlagen. Das Flammenspiel sorgte für einen schaurigen Tanz der Schatten an den umliegenden Wänden.

Eisige Kälte umgab mich, als mich die Atlantier weiterstießen, direkt auf Phoenix und Hayden zu, die vor einer riesenhaften Statue Fortunas auf dem Boden knieten, deren Kopf knapp unter dem Dach des Gebäudes endete.

Fortunas Füllhorn, das sie wie einen Säugling in ihren Armen trug, befand sich weit über den Köpfen von Phoenix und Hayden und die Szene erinnerte mich sofort an die Erzählungen der beiden, wie sie erschaffen worden waren: ausgespuckt von ebenjenem Füllhorn. Vier Krieger mit ausdruckslosem Gesicht standen an der Seite der Statue, lange Schwerter in den Händen. Neben ihnen stand Ares, ebenso ausdruckslos, aber ganz Herr der Lage.

Ein dicklicher Mann trat in mein Blickfeld, klatschte in die Hände und ich zuckte zusammen. Er ging mit erwartungsvollem Gesicht auf meinen Vater zu, der mit etwas Abstand zu Phoenix und Hayden stehen geblieben war. Der Mann war mindestens einen Kopf kleiner als Dad und war in ein wallendes weißes Gewand gekleidet. Ich fing Phoenix' Blick ein, in dem zu gleichen Teilen Erkenntnis und Zorn lagen. War dieser Mann tatsächlich derjenige, der ihm geholfen hatte? Dann brauchten wir auf nichts mehr zu hoffen, denn alles war genau so geplant gewesen.

Die Gewissheit verbrannte meine letzte Hoffnung. Denn dieser Mann war eindeutig Hermes. In meinem Hinterkopf spukte Amys Beschreibung von ihm. Dass er durch keine besondere Gabe hervorstach und stets versuchte, sich auf die Seite der Sieger zu schlagen. Die eindeutig nicht unsere war.

»Wir sind so weit. Lasst uns beginnen.«

Hermes fuchtelte mit den Händen und es kam Bewegung in die Soldaten neben der Statue. Neben Ares stand nun Hades, zum Dahinschmelzen schön und dennoch so grausam, dass nur noch Eis durch meine Adern floss.

Ein Atlantier packte mich am Oberarm und zerrte mich mit eisernem Griff auf Phoenix und Hayden zu.

Meine Gegenwehr erstarb, als sich Phoenix' und mein Blick trafen.

Es war zu Ende.

Unser Kampf war verloren.

Kapitel 71

Ich hatte mich in Gedanken bereits von allen verabschiedet. Daher war mein Kopf absolut leer, als ich auf die Pflastersteine vor der Statue geworfen wurde, die unter der Wucht des Aufpralls nachzugeben schienen. Meine Knie wurden trotzdem aufgeschrammt, aber die stets anwachsende Resignation ließ den Schmerz nicht zu mir durch.

Ich kroch zu Phoenix, wollte unter allen Umständen an seiner Seite sein. Ketten rasselten hinter uns, als er nach meiner Hand griff und mich noch weiter zu sich zog.

Hermes trat energisch zu uns, klatschte wieder einmal freudig in die Hände, was schlimmer und zugleich nerviger war als die grausamen und finsteren Blicke der anderen beiden Götter. Mit einem Mal konnte ich mir richtig gut vorstellen, weshalb er nie wirklich zu den Göttern dazugehört hatte, und fragte mich, ob Fortuna tatsächlich niemand anderen mit magischer Begabung auf ihre Seite hatte ziehen können, um Hermes' Job zu übernehmen.

»Kairos!«, winkte Hermes meinen Vater zu uns. Sah ich da etwa Skepsis in dessen Augen? Furcht?

Ich wollte mich bei Phoenix rückversichern, sah zu ihm. Auch er hatte eine Augenbraue erhoben. Wäre da nicht das Blut und die zahlreichen Schrammen gewesen, hätte ich uns gemeinsam an einen anderen Ort denken können. Ich konzentrierte mich auf unsere ineinander verschlungenen Finger an Phoenix' Taille, doch Dads Bewegung forderte meine Aufmerksamkeit. Ich drückte Phoenix' Hand, er erwiderte den Druck.

Dad ließ sich neben mir auf die Knie fallen und senkte den Kopf.

Plötzlich richtete sich mein Körper wie fremdgesteuert auf. Ich lag nicht länger halb an Phoenix' Seite, sondern kniete mit dem Rücken zu Fortuna – dieselbe Haltung, wie sie auch Dad eingenommen hatte. Seine Augen waren weit aufgerissen vor Schreck, sodass ich sicher sein konnte, dass er nicht vorhergesehen hatte, dass er wie wir geopfert werden sollte. Hayden und Phoenix waren in derselben Haltung gefangen. Ich konnte mich nicht rühren. Hermes lächelte süffisant und nickte mir zu. Dabei kniff er kurz die Augen zusammen, als hätte er etwas entdeckt, das nicht seinen Vorstellungen entsprach. Dann entglitt meine Hand der von Phoenix, was eine schmerzhafte Kälte in meinem Inneren zur Folge hatte.

Zufrieden nickte der dicke kleine Gott vor uns.

Ares und Hades traten an seine Seite, während ich spürte, dass sich hinter mir jemand befand. Ich konnte mich nicht umdrehen, glaubte aber im Augenwinkel zu erkennen, dass hinter Hayden einer der vier Krieger mit den Schwertern stand.

»Beginnt mit diesen beiden!«, befahl Ares und deutete auf meine linke Seite. Ein Schaudern durchfuhr ihn, während das Lächeln auf seinen Lippen immer breiter wurde. Sadist! Ich hätte ihn am liebsten in der Luft zerrissen.

Doch leider konnte ich nicht einmal meiner Erstarrung etwas entgegensetzen.

Neben mir keuchte Phoenix voller Schmerz auf. Ein Laut, der mir Angst bereitete und die Haare an meinen Unterarmen aufstellte. Er würde es ihnen nicht gönnen, sich an seinem Leid zu erfreuen. Niemals.

Ich spürte Wärme an meinen Knien und versuchte, so gut wie möglich nach unten zu schauen. Schwarze Flüssigkeit breitete sich von seiner Seite her unter mir aus.

Wie Schwämme sogen die Steine Phoenix' Blut in sich auf, bis nicht einmal mehr ein blasser Fleck zu sehen war. »Opfersteine« hatte Ares sie genannt und grausame Rituale von Opferungen in der Antike kamen mir in den Sinn. Der Platz hier war eine große Opferschale, die unser Blut auffing wie in alten Zeiten. Dann ein dumpfes Geräusch. Ich musste zu ihm sehen, musste wissen, was geschah. Ich wollte nicht, dass er all das ohne meine Blicke ertragen musste. Ich wollte für ihn da sein.

Mit der letzten Energie, die irgendwo in mir steckte, kämpfte ich gegen das taube Gefühl und die Übelkeit an, würgte immer wieder, als ich mich dem Bann von Hermes zu widersetzen versuchte.

War Phoenix bereits tot? Die Angst um ihn befeuerte etwas in mir, ein kleiner Funke bahnte sich seinen Weg durch meine Adern.

Ich kippte nach hinten und drehte meinen Kopf zu Phoenix.

Seine Lippen bewegten sich, es kam jedoch kein Ton heraus.

»Ich liebe dich«, formten sie lautlos, ehe sein Gesicht verschwamm und in der Dunkelheit verschwand, die sich wie eine Decke über mein Bewusstsein legte.

Kapitel 72

»Nehmt auch die übrigen Schutzsteine weg!« Der Stimme nach war es Hermes. »Beeilt euch. Ich kann die anderen nicht mehr lange am Leben erhalten.«

Am Leben? Neben diesem Gedanken, der meinen Puls beschleunigte, registrierte ich, dass ein Großteil der Übelkeit fast verklungen war, genau wie das matschige Gefühl in meinem Kopf. Ich fühlte mich beinahe so frisch wie nach dem Überstreifen von Amys Türkis-Armband.

Ich riss die Augen auf. Noch immer lag ich auf den seltsamen blutsaugenden Opfersteinen. Mein Erwachen schien nicht bemerkt worden zu sein. Daher sah ich mich reglos um, so weit es mein Blickwinkel erlaubte.

Hermes stand vor Phoenix und Hayden, die nach wie vor auf dem Boden knieten, hielt seine Hände über jeden von ihnen und funkelndes Licht regnete aus seinen Handflächen auf sie nieder. Heilte er sie etwa?

Nur zu gerne hätte ich mich umgedreht und nach meinem Vater gesehen. Irgendetwas musste schiefgelaufen sein. Es sah nicht so aus, als wären die Götter auf die Erde gekommen.

»Es ist gefährlich, alle Schutzsteine zu entfernen. Fortuna hat sie bei der Trennung der Welten hier aufgestellt, um die darin eingeschlossene Macht für das Öffnen des Tors zu nutzen. Wir wissen nicht, was passiert, wenn wir die Kräfte dieses alten Ortes entfesseln. Lasst ein letztes Siegel stehen.« Die tiefe samtige Stimme konnte nur Hades gehören.

»Dieser letzte Stein könnte das Ritual gefährden«, zischte Hermes.

Inzwischen fühlte ich mich fast wieder völlig fit, lediglich ein wenig Müdigkeit war übrig. Das Wattegefühl war nur noch in den letzten Gehirnwindungen zu spüren, mein Magen hüpfte vor Freude, ganz ohne den Drang, sich übergeben zu müssen. Erleichtert seufzte ich auf.

»Es hat funktioniert.« Ares trat zu mir, packte mich am Genick und hob mich hoch wie eine Katzenmutter ihr Junges. Er zwang mich in die vormalige Position.

Hermes nickte in meine Richtung, die Brauen skeptisch zusammengezogen.

»Mach das nicht noch einmal«, drohte Ares mir. Hätte ich gewusst, was genau er damit meinte, hätte ich es sofort wieder getan. Doch ich hatte keinen blassen Schimmer. Energie floss durch meine Adern, kleine elektrostatische Funken zuckten direkt unter meiner Haut.

Was genau hatte ich getan? Wie konnte ich es wiederholen?

Hermes trat von Phoenix und Hayden zurück, die trotz des vielen Blutes, das sie verloren hatten, wesentlich lebendiger aussahen als zuvor. Sogar die Schrammen an Phoenix' Stirn waren verheilt. Mein Vater kniete tief in Gedanken versunken neben mir. Sein Lippen waren fest zusammengepresst und seine Stirn war in Falten gelegt. Seine Lider zuckten wie damals, als er seine Arbeiten abschließend kritisch gemustert hatte. Was er jetzt wohl sah? Das Gewebe? Unser aller Zukunft? Wusste er bereits, wie es enden würde?

»Wir sollten uns beeilen.« Der samtgleiche Hades trat zu uns. »Der Zeitpunkt ist fast gekommen. Das Öffnen des Tors wird nur wenige Minuten lang möglich sein.«

Neben mir hörte ich ein Knurren, dann das Klappern von Ketten. Ich wollte mich zu meinem Dad neben mir umdrehen, doch mein Blick blieb unterwegs hängen und ich sog zischend die Luft ein.

Direkt vor uns, entlang der Fläche mit den Opfersteinen, befand sich eine Nebelwand, die sich bis hoch zu Fortunas Füllhorn erstreckte, als würde die Göttin des Schicksals selbst Nebel auf den Rand des Pflasters gießen. Er wirkte seltsam lebendig, pulsierte und verformte sich, indem er mal dichter, mal durchlässiger wurde. Doch das war nicht alles. An einigen Stellen konnte ich hinter den Nebel blicken, traute meinen Augen jedoch nicht. Ich sah pompöse Gebäude, die im Gegensatz zu der tiefdunklen Nacht um uns herum in strahlendem Sonnenlicht funkelten, und davor eine wunderhübsche Frau. Ich wusste sofort, dass es Fortuna war, obwohl ich sie mir immer mit verkniffenem Gesicht und zahlreichen Falten der Verbitterung vorgestellt hatte. Die Göttin hinter dem wabernden Nebel jedoch sah nicht viel älter aus als ich. Ich zuckte zurück, als sie ihren Blick direkt auf mich richtete und ein leichtes Lächeln ihre Lippen umspielte.

Dann verlor sich das Bild.

Zum Glück. Denn wenn ich eins mit Sicherheit wusste, war es die Tatsache, dass ich nicht wollte, dass die Nebelwand vor uns zu einer Tür nach dort wurde. Zu ihr.

Doch mein Wunsch kam zu spät. Im lichteren Nebel sah ich Hermes auf der anderen Seite stehen. Er hielt einen goldenen Stab in der Hand, mit dem er hin und her wedelte, als würde er die Nebelsuppe umrühren. Und genau das tat er auch. In der Mitte des Nebels entstand ein Sog, der immer mehr Weiß und auch Gold aus dem Füllhorn über uns anzog wie ein schwarzes Loch. Passend hierzu glich das Bild vor mir bald schon einer wirbelnden Galaxie, die größer und größer wurde, während sie sich immer weiter um den eigenen Mittelpunkt drehte. Hermes war inzwischen zur Seite getreten und stand mit äußerst zufriedenem Ausdruck auf dem rundlichen verschwitzten Gesicht unter Fortunas haushoher Statue.

Ich schrie auf, als der Nebel so schnell rotierte, dass ein Strudel entstand, der sich nach hinten wölbte. Noch vor dem Blick auf das siegesgewisse Lächeln von Fortuna wusste ich, dass wir endgültig verloren hatten. Der Strudel weitete sich aus und das Tor zur anderen Seite war geöffnet.

Kapitel 73

Hermes sah zu Ares und Hades, die ihm aber keineswegs gratulierten, sondern nur stumm neben ihn traten und den Kopf leicht nach unten neigten, um Fortuna, die nun inmitten des Innenhofs stand, zu begrüßen. Ares hatte seine Faust vor dem metallenen Brustpanzer geballt, seine Augen waren manisch aufgerissen und er sah noch verrückter – und blutrünstiger! – aus als zuvor.

»Haltet das Tor geöffnet, bis meine Helfer es auf der anderen Seite stabilisieren können.« Ihre Stimme war wie eine berauschende Melodie, ich konnte kaum fassen, was sie mit mir anstellte. Sie war ein Befehl, löste jedoch gleichzeitig den Wunsch aus, alles für sie zu tun, ihr alles zu geben, was sie begehrte. Im Gegensatz zu Hades, Ares und Hermes strahlte sie echte Göttlichkeit aus, die mich blendete und verzauberte.

Hermes nickte hektisch, seine strähnigen Haare hüpften auf und ab. Dann stocherte er weiter in der Nebelgalaxie herum und versuchte, den Sog in Bewegung zu halten.

Wenn ich mich doch nur hätte losreißen können. Ich hätte … Ich wusste nicht, was ich getan hätte. Hermes mitsamt seinem goldenen Stab direkt in die Nebelsuppe geschubst, in der Hoffnung, dass er plötzlich verpuffte? Vor mir stand eine echte Göttin direkt aus der Götterwelt – keine abgeschwächte Version ihrer selbst wie Amy, Hades und die anderen beiden es waren. Sie war vollkommen belebt von dem, was auch immer in dieser goldenen Stadt wirkte, die am anderen Ende des Sogs noch immer im Sonnenschein funkelte.

Was konnten wir schon gegen sie und ihre Helfer ausrichten? Fortuna allein war so stark wie wir alle zusammen. Vielleicht hätten wir den Hauch einer Chance gehabt, wenn wir zusammengehalten hätten, wenn mein Vater nicht so ein elender Verräter gewesen wäre. Doch so …

Ich sah mich zu Phoenix um, der den Kiefer fest zusammengepresst hatte. Zumindest seinen Kopf schien er bewegen zu können, denn als er meine Blicke auf sich spürte, wandte er sich mir zu. Eine warme Sanftheit trat in seine Augen und vertrieb die pure Wut, die zuletzt noch aufgeblitzt war. Dann zuckte sein Mundwinkel.

Ich runzelte die Stirn, als er nahezu lautlos »Hand« flüsterte.

Wollte er mich halten?

Ich versuchte mich an einem Lächeln, streckte meine Hand schräg hinter mich und meine Finger legten sich um seine.

Die Berührung glich einem Blitzeinschlag. Wortwörtlich. Keine freudigen Funken oder elektrostatische Aufladung … sondern die pure Macht seines Blutes.

Mit schmerzverzerrtem Gesicht kippte ich zuckend zur Seite, japste nach Luft und versuchte, mit purer Willenskraft mein Herz wieder zum Schlagen zu bringen.

Ares stieß wüste Beschimpfungen aus, die so ziemlich jeden Gott beleidigten. Dann befahl er Hermes, seine Aufgabe fortzuführen, ehe er auf mich zuhastete und neben mir in die Hocke ging. Ohne mich direkt zu berühren, glitt seine Hand über meinen Körper und er rümpfte die Nase.

»Komm hierher und heile sie«, ordnete er an. Hermes sah ihn ausdruckslos an und folgte seinem Befehl. Kurz darauf ergoss sich goldenes Licht direkt aus seinen Händen über mich wie zuvor bei Phoenix und Hayden. Er heilte mich, hielt mich am Leben.

»Ihr müsst das letzte Siegel entfernen«, sagte Hermes bestimmt, während ich irgendwo zwischen tiefster Dunkelheit und grellem goldenen Licht taumelte. »Ihre Kraft wird sonst nicht ausreichen. Wenn sie nicht durchhält, war alles umsonst und die Welten sind für immer getrennt. Alles würde so kommen, wie es das Tribunal damals vorgesehen hat.«

Die letzten Worte waren lediglich geflüstert, sie schienen nicht an Ares und Hades gerichtet. Trotz der halben Besinnungslosigkeit begann mein Gehirn zu arbeiten.

Ein lautes Brüllen hallte durch den Innenhof. Ein Kriegsschrei, sicher Ares. Sein Zorn ließ das Gebäude und den gesamten Innenhof erbeben.

Doch das war es nicht, was mich interessierte. Mühsam verbog ich meinen gepeinigten Körper so, dass ich Phoenix sehen konnte, und warf ihm einen fragenden Blick zu. Ich glaubte nicht daran, dass er mich ungeplant verletzt hatte. Was hatte er vor?

Seine Glieder zuckten noch immer, seine Energie hatte sich auch gegen sich selbst gewandt. Er deutete auf den Nebelsog, der nun immer langsamer kreiste, nachdem Hermes seinen Stab zu Boden geworfen hatte. Die Kulisse mit den leuchtenden Gebäuden verschwamm immer wieder, die von Hermes geöffnete Tür zu der anderen Welt schloss sich zusehends.

War das Phoenix' Plan gewesen? Wollte er mich – und damit auch meinen Vater – töten, damit sich das Tor schloss? Ich konnte es ihm nicht verübeln und hoffte, dass es schnell zu Ende gehen würde. Doch stattdessen passierte das Gegenteil.

Mein Herz schlug urplötzlich zehnmal so schnell wie vorher, jede Zelle meines Körpers prickelte, als nun auch das letzte bisschen der Benommenheit verschwand, die mich geschwächt hatte. Die Erklärung hierfür kam gleich darauf von Ares, der mit wehendem Umhang neben uns zum Stehen kam: »Das letzte Siegel ist weg. Vollende, was du begonnen hast. Sofort!«, fügte er mit Nachdruck hinzu und zerrte Hermes hoch, während der ihm einen abfälligen Blick zuwarf und sich seitlich abwandte, tunlichst darauf bedacht, nicht mit dem Nebel in Kontakt zu kommen. Dieses Detail ließ mich nicht los. Hermes folgte ihm und gab mit einer Handbewegung erneut den Befehl, Blut fließen zu lassen. Nicht jedoch ohne sich im gesamten Innenhof umgesehen zu haben.

Noch ehe ich die neu gewonnene Energie benutzen konnte, die auch Hayden und Phoenix wieder aufgerichtet hatte, erklang ein lautes Raunen wie von einer immens großen Menschenmenge. Die Flammen der Fackeln zuckten nervös hin und her.

Ich sah mich um, konnte jedoch nirgendwo etwas entdecken. Kam es von jenseits des Nebels?

Weitere Gedanken waren nicht möglich. Ein heißer Schmerz fuhr mir über die Handgelenke den gesamten Unterarm hinauf und ich bäumte mich auf, ehe ich umkippte. Dasselbe dumpfe Geräusch erklang noch zwei weitere Male. Mein eigenes Blut strömte in kleinen pulsierenden Wellen aus mir heraus, während sich mein Vater neben mich setzte und seine Hand zur Faust ballte und wieder löste, damit die kleine Wunde an seinem Handgelenk weiter Blut ausspuckte – ehe der vierte Krieger auf Befehl von Fortuna zu ihm trat und ihm dieselbe Wunde zufügte wie uns. In seinem Gesicht wechselten sich Schmerz, Furcht und Resignation ab. Hatte er wirklich gedacht, mit diesem Kratzer davonzukommen? Die Angst in seinen Augen sorgte für ein wohliges Gefühl der Genugtuung in meinem Inneren. Nun endlich erfuhr er am eigenen Leib, wie es mir all die Zeit ergangen war!

Endlich spürte er selbst, was es hieß, wenn jemand anderes über das eigene Leben entschied. Auch er war nur eine Spielfigur in Fortunas Plänen gewesen und wurde von der Göttin ohne ein Wimpernzucken geopfert.

Die Steine unter uns nahmen nach wie vor das Blut in sich auf, jedoch nicht mehr so schnell wie zuvor.

Sie sind gesättigt. Es ist vorbei.

Der Nebel vor uns verdichtete sich wieder, rotierte schneller und schneller, bis mich eine kurze Druckwelle nach hinten warf. Mühsam rappelte ich mich ein weiteres Mal auf und starrte auf die Stelle, wo sich eben noch die Nebelwand befunden hatte. Ein leichter Schimmer zeigte an, wo sie zuvor gewesen war. Doch stattdessen breitete sich vor uns nun ein übernatürlich klares Bild auf die andere Seite aus.

Ares, Hades und Hermes traten neben Fortuna vor dieses Bild, wandten uns den Rücken zu, während sie auf die Armee atlantischer Krieger blickten, die mit grimmigen und zugleich erwartungsvoll blutrünstigen Blicken in unsere Welt sahen.

Hermes hielt weiterhin den goldenen Stab vor sich, sah sich jedoch immer wieder stirnrunzelnd nach diesem Raunen aus allen Richtungen um, das schnell ohrenbetäubend wurde. Ich wollte nur noch aufschreien, meine Ohren zuhalten, damit meine Trommelfelle nicht platzten. Phoenix' Gesicht war ebenso schmerzverzerrt, Fortuna schien es jedoch genauso wenig zu beeindrucken wie Hades und Ares. Vielleicht war das der Klang ihrer Welt?

Hermes trat einen Schritt auf den Nebel zu, erhob wie in Zeitlupe, als würde er zögern, den goldenen Stab, um ihn in das Bild der Götterwelt zu stoßen – und vermutlich die einzige Barriere, die das Dort vom Hier noch trennte, zu zerstören –, als das Raunen zu einem Kreischen wurde und um uns herum die Hölle losbrach.

Kapitel 74

Ein gewaltiger, dröhnender Sturm wütete im Innenhof, löschte eine Fackel nach der anderen, riss an meinen Haaren und schleuderte Büsche und Äste durch die Gegend. Ich hörte Schreie, wusste nicht, wer sie ausstieß. In dem Dunkel um mich herum konnte ich überhaupt nichts mehr sehen. Nur ein weißgoldenes Schimmern zeichnete Konturen in die vollkommene Dunkelheit.

Eine Hand griff nach mir, tastete sich meinen Arm entlang. Ich wusste, wem sie gehörte, und schob mich auf den Ellbogen näher zu Phoenix.

»Es tut mir leid«, drang seine Entschuldigung leise an mein Ohr. Obwohl er vermutlich schrie, war er über den ganzen Krach hinweg kaum zu hören.

»Was?«, schrie ich zurück.

»Ich musste dich verletzen, damit sie das Siegel entfernen.«

Ich verstand rein gar nichts. Phoenix schob sich näher zu mir, schaffte es, sich tatsächlich aufzusetzen und zog mich in seine Arme. Wo waren seine Fesseln abgeblieben?

»Sieh sie dir an.«

Ich folgte seiner ausgestreckten Hand, die auf das Zentrum und die Ursache des Sturmes deutete.

Amy in ihrer wahren Gestalt schwebte wie eine … nun ja,

Göttin knapp einen Meter über dem Boden. Von ihr ging der weiße Schimmer aus, der mich überhaupt etwas erkennen ließ. Ihre Augen bestanden aus reinem Weiß, während der Tornado sich immer schneller und schneller um sie herum drehte und Krieger ebenso mit sich riss wie Sträucher, Steine und Teile von Fortunas Statue.

Nur dass es kein Tornado war.

Mir klappte der Mund auf, als ich erkannte, dass das Weiß, das um Amy kreiste, aus etlichen Gesichtern bestand. Je genauer ich hinsah, desto mehr Details erkannte ich. Es waren eindeutig indianische Gesichter, Amys Volk.

Mir fiel wieder ein, wie wir herausgefunden hatten, dass die Praxis auf geheiligtem Boden erbaut worden war, dessen Schutzzauber für meine Übelkeit gesorgt hatte.

»Es war kein Zauber, der uns abwehren sollte«, erklärte Phoenix ganz nah an meinem Ohr. »Er sollte vielmehr die Energie an diesen Ort binden. Fortuna hat hier einen Ort zwischen den Welten geschaffen, ehe sie den Schleier gelegt hat. Anschließend hat sie diese Zwischenwelt mit genügend Energie versorgt, um ihren Plan irgendwann durchzuführen.«

Es gab keinen Zweifel daran, um welche Sorte Energie es sich dabei gehandelt hatte: Es waren die Geister von Amys Volk, das für Fortunas Plan hatte sterben müssen. Ihre Seelen ließen Amy nun zu einer wahren Rachegöttin werden. Sogar die anderen Götter waren vor ihrer entfesselten Macht nicht sicher. Hermes versuchte nicht länger, den goldenen Stab zum schimmernden Durchgang zur Götterwelt zu bringen. Daher riss Ares ihm den Stab aus den Händen, um zu vollenden, was Hermes begonnen hatte. Der Kriegsgott kam jedoch nicht gegen Amys Sturm an und stolperte nach hinten. Als er tatsächlich direkt vor uns auf den Hintern knallte, wäre ich am liebsten in Jubel ausgebrochen – hätte ich noch ausreichend Kraft gehabt. Mein Körper versuchte, meine Venen zu verschließen, die Wunden zu heilen, die die Schwerter der Atlantier verursacht hatten. Das Blut strömte nicht weiter aus mir heraus und ich spürte, dass ich die Verletzungen überleben konnte. Erschöpft lehnte ich mich an Phoenix' Brust, der nach kurzem Stöhnen eine Position fand, in der wir beide ausruhen konnten. Neben uns saß Hayden und genoss trotz schmerzverzerrtem, ausgezehrtem Gesicht den Showdown.

Phoenix zog mich noch näher an sich, drückte mir einen Kuss auf den Scheitel. Ein Kribbeln begleitete seine Worte, die lediglich als schwaches Wispern in mein Ohr drangen: »Ich danke dir für alles, Kiera. Ich liebe dich.« Danach ließ er mich seitlich in seine Arme sinken und küsste mich zärtlich, aber bestimmt. Der Kuss zerriss mir das Herz, so nah fühlte ich mich Phoenix. Doch er schmeckte nicht nach Sieg.

Völlig überwältigt ließ ich es zu, dass Phoenix mich wieder aufrichtete und mich von hinten so fest an seine Brust drückte, als würde er mich nie wieder loslassen wollen. Ich konnte mich nicht rühren, ihn nicht anflehen, mir zu sagen, was dieser Kuss bedeutete.

Ich konnte nur zusehen, wie Amy kraft ihrer Magie den Stab aus Ares' Hand riss und ihn davonschleuderte. Der Gott stieß einen wütenden Schrei aus, sprang auf die Beine und stampfte erzürnt auf, bis der Boden unter mir erbebte.

Während meine Aufmerksamkeit dem Kriegsgott galt, hatte ich nicht bemerkt, was mit Hades geschah. Er stemmte sich Amys Kräften entgegen, konnte letztendlich jedoch nichts ausrichten. Umgeben von ihrem Volk, das an sie glaubte, war sie unbesiegbar. Hades fiel in den Nebel und wurde von ihm eingehüllt, bis von ihm nichts mehr zu sehen war.

Ares wollte fliehen, wohin auch immer. Aber mein rachsüchtiges Ich klaubte die letzten Kraftreserven zusammen, half mir, auf die Beine zu springen und den Kriegsgott zu rammen, sodass er ebenfalls auf die Nebelwand zutaumelte.

Mit einem gehässigen Lächeln sah ich zu, wie auch er komplett verschwand. Ich wollte mich eben mit einem triumphierenden Strahlen zu Phoenix umdrehen, als sich mir jemand in den Weg stellte. Ihre Augen loderten rot vor Zorn, das vormals noch hübsche Gesicht war zu einer üblen Fratze geworden.

Mit einer lockeren Handbewegung schleuderte Fortuna Amy an die gegenüberliegende Hauswand. Die indianischen Geister heulten auf und huschten ihrem Leuchten hinterher, während Fortuna mit langsamen Schritten auf mich zukam. Ich wollte zurückweichen, doch meine Beine gehorchten mir nicht. Vermutlich war es auch egal. Welche Chance hatte ich denn schon, eine Göttin zu besiegen?

Fortuna trat einen Schritt näher, als ich an meiner Seite eine Berührung spürte. Phoenix nahm meine rechte Hand und drückte sie kurz, ließ unser Gegenüber dabei jedoch nicht aus den Augen. Die Augen der Göttin funkelten. Sie schien es amüsant zu finden, dass wir uns ihr entgegenstellten.

»All die Jahrtausende und ihr wisst noch immer nicht, wer die wahre Macht hat«, begann sie abfällig, hob kurz die Hand und Hayden ging stöhnend in die Knie.

»Lass sie in Ruhe!«, schrie ich, als sie dasselbe bei Phoenix wiederholte, doch die Göttin hatte nur ein Zucken ihrer

Braue für mich übrig. Wut und Zorn tobten in meinem Inneren. Ich sammelte jeden Funken Energie in meinen Adern und schleuderte sie Fortuna entgegen, doch meine gesamte Kraft reichte nicht einmal aus, um sie auch nur einen Schritt zurückweichen zu lassen. Sie sah aus, als würde sie gleich vor Langeweile gähnen. Nun beschossen sie auch Hayden und Phoenix mit blitzenden Kugeln – und alle hatten denselben Effekt. Keinen. Vielleicht fiel mir deshalb die unnatürliche Stille auf. Die Geister hatten aufgehört zu heulen.

Nach einer kurzen Pause brauste der Geistersturm erneut los, doch das war es nicht, was Fortuna zu einer Gefühlsregung trieb, einem fast unmerklichen Zucken ihrer Brauen. Es war die völlig unerwartete Berührung an meiner Schulter, die in mir sofort zig Erinnerungen wachrief, in denen er mir Beistand geleistet hatte.

Dad hatte erkannt, dass er an der Seite Fortunas nicht gewinnen würde, sondern ebenfalls ein Opfer war. Nun schlug er sich auf unsere Seite. Mit vereinten Kräften stellten wir uns ihr entgegen, unterstützt von Amys Sturm.

Allerdings waren wir ihr gerade mal ebenbürtig. Phoenix, Hayden, mein Vater und ich schleuderten einen Funkenball nach dem anderen, während Amy so viel Wind wie möglich aufbrausen ließ. Doch Fortuna ließ sich davon nicht beeindrucken, ich hingegen spürte deutlich, wie meine Energie immer weiter abnahm. Da sah ich eine Bewegung im Augenwinkel.

Amy musste ihn ebenso gesehen haben. Sie richtete ihre Aufmerksamkeit auf Hermes, der sich bislang nicht eingemischt hatte, nun aber mit tiefer Entschlossenheit direkt neben Fortuna trat. Wenn er ihr beistehen würde, hatten wir nicht die geringste Chance.

Phoenix hörte auf, die Göttin weiter zu beschießen, und zog mich an sich. Er wirkte beängstigend gefasst, als ich kurz zu ihm sah.

Dann richtete Amy ihre Energie auf Hermes, die Geisterhorde raste auf den Götterboten zu und schob ihn weg von Fortuna in Richtung Nebel. Der Gott hatte ein Lächeln auf den Lippen, ehe der Sturm ihn komplett einhüllte und sie gemeinsam in den Nebel eintauchten. Fortuna zischte, beschwor ihre göttliche Macht. Ich spürte das Zittern, Beben und die ersten Risse im Schicksalsgewebe, als wäre es mein Körper, der gedehnt und gestreckt wurde.

Als sich mein Vater an meine Seite stellte, entspannten sich Teile des Gewebes. Er reparierte es, spann innerhalb von Sekunden neue Fäden und dann plötzlich sah ich seinen Plan, der sofort zur Realität wurde. Ein Arm durchbrach den Wirbelsturm an Geistern. Hermes' Hand griff nach Fortuna und riss die Göttin zu sich. Schon verschwanden die beiden im Nebel, der sich einen kurzen Donnerschlag später auflöste und mich in vollkommener Dunkelheit zurückließ.

Kapitel 75

In meinen Ohren war nach dem ganzen Lärm nur ein lautes Fiepen übrig geblieben. Ich rieb langsam mit den Händen darüber, aber natürlich brachte es nichts. Noch immer rieselten Staub, Blätter und kleinere Äste zu Boden, nachdem auch das letzte bisschen Wind verklungen war.

Der Nebel hatte sich aufgelöst, der Kopf von Fortunas Statue lag dort, wo kurz zuvor die Göttin selbst so bedrohlich gestanden hatte. Ein kaum wahrnehmbarer Schimmer zeugte noch von ihrer Göttlichkeit und sorgte dafür, dass ich trotz Dunkelheit etwas sehen konnte.

Wir hatten es geschafft! Mit vereinten Kräften aus Schicksal, Zufall und Selbstbestimmung hatten wir die Götter zurückgeschickt – mit ein klein wenig Unterstützung des Götterboten.

Mein Herz schlug Salti, ich konnte es kaum fassen. Doch als ich mich umdrehte, um diesen Moment gemeinsam mit Phoenix, Hayden und auch meinem Vater zu genießen, wurde der Salto zu einer Bruchlandung.

Hinter mir war niemand. Wo bis eben noch alle drei Schicksalswege gestanden hatten, lagen die Überreste von Fortunas Statue. Nur das Füllhorn hatte den Sturz unbeschadet überlebt.

Ich fiel auf die Knie.

Meine Welt zerbrach ein weiteres Mal.

Von weit entfernt drangen Sirenen an mein Ohr, wurden über das konstante Fiepen hinweg immer lauter.

Auf allen vieren kroch ich zu dem Füllhorn, schob es in dem verzweifelten Versuch, Phoenix darunter zu finden, mit aller Kraft zur Seite. Irgendetwas musste ich tun. Es konnte nicht sein! Warum waren sie weg, warum war ich noch hier? Meine Hand schrammte über die Bruchstelle und etwas wärmte mein Handgelenk. Ich sah hinunter. Die Wunde der Atlantier war schon fast geschlossen gewesen, doch ich hatte sie wieder aufgebrochen. Dünnes Blut, zu rot, um meines zu sein, lief aus der Wunde heraus.

Ich lehnte mich mit dem Rücken an das Füllhorn und starrte auf meine Hand hinab. Auf das eindeutig nur noch menschliche Blut, das sich immer mehr mit meinen Tränen vermischte.

So fand mich Cody, noch bevor die Sirenen nach ihrem Crescendo erstarben und etliche Menschen mit Taschenlampen den Innenhof stürmten.

Cody zog mich hoch, führte mich zitternd und auf wackeligen Beinen nach draußen, wo sich sofort ein Sanitäter um mich kümmerte und mir das Handgelenk verband.

Ich hörte, wie behauptet wurde, dass die Reaktivierung der Stromnetze nach dem Hackerangriff für eine Gasexplosion gesorgt hatte.

Ich schluckte, als ich daran dachte, wie mein Vater das Schicksalsgewebe neu geknüpft hatte und was ich darauf gesehen hatte. Amy hatte Hermes dabei geholfen, Fortuna zurückzuschicken. Aber wo war sie jetzt? Wo waren Phoenix und Hayden? Oder mein Vater?

Apathisch beantwortete ich die Fragen eines Polizisten,

der allerdings schnell aufgab und mir anbot, später mit ihm zu sprechen. Erleichtert sank ich auf der Krankenliege zurück, auf die man mich gesetzt hatte. Um mich herum blinkte das Blaulicht der Einsatzwagen.

Endlich ließen sie Cody zu mir.

Mit zusammengepressten Lippen und einem Schimmern in den Augen trat er zu mir und zog mich in seine Arme. »Es hat funktioniert«, flüsterte er. »Amy hat es geschafft.«

Ich antwortete nicht, ließ die Tränen einfach weiterrollen, bis Codys T-Shirt völlig durchnässt war. Er strich sanft wieder und wieder über meinen Rücken, um mich zu beruhigen.

Er wiederholte noch viele Male, dass Amy uns gerettet hatte, erklärte mir ohne mich loszulassen, was geschehen war, nachdem ich versucht hatte, meinem und damit auch Kairos' Leben ein Ende zu bereiten.

»Als wir realisiert hatten, was du getan hast, was du versucht hast, ehe dich die Typen mitgenommen haben, sind wir sofort hierhergekommen. Wir haben alles getan, um in das Gebäude zu gelangen, doch es war von diesen Zombiesoldaten umstellt. Amy hat gespürt, dass innen etwas Großes begann, irgendwann hat sie aufgelacht und ich dachte, sie sei verrückt geworden.«

Codys Körper erbebte, aber das Lachen war nicht echt. Er atmete stockend ein, ehe er weitersprach:

»Sie hat mir gesagt, dass seit langer Zeit alle Seelen ihres Volkes hier gefangen gehalten wurden, an genau diesem Ort. Dass er eine schwache Verbindung zwischen den Welten darstellte, eine Tür, die man mit dem richtigen Ritual öffnen konnte. Nachdem sie ihre Stimmen vernommen hatte, hat sie versucht, zu ihnen zu gelangen, auf geistiger Ebene oder so.« Ich spürte Codys Kopfschütteln, als er mit dem Kinn über meine Haare schabte.

»Dann erklärte sie mir, dass es sich ähnlich anfühlte wie bei der Wacholderkerze, die wir bei dir zu Hause angezündet hatten. Die Seelen konnten nicht heraus und sie konnte nicht hinein. Nicht dorthin, wo sie gebraucht wurde, wo sie ihr Volk befreien konnte.«

Er machte eine längere Pause, doch ich fragte nicht nach. Der Tumult um uns herum wirkte weit weg, Cody und ich waren ganz allein in unserer Welt.

»Als die Stimmen dann immer lauter wurden, konnte Amy ihr Flehen genau verstehen. Sie sagten ihr, dass sie gefangen gehalten wurden, um die Verbindung zwischen unserer und der Götterwelt herzustellen. So viele Seelen auf einmal, die gemeinsam in das Danach weiterziehen, hätten wohl den Göttern dabei geholfen, ihren Plan zu vollenden.«

»Aber niemand hat mit Amy gerechnet«, flüsterte ich, als ich verstand.

Cody nickte. »Das Flehen ihrer Gläubigen, der Wunsch, dass der Große Geist sie einhüllen und zu sich nehmen solle, schenkten ihr mehr Kraft als all die traurigen Versuche vorher. Sie hat nur noch gewartet, bis sie angreifen konnte. Was auch immer dort drin passiert ist, irgendwann war es, als hätte jemand die Wacholderkerze ausgelöscht.«

Ich erinnerte mich an Hermes' Anweisung, den letzten Schutzstein, den die Götter und auch Phoenix »Siegel« genannt hatten, zu entfernen und Ares' Bedenken, die nicht unberechtigt gewesen waren. Endlich verstand ich auch, dass Phoenix mich verletzen, mich so weit schwächen musste, dass Ares gezwungen war, das Siegel zu öffnen. Nur so hatten die Götter trotz meiner schwindenden Kräfte den

Schleier zerreißen können. Genau wie Ares hatte Phoenix vorhergesehen, dass wir am Leben bleiben mussten, bis das Tor komplett geöffnet war. Er hatte die Welt gerettet. Ausgerechnet er, das schlechte Schicksal. Ich lachte freudlos auf, ehe die Tränen zurückkamen. Der Preis für das Schicksal der Menschen war hoch gewesen.

Auch Cody hatte teuer dafür bezahlt. Sein Körper erbebte, irgendwann drang ein Schluchzen tief aus seiner Brust. »Sie hat mich geküsst und sich verabschiedet, ehe sie zu Manitou wurde und das Gebäude gestürmt hat.«

»Sie haben jemanden gefunden!«, rief eine männliche Stimme und rund um uns kam alles in Bewegung.

Kapitel 76

Mein Herz klopfte wild, als Hoffnung in der Wüstenlandschaft aufkeimte, die die Verzweiflung der letzten Wochen aus meinem Inneren gemacht hatten.

Ich setzte mich auf. Cody wandte sich ebenfalls dem Gebäude zu. Ich verfolgte mit rasendem Puls, wie Sanitäter eine Krankentrage ins Haus brachten und danach wieder aus dem Gebäude traten. Die Person war zugedeckt, ich konnte nicht erkennen, wer es war.

Die Trage wurde in den Krankenwagen nebenan geschoben, die Körper der Sanitäter schirmten sie vor unseren Blicken ab, sodass ich kurz davor war, aufzuspringen und nachzusehen. Da erklang ein lautes Fluchen.

Während mein Herz erneut in seine durch die Hoffnung mühsam zusammengekleisterten Einzelteile zersprang, richtete sich Cody auf und eilte einen Schritt auf die fluchende Person zu. Dann verharrte er jedoch und sah besorgt zu mir zurück. Mit zusammengepressten Lippen und Tränen in den Augen nickte ich ihm hoffentlich aufmunternd zu.

Er verschwand zwischen den Sanitätern, die von der Krankenliege zurückgewichen waren.

»Was willst du denn schon wieder von mir?« Es war Amys Stimme, aber sie klang nicht mehr so bissig wie früher, eher bemüht, den selbstgefälligen Schein zu wahren. Gegen meinen Willen siegte die Neugier, sodass ich Cody in humpelndem Zeitlupentempo folgte.

»Und du bist auch hier?« Sie sah mich mit tiefer Verwirrung unter der typisch erhobenen Braue an. Ich suchte nach einem Erkennen, suchte nach Manitou unter dem Äußeren der Person vor mir. War von der großen Gottheit, die in allen Dingen steckte, wirklich nichts mehr in Amy zu spüren? Cody wandte sich bereits mit gesenktem Kopf und hängenden Schultern ab, während Amy weitere Beschimpfungen an die Umstehenden verteilte.

Codys Enttäuschung zerriss mir das Herz.

Doch dann hielt Amy plötzlich inne. Ich verfolgte ihre Mimik, sah, wie sie die Augen ein wenig zusammenkniff, die kleine Falte auf ihrer Stirn auftauchte und sie mehrmals blinzelte, ehe sie den bereits geöffneten Mund wieder schloss und zu Cody sah. Erkennen blitzte in ihren Augen auf.

Ich hielt Cody am Arm zurück, als er an mir vorbeigehen wollte, und drehte ihn zu Amy um.

Die Zeit schien stillzustehen, als die beiden sich in die Augen blickten. Zögernd, ganz vorsichtig, als hätte er ein scheues Reh vor sich, ging Cody auf Amy zu. Und das Reh legte den Kopf schräg, versuchte, eine Erklärung für etwas zu finden, das ganz offensichtlich nicht sein konnte.

Manitou war nicht mehr hier. Aber sie hatte etwas in Amy hinterlassen. Cody musste es nur noch unter der Schale des Mädchens, das mit uns aufgewachsen war, hervorholen.

»Kiera!«

Mein Kopf ruckte hoch. Erst nach mehrmaligem Blinzeln erkannte ich die Person, die nun auf mich zustürmte. Ein kleines bisschen von Haydens Einfluss, das Schicksal zum Positiven zu führen, war mir wohl geblieben.

Kapitel 77

Die nächsten Szenen liefen wie ein Film vor mir ab, untermalt von einer erst dramatisch, dann bittersüßen Melodie, die mein Kopf aus sämtlichen bisher gesehenen Happy Ends zusammenschnitt.

Meine Mom stürmte auf mich zu.

Sie schob die Sanitäter, die mittlerweile einen weiten Bogen um Amy machten, zur Seite und riss mich an ihre Brust, küsste mich wie damals als kleines Mädchen auf den Scheitel.

»Ich war bei Dr. Yates und muss dort … eingeschlafen sein.« Sie klang verwirrt, suchte nach den verlorenen Bruchstücken in ihrer Erinnerung, die hoffentlich niemals zurückkehren würden. »Der Anruf der Polizei hat mich geweckt. Geht es dir gut? Was ist passiert?«

Ich nickte. Wie sollte ich ihr auch erklären, dass gar nichts gut war?

»Wo ist Dr. Yates?«, fragte sie irgendwann und ich spannte mich an. Dann bemerkte ich, dass sie meine Therapeutin/Dad/Kairos nicht beim Vornamen nannte. Kairos' Einfluss auf sie war beendet. Sie konnte sich definitiv an nichts mehr erinnern. Ich dankte den guten Göttern dafür und war erleichtert darüber, dass zumindest ein kleiner Teil meines Lebens wieder normal sein würde. Den Rest würde ich irgendwann auf die Reihe bekommen müssen. Dieses Mal aber ganz sicher ohne Therapeutin. Ich lachte bitter auf.

Mom schob mich von sich und sah mir lange in die Augen. Ich erkannte, dass der Mutterinstinkt sie dazu drängte nachzuhaken. Aber wenn ich nur annähernd so aussah, wie ich mich fühlte, wusste ich, warum sie nicht weiter nachfragte. Ich wirkte vermutlich so verloren, dass sie ihre Neugier zurückstellte und mich mit sich nahm. Nach Hause.

Kapitel 78

Zwei Wochen später

»Ich kann dich gerne noch für eine weitere Woche entschuldigen«, sagte Mom und hielt mich zurück, als ich mit meinem Rucksack über der Schulter die Tür öffnen wollte. »Ich sehe doch, dass dich diese Explosion völlig aus der Bahn geworfen hat. Vielleicht sollten wir doch zu einer neuen Ther…«

Ich hob die Hand, um sie zum Schweigen zu bringen. »Bitte nicht, Mom. Ich brauche einfach Zeit. Und mein normales Leben zurück. Dazu gehört leider auch Schule.«

Mom seufzte. Seit jener Neumondnacht, in der sich für sie und alle anderen Menschen außer Cody eine Gasexplosion ereignet hatte, war sie mir kaum von der Seite gewichen. Ich war meiner Mom nie so nahe gewesen wie in dieser Zeit, doch nun drohte sie mich mit ihrer Fürsorge allmählich zu ersticken wie früher.

Ich hatte Nächte damit verbracht, meinen Tagebuchblog zu lesen. All die Einträge aus der Zeit, in der es begonnen hatte. Posts über den nervtötenden, unverschämten neuen Jungen an der Schule, der so viel mehr gewesen war als das. Sosehr die Zeilen auch schmerzten, mich etliche Tränen gekostet hatten – sie hatten mir dabei geholfen, mein Herz so weit zu heilen, dass ich mich traute, wieder nach draußen zu gehen. Denn je mehr ich über die vergangenen Ereignisse nachgedacht hatte, desto mehr wuchs die Hoffnung in mir. Mein ganzes bisheriges Leben war von jemand anderem – meinem Vater – bestimmt gewesen. Jedes einzelne Detail. Doch der Kampf an Amys Seite hatte mir gezeigt, dass wir alle unser Leben selbst in der Hand hatten, dass wir unser eigenes Schicksal bestimmen konnten.

Ich selbst legte fest, wie ich mit der Erinnerung an meinen Vater umgehen wollte, nachdem er sich in letzter Sekunde doch auf meine Seite gestellt hatte. Ich hatte gesehen, was er neu ins Schicksalsgewebe geflochten hatte, wie er die Fäden von Manitou, Phoenix, Hayden und sich sowie den göttlichen Teil in meinem Blut aus dem Gewebe herausgerissen hatte – die Verbindung, die den Schleier durchlässig gehalten hatte. Ich hätte vielleicht stolz auf ihn sein sollen. Aber ich konnte es nicht, weil er mir mit seiner Tat auch das Herz aus der Brust gerissen hatte.

Ich wollte stark sein, nicht aufgeben. So hätten es Phoenix, Hayden und auch Manitou gewollt. Ich schluckte den Kloß in meiner Kehle hinab. Mein Magen würde von all diesen Klößen vielleicht irgendwann platzen. Aber ich würde es schaffen. Das sagte ich mir wieder und wieder.

Außer Mom hatte ich in den letzten zwei Wochen nur Cody gesehen, der mich täglich besucht hatte. Es war mir unangenehm, dass er sich in meiner Nähe so verhielt, als dürfe er nicht glücklich sein, und doch war er mir eine unverzichtbare Stütze. Amy und er waren jetzt zusammen. Als normale Menschen, so, wie es immer hatte sein sollen. Ich hatte ihm befohlen, dass er sein Glück genoss. Er hatte es verdient.

Hinter mir klingelte es an der Tür.

Mom nickte mir zu, als ich meine Jacke und die Tasche schnappte. Ich sah ihr an, dass sie mich noch immer am liebsten zu Hause behalten wollte, doch sie sprach es nicht aus, blieb ebenfalls stark. Für mich. Sie ließ mich selbst entscheiden.

Ich öffnete die Tür und sah in das Gesicht meines besten Freundes.

»Bereit?«, fragte er und blickte mich mit bedrückter Miene an.

Ich nickte, verabschiedete mich von Mom und schloss die Tür hinter mir.

»Amy wollte unbedingt an deinem ersten Tag dabei sein«, flüsterte Cody mir zu, als ich beim Anblick von Amy auf dem Fahrersitz ihres Cabrios erstarrte. Ich hatte sie seit ihrer Rettung aus dem Gebäude nicht mehr gesehen und musterte sie skeptisch.

»Ich beiße nicht«, sagte sie und sah mich mit erhobener Augenbraue an. »Na ja, vielleicht manchmal.« Der Blick, den sie Cody zuwarf, war eindeutig und ich hob die Hand, um nicht noch mehr Details zu erfahren. Dennoch zuckte mein Mundwinkel. Zu ›meinem normalen Leben‹ gehörten Amys Sprüche wohl einfach dazu.

»Lasst uns fahren«, sagte ich schnell und nahm auf dem Rücksitz Platz. Cody stieg vorne ein und strich ganz kurz über Amys Hand.

Es fühlte sich vertraut an, wie wir die gewohnte Strecke entlangfuhren, irgendwie befreiend. Im Radio wurde der Top-Neueinsteiger der Charts angekündigt und Codys und Amys Hände schossen zeitgleich zum Radio. Nur das Intro ihres gemeinsamen Songs *Love's Lost* war noch zu hören, ehe die Lautsprecher erstarben. Ich blinzelte, um die Tränen zurückzuhalten.

Noch immer konnten uns Cody und ich nur zusammenreimen, was tatsächlich geschehen war. Bei etlichen Gläsern Latte Macchiato und vielen Pizzen – ich konnte wieder essen und trinken! – hatten wir uns die Erklärung zurechtgelegt, dass mit dem endgültigen Verschließen des Schleiers auch alles andere Göttliche aus der Welt verschwunden war. Manitou ebenso wie das personifizierte Schicksal Phoenix, Hayden und Kairos – und mein teilgöttliches Blut. Schwach konnte ich mich daran erinnern, wie Ares gesagt hatte, dass er und die anderen unverrichteter Dinge zurückkehren würden, sollte ich nicht durchhalten. Vermutlich hatte das nicht nur für ihn, Hades und Hermes gegolten.

Kaum dass wir in der Schule angekommen waren, schlich sich ein beklemmendes Gefühl ein. Ich sah die Sitzecke im Foyer, in der ich Phoenix geküsst hatte, und wandte meinen Blick schnell ab. Amy musste es registriert haben und redete belangloses Zeug auf mich ein, während sie mich in Richtung Unterrichtstrakt zog. Ich hörte ihr nicht zu. Meine Brust zog sich immer weiter zusammen, je mehr Orte ich mit Phoenix in Verbindung brachte. Er war überall gegenwärtig, obwohl wir nur eine so kurze Zeit hier zusammen verbracht hatten. Ich konnte nicht sagen, ob ich jemals darüber hinwegkommen würde. Im Moment konnte ich es mir nicht einmal vorstellen.

Das Wissen, dass andere nun ihr Glück gefunden hatten, schenkte mir Hoffnung. Cody wusste von Amy, dass Manitou dafür sorgen würde, Hayden wieder mit seiner Chenoa zu vereinen. Ebenso, wie sie dafür gesorgt hatte, dass Cody und Amy nach all den Hindernissen zusammen waren. Je mehr Zeit vergangen war, umso mehr Überbleibsel von Manitous Wissen kamen bei Amy zum Vorschein. So hatte Cody jemanden, mit dem er über alles sprechen, die ganzen Ereignisse der letzten Wochen aufarbeiten konnte. Irgendwann, wenn ich über all das hier hinweg war, würde ich mich wirklich und wahrhaftig für ihn freuen können. Irgendwann würde ich wieder in der Lage sein, Freude und Glück überhaupt zu empfinden.

Als Amy sich von uns verabschiedet hatte, um zu ihrem Unterricht zu gehen, spürte ich, wie Cody immer unruhiger wurde. Lag es an seinem schlechten Gewissen? Meinen besten Freund musste es innerlich fast zerreißen, mich in Trauer zu sehen, während er endlich glücklich verliebt war. Mit jedem Schritt wurde er zappeliger, sein Blick huschte hin und her, er ballte seine Hand zur Faust und lockerte sie wieder, bis ich es nicht mehr aushielt.

»Was ist los, Cody?« Ich versuchte mich an einem Lächeln, um ihm zu zeigen, dass alles okay war. Mit mir und zwischen uns. Doch es misslang. Ein Schatten huschte über Codys Gesicht, dann atmete er kurz tief durch, ehe sich Entschlossenheit auf seinem Gesicht zeigte.

Er schob mich zwischen zwei Reihen von Spinden und sah mir direkt in die Augen. Was wollte er von mir?

Mit einer Geste beantwortete er die Frage. Er nahm meine Hand in seine und legte mir etwas auf die Handfläche, das die Beklemmung in meiner Brust zu wirklich greifbarem Schmerz machte. Ich wusste, was da auf meiner Handfläche lag, noch ehe er seine Finger wegnahm.

»Ich wollte es erst nicht ... Amy meinte, ich muss dir noch Zeit geben, aber ich finde ... Du solltest sie haben, Kiera. Sie gehört nur dir.«

Mein Blick verschwamm, ich legte die Finger um die Schicksalsmünze, die mein Leben vor etlichen Wochen völlig aus der Bahn geworfen hatte, und nickte. Zu mehr war ich nicht in der Lage. Ich presste die Lippen fest zusammen und biss mit den Zähnen darauf, um die Tränen mit körperlichem Schmerz zu bekämpfen.

Cody zog mich an sich, drückte mich, versuchte mich zu beruhigen, machte es dadurch jedoch nur schlimmer. Ich schluchzte auf und klammerte mich an meinen besten Freund. So blieben wir lange stehen, bis er mit belegter Stimme murmelte: »Wir müssen zum Unterricht.«

Ich nickte erneut, tappte hinter ihm her, bis sich auch unsere Wege trennten.

In meiner noch immer zur Faust geballten Hand erhitzte sich die Münze durch meine Körpertemperatur immer weiter, während ich mit nach unten gerichtetem Blick durch die Gänge lief. Niemand sollte meine geröteten Augen sehen. Ich wollte keine Fragen hören, die mich immer tiefer in diese Traurigkeit zogen.

Die Münze war das Einzige, das mir von Phoenix geblieben war. Der Beweis, dass das alles wirklich geschehen war. Auf eine ziemlich schräge Weise schenkte mir die Münze sogar Mut. Sie war der Beweis dafür, dass das Schicksal nun bei niemandem mehr direkt eingreifen konnte. Jeder hatte seinen Lebensweg selbst in der Hand.

Ich seufzte, öffnete die Hand und sah auf die Symbole der Münze, als könnten sie mir irgendwelche Antworten geben.

Meine Flucht vor der Außenwelt wurde prompt bestraft, indem ich mit jemandem zusammenstieß. Vor Schreck ließ ich die Münze fallen. Sofort fiel ich auf die Knie und griff danach. Doch eine andere Hand war schneller.

Ich sah zu dem Jungen auf, den ich noch nie zuvor gesehen hatte. Dunkelblonde Locken umgaben sein Gesicht und verliehen ihm etwas Schelmisches, das absolut zu dem kleinen Lächeln passte, das seinen Mund umspielte. Etwas zupfte an meinen Erinnerungen, als hätte ich ihn bereits einmal gesehen. Nein. Jemand hatte ihn mir beschrieben. Schnell verdrängte ich den Gedanken an Phoenix, der mir erzählt hatte, wie er seiner Meinung nach ursprünglich ausgesehen hatte. Zu einer Zeit, in der wir uns immer näher- und nähergekommen waren. Ich atmete tief ein und ließ die Trauer mit der Luft entweichen.

Mein Gegenüber sah mich an, als hätte er einen Geist gesehen und erhob sich langsam. Ich tat es ihm gleich.

»Hier, bitte«, sagte er mit brüchiger Stimme, die Augen unverwandt auf mich gerichtet. Braune Augen, trotz ihrer Dunkelheit so intensiv leuchtend, dass ich nicht davon loskam.

Er brach den Bann, schüttelte den Kopf und drückte mir die Münze in die Hand.

»Du solltest wirklich besser aufpassen.«

Bei diesen Worten setzte mein Herz eine Sekunde lang aus. Ich öffnete den Mund, wollte etwas sagen, doch kein Wort kam heraus.

Sein Gesicht wurde ernst, dann lächelte er. »Das war ein Scherz.«

Ich reagierte noch immer nicht, meine Hand verkrampfte sich um die Münze. Ihre Ränder schnitten bereits in meine Haut.

Der Junge zuckte mit den Schultern und ging an mir vorbei. Endlich konnte ich wieder normal atmen. Ich machte bereits die ersten Schritte auf das Klassenzimmer zu, da hörte ich erneut seine Stimme.

»Hey!«

Wie von selbst wandte ich mich um und sah ihn erneut an, sah in die dunklen Augen, registrierte nur beiläufig die verlegene Geste, mit der er versuchte, eine Locke aus dem Gesicht zu streichen. Er öffnete kurz den Mund, um etwas zu sagen, zögerte dann jedoch und schloss ihn wieder. Anschließend verzog er das Gesicht, als hätte er Schmerzen, wenn er mich ansah, sodass ich kurz davor war nachzuhaken.

Doch dann biss er sich kurz auf die Lippe, ehe er nach unten sah, als wären ihm die folgenden Worte peinlich.

Dabei bedeuteten sie mir einfach alles.

»Glaubst du ans Schicksal?«

© privat

Stefanie Hasse lebt mit ihrem Mann und ihren lesebegeisterten Kindern in Süddeutschland. Wenn sie nicht gerade selbst in fremden Buchwelten versinkt oder darüber bloggt, denkt sie sich fantastisch-romantische Geschichten aus und liebt es, ihre Leser mit unvorhergesehenen Wendungen zu überraschen. Und manchmal hat dabei natürlich auch das Schicksal seine Hände im Spiel.